푸른사상 학술총서 22

피천득
문학 연구

정정호 엮음

Critical Essays on
Pi Chyun-deuk's Literary Works

푸른사상
PRUNSASANG

금아 피천득(1910~2007)

문학은 특별한 것이 아니라 우리 생활의 일부이다. 문학의 영원성은 작가가 자기에게 충실하고 거짓말을 않는데서 비롯된다. 이것이 내 문학의 뿌리가 되었고, 근본정신이 되었다. …

내가 보기에 문학의 가장 중요한 요소는 정(情)이며, … 지금 우리는 문학에서 감성이나 서정보다는 이성이나 지성을 우선하는 시대에 살고 있다. 하지만 이러한 풍조는 한 시대가 지나면 곧 바뀌게 마련이다. 문학의 긴 역사를 통하여 서정은 지성의 우위를 견지해왔다. …

훌륭한 문학작품은 쉽게 얻어지는 것이 아니라 노력한 만큼의 결과로 생겨나는 것이다. …

훌륭한 작가는 자연과 인생의 아름다움을 깊이 있고 정묘(精妙)하게 묘사하여 독자들에게 늘 새로운 감명을 준다. 늘 새로운 아름다움을 찾아낸다는 뜻이 아니라, 평상적인 아름다움에서도 새로운 의미와 감동을 찾아낸다. (피천득, 「숙명적인 반려자—내 문학의 뿌리」 부분)

올해 2014년은 금아 피천득 선생이 타계한 지 7년이 되는 해이다.

시, 수필, 번역문학을 포괄하는 피천득 선생의 문학에 대한 전반적인 논의와 연구가 대중적으로 잘 알려진 수필에 가려져 본격적으로 진행되지 못했다. 피천득 문학에 대한 연구사료를도 세대로 성리되어 있지 않은 상황에서 일반 독자들의 애호 수준을 넘어 피천득 연구에 대한 필요성이 커지고 있다. 이에 금아 선생 추모 7주기를 맞아 편자는 그동안에 발표되었던 금아 선생에 대한 여러 분들의 평론이나 연구논문들을 모았다. 피천득은 국민 수필가로서 널리 알려져 있지만 금아 선생 자신이 밝혔듯이 피천득의 문단 진출은 1930년 『동아일보』에 발표한 시 「차즘」(찾음)과 더불어 시인으로 시작되었고 수필은 한참 후에 나오기 시작했다. 그리고 금아 선생은 틈틈이 영미시, 일본시, 중국시 등 외국시들과 영미단편, 영미산문을 번역하였다. 따라서 문인으로서 피천득은 시인, 수필가 그리고 번역문학가로서 재조명을 받아야 한다.

금아 피천득은 「숙명적인 반려자 – 내 문학의 뿌리」란 글에서 문학은 "평생의 반려자", 그것도 "'숙명적인'이라는 수식어"를 붙인 반려자였다고 말한 바 있다. 나라가 일본에 의해 강제로 병합되었던 1910년에 태어난 피천득은 아주 어려서 부모를 여의고 천애의 고아로 자랐다. 일제 강점기와 해방기, 6·25전쟁과 4·19혁명 그리고 5·16과 유신체제 등 민족과 조국이 가장 어려웠던 격동의 시기를 홀로 살아가야 했던 피천득에게 문학은 척박한 시대에서 고단한 삶을 지탱시켜 주는 유일한 버팀목이었다. 이런 맥락에서 금아는 문학을 "숙명적인" 반려자라고 비장하게 불렀을 것이다. 금아 선생은 이러한 시대를 살고 역사의 고초와 시련을 겪었음에도 궁극적으로 자연과 인생의 아름다움에 대한 신념을 잃지 않았다.

> 작가는 자연과 인생의 아름다운 면만이 아니라 추한 면도 함께 다루어야 한다는 견해가 있는 줄로 안다. 그러나 나는 문학의 내용이 주로 아름다움으로 채워지기를 바란다. 슬픔이나 고통도 얼마든지 문학의 내용이 될 수 있지만 비운에 좌절하지 않는 인간 본연의 의지와 온정이 반드시 그 밑바탕이 되어야 한다.

금아 선생의 문학론은 그의 수필 「순례」에 잘 나타나 있다. 금아는 우선 문학을 "금싸라기를 고르듯이 선택된 생활 경험의 표현"이며 "고도로 압축되어 있어 그 내용의 농도가 진하다"고 언명한다. 작가는 문학의 소재나 제재를 구체적인 일상생활에서 찾되 금싸라기와 같은 삶의 핵심과 요체를 엄선하여 표현한다. 금아는 또한 문학의 본질에 대해 "사상이나 표현 기교에는 시대에 따라 변천이 있으나 문학의 본질은 언제나 정(情)"이라고 강조하고 있다. "그 속에는 예전에도 있었고 앞으로도 있을 자연적인 슬픔, 상실, 고통을 달래주는 연민의 정이 흐르고 있다"고 말하며 감성을 강조하는 금아 선생은 문학에서 인간의 보편적인 파토스(감성, 정서)를 강조한다.

문학을 읽는 이유에 대해서 "나는 작은 놀라움, 작은 웃음, 작은 기쁨을 위하여 글을 읽는다. 문학은 낯익은 사물에 새로운 매력을 부여하여 나를 풍유하게 해준다"고 적고 있다. 여기에서 금아는 "작은" 것에 방점을 찍어 문학에서 거창하고 장대한 것이 아닌 작고 사소한 것의 소중한 가치를 높이 평가한다. 금아는 그것들로부터 경이(놀라움), 웃음(유머), 기쁨(즐거움)을 찾아낸다. 그의 문학관은 윌리엄 워즈워스의 이른바 "자연적인 것의 초자연화"라고 불리는 미적 과정과도 유사하다. 매우 친근하여 우리가 그 아름다움을 인식하지 못하는 주위의 일상적 사물들에 시인이 "새로운 매력"을 부여하기, 즉 20세기 초 러시아 형식주의자들의 "낯설게 하기"를 통해 일상적이고 작은 사물들을 새롭게 바라볼 수 있도록 몇 단계 고양시킴으로써 우리의 범속한 삶을 풍요롭게 만드는 것이다.

금아의 문학론은 2005년 쓴 「시와 함께한 나의 문학인생」이란 글에서 개인 차원을 넘어 좀 더 역사적이고 사회적인 측면을 강조한다. 금아는 "아이들의 영혼으로 삶과 사물을 바라보"는 사람이라고 시인을 규정하고 계속해서 시인의 성의를 내린다.

진정한 시인은, 가진 것이 많은 사람의 편, 권력을 가진 사람의 편에 서는 것이 아닙니다. 진정으로 위대한 시인은 가난하고 그늘진 자의 편에 서야 하고 그런 삶을 마다하지 않아야 합니다.

이런 언명과 관련하여 금아 선생의 시를 한 편 소개한다. 「그들」이란 제목의 시다.

> 만리장성
> 피라미드
> 그들의 피가 흐르고 있다
>
> 그리스의 영광
> 로마의 장엄
> 그들의 신음소리가 들린다.
>
> (「그들」 전문)

이 시에 "그들"은 화려하고 장대한 역사의 뒤안길에서 이름 없이 착취당하고 말없이 사라져 간 수많은 기층민중들이 아니겠는가?

우리는 당장 이 시를 읽고 평소에 우리가 통념적으로 알고 있는 금아가 낯설게 느껴진다. 금아 선생은 1970~80년대 한국의 대표적인 저항적 지식인이었던 리영희 선생과의 대담(2003년 9월)에서 "제게도 반항하는 정신은 흐르고 있습니다. 제 시를 한 번 읽어보시면 그런 정신이 들어 있는 것을 보실 수 있을 것입니다"라고 말한 바 있다. 우리는 이제 단순 순진무구한 서정작가로만 알고 있는 금아 피천득을 "새롭게" "다시" "다르게" 볼 필요가 있을 것이다. 과연 짧고, 쉽고, 재미있어 보이는 금아 문학의 표피를 긁어낸다면 보이지 않는 장중한 "정치적 무의식"을 볼 수 있을까?

이와 관련하여 금아는 동서를 막론하고 위대한 시의 특징을 3가지로 제시하였다. 첫째는 "순수한 동심"이요, 둘째는 "고결한 정신"이요 그리고 마지막으로는 "맑은 서정"이 그것이다. 우리가 사는 21세기 초반 지금은 신자유주의 자본주의의 무한 경쟁과 악랄하고 무자비한 자본의 논리가 지배하는 "시장"사회이다. 문학은 안타깝게도 일반 독자들에 의해 점점 안 읽혀지고 멀어지고 있다. 효율우선주의와 이윤창출제일주의로 무장된 시장사회에서 금아 선생은 오히려 문학이 필요하다고 역설한다. 척박한 우리 시대를 위한 금아의 '시의 기능'을 들어보자.

> 이럴수록 오히려 시를 가까이 두고 있어야 할 필요가 있습니다. 시는 영혼의 가장 좋은 양식이고 교육입니다. 시를 읽으면 마음이 맑아지고 영혼이 정갈해집니다. 이것은 마른 나무에서 꽃이 피는 것과 같은 일입니다.

문학의 영향력이 약화되고 있는 이때 우리는 마른나무에서 어떻게 꽃을 피워낼 것인가? 문제는 우리가 쉽게 절망하고 포기할 것이 아니라 희망을 가지고 나아가는 것이다. 최근의 과학계가 문학작품 읽기가 우리 두뇌 활동과 신체활동에도 매우 긍정적인 영향을 끼친다고 밝혔다. 또한 최근 미국의 교도소에서 셰익스피어 작품들을 읽혔더니 죄수들의 심성이 좋아졌다는 "셰익스피어 효과"라는 연구 보고도 있었다. 문제는 일반 독자들을 문학작품을 읽도록 인도하는 것일 것이다. 짧고, 쉽고, 재미있는 금아 문학은 독자들을 작품들로 이끄는 전략이 아닐까? 일반 문단이나 학계에서 문학을 지나치게 어렵게 만들고, 이론화하는 것은 문학을 독자들에게서 점점 멀어지게 만들고 문학을 "저들만의 담론"으로 독점화하는 자해행위이다. 문학을 일부 학자나 전문가들이 아니라 일반 독자에게로 다시 되돌려야 한다.

금아 선생은 시와 수필 창작뿐 아니라 영문학자로서 그리고 작가로서 번역을 중시하였고 실제로 많은 외국작품들을 한국어로 탁월하게 번역하는 업적을 남겼다. 금아는 문학번역 작업의 목적을 "내가 좋아하는 외국의 시를 보다 많은 우리나라 독자들과 함께 나누고"자 하는 것이었다. 금아 선생의 문학번역의 방법은 "시인이 시에 담아 둔 본래의 의미를 훼손하지 않으면서, 마치 우리나라 시를 읽는 것처럼 자연스러운 느낌이 드는 번역"을 하는 것이다. 나아가 외국시를 완전하게 한국어로 번역하는 것은 원천언어와 목표언어만이 가지는 각각의 "고유의 감성과 정서" 때문에 거의 불가능하다고 전제하고 "쉽고 재미있는 번역"을 하고자 하였다. 금아 선생은 영미 시뿐 아니라 중국 시, 일본 시, 인도 시도 번역하였고 단편소설과 동화 그리고 찰스 램의 『셰익스피어 이야기』와 같은 긴 산문도 번역하였다.

이 밖에 금아 선생은 자작시를 영어로 번역하는 등 여러 편의 한국시를 영어로 번역하였다. 1970년 국제PEN클럽 한국본부에서 펴낸 『한국현대시』(*Modern Korean Poetry*)에 김소월의 「진달래꽃」, 김상용의 「남쪽으로 창을 내겠소」, 이장희의 「봄은 고양이로소이다」, 박목월의 「나그네」, 김남조의 「신춘」 등 10여 편을 번역하였다. 이외에도 31명 시조시인의 57편의 시조를 백승길 씨와 공동으로 번역한 것으로 기록되어 있다. 이렇게 볼 때 우리는 앞으로 금아 피천득 문학 연구에서 번역문학가로서의 그의 작업에 대해서도 비중을 두고 소상히 살펴보아야 할 것이다.

본서의 구성은 3부로 구성되어 있다. 제1부는 금아 시에 관한 글들로 꾸몄다. 제2부는 금아 수필에 관한 글들로 채웠다. 제3부를 위해서는 번역문학가로서의 업적을 조명하는 글을 모았다. 본서에서 가능하면 한 분씩의 글만을 싣도록 했으나 몇 분의 경우는 불가피하게 1편 이상을 게재되었으니 독자 여러분의 양해를 바란다.

아무쪼록 이번에 출간되는 최초의 금아 피천득 문학 연구논문 모음집이 앞으로 대중적인 인기나 관심을 넘어 피천득 문학에 대한 좀 더 문학적이고 학술적인 이해와 연구에 도움이 되길 바란다. 본서에 좋은 글들을 게재하도록 허락해주신 필자분들에게 깊은 감사를 드린다. 어려운 시기에 본서의 출간을 결심해주신 푸른사상사 한봉숙 사장님께 고마움을 전하고 편집 작업에 애쓴 김소영 선생에게도 감사드린다.

영원히 늙지 않는 5월의 소년
금아 피천득의 문학을 향하여

2014년 5월 5일
엮은이 씀

제2부 피천득의 수필세계

제3부 피천득의 번역문학

부록

제1부
피천득의 시세계

제1장

금아(琴兒) 시인과 공(空)사상

강대건*

■ ■ ■

1. 서론

금아 피천득 선생은 근대 한국문학사에서 커다란 족적을 남긴 수필가·시인이지만 필자에게는 그보다 더 의미 있는 분, 영원한 스승이다. 부정형(不定刑)이며 무잡(無雜)한 질료(質料)인 우리 속에서 가장 선하고 가장 아름다운 형상(形相)을 찾아서 그것을 실현시켜주는 것이 스승이라면 금아 선생은 나에게 그런 분이다. 아리스토텔레스의 생성원리는 잠재적 가능태(dynamis)로부터 현재적(顯在的)인 현실태(energeia)로, 그리고 현실태로부터 다시 완성된 현실태(entelecheia)로의 진전을 말하고 있지만 그러한 진전은 내재적 원리에 의해서나 혹은 인위적으로 이루어진다고 했는데, 필자는 내재적 원리에 의하여 그리고 인위적으로 이러한 진전을 가져오는 것이 교육이라고 생각하고 싶다. 인간의 잠재적 자질을 끄집어내서

---

* 서울대 및 한림대 교수 역임. 저서 『아름다운 영시와의 만남』, 『아버지의 기도』 외.

(educere=educe) 그것을 육성하는 것(educare)이 교육이기 때문이다. 훌륭한 스승은 아리스토텔레스의 4개의 생성요인 중 질료인, 형상인과 목적인을 결합시키는 중요한 기능을 수행하는 작용인(efficient cause)이다.

일반적으로 교육에는 인위성(art)이 있게 마련이지만 마치 자연(nature)의 영위인 양 그 인위성이 보이지 않고 최소의 것일 경우에 가장 성공적인 교육이 될 수 있다고 여겨진다. 그래서 최상의 스승은 가르치는 행위 없이 가르침의 결과를 가져오는 사람, 가르침 없이 가르치는 사람이라는 역설도 가능해진다. 구태여 의식적으로 교육하려는 의지를 발동시키지 않고서도 그 자신의 있음, 그 자신의 있음의 방식만으로도 우리를 전인적(全人的)으로 감화·감동시킴으로서 우리의 자발적인 숭앙(崇仰)과 모방(영어의 "emulation"이라는 말이 두 개의 함축을 가지고 있다)을 이끌어 내는 사람－이런 사람이야말로 최상의 스승이며 그러한 최상의 스승은 그가 속한 한 시대뿐만 아니라 영원히 모든 사람들의 사표가 될 수 있기에 나는 "영원한 스승"이라는 말로 금아 선생에 대한 최대의 칭찬과 경의를 나타내고 싶다. 필자가 연전에『아름다운 영시와의 만남』이라는 제명의 어쭙지 않은 책을 금아 선생에게 헌정하면서 이 표현을 사용한 것은 바로 이러한 이유 때문이었다.

금아 선생이 작고하신 지 7년이 되는 지금까지 제제다사한 제자들이 많은 훌륭한 글들을 써서 선생의 생애와 업적을 빛나게 하고 있음을 보고 통쾌한 마음을 금할 수가 없다. 특히 금아 선생의 제자들 중 막내 격인 정정호 교수의『산호와 진주』는 금아 선생의 문학적 연구의 금자탑으로서 상찬해 마지않는다. 저자는 금아 선생의 생애와 작품을 전체적으로 조망하고 박학강기(博學强記)한 저자의 동서고금에 걸친 방대한 지식과 학문적 온축, 풍부한 자료, 특히 요즘 개발된 다양하고 복잡다기한 비평적 시각과 방법들을 종횡무진으로 동원하여 개별작품들을 심도 있게 분석하고 있다. 그리고 금아 문학의 텍스트를 지배하는 결정적 요소들을 명확하게 지적해 주고 있다. 정정호 교수가 공자의 수제자들인 자유(子游), 자하(子夏), 증자(曾子)와 같은 반열에 속한다면 필자는 공문십철(孔門十哲)이기는커녕 70인 제자들 속에도 낄까 말까 하는 보잘것없는 제자들의 반열에 속하는 것이다. 그렇게 미욱한 필자가 이 짧은 담론에서 무슨 뾰족한 소리를 낼 수 있겠는가? 차라리 필자는 애초에 보편타당성이 있는 담론을 시도하기를 포기하고 금아 선생의 작품을 대했을 때마다 떨쳐버릴 수 없었던 필자 자신의 느낌을 필자 멋대로 이론화해보려고 한다.

여기서 필자는 『산호와 진주』라는 금아 선생의 시집의 모맥(matrix) 혹은 금아 선생의 의식, 아니 그의 무의식의 준거의 틀(frame of reference)이 되었음직한 것들을 말해볼까 한다. 그 책에 인용된 에어리얼의 영묘(靈妙)한 노래에서 엿볼 수 있듯이 『산호와 진주』는 시인의 기억 속에 아무렇게나 내버려져 있을 수도 있었을 자연과 인생의 편린들–프로스페로의 뼈와 눈, 그리고 시인의 이른바 "조약돌과 조가비"–을 주워 모아 그것들을 시인의 깊은 정서적 바닷물에 집어넣어 적시고 물들이고 씻음으로써 "미려하고 진귀한 그 무엇"으로 변화시킨 것이다. 이러한 예술적인 변용(『템페스트』 1막 2장의 "sea-change")을 통해서 창조된 것이 『산호와 진주』이다. 금아 선생의 작품들은 어떤 시적 전통이나 계보 속에 흡수되기를 거부하는, 그래서 오히려 개인적 재능이 돋보이는 것들이지만 그럼에도 불구하고 동서양의 유구한 역사 속에서 유사한 취향의 시적 표현을 찾아볼 수 없는 것도 아니다.

독일 낭만파 시인인 프리드리히 쉴러는 자연의 문학과 정감의 문학이라는 2개의 문학범주를 설정하고 자연의 문학계열에는 셰익스피어의 극작품들을, 그리고 정감의 문학의 계열에는 밀턴의 시작품들을 포함시키고 있다. 밀턴은, 그리고 그의 작품 『쾌활인』(*Laregro*)과 『침사인』(沈思人; *Il Penseroso*)의 서술자들은 객관적인 대상들을 자신들의 주관적 내면으로 끌어들여 다양한 빛깔의 스펙트럼을 이루고 있는 정서의 바다에서 물들임(앞에서 필자가 사용한 염색의 암유에 주목하기 바란다)으로 예술적인 변용을 성취하는, 그래서 정감의 문학을 창조하는 주관적 시인들이다. 이에 반하여 셰익스피어는 자신의 아이덴티티를 완전히 제로화, 무화(無化)시키고 다양한 대상 속으로 몰입하여 대상을 있는 그대로, 가령 유덕한 이머젠(Imogen)은 유덕한 모습 그대로, 악덕한 이아고(Iago)는 악덕한 모습 그대로 그려낸다. 키츠는 자신의 주관을 제로화시키고 객관화시키는 셰익스피어의 이러한 능력을 "멸아능력"(滅我能力; negative capability)이라고 했는데, 바로 이 멸아능력 때문에 우리는 셰익스피어 극작품들의 위대한 리얼리티, 좀 고색창연한 비평용어를 빌리자면 "진실다움"(verisimilitude)을 발견하게 된다.

금아 시인은 대상을 있는 그대로가 아니라 시인의 마음대로 그려내고 "물상성"(thingyness)을 존중하는 이미지스트파 시인들의 시풍을 방불케 하는 고담(枯淡)한 문체를 통해서 아련히 그의 마음속을 드러내고 있는 듯하다. 금아 시인은 말하자면 주관적인 시인이고 그의 시는 정감의 문학이다. 금아 시인 자신이 언급하고 또한 정정호 교수가 금아 문학의 특질의 하나로 들고 있는 "서정성"도 이러한 사정을 두고 말한 것일 것이다. 매슈 아놀드가 "세상 사물에서 느끼는 애감"(the sense of tears in mortal things)이라는 말로 멋있게 표현한 로마의 서사시인 베르길리우스의 유명한 시행

세상 만사에는 흘리는 눈물 있고

그 덧없음이 가슴에 사무치네. (Sunt lacrimae rerum…)

는 모든 것을 느낌으로 물들여버리는 주관적인 시인 금아 선생의 문학적
인 특징을 대변해주고 있다. 고려시인 정지상(鄭知常)도 또 하나의 주관적
시인이다.

雨歇長堤 草色多　비 그친 후 긴 둑에 풀색 짙은데,
送君南浦 動悲歌　남포(진남포)로 님 보내는 이 슬픈 노래 짓네.
大同江水 何時盡　대동강의 물은 어느 세월에 다하리요?
別淚年年 添綠波　해마다 떨구는 이별의 눈물이 녹색파도를 더할 텐데.

　금아 시인의 시 전체를 통하여 보여지는 또 다른 특징은 어쩔 수 없는
"허전함"이다. 그의 시의 서술자는 언제나 채워지지 않는 결여감을 느끼며
영원히 방랑하는 플라톤의 다이먼과도 같다. 그 허전함은 예지적인 것이
든, 선한 것이든, 혹은 아름다운 것이든 구원한 그 무엇에 대한 채워지지
않는 무한한 갈증과 희구, 풍경과 기다림의 정서와도 이어진다. 이러한 일
련의 정서들은 정정호 교수가 주요 심상들로서 지적한 어머니, 어린아이,
물을 포함한 다양한 심상들을 통해서 표출되고 있다. 그리고 그러한 심상
들은 오이디푸스 콤플렉스, 성경의 4복음서, 노자의 도덕경 등에서 그 근
원을 찾아볼 수 있다.
　그러나 필자가 여기서 또 다시 제기하고 싶은 문제는 금아 시인의 다양
한 정서들을 매개하는 이 허전함, 결여감, 없음, 비유(非有)의 관념과 정서
는 동양적인 무, 특히 불교철학의 공(空)의 사상과 맥을 같이하고 있다는
것이다. 삼론종(三論宗)에 속하는 중관론자(中觀論者; Madhyamika)들은 유
(有)와 대립되는 공(空)만을 내세우는 다른 종파와는 달리 유와 유에 대립하

는 공(단공(但空) 혹은 편공(偏空))을 다 같이 부정하고 유와 공의 상호침투 (相互浸透)에 의해서 이루어지는 진테제적(synthetic)인 공(부단공(不但空))을 내세운다. 유와 공이 일방적으로 긍정되거나 부정되는 것이 아니라 부정 되기도 하고 긍정되기도 하는 중도적인 입장을 취한다. 그래서 중관론자 라고 하는 것이다. 삼종론의 개조인 인도의 철학자 나가르주나(Nagarjuna) 는 그의 유명한 팔불중도설(八不中道說)에서

> 생도 아니고 멸도 아니다.
> (不生亦不滅; Neither production nor extinction)
> 상(常)도 아니고 단(斷)도 아니다.
> (不常亦不斷; Neither permanance nor annihilation)
> 일(一)도 아니고 이(二)도 아니다.
> (不一亦不二; Neither unity nor diversity)
> 래(來)도 아니고 거(去)도 아니다.
> (不來亦不去; Neither coming nor departure)

라고 말함으로써 생과 멸, 상(常)과 무상(無常), 단일성(單一性)과 수다성(數多 性), 그리고 거(去)와 래(來)의 대립성(antithesis)과 이원성(duality)을 사상(捨 象)하고 생 즉 멸, 상(常) 즉 무상(無常), 일(一) 즉 다(多), 거(去) 즉 래(來)라는 상즉성(相卽性), 일원성을 확립시키고 있다.

중관론자들은 자신들의 교리를 특징 짓는 말로서 언망려절(言亡慮絕; nisprapanca)이라는 표현을 사용하고 있는데, 그것은 그들의 교리가 현묘하 고 난해해서 범속한 언어나 사량(思量)의 경역을 넘어선다는 것을 의미한 다. 그러나 그들의 논리적 핵심인 상즉성의 원리를 이해한다면, 어떤 언망 려절의 교리라고 해도 쉽사리 풀릴 수 있다. 그들의 전형적인 교리인 제법 실상(諸法實相)은 이렇게 해석할 수 있다. 무명(無明; abidya)으로 인해서 실

상(實相; 불교용어로서는 본체=noumenon)을 인지하지 못하는 속인에게는 제법(삼라만상; all elements of existence)은 실유로 보인다. 그러나 도를 깨우친 각자(覺者), 실재와 가상(假相)을 분간할 줄 아는 능력인 분별지 즉 명지(明智; viveka)를 가지고 있는 각자는 속인이 보는 그 유는 단지 가상일 뿐 실재는 아니며 실재는 공임을 안다. 일단 공은 유를 부정하지만 그 반명제적인 공은 다시 부정됨으로써 보다 고차원의 합명제적 진리인 유즉공, 가상즉실재, 제법즉실상이 되는 것이다. 공이 실상=실재(noumenon)라면 삼라만상=제법은 시공적(時空的) 맥락 속에서 공의 자기실현, 그 현현(顯現; abhasa), 현상(現象; phenomenon)이다. 그러나 중요한 사실은 내폐(內閉)되고 잠재적인 형태로 있거나 전개(展開)되고 현재적인 형태로 있거나 실재는 여전히 실재이며 공은 여전히 공이라는 사실이다. 성철(性徹) 스님의 저 유명한 "산은 산이요, 물은 물이다"라는 알쏭달쏭한 말은 제법실상, 번뇌즉열반과 같은 고차원적인 진리, 부정의 부정으로서 이루어지는 상즉성의 원리를 깨우치게 하기 위한 화두(話頭)인 듯이 보인다.

중관론자들이 다양한 개념과 번세한 사변을 구사하여 구축한 공(空)의 형이상학은 어떤 종파를 막론하고 그들이 교리의 기체(substratum)가 되고 있는 다음과 같은 3개의 명제 속에서 상당히 간명하게 표현되고 있다. 그리고 그러한 명제들은 모두 또 다시 인연과 윤회, 유전(samsara)의 사상에 의해서 뒷받침되고 있다.

제행무상(諸行無常); 제법무아(諸法無我); 일체개고(一切皆苦)

"제행"은 인연에 의해서 생겨나는, 즉 연기(緣起)하는 모든 것을 말한다. 소이 유위법(有爲法; samskrta)이라는 것이다. "제법"은 모든 것이라는 뜻이다. 그런데 모든 것은 연기하는 것이기 때문에 "제행"과 "제법"은 기표(記表)가 다를 뿐 기의(記意)상으로는 동일한 것이다. 그래서 "제행"과 "제법"은 그 기표적인 차의를 살려서 각각 "all elements of conditioned existence"와 "all elements of existence"라는 영어 표현으로 옮겨놓을 수 있으나 사실상으로는 동일물을 지칭하는 것이다.

영어 표현 중의 "existence"(존재)라는 말은 잠정적으로 사용된 말에 불과하다. 왜냐하면 만상은 생성(becoming)일 뿐, 존재(being)는 아니기 때문이다. 업인(業因)과 업보(業報)의 필연적인 연쇄 속에서 생주이멸(生住異滅; arising, dwelling, changing and perishing)을 되풀이하는 것, 즉 유전하는 것(samsara)이기 때문에 만상은 무상한 것이다. 만상은 무상한 것이기 때문에 변하지 않고 자기동일성을 유지할 수 있게 해주는 자성(自性; svabhava)을 가지고 있지 않다. 아성(我性)은 실체성(substance)이 없는 것이다. 그리고 만상은 무상하고 무아한 것이기 때문에 그것에 매달려 사는 인간들의 세계는 집착과 번뇌가 그치지 않는 고(苦)의 세계, 고해(苦海)인 것이다. 무상성(anitya)은 무아성(anatma)을 설명해주고 다시 무상성과 무아성을 합쳐서 고(苦; dukkha)를 설명해준다. 이 얼마나 이로정연(理路整然)한 명제들인가?

이와 같이 정제(整齊)된 공(空)의 사상은 또 다시 정제되어

색즉시공(色卽是空) · 공즉시색(空卽是色)

이라는 우리 입에 회자된 반야심경의 한 구절 속에서 절묘한 표현을 얻고 있다. 반야심경은 유사한 음의 연속, 유사한 사고패턴과 유사한 문장구조의 연속 등으로 시적인 리듬을 형성하고 있어 독경의 효과를 최대로 얻을 수 있는 불경이다. 여기서 우리는 T. S. 엘리엇의 모순어법적인 표현, "사상을 느낀다"(feel the thought), 즉 "사상을 감성적으로 체험한다"라는 말의

진의를 알게 된다. 반야심경은 공의 사상을 이 단적인 표현 속에 정서화하며 고금의 수많은 독경자들의 의식 혹은 무의식 속에 깊이 스며들게 했으리라고 생각된다. 칼 융은 역경(易經)의 사상이 어떻게 집단무의식으로 정착될 수 있었는가를 설명했는데, 필자는 역경의 사상보다도 이렇게 정제되고 정서화된 공의 사상이 동양문화권의 집단무의식의 분명한 일부분을 구성하고 있다고 보고 싶다. 어떤 여행자가 한 이야기를 듣고 생전에는 절대적인 권력을 가지고 군림했던 오지만디어스(Ozimandius)와 그의 호언장담이 새겨져 있는 묘비와 함께 그의 유해의 일부가 너부러져 있는 사막, 그 묘비와 유해보다도 넓은 공간을 차지하고 아득히 뻗어 있는 망망허허(茫茫虛虛)한 사막을 상상했던 P. B. 셸리 시의 서술자가 느꼈음직한 허전함, 공허감, 정서화된 공의 사상이 고담(枯淡)한 금아 시인의 모든 시작품 속에 아련히 스며 있다고 하는 생각을 필자는 떨쳐버릴 수가 없다.

독자의 인내심을 시험했음에 틀림없는 이 어쭙지 않은 글을 끝까지 읽어주신 분들에게 심심한 감사를 드리며 오직 종명누진(鐘鳴漏盡)의 신세가 늘어놓은 그칠 줄 모르는 요설로 치부하시고 너그럽게 용서해주시기를 바란다. 끝으로 금아 선생의 큰 은혜를 입고 있음에도 불구하고 결초보은(結草報恩)의 의무를 다하지 못하고 고민 중인 필자에게 이와 같은 방식으로라도 금아 선생을 추모하는 사업에 동참할 수 있는 기회를 주신 선후배 동문들에게도 깊은 감사의 뜻을 표하고 싶다.

제2장

마음의 빛과 그림자로부터 시작하여

김우창*

■■■

19세기 초에 영국의 낭만시인 워즈워스는 자연의 소박한 삶을 소박하고 단순한 말로 시 속에 담으려고 한 자신의 시작(詩作) 태도를 옹호하면서, 그가 부딪치게 되는 어려움의 하나로서 시대의 복잡성과 그것으로 일어나는 감성의 둔화(鈍化)를 지적하였다. 그는 다음과 같이 썼다.

> 옛날에는 없던 많은 원인들이 힘을 합하여 마음의 식별력을 무디게 하고 자발적인 움직임을 가질 수 없게 하면서, 마음을 거의 야만적인 마비 상태에 빠지게 한다. 이들 원인 가운데 가장 큰 것은 날마다 일어나는 국가적 대사건이며, 도시에 있어서의 인간의 밀집인데, 도시에 있어서 일의 단조로움은 특이한 사건에 대한 목마름을 낳고, 신속하게 전달되는 정보가 이 목마름을, 시간을 다투어 달래준다.

---

* 고려대 명예교수, 문학평론가. 저서 『궁핍한 시대의 시인』, 『지상의 척도』, 『깊은 마음의 생태학』 외.

이러한 상황 속에서 워즈워스는 "사람의 마음이 조잡하고 격렬한 자극제가 없이도 움직여질 수 있다는 것"을 보여주고자 하였다. 20세기 후반에 있어서의 우리의 상황은 정확히는 알 수 없는 것이나, 워즈워스가 당면했던 상황에 비교할 수 없이 거칠고 요란한 것이 아닌가 한다.

이에 따라서 우리의 문학 일반은, 그리고 시는 매우 시끄러운 것이 되었다. 강한 주장, 현란한 이미지, 충격적인 언어 그리고 잡다성—이러한 것들이 오늘에 쓰이고 있는 시들의 특징이 된 것이다. 이것은 유감스럽게만 생각할 수는 없는 것이다.

각 시대에는 그 시대에 맞는 언어와 생각과 느낌이 있게 마련이다. 오늘날 모든 면에서의 소리의 강도가 높아진 것은 삶의 깊이와 폭을 높게 한다. 그것은 무엇보다도 삶의 구체성의 많은 것을 더욱 많이 구제하면서 그 보편적 폭을 넓히는 결과를 가져온다. 그러나 상실된 것이 없는 것은 아니다.

그중에서도 사라진 것은 나지막한 소리와 섬세한 모양과 움직임이며, 그러한 것에 주의하는 정신의 습관이다.

이러한 것이 사라진다는 것은 단지 그러한 것의 사라짐을 말하는 것이 아니고 전체적으로 우리의 삶이 거칠어지고, 삶의 많은 면에서 섬세한 배려에 의지하는 사람의 일과 사람에게 고통이 증대함을 말하는 것이다. 그리하여 그것은 오늘의 사회와 정치 또는 일상적 삶의 잔혹성(殘酷性)과 무관하지 않다. 결국 작은 것에서든 큰 것에서든 사람의 마음과 사람의 일은 모두가 일체인 것이다.

시가 하는 일은 이 일체성의 마음을 만들어내는 것이다. 그것은 우리로 하여금 '여기'와 '오늘'을 넘어가는 큰 것을 생각하게 하면서, 여기와 오늘에 있는 작은 것들의 섬세한 모양을 느끼게 한다. 그러면서도 이 두 면이 서로 다른 것은 아니다. 즉 시는 큰 것을 말하면서 작은 것을 이야기하고 작은 것을 말하면서 큰 것을 이야기한다. 그러나 대체로 서정시는 적어도 그 직접적인 관심사라는 관점에서는 작은 것들에 귀 기울여 왔다고 할 수 있다. 특히 우리의 서정시의 전통이 그러했다.

금아 선생의 시는 이러한 우리의 시 전통 속에 있다. 나는 금아 선생의 수필을 말하면서 그것이 작은 것들에 대한 사랑으로 특징지어질 수 있다고 한 바 있지만, 이것은 다른 시인의 경우보다도 금아 선생의 시에 특히 두드러진 것으로 말할 수 있다. 찰스 램을 말씀하시는 자리에서 선생은 다음과 같이 쓰신 바 있다.

> 나는 그저 평범하되 정서가 섬세한 사람을 좋아한다. 동정을 주는 데 인색하지 않고 작은 인연을 소중히 여기는 사람, 곧잘 수줍어하고 겁 많은 사람, 순진한 사람, 아련한 애수와 미소 같은 유머를 지닌 그런 사람에게 매력을 느낀다. (「찰스 램」 부분)

여기에 표현된 금아 선생의 인간에 대한 느낌은 그의 수필 그리고 시에 다 같이 적용되는 것이다.

금아 선생의 시의 소재는 자연과 인간 심리의 섬세한 현상들이다. 이것이 대체로 전통적인 것들임은 자명하다. 이것은 봄, 꿈, 기다림, 달무리, 진달래, 후회, 이슬, 시내, 단풍, 슬픔, 기쁨, 어린 시절—이러한 제목들에 나와 있는 말들만으로도 알 수 있다. 아마 얼핏 보아 놓치기 쉬운 것은, 이러한 것들을 소재로 한 시들이 가지고 있는 섬세의 변증법일 것이다.

> 오늘도 강물에
> 띄웠어요
>
> 쓰기는 했건만
> 부칠 곳 없어

흐르는 물 위에
던졌어요

(「편지」 전문)

이것은 이 시집(『피천득 시집』, 범우사)의 첫머리에 있는 「편지」인데, 여기서 읊고 있는 것은 누구나 알 수 있는, 젊은 날의 막연한 그리움이다. 어떻게 보면 이것은 새삼스럽게 이야기될 필요도 없는, 모든 사람이 다 알 수 있는 정서이다. 그러나 이 시의 주인공인 젊은이는 편지를 써서, 왜 그것을 흐르는 물에 띄워 보낼까? 이것도 새삼스럽게 따져 볼 필요도 없는 일이라 할 수도 있지만, 혹 여기에 그런대로 의미 있는 대조가 있는 것은 아닐까? 가령 인간의 마음과 설렘과 좀 더 여유 있고 도도한 자연의 있음과.

설움이 구름같이
피어날 때면
높은 하늘 파란빛
쳐다봅니다.

물결같이 심사가
일어날 때면
넓은 바다 푸른 물
바라봅니다

(「無題」 전문)

「無題」에 있어서의 인간과 자연의 대조는 더욱 분명하다. 인간의 설움과 심사는 분명하게 하늘과 바다가 나타내고 있는 평정과 관용에 대조된다. 그러나 인간과 자연의 대조는 절대적인 것일까? 위의 「無題」에서 우리는 설움과 심사의 움직임도 자연의 움직임에 비유되어 있음을 본다.

그것은 구름같이 피어나고 물결같이 일어나는 것이다. 사람의 마음 움직임도 자연의 그것에 일치하는 것이다.

자연과 인간의 관계는 서로 다르면서 일치하는 것이다. 그 다름도 어떤 관점에서는 자연의 부분과 부분, 또는 자연의 부분과 전체의 다름이다.

앞에 인용한 「편지」에서, 흘러가는 물은 편지를 보내는 행위와 비슷하게 한 곳에서 다른 곳에로의 이동을 나타내고 있는 것이 아닌가? 오히려 편지를 쓰고도 부치지 못하는 사람은 자연의 자연스러운 움직임을 박탈당하고 있는 것이 아닌가? 「바다」에서의 바다의 이미지는 사람의 마음과 완전히 일치한다.

> 저 바다 소리칠 때마다
>
> 내 가슴 뛰나니
> 저 파도 들이칠 때마다
>
> 피가 끓나니
>
> (「바다」 부분)

그런가 하면 「달무리 지면」에서는 자연의 세계와 사람의 세계가 완전히 다르다.

> 달무리 지면
> 이튿날 아침에 비 온다더니
> 그 말이 맞아서 비가 왔네
>
> 눈 오는 꿈을 꾸면
> 이듬해 봄에는 오신다더니
> 그 말은 안 맞고 꽃이 지네
>
> (「달무리 지면」 전문)

달무리와 비에는 자연법칙의 인과관계가 있다. 그러나 꿈과 현실에는 그러한 관계가 없는 것이다. 또 달리는, 「기다림 I」에서 보는 바와 같이 자연은 오히려 인간의 존재방식을 모방하는 것처럼 보이기도 한다.

> 밤마다 눈이
> 나려서 쌓이지요
>
> 바람이 지나고는
> 스친 분도 없지요
>
> 봄이면 봄눈 슬듯
> 슬고야 말 터이니
>
> 지욱을 내달라고
> 발자욱을 기다려요
>
> (「기다림 I」 전문)

또는 자연 자체 안에서도 일치와 차이는 이미 비친 바와 같이 매우 미묘한 모습을 나타낸다.
「봄」은 매우 소박한 이미지 가운데 이 미묘한 자연상을 집약해준다.

> 걸음걸음 봄이요
> 파 — 란 파란빛 치맛자락
> 쳐다보면 하늘엔
> 끊어낸 자욱은 없네
>
> (「봄」 전문)

봄이 오는 것은 자연의 현상이다. 그러나 그것이 감지되는 것은 사람의 걸음이나 치맛자락을 통해서이다. 그러면서도 이러한 자연의 현상과 인간의 느낌은 '끊어낸 자욱'이 없는 자연의 일체적이며 변함이 없는 포용(包容) 속에 있다. 자연과 인간은 움직임과 끊어짐 속에 있으면서 동시에 그것을 초월하는 고요와 일체성(一體性) 속에 존재하는 것이다.

이러한 관찰은 말할 것도 없이 거창한 철학적 개념을 통하여 이루어진 것이 아니라 매우 소박한 자기의 의식 속에서 이루어진 것이다. 그것은 단순한 심정의 움직임-주로 그리움과 같은 매우 약한 감정의 움직임을 주시한다. 그러면서도 그것은 더 큰 철학적·윤리적 의미 속에 있다. 아마 이런 관찰의 가장 단적인 효과는, 그것이 우리의 감정에 윤곽을 주고 그렇게 함으로써 기율을 주고, 더 나아가 우리의 삶 자체에 의식과 규범을 준다는 것일 것이다.

「봄」은 자연에는 계절의 바뀜이 있으나 동시에 이 바뀜의 바탕에 변함없는 평정이 있음을 말한다. 또 「봄」은 사람의 마음에도 스스로의 움직임이 있고 그 움직임의 바탕에는 변화하지 않는 어떤 것이 있음을 암시한다.

이것을 조금 조잡한 교훈으로 옮겨보면, 사람이 그 감정 그리고 인간사의 움직임에 주의함은 마땅하나 동시에 그를 초월하는 바탕을 잃어버려서는 안 된다는 것이다. 이러한 교훈은 '그림'과 같은 데 분명하게 나와 있다.

> 나는 그림을 그릴 때면
> 하늘을 넓고 넓고 푸르게 그립니다
>
> 집과 자동차를 작게 그리고
> 하늘을 넓고 넓고 푸르게 그립니다
>
> 아빠의 눈이 시원하라고
> 하늘을 넓고 넓고 푸르게 그립니다
>
> (「그림」 전문)

「그림」에서 사람이나 사람이 만든 물건보다 하늘을 '넓고 넓고 푸르게' 그리는 이유는 자명하다. 그 하늘의 넓음과 푸름이 사람의 일에 대조가 되고 바탕이 되면서 바른 균형을 잡아주는 역할을 하는 것이다. 피상적으로 볼 때, 이러한 시들의 심정의 움직임과 그것의 바탕에 대한 관찰은 지나치게 세말적(細末的)인 것 같다. 그러나 그것이 사람 사는 일에 윤리적 기본을 제공해준다. 이것은 단순히 비유적인 연장으로 그렇다는 것이 아니고 더 직접적으로 지각 속에 작용함으로써 그렇게 하는 것이다. 시가 작은 일에 주의하는 것은 그 자체로서 일어나는 기쁨 이외에 이러한 교육적 형성을 위한 것이다.

작은 심정의 움직임 또는 자연의 움직임이 갖는 윤리적 의미는 사실 동양의 철학적 지혜에 있어서도 중요한 자리를 차지했던 것이다. 주자(朱子)에게는 사람의 마음의 본 바탕인 성(性) 미발(未發)의 상태에서는 존양(存養)되어야 하며, 이발(已發)의 상태의 정(情)은 끊임없는 성찰을 통하여 교정되어야 하는 것으로 생각되었다. 이때 성정(性情)의 움직임은 은밀한 것, 작은 것, 남이 알지 못하는, 홀로 있을 때의 것을 다 포함하였다. 도(道)에 어긋나지 않으려는 사람을 이 미세 은밀한 것에 계신공구(戒愼恐懼)하여야 하는 것이다.

"군자(君子)의 마음이 늘 경외(敬畏)하여 비록 보이지 않고 들리지 않아도 역시 조홀(粗忽)히 하지 않는 것은 천리(天理)의 본연한 모습이 있는 것이기 때문"이다. 여기에는 은미신독(隱微愼獨)이 중요하다. "말인즉 어둡고 작은 일이라 하더라도, 그것은 흔적이 아직 형성되지 않으면서도 마음속에 이미 그 기미(幾微)가 움직이고 있어서 남은 모르면서도 자기는 혼자 아는 것이기 때문이다."

세상이 뛰어나고 분명한 것도 사실 이러한 데서 시작하는 것이다. 따라서 주자의 생각으로는 사람의 마음이 싹을 틔우는 그 단초(端初)에서부터 이를 적절하게 조정하는 것이 중요한 것이다.(이 대목은 『중용장구대전』(中庸章句大全) 제1장에 나오는 것인데, 김성태(金聖泰)의 『경(敬)과 주의』(1982)의 해설을 따랐다.) 전통적인 시의 인간의 심정에 대한 주의는 주자가 말하는 바와 같은 심리적·윤리적 관찰의 지혜에 이어지는 것이었다. 금아 선생의 일견 지나치게 단순한 서정시에서도 우리는 이러한 관련을 본다.

금아 선생 시의 상당 부분은 어린이를 주제로 한 것이다. 그것은 어떻게 보면 지나치게 산문적이라고 할 만큼 단순한 관찰에 그치는 경우가 많다. 그러나 거기에도 윤리적 의의가 깃들여 있다.

> 재깔대며 타박타박 걸어오다가
> 앙감질로 깡충깡충 뛰어오다가
> 깔깔대며 배틀배틀 쓰러집니다
> 　　　　　　　　　　「아가의 오는 길」 부분)

또는 좀 더 자란 어린이의 동작은 다음과 같이 단순히 기술되기도 한다.

> 새털 같은 머리칼을 적시며
> 너는 찬물로 세수를 한다
>
> "다녀오겠습니다" 인사를 하고
> 너는 아침 여덟 시에 학교에 간다
>
> 학교 갔다 와 목이 마르면
> 너는 부엌에 가서 물을 떠먹는다
> 　　　　　　　　　　(「새털 같은 머리칼을 적시며」 부분)

이러한 관찰은 너무 무미건조한 것으로 말해질 수도 있지만, 주의할 것은 여기에 스며 있는 세심한 마음과 그것의 너그러움이다. 여기에서 우리가 느끼는 것은 인생의 은미(隱微)한 일을 존중하는 마음의 여유이다. 다만 유감스러운 것은, 이 마음의 바탕이 시 자체에서 잘 암시되지 아니한다는 점이다.

그러나 이 바탕은 어쩌면 관찰의 대상에 너무나 합일되어 있기 때문이라고 할 수도 있다. 그런 데 대하여 아마 그것은 갈등 또는 불일치를 통하여 더 드러나는 것인지 모른다. 「아가의 기쁨」에서 어린아이의 동작은 그것을 지탱하고 있는 것에 대조된다.

> 엄마가 아가 버리고 달아나면 어쩌느냐고
> 시집 가는 색시보다 더 고운 뺨을
> 젖 만지던 손으로 만져 봤어요
>
> 　　　　　　　　（「아가의 기쁨」 부분）

어린아이가 하는 짓이 귀엽다 하더라도 그것은 비극적 유기(遺棄)의 가능성을 배제하지 못하는 것이다. 어쩌면 모든 아름다움은 그러한 바탕 위에서 더 예리한 것이 되는지도 모른다. 사실 사람의 심정과 자연의 움직임이 고요와 평정을 바탕으로 한다고 하더라도, 이 고요와 평정의 의미는 경험의 세계에서 매우 모호한 것이다.

그것은 고난과 불의에 대하여 있는 침묵—파스칼이 경험한 무한한 허공의 침묵에 불과할 수도 있다. 그러나 이러한 침묵 속에서 또는 그것마저 느낄 수 없는 세상의 혼란 속에서 근원적인 평화를 회복하는 것이 윤리적 생존의 과제인지 모른다. 그런 때 본연의 천리(天理)가 가능하게 하는 평정, 관용, 사랑, 용서 등은 더오 중요한 내면의 원리가 된다. 금아 신생의 시에서 윤리적 요소는 어떤 때 이러한 내면의 포용성으로 있다고 말할 수 있다. 어린 아이에 대한 자애로운 눈길은 이러한 윤리성의 공간에서 성립한다.

> 마음대로 되는 일이 별로 없는 세상이기에
>
> 참는 버릇을 길러야 한다고 타이르기도 하였다
>
> 이유 없는 투정을 누구에게 부려 보겠느냐
>
> 성미가 좀 나빠도 내버려 두기로 한다
>
> (「교훈」 부분)

　여기에서 어린아이에 대한 너그러운 태도는, 한편으로 인간 본연의 너그러움에서 그것을 허용하지 않는 세상의 형편에 대립하는 원리로서 나온다.
　어른의 세계에서 이러한 부조화는 더욱 불가피하다. 「금아연가」에서 보이는 사랑에 대한 태도는 이러한 부조화를 잘 드러내고 있다. 여기에 읊어져 있는 것은 우리가 잘 아는 전통적인 사랑의 모습이다. 여기에서 사랑은 우선 전통적인 감정의 기미와 그 상징물들로 표현되어 있다. 사랑은 수양버들을 푸르게, 물결을 더 반짝이는 것으로 보이게 한다. 그러나 그것은 곧 장애에 부딪친다. 사랑의 길은 "못 넘고 못 건너가올/길"에 이르는 것이다.
　이것은 외적이라기보다는 내면적으로 부딪치는 도덕적 장애로 생각된다. 장애에 대한 반응은 체념이다. 그러나 이것도 주로 내면적 순응이다. 그리하여 스스로 받아들이는 것인 까닭에 보다 넓은 도덕적 순응으로 바뀐다. 그것은 사랑하는 사람을 커다란 여유 속에 감싸는 일이다. 실연자(失

戀者)는 사랑하는 사람과 합치는 일이 불가능하다면 이웃에서 살며 보기라도 하는 일, 그것이 불가능하면 멀리서 살며 생각만이라도 하는 일 그리고는 종국에 슬픔과 기쁨을 넘어 망각하는 일, 더 나아가 망각조차 필요 없는 상태가 되는 일을 순차적으로 받아들인다. 사랑에 대한 섬세한 느낌과 내적인 이유로 인한 그것의 스스로의 포기, 체념이 만드는 공간 속에서의 여유 있는 승화—이러한 사랑의 행로는 우리가 전통적 시에서 흔히 보는 것이지만, 금아 선생의 시적 표현을 통해서 우리는 그것이 자연스럽고 도덕적인 심성의 바탕 위에서만 허용될 수 있는 사랑의 모습이라는 것을 새삼스럽게 느낀다.

주의할 것은, 이것이 단순한 심리적 태도가 아니라는 것이다. 그것은 세계에 대한 보다 근원적인 형이상학적 이해 또 그것에 입각한 심성과 지각의 훈련으로부터 나오는 것이다. 근본이 되는 것은 근원적인 포용성의 인식이다. 세계에 부정적인 것이 있다면 그것은 단순히 대결되는 것이 아니라 그것을 넘어서는 보다 넓은 테두리 속에 포용되는 것이다. 금아 선생은 매우 간략한 심정의 사건으로 이를 표현한 바 있다.

> 산길이 호젓다고 바래다 준 달
>
> 세워 놓고 문 닫기 어렵다거든
>
> 나비같이 비에 젖어 찾아온 그를
>
> 잘 가라 한마디로 보내었느니
>
> (「후회」 전문)

이것은 동시에서 흔히 보는 김싱직 인정을 표현하고 있다고 할 수 있다.

그러나 그 핵심은 인생과 우주가 밝음과 함께 어둠을 수용하는 것이라는 진실이다. 이것은 인정의 작은 기미에 이미 들어 있는 것이다. 이러한 지각과 형이상학적 자각이, 위에서 말한 사랑의 윤리적 드라마의 근본이 되는 것이다. 단순한 심리적 태도의 차이처럼 보이는 것은 사실 사물에 대한 깊은 이해의 차이로부터 나오는 것이다.

옛날의 사랑의 윤리가 우리에게 낯선 것은 인간의 존재방식에 일어난 깊은 변화에 연유한다. 하여튼 이제 이러한 변화와 함께 평화의 덕성은 사라지고 오늘의 덕성은 투쟁의 덕성이다. 앞에서도 이야기한 바와 같이, 여기에는 시대적 불가피성이 있다. 그러나 궁극적으로 도덕의 도덕됨은 사람과 사람을 부드러운 사랑과 관용으로 묶고, 이에 대응하는 자연의 뉘앙스를 존중하고 하는 일에 있음은 틀림이 없다. 다만 오늘에 있어서 이러한 것은 갈등과 투쟁과 비극을 통하여 삶의 궁극적인 이상으로서 암시될 수밖에 없다고 하여야 할는지는 모른다. 그리하여 우리에게는 삶의 부정적인 조건들을 참조하면서 평화의 비전을 제시하는 문학만이 위대한 문학으로 생각된다. 오늘날이 아니라고 하더라도, 사람 사는 일에서 어느 때 있어서나 갈등과 고통을 피할 수 없는 것이라고 한다면, 그것과 크게 씨름하는 문학을 우리가 요구하는 것도 당연한 일이다. 그렇긴 하나 어떤 경우에 있어서도 갈등과 고통 또는 다른 부정적인 요소가 그 이상의 것이 되는 것은 아니다. 동양의 문학적 전통은 이러한 요소들보다도 인간 삶의 근본적 질서의 순정성을 해명하는 데 주력하여 왔다고 할 수 있다. 금아 선생의 시도 이러한 전통의 관점에서 보아질 수 있는 것이 아닌가 한다.

제3장

보석처럼 진귀한 시

윤삼하*

■■■

수필가로 더 알려져 있는 영문학자 피천득 선생의 시집 『생명』은 1930년
대 이래 60여 년의 시작생활을 한눈에 볼 수 있도록 정리된 의미 있는 시
집이다. 10여 편의 최근작과 저자 스스로 정성스레 선별하여 조금씩 가필
한 98편의 시가 실려 있는 이 시집은 극도의 언어 절제로 이루어진 단시집
(短詩集)이라는 점이 특이하다.

60년에 시집 한 권이라면 과작이 너무 심하지 않은가, 라고 말할지 모르
나 시가 상품을 생산해내듯 대량으로 만들어낼 수는 없지 않느냐는 일종
의 결벽성이랄까 고고함이랄까 선생의 체질을 그대로 나타낸 것이라고 하
겠다. 그만큼 선생의 시는 보석처럼 진귀하다고 말할 수 있다. 보석이 단
단하고 빛깔이 아름답듯이 선생의 시도 정확하고 단단한 이미지와 절제된
언어로 아름다움을 지향한다.

---

* 홍익대 교수 역임, 시인. 시집 『응시자』, 『소리의 숲』, 『헐리는 집』 외. 1995년 작고.

피 선생의 시에 나타난 이미지들은 특별히 새롭거나 희귀한 것은 아니다. 가령 파란 하늘이니 호수의 이슬이니 눈 위의 발자욱이니 아침, 저녁 때, 햇빛, 별, 비, 안개, 꽃, 나무, 새, 아기 등 늘 가까이 있으면서도 우리가 자칫 잊고 사는 것들이 새삼스럽게 활기를 띠면서 되살아나는 것이다.

　　　비 온 뒤 솔잎에 맺힌 구슬
　　　따다가 실에다 꿰어달라
　　　어머니의 등에서 떼를 썼소

　　　만지면 스러질 고운 구슬
　　　손가락 거칠어 못 딴대도
　　　엄마 말 안 듣고 떼를 썼소
　　　　　　　　　　　　　　　　（「구슬」 전문）

　비 온 뒤 솔잎에 맺힌 빗방울을 구슬에 비유하는 것은 매우 직접적이며 단순한 이미지라고 할 수 있다. 그러나 구슬을 따서 실에 꿰어달라고 떼를 쓰는 아이의 이미지로 인해 단순성에서 벗어난다. 선생의 시가 쉽게 읽히고 겉으로 단순해 보이면서도 높은 격조를 띠는 것은 이러한 이중의 구조 때문이 아닌가 한다.

　　　햇빛에 물살이
　　　잉어같이 뛴다
　　　"날 들었다!" 부르는 소리
　　　멀리 메아리친다
　　　　　　　　　　　　　　　　（「비 개고」 전문）

　언뜻 보기에 짧고 단순한 시 같지만 비 개인 뒤의 정경을 이렇게 정확하게 포착하기란 쉬운 일이 아니다. 반짝이는 햇빛에 잉어가 뛰듯이 넘실대는 물살의 시각적 이미지도 선명하지만 활짝 개인 하늘을 보고 "날 들었다!"고 누군가를 불러내는 소리의 이미지로 복합성을 이룬 것은 매우 능숙한 기교라고 할 수 있다.

친구 만나고
울 밖에 나오니

가을이 맑다
코스모스

노란 포플러는
파란 하늘에

(「시월」 전문)

여기서도 맑은 가을, 코스모스와 파란 하늘에 걸린 노란 포플러의 산뜻함이 친구를 만나 정담을 나누고 나온 시인의 환한 마음과 일치함으로써 이중의 구조에 의한 복합성을 띠게 된다.

이러한 이미지의 단순성은 언어의 절제로 더욱 효과를 얻게 된다.

뒤챈다
뒤챈다
뒤챈다

아이 숨차
아이 숨차
쌔근거린다

웃는 눈
웃는 눈
자랑스레 웃는 눈

「백날애기」 전문)

　백일이 된 아기의 신기한 몸놀림을 "뒤챈다" "아이 숨차" "째근거린다"
"웃는 눈" 등 몇 마디로 압축하여 모든 것을 표현해낸다. 여기서 쓰이고 있
는 반복법조차 언어의 남발이 아닌 절제에 일조를 한다. 몸을 뒤채고 나서
자랑스레 웃는 아기의 얼굴을 바라보고 있는 부모의 즐거움마저 다 이야
기해준다.

　피천득 선생의 언어절제는 사랑 연작시인 「금아연가」에서 특히 두드러
진다.

길가에 수양버들
오늘 따라 더 푸르고

강물에 넘친 햇빛
물결 따라 반짝이네

임뵈러 가옵는 길에
봄빛 더욱 짙어라

「금아연가 1」 부분)

　오늘따라 더 푸르게 보이는 수양버들, 강물에 넘친 눈부신 햇빛 등 사랑
하는 사람을 만나서 가는 길이기에 봄빛이 더욱 짙게 보이는 것이다. 이렇
게 복잡한 사랑의 감정을 몇 마디로 압축하여 나타냄으로써 더 이상의 긴
설명이 필요 없게 만든다. 피 선생의 간결한 시에는 사족을 찾아볼 수 없
다. 이러한 언어의 절제는 동양적이며 한시의 영향이 아닌가 한다. 저자

자신도 어떤 대담에서 한시를 아주 즐겨 읽는다고 했다.

피천득 선생의 시에 담긴 절제된 언어는 생활의 절제와도 연관되어 있다. 과욕을 부리지 않는 청빈한 생활, 세속적인 것 다 잊고 별을 쳐다보는 것에조차 '화려함'을 느끼는 복된 시인의 삶이 이 시집에 고스란히 담겨 있기도 하다.

> 이 순간 내가
> 별들을 쳐다본다는 것은
> 그 얼마나 화려한 사실인가
>
> 오래지 않아
> 내 귀가 흙이 된다하더라도
> 이 순간 내가
> 제 9교향곡을 듣는다는 것은
> 그 얼마나 찬란한 사실인가
>
> (「이 순간」 부분)

마음먹기에 따라서 하찮은 것도 '찬란한 사실'이 될 수 있다. 아름다운 것을 추구하는 이 시인의 생활은 분명 복되지만 애틋함이 없을 수 없다.

「낙화」라는 시에서 "슬프게 아름다운 것"을 바라보던 시인은 "여울에 하얀 꽃잎들/아니 가고 머뭇거린다"라고 삶의 애틋함을 노래한다. 또 「잔설」에서는 "하얀 눈 우에/파란 빛이 서려" 있었던 아침이 이제는 "진흙에 섞인/저 희끗희끗한 눈우에" 석양이 비치는 슬픈 눈으로 바라본다.

더욱이 「만남」이라는 시에서는 그림엽서를 모으고 쇼팽의 음악을 들으며 책을 읽으면서 사는 평화로운 학자시인의 생활이 실은 "찬물같은 고독"이 깃든 "평화"임을 실토한다. 그것은 누군가의 '만남'이 순간의 찬란한 불꽃으로 남아 있는 것과 대조를 이룸으로써 더욱 고독한 것이다.

언뜻 보기에 매우 낙천적이며 순진무구한 시인으로 인식하기 쉬운 피선생의 시에 삶의 고통이 전혀 담겨 있지 않은 것은 아니다. 「1930년 상해」라는 시에서 가난한 중국인 노동자의 고달픈 삶이 일부러 코믹하게 그려지기도 한다.

> 알라 뚱시 치롱 속에
> 넝마같이 팔려버릴
> 어린 아이가 둘
> 한 아이가
> 나를 보고 웃는다
>
> (「1930년 상해」 부분)

또 '초등학교 문 앞을 지날 때면'에서는 태극기가 휘날리는 교정에서 아이들이 배우는 노랫소리에 "가슴이 뻐개지는" 아픔을 느끼고 눈물을 흘리는 망국의 시인의 슬픔이 절절히 그려져 있다. 이러한 아픔은 '어떤 무희의 춤'에서는 "맨발로 가시 위를 뛰는 듯/아파라" 하고 예술적인 충동으로 승화되기도 한다.

전체적으로 볼 때 피천득 선생의 시에는 시각적이며 청각적인 이미지 이외에 영탄에 가까운 서정성이 바탕을 이루고 있음을 알 수 있다. 어떻게 보면 한탄 감상에 지나지 않는 것일 수도 있으나 때로는 솔직한 감탄이 공감을 자아내게 한다.

> 호수가 파랄 때는
> 아주 파랗다
>
> 어이 저리도
> 저리도 파랄 수가

하늘이, 저 하늘이
가을이어라

(「가을」 전문)

  너무나도 파란 하늘을 보고 가을이 왔음을 느끼는 단순한 내용이지만 시각적으로만 느끼는 것이 아니라 가슴으로 느끼는 것이다. 산문과는 달리 시에서는 이러한 영탄이 얼마든지 가능할 것이다.

  피천득 선생의 시는 결코 과작이나 짧고 왜소함으로 치부할 것은 아니다. 말이 너무 많고 관념과 구호가 뒤섞인 요즘의 시에 비하면 선생의 노력은 오히려 값진 것이라 하겠다.

제4장

진실의 아름다움

석경징*

■■■

『생명』을 읽으시는 여러분께서는 제가 아주 사사로운 어투로 이 글을 적는 것을 용서해주시기 바랍니다. 여기에 담긴 시편들은, 어느 분이라도 새삼스레 무슨 해설이 필요하겠느냐고 하실 만큼 평명합니다. 어렵거나 드물게 쓰이는 말이 거의 없을 뿐 아니라 마디의 연결이나 전체의 짜임새도 읽는 이의 지능을 시험하려는 듯한 기색이 조금도 없습니다. 읽어서 모를 말로 되어 있지 않기 때문입니다. 그러나 그런 평명성 때문에 시가 무작정 쉽다는 뜻은 아닙니다. 담고 있는 뜻을 단번에 모두 읽어내게 되어 있지는 않습니다. 이를테면 「비 개고」라는 짧은 시가 있습니다.

> 햇빛에 물살이
> 잉어같이 뛴다.
> "날 들었다!" 부르는 소리

---

* 서울대 명예교수. 편서 『현대서술이론의 흐름』, 『서술이론과 문학비평』 외.

멀리 메아리친다.

(「비 개고」 전문)

얼핏 보기에 비 온 뒤의 광경을 어린이의 정서적 차원에서 그려놓은 것으로 생각됩니다. 그런 면에서 묘사는 정확 그 자체입니다. 물살에 햇빛이 잉어같이 뛴다고 할 수도 있겠으나 뛰는 것은 역시 물살입니다. 장마철에 물이 불어서 샛강이나 개울로 올라온 잉어를 마을 청년들이 잡을 때, 뛰는 잉어와 쫓는 청년들이 이루는 힘차고 빠른 움직임을 연상케 합니다. '햇빛에 물살이/잉어같이 뛴다'라는 네 마디의 간결한 표현은 비 개인 뒤 햇빛의 선명함과 물살의 움직임이 어우러져 이루는 역동감을 극도로 절약된 언어적 표현, 즉 최대한의 효율성을 지니고 사용된 수사적 기법이 조화를 이루며 달성한 시적 형상화의 한 전범(典範)과 같습니다. 그러나 다음 두 행이 없었더라면 이 시는 일종의 광경묘사에 그쳤을 것입니다. 앞의 두 행이 자연의 한 면을 대상으로 그린 것이었다면 "날 들었다!" 부르는 소리/멀리 메아리친다'라는 두 행은 사람 사는 곳의 한 장면입니다. 날 든 것을 반기는 소리로 읽으면 지루한 장맛비 같은 것을 연상할 수도 있으나, 어찌되었든 느끼는 힘이 강한 사람이면 비가 개이고 날이 들거나, 맑던 날이 흐리고 비나 눈이 오거나 하는 그 변화 자체를 신기하게 여기고 거의 반사적으로 반응을 보일 것입니다. 어쨌거나 날 들었다고 '외치지'를 않고 '부른다'라고 되어 있는 것도 주의해야 하리라고 봅니다. 부른다는 것은 누구를 부른다든가 노래를 부른다고 할 때의 '부른다'입니다. 결코 혼자서 상대 없이 지르는 '날 들었다!'란 소리가 아닙니다. 또 경악이나 공포를 반영할 수도 있는 '외침'이 아니라 이웃사람의 화답을 기대하는 '부름'이고 따라서 즐겁게 고양된 감정을 노래하는 '부름'입니다. 또 '멀리서' 메아리치는 것이 아니라 '멀리' 메아리친다고 한 것에도 주목할 만합니다. 메아리는 소리 낸 사람에게 돌아오는 것이므로 '멀리 메아리친다'는 것은 '날 들었다!'고 노래 부르듯, 또는 누군가를 부르듯 소리친 사람의 위치에서 떨어진 소위 제3자의 자리에서 서술하는 말입니다. 그렇다 하더라도 그 메아리가 이 제3자에게 돌아오는 소리로 그려져 있지는 않으므로, 이 대목은 말하자면 물살이 퍼져나가듯 한 사람의 "날 들었다!"란 말을 받아 다른 사람이 "날 들었다!"고 하고, 또 그 소리를 받아(원래 '부르며' 낸 소리였으니까) 제3의 사람이 응답하듯 불러나가는 것을 그려내고 있습니다. 앞의 두 행에 자연 변화를 일단 담았다면 뒤의 두 행에는 사람 사는 세상의 한 정경을 담아서 결국 자연과 인간이 어울린 리얼리티의 편린을 그려놓고 있습니다.

짧은 시 「비 개고」를 놓고 이런 말을 하는 것을 지나친 확대해석이라고 하실는지도 모르고, 인간세상이 어디 '날 들었다!'고 부를 때의 평화로움, 정감 어린 태도, 이해득실을 떠난 순수한 것을 기뻐하는 태도 등으로만 되어 있겠느냐고 하실 것도 같습니다만 시가 만약에 사람의 본질에 있는 귀한 가치를 드러낸다면, 그래서 읽는 이로 하여금 그것에 다시 눈뜨게 한다면, 「비 개고」야 말로 그 일을 뛰어나게('뛰어나게'란 늘 비교적인 말입니다) 표현해주고 있다고 하겠습니다.

또한 이런 일이 짧은 시에서만 우연히 이루어진 것이 아니란 것은 『생명』에 실린 다른 시편들을 읽으신 여러분께서 인정하시리라 믿습니다.

한편 언어의 극단적 절약, 기법의 정확성만으로는 서술 자체를 철학적 추상성이나 논리적 기호성으로만 지탱하는 것이 되기 쉬워 시에서 윤기나 여유를 빼앗아가는 수가 많습니다. 절약과 여유를 함께 이야기한다는 것은 모순되는 것 같기도 합니다만 언어의 절약과 정서의 여유가 공존할 수 없는 것이 아님을 「아가의 슬픔」과 「꽃씨와 도둑」에서 읽어낼 수 있습니다. 「아가의 슬픔」의 아가는 그가 품는 의문의 불가해성으로 보아 철학자라 할 수 있겠습니다. 자기를 '나놓고' '성화 멕힌다'니 이해할 수 없다고 하는 것이나 큰 사람들이 놀지 못하는 것(즐겁게 지내지 못하는 것)을 보고 어른이 되고 싶지 않다며 항의를 하는 것은 성미 고약한 못된 아이의 반항의 표시로서가 아니라 엄마보다도 깨달음이 앞선 듯한, 어른보다도 도량이 넓은 듯한 '의뭉스런' 아이의 혼잣말 비슷하게(왜냐하면 엄마에게 말은 하지만 답이 나오지 않을 것이 뻔하니) 되어 있습니다. 이 아이의 답답한 심정을 표현한 거의 무뚝뚝하다 싶은 언어는 기묘한 유머를 자아내고 있으며 따라서 제목의 '슬픔'은 기묘한 유머를 자아내고 있고 따라서 제목의 '슬픔'은 보통의 슬픔이 아니고 매우 철학적인 슬픔이라 하겠습니다. 그런데 이런 능청스러움이랄까 해학적인 맛은 『생명』의 시편들 속에 널리 나타나 있어서 아마도 중요한 특질의 하나가 되어 있다 하겠고, 그점은 「꽃씨와 도둑」에도 재미있게 나타납니다. 만약 제목이 그냥 '꽃씨'였다면, 그 사람이 아들의 하숙집을 처음 찾아온 아버지처럼 생각될 수도 있고 오랜만에 친구집에 들른 사람으로 이해될 수도 있는데, 그렇더라도 뜻이 아주 무너지는 것은 아니지만, 이 사람이 도둑이 되면 아연 의미의 차원과 범위가 확대되고 복잡해지면서 '삼엄한' 통일을 이룹니다(이런 점에서 시의 제목과 기능, 특히 짧은 시에서의 제목의 역할에 대해 주목하게 됩니다). 이 시에는 두 사람이 나타납니다. 한 사람은 집주인(혹은 방주인)이고 또 한 사람은 물론 도둑입니다. 그 도둑은 꽃을 알고, 책을 알며, 꽃의 아름다움을 탐하는 도둑입니다. 요새는 책도 집어다 팔면 돈이 되고, 꽃도 절차여하에 따라서는 돈이 됩니다. 그러고 보면 이 사람은 사실 도둑이 아닙니다. 아마 이 집에 들어오기 전에는 도둑이었는지도 모르겠고 나가면 다시 도둑으로 되돌아 갈른지도 알 수 없으나, 꽃이 많이 핀 것을 눈

여겨보고, 가난하게 공부하는 이의 형편을 이해하는 듯한 태도를 보면 무슨 상당한 인격의 소유자 같지 않습니까? 옛부터 책 도둑은 도둑이 아니라는 말도 있고, 꽃씨를 무단으로 가져갔다 해서 그것이 가게에서가 아니라면 지금인들 어찌 도둑이라 하겠습니까? 도둑이라면서 도둑 아닌 사람이 등장하는 이런 상황을 지어내는 시인의 얼굴에 띤 알 듯 모를 듯한 미소를 짐작케 하는 이 시에는 도둑 아닌 도둑의 유머감각이랄까 느긋하고 여유 있는 배포랄까 하는 것이 시인 자신의 그것과 어우러져 형언키 쉽지 않은 유쾌한 느낌을 일으켜줍니다.

이런 결과는 아마도 사람의 본질에 있는 심오한 단순성에 대한 통찰에서 기인하는 것이라 짐작됩니다. 어린이는 단순하고, 단순함을 노래하는 것이 곧 어린이의 노래라는 그런 유치하게 단순한 논리로 볼 것이 아니라 겉모양이 아무리 복잡해도 그 핵심에는 단순함이 깊이 있으며 사람의 경우 이런 단순함의 구현체가 어린이 혹은 어린이를 한 사람씩 품고 있는 어른임을 아는 것이 중요합니다.

이런 단순성은 궁극적으로는 선을 지향하는 것으로, 단순하고 착한 심성이 섬세한 느낌과 합쳐질 때 관심은 자연히 주변사람에게 쏠리게 되기 마련입니다.

「무악재」에 나타나는 '긴 벽돌담'은 서대문형무소의 그것일 것이고, 담을 끼고 지나가는 어린 학생들을 그 담 안에서 생각하고 계실 '당신'은 아마도 어린것들을 가르치던, 그러다가 그것 때문에 담 안에 갇히게 된 지도자이겠지요. 이 시는 우리 민족이 일제하에서 겪었던 어려움을 평행논리로 쉽게 마음에 떠오르도록 해줍니다. 고생하는 지도자와 그를 사랑하고 존경하는 숭배자 사이의 뜨거운 정이 넘치는 관계를, 지도자가 가르치던 어린것들 사이에 놓고, 뻣뻣하게 힘이 들어가고 힘찬 기상이 거칠게 드러나는 말이 아닌 그야말로 단순한 어린이의 말과도 같은 말로 얼마나 아름답게 그려놓았습니까?

「국민학교 문 앞을 지날 때면」도 같은 맥락에서 이해될 수 있는 시이지만, 「무악재」에 담겨 있는 '지도자', '어린것들', '나'의 셋이 이루는 우리의 이웃에 대한 가슴 아프도록 절절한 사랑의 표현은 당하기 어려울 것입니다. 더군다나 이 시가 쓰여진 시기로 보아 "과거는 없고 희망만 있는 어린 것들"이라는 대목이 반어적으로 울려놓는 한스런 느낌은 읽는 이로 하여금 멍하니 정신을 잃게 하지 않습니까?

시는 정치가 아니므로 세상의 정치적, 사회적 갈등의 질풍노도는 "너는 이제 무서워하지 않아도 된다. 가난도 고독도 그 어떤 눈길도"(「너는 이제」)라는 시적 승화의 차원에 반영되는 것이 당연하다 하겠습니다. "너같이 순한 사람들과 이제는 순할 수밖에 없는 사람들이 다 같이 잠들어 있는" 곳은 글자 그대로의 뜻으로는 죽음의 경지이겠으나, 살아가는 이 세상에 이런 경지를 비춰 보이려는 뜻이 죽은 것이랄 수는 없습니다. 오히려 "꽈쓰를 전당잡혀/따빙을 사먹는 쿠리"(「1930년 上海」)가 있고, "치롱 속에/넝마같이 팔려버릴/어린 아이가 둘/하나 아이가/나를 보고 웃는" 세상을 드러내는 시인에게는 「너는 이제」에 나타난 바는 고도의 용기를 필요로 하는 도덕적 결단의 결과 도달하는 곳이라고 봐야 하지 않겠습니까?

원래 감정이 풍부한 사람이 자기중심주의에 빠지기는 어렵습니다. 필연적으로 다른 사람을 생각하고 걱정하며 사랑하게 됩니다. 여기 모인 시편 중에 사랑의 시가 적지 않은 것은 아주 당연한 것이며 그 사랑의 시는 활활 타오르는 불과 같은 사랑으로부터 마치 감정의 찌꺼기를 모두 씻어버리고 한겨울 창호지에 햇볕이 쪼인 듯한 낮은 숨결의 사랑에 이르기까지 다양하게 히니의 스펙드림을 이루고 있는 듯합니다. 형식과 세새가 완벽

하달 수 있을 정도로 조화를 이룬 「금아연가」의 모든 시편은 물론이고, 정열적 사랑의 한 측면인 「후회」도 다음과 같이 읽을 수 있습니다.

산길이 호젓다고 바래다 준 달
세워놓고 문 닫기 어렵다거늘
나비같이 비에 젖어 찾아온 그를
잘 가라 한 마디로 보내었으니

(「후회」 전문)

이 시에서 후회를 하고 있는 이는 밤길을 따라오며 비춰준 달조차 차마 문을 닫아 집 안에 들지 못하도록 하지는 못하는 그런 섬세한 느낌의 소유자이면서, 약하디약한 모습으로 찾아온 그를 잘 가라는 한 마디로 돌려보냈습니다. '그'를 보고, 그가 흐느적거리며 나는 나비처럼 마치 비에 젖은 듯이 기운이라고는 조금도 없는 형편에 있다는 것을 알아차린 것으로 보아서, 결코 무정하거나 둔감한 사람이 아니라는 것은 분명합니다. 그러나 '그'를 이렇게 보낸 이의 매몰찬 성미를 느끼게 되는 것이 아니라, 이 사람이 얼마나 엄청난 후회에 빠져 있는가를 생각케 됩니다. 이런 후회의 절정이 바로 깊은 사랑의 중요한 일이 아니겠습니까?

사랑의 또다른 극단을 '마른 가지'인 나에게 잠시 쉬었다 가는 「새」에서도 읽을 수 있고, 또 『생명』의 마지막에 실린 「너」에서도 읽을 수 있습니다.

눈보라 헤치며
날아와

눈 쌓이는 가지에

나래를 털고

그저 얼마 동안
앉아 있다가

깃털 하나
아니 떨구고

아득한 눈 속으로
사라져 가는
너

(「너」 전문)

여기에 나타나는 '너'는 우선 감정의 발동을 극도로 억제하는 '나'의 애인일 수 있습니다. '너'는 보통의 애인이라고 하기에는 너무나 절제된 감정을 갖고 있어서 '내'게 보이는 태도는 거의가 종교적 연민과 성질이 같은 것이 아닌가 하는 느낌마저 들게 합니다. 그러나 우리는 이 시를 문맥 없이 읽지는 않기 때문에 '나'의 자기억제, 구도적 안정 같은 것을 쉽게 알아차리게 되기도 합니다. 그러나 이 시가 갖는 또 다른 의미의 차원은 '너'를 '나'를 가리키는 말로 보았을 때 열립니다. 그렇게 되면 여러 말 필요 없이 이 세상과, 이 세상의 우연한 방문자로서의 '나'의 관계를 짐작케 되며, 동시에 고독하기는 하나 고고한 깨달음의 경지를 읽게 되기도 합니다.

제가 처음에 말씀드렸듯이 무슨 해설이 필요하겠습니까? 다만 시편 속에 표시된 길잡이대로 읽어내는 능력에 따라 정신과 감정이 짜내는 헤아릴 수 없이 많은 아름다운 무늬 사이를 노닐게 될 뿐 아닙니까? 다만 아주 말씀드려두기로 한다면 이런 문제는 그냥 남습니다. 즉 시가 진실을 담아낸다면 그것은 이마도 세 가지 측면에서일 셋입니다. 시의 새료인 언어,

또 시의 모양인 형식, 그리고 시에서 말하고 있는 내용으로 말입니다. '비에 젖은 나비'나 '잉어같이 뛰는 물살'이 보여주는, 절제되었으나 정확하기 이를 데 없는 비유를 비롯하여, 뛰어나고 진실된 언어 구사가 있음에도 불구하고, 또 진실되고 고매한 경지에 이른 삶을 짐작케 하는 내용이 담겨 있음에도 불구하고 여전히 해결되지 않고 남아 있는 문제는 바로 시의 모양에 관한 것입니다. 즉 우리나라 말로 시를 짓는다는 것은 어떤 일을 하는 것인가, 라는 의문입니다. 또 짧은 말이 언제 어디서 산문적인 진술과 시적 서술로 갈리는가 하는 의문입니다. 그러나 이런 의문이야말로 우리나라 말을 사랑하고 그래서 시를 애써 짓고, 읽고 즐기는 모든 이가 물어야 할 의문 아니겠습니까? 지금은 다만 이 순간에 아름다운 시를 읽는다는 것이 '얼마나 찬란한 사실인가'를 한번 확인하는 것만으로 족하다 할 수 있지 않겠습니까? 그리고 이와 같은 확인이 가능한 것은 긴 세월에 걸쳐서도 한결같이 흐르는 진실에 대한 사랑이 이 시편들 밑에 깔려 있기 때문이 아니겠습니까?

피천득 문학 연구

제5장

금아 시의 금빛 비늘
피천득 선생의 시세계

권오만*

■■■

1.

금아 피천득 선생님의 7주기를 맞았습니다. 생전의 선생님을 추모하고 또 선생님이 남기신 문학 자산을 기리는 이 자리에서 이 글은 선생님의 두 토막 말씀을 출발점으로 삼아 선생님의 시작품들의 성격을 생각해보려고 합니다. 다음 두 토막의 말씀들은 함께 선생님의 글 「시와 함께한 나의 문학인생」(『내가 사랑하는 시』의 서문, 샘터, 2005)에서 인용했습니다.

> (1) 나는 영문학을 공부해서 많은 시들을 읽고 싶었습니다. 그리고 나 자신 시인이 되고 싶었고, 직접 시를 쓰기도 했습니다. 그런데 독자들이 내가 쓴 수필과 산문을 많이 사랑하게 되면서 내가 쓴 시들이 그것에 가려진 듯한 느낌이 듭니다.

---

* 서울시립대 명예교수. 저서 『시의 정신과 기법』, 『한국근대시의 출발과 지향』, 『윤동주 시 깊이 읽기』 외.

(2) 나에게 있어 수필과 시는 같은 것입니다. (……) 내가 시와 수필에서 가장 중요하게 생각하는 것은 순수한 동심과 맑고 고매한 서정성, 그리고 위대한 정신세계입니다. 특히 서정성은 세월이 아무리 흘러도 변하지 않는 것입니다. 나는 시와 수필의 본령은 그런 서정성을 창조하는 데에 있다고 생각합니다. 그래서 나는 수필도 시처럼 쓰고 싶었습니다. 맑은 서정성과 고매한 정신세계를 내 글 속에 담고 싶었습니다. 나는 글을 쓰면서 늘 그 경지를 지향했지만, 지금 생각해보면 그 경지에는 이르지 못하고 지금 여기에 이른 것 같습니다.

위 두 토막의 발언 중 (1)에서는 선생의 문학 인생이 시에서 발원하고 있음을 밝혔습니다. 또 젊은 시절의 선생은 자신을 시인으로 세우려는 지향을 강하게 품었었는데, 그 지향이 자신의 수필가로서의 성취로 말미암아 빛을 잃은 느낌이 적지 않음을 토로하기도 했습니다. 앞에서 살펴보았듯이 (1)은 '시와 함께한' 선생의 생애를 말한 글의 일부입니다. 그런 맥락에서 보면 (1)은 선생이 시작품들로서 이룩한 성과 또한 자신이 수필작품들로 이룩한 성취에 비해 별로 다르지 않음을 말한 것으로도 보입니다. 그러면서 선생의 시작품들이 수필들에 비해 독자들에게 덜 읽혀지고 따라서 덜 알려져 있는 현실을 안타까워한 셈이라고도 하겠습니다.

금아 선생의 위와 같은 토로 (1)과 그 뒤를 이은 (2)를 접하게 될 때에 독자인 우리들은 자연스럽게 다음과 같은 물음을 품게 됩니다.

첫째, 선생께서는 어떤 점에서 자신의 시작품들이 이룩한 성과가 자신의 수필에서의 성취와 다르지 않다고 보셨을까 하는 점입니다. 둘째, 선생이 보신 것처럼 금아 선생의 시작품들이 이룩한 성과가 수필의 경우와 다르지 않은 것이라면, 선생의 시작품들은 왜 독자들로부터 평가를 덜 받게 된 것일까 하는 점입니다. 위와 같은 두 물음을 풀어 나가면서 이 글의 2에서는 첫째 물음을 중심으로 살펴보기로 하겠습니다. 이 글의 3에서는 둘째

피천득 문학 연구

물음에 대해서 알아보고 이어서 글의 매듭을 짓도록 하겠습니다.

2.

앞의 인용문 (1)에서 보았듯이 금아 선생은 자신의 시작품들에 대해서 상당한 믿음을 품었던 듯합니다. 물론, 그의 시작품들 전반에 대해서는 아니었겠지만, 자신의 일부 작품들에 대해서 선생은 상당한 긍지와 애착을 지녔었다고 보아도 틀림없습니다. 자신의 시작품들에 대하여 선생이 지녔었던 그 같은 생각은 그동안 선생의 시작품들을 논평했던 여러 글들, 곧, 석경징, 이창국, 김영무, 윤삼하 등 여러 시인, 평론가, 문학 연구자들의 평가에서도 별로 다르지 않은 모습으로 드러났다고 생각합니다. 필자 또한 이 글에서 선생의 시작품들에 대한 종전의 평가들과 큰 테두리에서 견해를 같이 합니다. 금아의 시작품들을 말할 때에 여러 논객들이 빈번하게 거론했던 작품 「비 개고」를 먼저 검토하는 것으로 선생의 시작품들의 성격과 그 성과를 살펴보기 시작하겠습니다.

> 햇빛에 물살이
> 잉어같이 뛴다
> "날 들었다" 부르는 소리
> 멀리 메아리친다.
>
> (「비 개고」 전문)

이 시는 전편 4행, 어절 수로는 10어절에 불과한 짧은 작품입니다. 그 짧은 길이와 극히 평탄한 시어들로 해서 이 시는 독자들의 눈길을 붙잡지 못한 채 자칫 간과되기 쉽습니다. 그러나 한 편의 시를 접하면서 그 첫머리에서부터 그것을 꼼꼼하게 살펴보는 독자에게라면 사정은 달라질 터입니다. 그런 이들로서는 이 짧은 시에서 '작고 영롱한 것'의 매혹적인 모습을 어렵지 않게 찾아볼 수 있을 터이기 때문입니다.

이 짧은 작품에서는 샛강 또는 개울을 끼고 있는 마을의 비 갠 뒤의 정경을 그려내고 있는 서경이 빼어나게 나타납니다. 이 시에 따르면 장마 또는 호우(豪雨)로 비가 퍼붓다 갠 마을에서 가장 정채(精彩)롭게 제 존재를 드러내는 자연물은 세 가지로 부각됩니다. 햇빛, 물길을 따라 흐르는 물의 물살 그리고 하늘빛이 그것들이지요. 비 그친 뒤에 활짝 갠 하늘이 티 한 점 없이 맑고 푸름은 우리 모두가 익숙하게 경험해온 바입니다. 햇빛 또한 그렇습니다. 조금 전까지 퍼붓던 비로 하여 티 한 점 없이 맑게 씻긴 대기 사이로 쏟아져 내리는 햇살은 더할 나위 없이 밝고 상쾌한 금빛을 띠고 있습니다. 청담(晴曇)의 날씨는 색채를 비롯하여 사물들에 대한 여러 인상을 크게 바꾸어 놓습니다. 비를 퍼붓던 우천(雨天) 또는 흐린 담천(曇天) 아래서 충충한 색깔로 거세게 흐르던 물살은 비 갠 뒤 눈부시게 밝은 햇빛을 받으면서 그 색깔과 형태를 바꾸게 됩니다. 퍼드덕거리는 황금빛 잉어 떼의 색깔과 역동적인 몸짓으로 말이지요.

이 시는 비 갠 뒤에 위의 세 자연물들이 보여주는 싱그러운 변모를 생동하도록 그려낸 데서 멈추지 않았습니다. 거기서 더 나아가 비 갠 날씨를 활짝 반기는 사람살이의 모습까지를 서경화한 것이 이 시의 깊이 있는 전개상입니다. 이 시 뒤의 두 행은 날씨 같은 자연현상과 교감하는 사람살이의 국면을 활기가 돌도록 포착한 대목에 해당합니다. 그 두 행 중 "날 들었다"고 부르는 소리의 '날 들다'란 말은 근자 우리의 도시생활에서는 흔히 들어보기조차 어려운 말입니다. 그러나 그 말은 지금부터 40년 전쯤까지는 아주 널리 쓰이던, 관용적인 구어(口語)에 해당했습니다. 문어(文語)보다

구어를 더 즐겨 썼던 40년 전쯤의 언어생활의 자취를 뚜렷하게 보여주는 예라고 하겠습니다.

앞의 "날 들었다"는 소리를 '부르는 소리'라고 그려낸 점은 특이합니다. 그 경우에 흔히 쓰일 법하다고 예상되는 말은 신바람 든 '외치는 소리'가 십상이지요. 그 예상을 깨고 이 시에서 '부르는 소리' 쪽을 선택한 것은 그 쪽이 '외치는 소리'의 의미를 함축하면서도 거기에 새로운 의미까지를 덧붙일 수 있다고 생각했기 때문일 듯합니다. 그 새로운 의미란 "날 들었다"고 말한 인물 이외에도 '날 들기'를 기다려온 그의 짝패가 마을의 가까운 어딘가에 머무르고 있어 그를 '부르는 소리'라고 이해할 수 있겠습니다. 이 대목에서 주로 서경을 그려내던 시 「비 개고」는 비 갠 뒤 사람살이의 서경만이 아니라, 오랜 기다림 끝에 비 갠 날 사람살이의 서정까지 그려냈다고 하겠습니다. 앞에서 살펴보았듯이 시 「비 개고」는 사람살이 속에서 자연의 모습, 사람과 자연 사이의 교감을 그려낸 수작(秀作)입니다. 그와는 달리 다음에 살펴볼 시 「후회」는 주로 사람살이를 그려내면서 자연의 모습을 사람살이를 관조하는 수단으로 끌어들였습니다.

> 산길이 호젓다고 바래다 준 달
> 세워 놓고 문 닫기 어렵다거늘
> 나비같이 비에 젖어 찾아온 그를
> 잘 가라 한 마디로 보내었느니
>
> (「후회」 전문)

이 작품에서는 앞에서 살펴본 시 「비 개고」와 가까운 점을 여럿 찾아볼 수 있습니다. 4행으로 이루어진 짧은 시, 곡진한 짜임새, 자연을 빌려 인간의 일을 그려낸 점 등이 그렇습니다. 우리는 이 짧은 시의 앞 두 행에서 한국인이 오랜 시간에 걸쳐 품어왔던 자연관의 일단을 만나기도 합니다. 그것은 비가 오는 자연현상을 '비가 오시다'라고 공경하여 말할 때의 자연 외경 또는 자연에 대한 인격 부여에서 목격할 수 있었던 태도입니다. 이 시의 앞 두 행에서는 자연과 사람 사이의 따뜻한 정이 실로 포근하게 교감합니다. "산길이 호젓다고 바래다 준" 쪽이 자연물로서 달의 모습이며 마음씨입니다. 그리고 그토록 고마운 대상인 달을 "(밖에) 세워 놓고 문 닫기 어렵다"고 생각하는 쪽은 달로부터 고마움을 입은 사람이 보여준 태도가 됩니다.

이 시의 앞 두 행에서는 그렇게 자연에게서 받은 혜택까지 깊은 고마움으로 대했던 지난날의 삶의 모습을 그려냅니다. 그런 삶의 태도를 반추하면서, 이 시의 뒤 두 행에서 화자는 자신의 행위를 깊이 돌이켜봅니다. 그리고 별 생각 없이, 세상을 함께 살아가는 이웃인 '그'를 홀대했던 자신의 태도가 크게 잘못 되었음을 스스로 깨닫는 결말을 보여줍니다.

위 두 예에서처럼, 대체로 감성적, 낭만적이면서도 전아(典雅)한 삶의 모습을 그려온 것이 금아 선생의 시작 경향입니다. 그런 선생에게서 의외로 시대의 문제들을 그려낸 작품들을 만나게 되는 것은 신선할 만큼 새로운 모습이 됩니다. 그런 작품들로는 일제 강점 말기의 작품과, 광복 직후의 작품들에서 여러 편 보입니다. 그중에는 2002년 서울 월드컵을 노래한 작품도 포함되어 있어 이채롭습니다. 다음에 광복 직후의 그의 감개를 그렸던 「국민학교 문 앞을 지날 때면」과 월드컵 당시의 그의 감회를 노래한 「붉은 악마」를 돌아보기로 합니다.

> 국민학교 문 앞을 지날 때면
> 꾀꼬리들이 배워 옮기는 참새 소리
> 번연히 그럴 줄을 알면서도
> 가슴이 빠개지는 것 같았다

피천득 문학 연구

태극기 날리는 운동장에서
삼천리를 부르는 어린 목소리
나는 머—ㅇ하니 서 있고
눈물만이 눈물만이 솟아오른다

꿈에서라도 이런 꿈을 꾼다면
정녕 기뻐 미칠 터인데
나는 머—ㅇ하니 서 있고
눈물만이 눈물만이 흘러나린다
                    (「국민학교 문 앞을 지날 때면」 전문)

붉은 악마들의
끓는 피
슛! 슛! 슛 볼이
적의 문을 부수는
저 아우성!
미쳤다, 미쳤다
다들 미쳤다
미치지 않는 사람은
정말 미친 사람이다.

                         (「붉은 악마」 전문)

　　올해로 65년째를 맞는 민족 광복이란 사건이 얼마나 거대한 역사적 전
환점이었던가를 새삼 말하지 않기로 합니다. 일제 강점에서 풀려난 광복
이 그렇게 엄청난 사건이었던 만큼, 그 사건을 노래한 시작품들 또한 적지
않은 숫자로 산출될 수밖에 없었습니다. 다수로 쏟아져 나왔던 그 작품들
중 금아 선생의 「국민학교 문 앞을 지날 때면」은 단연 주목할 만한 대상이
됩니다. 일제 지배 아래서 겪었던 아픔의 구체적 실상과 광복 당시의 감격
을 뒷날의 독자들까지 생생하게 누릴 수 있도록 그려낸 작품이라는 점에

서 말입니다.

「붉은 악마」는 2002년 서울 월드컵의 뜨거운 열기가 당시 만 92세였던 시인 금아 선생에게 충격을 줘 만들어 낸 작품입니다. 작품 전편이 31개의 낱말들로 이루어져 있는 이 짤막한 시는 아마도 2000년대 초입의 우리 역사에서 길이 기억할 만한 시작품으로 남을 듯합니다. 그 사유는 두 가지입니다. 하나는 한국이 주최했던 세계인의 축제, 월드컵을 빼어나게 그린 시이기 때문입니다. 또 하나는 우리 시대 최고령급의 시인이 남긴 국가 최고의 축제 찬가이기 때문입니다.

위 네 편의 시작품들에서 볼 수 있듯이 금아 선생은 수필에서뿐만 아니라 시에서도 다수의 빼어난 작품들을 내어놓았습니다. 그의 빼어난 시작품들은 그 대부분이 짧고 꼼꼼하게 다듬어진 작품들이어서 그 작품들은 '작고 영롱하다'는 인상을 강하게 남깁니다. 선생은 일찍이 자신이 이루어 낸 작품들이 '산호와 진주'일 수 있었으면 하는 소망을 표하여 둔 일이 있습니다. 선생이 남긴 그 말의 울림 때문일까 우리는 그가 남긴 영롱한 시작품들에서 언뜻언뜻 진주처럼 빛나는 음영을 만나기도 합니다.

이 글에서는 잘 다듬어진 선생의 시작품들 또는 시의 대목들을 달리 '금빛 비늘'이라고 불러보려고 합니다. 선생 시의 한 대목에서처럼 펄떡거리는 잉어의 '금빛 비늘' 같은 것으로 말이지요. 선생의 시작품들에서는 그처럼 번쩍이는 '금빛 비늘'을 빈번하게 만날 수 있습니다. 금아 시에서 번쩍이는 그 같은 빛 덩어리들은 아마도 시인으로 하여금 그의 시작품들에 대해서 품었던 긍지의 밑힘이었을 것입니다. 금아 선생이 토로했던 것처럼 그의 시작품들은 분명히 그의 수필작품들에 못지않은 상큼한 매력을 간직하고 있습니다. 그러함에도 불구하고 그의 시작품들은 그의 수필들에 비하여 현저하게 적은 반응을 얻었던 것 또한 사실입니다. 그렇다면 그 사유는 무엇일까요? 그 점은 우리가 알아보고 생각해볼 또 하나의 중요한 문제로 떠오릅니다.

3.

금아 선생의 수필작품들을 '서정수필'이라고 부르는 평론가들 또는 독자들을 흔히 만납니다. 선생의 수필을 그렇게 분류, 호칭하는 것은 그의 수필작품들의 성격으로 보아서 적절하고, 그의 창작 의도와도 어긋나지 않을 것 같습니다. 그렇다면 그의 시작품들을 한마디로 '서정적'이라고 분류하는 것은 어떨까요? 금아 선생의 시작품들이 '서정적'임은 분명합니다. 앞에서 인용한 글 (1), (2)에서 볼 수 있듯이 생전의 금아 선생도 그의 수필작품들과 함께 자신의 시작품들이 '서정적'이라는 점을 분명히 밝혀 두었습니다.

그처럼 선생은 그의 시들이 '서정적'임을 강조했습니다. 그러했음에도 불구하고, 시의 독자로서 그의 시작품들을 '서정적'이라고 분류하는 데는 선뜻 동의하기 어려운 난점 또한 없지 않습니다. 그것은, 우리가 일반적으로 '시'로 분류하는 문학장르는 흔히 '서정'을 제 고유의 성격으로 삼는 성질이 뚜렷하다는 점 때문입니다. 다시 말하여 '서정'은 금아 선생의 시작품들이 드러낸 성격이기는 하지만, 또한 그 점은 서정시 일반이 구현하는 성격이기도 해서, 선생의 시작품들을 '서정적인 성격'으로 매듭짓기에는 상당히 조심스럽다는 뜻입니다.

선생이 생전에 남겨놓은 '서정수필'들은 우리 수필문학사에서는 매우 주목할 만한 위치에 놓일 것입니다. 선생은 그 수필 유형을 새 유형 또는 그 유형의 새로 정제된 작품들로 세상에 내놓았습니다. 그리고 그 유형의 대표 작품들을 여러 편 창작하여 후대에 남겨놓기도 했습니다. 선생이 이룩해놓은 그 두 가지 성과는 우리 수필문학사에서는 뚜렷한 이정표로서 우뚝 서게 되리라고 믿습니다.

그 경우와는 섬세하게 구별하여야 할 것이 선생의 시작품들이 차지하는 자리일 터입니다. 앞에서 거듭 확인했듯이 선생의 시작품들은 분명히 서정적인 작품들입니다. 그러나 선생의 그 작품들이 우리 시문학사에서 차지하는 위치는 다른 시인의 작품들과 선명하게 구별되어 보이지는 않습니다. 바로 그 점이 우리 문학사에서 선생의 서정수필과 선생의 서정시가 드러내는 중요한 변별점입니다.

시인으로서 금아 선생은 긴 시일에 걸친 시작 기간으로서는 다수의 작품들을 내놓지 않았던 편입니다. 또한 선생은 우리 시의 전개과정에서 어떤 유파의 운동에도 열심히 가담하지 않았던 편입니다. 그런 점들 또한 선생의 시작품들이 독자들의 반응을 형성해나가는 데에 일정한 제약을 주었으리라고 짐작합니다. 위와 같은 사정으로 말미암아 금아 선생의 시작품들은 결국 그의 수필작품들만큼 큰 평판을 끌어내지는 못했다고 할 수 있습니다.

위와 같이 제한된 평가를 받을 수밖에 없었던 것이 선생의 시작품들입니다. 그러나 시가 중심 자리에 서면서 시작되었던 선생의 문학수업 또는 그 창작활동은 시 또는 서정 쪽으로 기울었음으로 하여 독특한 성격을 얻게 되고, 또한 풍성한 결실을 얻게 되었음을 주목하지 않을 수 없습니다. 그 결실이 바로 선생의 문학활동이 서정 쪽으로 상당한 정도 기울었던 서정수필이고, 그의 서정수필 창작과 병행했던 그의 시작이라고 말할 수 있을 것입니다.

선생은 아마도 자신의 문학활동에서 그 점, 곧 자신의 문학이 서정 쪽으

피천득 문학 연구

로 상당히 기울었음을 어느 누구보다도 선명하게 파악하고 있었던 듯합니다. 그렇기에 선생은 앞의 인용문 (2)에서 그토록 확고하게 서정(성)을 강조했던 것입니다. 선생의 한 생애에 걸쳤던 문학은, 선생의 주장 그대로, 서정을 주축으로 전개되었던 서정의 문학이었습니다. 우리 독자들은 그 점을 크게 그리고 분명하게 수긍하여야 옳을 것입니다.

제6장

시인 피천득

이창국*

■ ■ ■

　그는 붓을 놓을 때를 알고 있었다. 그는 어느 날 자기가 전과 같은 정열과 집중력, 그리고 고뇌 없이 시를 쓰고 있다는 사실을 발견하고는 아쉬운 미소를 지으며 붓을 놓았다. 우리는 이 결정이 결코 쉽지 않은 결정이란 것을 알아야 한다. 시인이 그런 결정을 하기에는 적지 않은 용기와 지혜가 요구되기 때문이다. 어느 시인에게 태양 아래 존재하는 어떤 이유를 내세워 그로 하여금 시 쓰는 일을 중지하도록 설득하여 보라. 실패할 것이다. 시 쓰는 일이 육체적으로 지게 지는 일이나 인력거 끄는 일만큼 힘들지 않기에 시인은 죽는 순간까지 시를 쓰고 싶어 하며 또 대개는 그렇게 한다. 또 그 사실을 아주 자랑스럽게 생각한다.

　얼마 전 칠십이 넘은 우리나라의 원로 시인들이 한자리에 모여 시에 대하여 대담하는 장면이 TV에 나온 것을 보았다. 그곳에 모인 노시인들은

---

* 중앙대 명예교수, 수필가. 저서 『다시 한 번 강가에 서다』, 『문학 비평이야기』 외.

이구동성으로 이제야 시란 것이 무엇인가를 알 듯하다는 고백을 하였다. 겸손한 마음에서 나온 겸손한 말이었다. 칠십이 넘도록 시를 써왔지만 시라는 것이 참으로 어려운 것이어서 아직도 그 정체를 알 수 없다는 말씀이었다. 모든 시청자들도 그런 뜻으로 받아들였으리라고 믿어진다.

그러나 이와 같은 고백 속에 다른 뜻도 숨어 있을 수 있다. 욕심 말이다. 시를 계속 더 많이 쓰고 싶은 욕심 말이다. 65세로 정년퇴직을 하게 된 노교수가 이제야 학문이 무엇인지 알게 되었다는 말로서 퇴직을 아쉬워하듯이, 시인도 시를 그만 쓰게 되는 일을 무척 섭섭해한다. 70세가 넘도록 수많은 시를 써왔는데도 말이다. 이제야 시가 무엇인지 알게 되었다니 지금까지는 시가 무엇인지도 모르면서 시를 써왔단 말인가? 시인 피천득이 그랬듯이, 또 우리 모두가 그래야만 하듯이, 시인도 알맞은 시간에 하는 일을 중단할 줄 알아야만 한다. 일에는 시작할 때와 끝이 있다. 시작만 있고 끝이 없는 일은 대개 그 일의 내용이 알차지 못하다. 시를 쓰는 일도 예외는 아니다.

우리가 시간을 내어 피천득의 시를 읽어보면 우리는 곧 이 시인이 그 서운한 결정을 하였을 때 지은 그 미소가 결코 아쉬움에서만 나온 것이 아니었음을 즉시 알 수 있다. 그것은 오히려 그가 일생에 걸쳐 이룩한 비록 작지만 남이 넘볼 수 없는 착실한 업적에 대한 자랑스러움과 만족을 나타내는 미소였음을 곧 알 수 있다.

이 시인의 장점은 자신의 시인으로서의 약점을 잘 알고 있는 데 있다. 그는 처음부터 자기가 위대한 시인이라던가 또는 위대한 시인이 되어보겠다는 부담을 가지고 있지 않다. 그는 자기가 위대한 시인이 되고 싶어도 재주가 모자라기 때문에 그저 작고 소박한 시를 쓰는 시인으로 만족하겠다고 그의 시집 『산호와 진주』의 서문에서 다음과 같이 밝히고 있다.

산호와 진주는 나의 소원이었다. 그러나 산호와 진주는 바다 속 깊이깊이 거기에 있다. 파도는 언제나 거세고 바다 밑은 무섭다. 나는 수평선 멀리 나가지도 못하고, 잠수복을 입는다는 것은 감히 상상도 못할 일이다. 나는 고작 양복바지를 말아 올리고 거닐면서, 젖은 모래 위에 있는 조가비와 조약돌들을 줍는다. 주웠다가도 헤뜨려 버릴 것들, 그것들을 모아 두었다. 내가 찾아서 내가 주워 모은 것들이기에, 때로는 가엾은 생각이 나고 때로는 고운 빛을 발하는 것들이 있는 것 같기도 하다. 산호와 진주가 나의 소원이다. 그러나 그것은 될 수 없는 일이다. 그리 예쁘지 않는 아기에게 엄마가 예쁜 이름을 지어 주듯이, 나는 이 조약돌과 조가비들을 『산호와 진주』라 부르련다.

이 시인은 일생 동안 약 70여 편의 시를 남겼다. 그러나 우리는 그가 구태여 수백 편의 시를 쓴 다른 시인들을 부러워하지 않는다는 것을 잘 알고 있다. 당연하다. 예술작품에서 중요한 것은 그것의 질이지 결코 양이 아니기 때문이다. 그렇다고 해서 이 시인이 많이 쓰는 시인들을 무조건 낮게 평가한다는 말은 아니다. 이 세상에는 많이도 쓰고 동시에 훌륭한 글을 쓴 천재들이 무수히 많다는 사실을 이 시인은 기꺼이 인정하며 이들 앞에서는 무릎을 꿇고 자기로서는 도저히 그들에게 미치지 못함을 자인하고 절망한다. 이 절망은 곧 그들에 대한 사랑과 존경, 그리고 찬탄으로 바뀌며, 자신은 이런 천재 시인들의 글을 통하여 그들의 친구가 될 수 있다는 사실만으로도 무한한 행복을 느낀다. 그의 말처럼 우리는 아무도 천재 앞에서는 질투를 느낄 여유를 가질 수 없는 것이다.

신기한 일은 이 시인도 우리나라의 어떤 다른 시인들처럼 어려운 시대에 태어나 고통스런 삶을 살았지만 시대를 한탄하거나 저주하는 일이 없다는 것이다. 개인적으로 그는 열 살이 되기 전에 어머니와 아버지를 잃었고 자신의 시에서 말한 것처럼 "제풀대로" 자랐으나 그의 어린 시절의 슬

피천득 문학 연구

픔과 고난은 그로 하여금 세상을 어둡고 우울하게 보도록 만들지 않았다. 그가 슬프고 아픈 마음에서 쓴 시의 제목은 다른 것이 아니고 "아침"이다.

> 아침 일찍 일어나
> 해 떠오는 바다를 바라봅니다.
>
> 구름 없는 하늘을 쳐다보면서
> 그곳 계신 엄마를 생각합니다
>
> 제풀대로 자라서
> 햇빛 속에 웃는 낯 보시옵소서
>
> 「아침」 전문

그는 언제나 혼자이나 결코 외롭지 않다. 그에게도 많은 슬픔은 있겠으나 불만은 없다. 그는 항상 행복할 수는 없어도 언제나 명랑하다. 추운 겨울에도 그의 시선은 꽁꽁 얼어붙은 강의 얼음장 위에 머물지 않고 그 밑에 쉴 사이 없이 힘차게 흘러가는 푸른 강물에 머문다. 천국에 계신 그의 부모님들도 돌보아주지 못한 아들이 혼자 자라나 이처럼 "햇빛 속에 웃는 얼굴"을 보고는 크게 기뻐하실 것이 분명하다.

그렇다고 해서 이 시인에게 슬픔과 고뇌가 없다는 말은 결코 아니다. 그리고 그 슬픔과 고뇌가 개인적인 사사로운 것에만 한정된 것이라는 생각 또한 잘못된 것이다. 그는 남 못지 않게 사회의 부정과 불의를 증오하지만 그렇다고 그것을 시로서 표현함에 있어 목소리를 높이지 않는다. 그의 목소리는 언제나 잔잔하며, 우리를 설득하고 안심시켜주며, 우리의 심금에 호소한다. 괴물을 퇴치하는 싸움에 휘말려 그 괴물보다 더 흉악한 괴물이 될 가능성에 대하여 그는 항상 경계한다.

오래 쌓인 헌 신문지를
빈 맥주병들과 같이 팔아 버리다

주먹 같은 활자로 가로지른 기사도
5단 내리 뽑은 사건도 ―

나는 지금 뜰에서
꽃이 피는 것을 바라보고 있다.

「어떤 오후」 전문)

이 시인이 쓴 몇 편의 시는 우리 민족이 일제의 억압 속에서 겪은 민족의 수난과 통한(痛恨), 그리고 해방의 기쁨을 기록한 역사적 문서라고 해도 지나침이 아니다. 우리나라에 많은 시인들이 많은 애국적인 시를 남겼지만 세월이 많이 지난 이 시점에 와서 그가 해방의 기쁨을 노래한 「국민학교 문 앞을 지날 때면」이란 시가 아직도 우리에게 가져다 주는 감동만 한 감동을 전하여 주는 그런 시도 드물다.

국민학교 문 앞을 지날 때면
꾀꼬리들이 배워 옮기는 참새소리
번연히 그럴 줄을 알면서도
가슴이 뻐개지는 것 같았다.

태극기 날리는 운동장에서
삼천리를 부르는 어린 목소리
나는 머ㅡㅇ하니 서있고
눈물만이 눈물만이 솟아오른다

꿈에서라도 이런 꿈을 꾼다면
정녕 기뻐 미칠 터인데

피천득 문학 연구

나는 머—ㅇ하니 서 있고
눈물만이 눈물만이 흘러나린다
                    (「국민학교 문 앞을 지날 때면」 전문)

　그는 또 "파랑새"라는 지극히 아름답고 서정적인 제목의 한 편의 시 속
에 일제의 억압과 민족의 울분, 그리고 해방의 환희와 남북분단의 비극,
6·25전쟁의 참화, 그리고 통일에 대한 기원—이 모두를 표현하였다. 놀
라운 일은 민족사의 커다란 장(章)이 되는 이와 같은 소재를 그는 불과 18
줄 속에 압축시켜 놓았다는 사실이다.

녹두꽃 향기에
정말 피었나 만져 보고
아 이름까지 빼앗기고 살던 때…

"새야 새야 파랑새야"
눈 비벼봐도 들리는 노래
눈 비벼봐도 정녕 들리는 노래

갇혔던 새 아니던들
나는 마디마디
파란 하늘이 그리 스몄으리

꿈 같은 기쁨 지닌 채
파란 날개 상하고
녹두 이랑에 서리가 나려…

파랑새 운도
불 탄 잔디 푸르러지라
마른 가지 꽃이 피라고

하늘은 오늘도 차고
얼음장 밑에 흐르는 강물
파랑새 운다

(「파랑새」 전문)

  이 시인은 무엇보다도 깊은 진리를 쉽고 분명한 말로 힘차게 표현할 줄
안다. 이 시인에게는 진리가 항상 어둠 속에 묻혀 있어야만 될 이유가 없
다. 그는 우리가 어떤 것을 좋아하려면 우선 그것을 이해할 수 있어야 된
다고 말한다. "생명"이라는 어려운 제목을 가지고도 그는 누구나 읽고 공
감할 수 있는 시를 썼다.

억압의 울분을 풀 길이 없거든
드높은 창공을 바라보라던 그대여
나는 보았다
사흘 동안 품겼던 달걀 속에서
티끌 같은 심장이 뛰고 있는 것을.

실연을 하였거든
통계학을 공부하라던 그대여
나는 보았다
시계의 초침같이 움직거리는
또렷한 또렷한 생명을.

살기에 실증이 나거든
남대문 시장에 가보라던 그대여
나는 보았다
사흘 동안 품겼던 달걀 속에서
지구의 윤회와 같이 확실한
生의 生의 약동을!

(「생명」 전문)

이 시인은 자기 일생에 어린이들을 위한 시 몇 편 남긴 것을 은근히 자랑한다. 그는 진정한 시인이라면 마땅히 자기 재능의 일부를 자라나는 어린이들을 위하여 바칠 의무가 있지 않겠느냐고 반문한다. 시인이 자신의 어린 시절을 완전히 잊고 있다면 그 사람은 시인으로서는 물론 하나의 인간으로는 문제가 있는 사람일 것이라고 그는 주장한다. 그의 "어린 시절"은 우리 모두의 어린 시절이요, 우리가 무덤에 갈 때까지 깊이 간직할 귀한 보물과 같은 것이다.

구름을 안으러 하늘 높이 날으던 시절

날개를 적시러 푸른 물결 때리던 시절

고운 농부 찾아서 이 산 저 산 넘나던 시절

눈 나리는 싸릿가지에 밤새워 노래 부르던 시절

안타까운 어린 시절은 아무와도 바꾸지 아니하리
(「어린 시절」 전문)

이 시인에게는 아직도 여러 모로 어린아이 같은 데가 많다. 이미 팔십이 훨씬 넘었지만 여전히 호기심이 많고 크고 작은 세상사에 대한 흥미는 줄어들 줄 모른다.

그는 대단히 종교적인 사람이긴 하지만 특별히 신봉하는 종교는 없다. 그는 지금까지 살아오면서 한순간도 이 지구상에 태어나 살고 있는 자신의 존재의미와 모든 생명의 신비를 탐구하는 지적 노력을 게을리한 적이 없었으며 이 의미와 신비 앞에 오만한 적이 없었다. 그러나 그에게 우선 관심 있는 것은 현재의 삶이요 또한 우리의 삶을 가치 있고 풍요롭게 만드

는 모든 것들이다. 그에게 있어 오래 사귄 정든 친구의 죽음을 위안하여
줄 어떤 종교적인 대안은 없어 보인다.

生과 死는
구슬같이 굴러간다고

꽃잎이 흙이 되고
흙에서 꽃이 핀다고

영혼은 나래를 펴고
하늘로 올라간다고도

그 눈빛 그 웃음소리는
어디서 어디서 찾을 것인가

(「친구를 잃고」 전문)

이 시인이 가장 좋아하고 또한 이 시인을 가장 기쁘게 만드는 일이 있다
면 그것은 다른 사람과 이야기를 하는 일이다. 그는 어떤 종류의 이야기에
도 진지하고 비상한 흥미를 보이며 그 이야기에 항상 새로운 의견과 통찰
력을 보탠다. 그에게 흥미 없는 이야기는 없으며, 그런 것이 있다 하더라
도 그것을 재미있는 것으로 만드는 재주를 그는 갖고 있다. 정 이야기가
없을 때에는 다음과 같이 몇 마디 재미있고 아름다운 이야기를 만들어 우
리에게 들려준다.

마당에 꽃이
많이 피었구나

방에는
책들만 있구나

가을에 와서
꽃씨나 가져가야지.

「도둑과 꽃씨」 전문)

그에게 있어서 과묵은 결코 덕이 될 수 없으며 겸손의 표시도 아니다. 그것은 오히려 경험과 지식의 빈곤, 둔한 머리, 그리고 정서의 고갈을 말하여 주는 증거일 뿐이다. 그에게 있어 침묵은 결코 금은 아니다. 이런 면에서 관찰하여 볼 때 그가 쓴 시들은 어떤 소재를 가지고 어떤 주제를 표현하고 있든 간에 모두가 잘 만들어진 이야기들이다.

그의 잘 다듬어진 금강석 같은 시들을 꿰뚫고 흐르는 공통된 주제가 있다면 모든 위대한 문학작품이 그러하듯이 그것은 인생에 대하여 느끼는 깊은 비애이며, 이것은 우리의 사랑도, 아름다움도, 그리고 모든 욕망도 결국에는 허망한 물거품으로 만들어 버리는 피할 수 없는 죽음에 대한 인식에서 기인하며, 이 죽음이 결코 먼 곳에 있는 것이 아니고 바로 우리 앞에 놓여 있다는 절박함에서 비롯된다. 이런 비애감이 가장 잘 나타난 작품 중에 하나가 「낙화」다.

슬프게 아름다운 것
어젯밤 비바람에 지다
여울에 하얀 꽃잎들
아니 가고 머뭇거리다

「낙화」 전문)

이와 같은 삶의 유한성과 죽음에 대한 불가피성에 대한 절박한 인식은 시인으로 하여금 보다 강렬하게 보다 정열적으로 '석양에 불타는 핏빛 단풍처럼' 살아보려 몸부림치게 만들지만 그는 그 단풍이 어느덧 '바람에 불려서 떨어지고, 흐르는 물 위에 떨어지는' 것을 보고는 슬퍼한다.

단풍이 지오
단풍이 지오

핏빛 저 산을 보고 살으렸더니
석양에 불붙는 나뭇잎갚이 살으렸더니

단풍이 지오
단풍이 지오

바람에 불려서 떨어지오
흐르는 물 위에 떨어지오

(「단풍」 전문)

그가 21세 되던 해 어느 날 그는 자살을 심각하게 생각해 본 적이 있었다. 다행히 그는 살아남아 지금의 노년에 이르게 되었다. 지금도 그는 가끔 그때의 그 일을 회상해보고는 죽지 않고 살아남아 그동안 오월의 신록을 무려 80회 이상이나 바라보게 된 사실에 감사하고 있다.

우리 모두가 그렇듯이 시인도 늙는다. 시인의 노경이 우리에게 특별한 관심거리가 되는 것은 궁극적으로 다가올 죽음에 대한 시인의 태도 때문이다. 지금까지 시를 가지고 우리를 기쁘게도 슬프게도 하였고, 우리에게 삶의 비극성과 희극성도 제시해주었고, 마음의 평화와 삶에 대한 희망 그리고 용기를 주어온 시인이 과연 어떤 마음가짐으로 그의 죽음을 맞이할 것인가는 독자들에게는 당연하고도 지대한 관심사가 아닐 수 없다. 아닌 게 아니라 그는 자신의 일생을 정리하고 새롭게 나타날 그 세계를 염두에 두고 다음과 같은 시를 남겼다.

피천득 문학 연구

너는 이제 무서워하지 않아도 된다. 가난도, 고독도 그 어떤
눈길도

너는 이제 부끄러워하지 않아도 된다. 조그마한 안정을 얻기
위하여 견디어 온 모든 타협을

고요히 누워서 네가 지금 가는 곳에는 너같이 순한 사람들과
이제는 순할 수밖에 없는 사람들이 다 같이 잠들어 있다.
(「너는 이제」 전문)

이 시인이 가고, 그리고 이 시인을 잘 알고 기억하고 있는 몇몇 사람들
도 모두 가버리고 나면 그의 조그만 한 권의 시집만이 남아 깊은 바닷속에
있는 산호와 진주처럼 소리 없이 빛을 발하게 될 것이다. 지극히 행운이
있는 극소수의 사람들에게 이 보석상자는 들어가게 될 것이며, 그들이 이
상자를 열었을 때 그 아름다운 시들은 마치 형형색색의 찬란한 보석들처
럼 영롱하게 빛날 것이다. 그러나 불행한 일이지만 그들은 결코 이 시인이
쓴 가장 아름다운 시는 볼 수 없을 것이다. 그것은 그 시집 속에는 없다.
그것은 바로 이 시인의 "그 눈빛, 그 웃음소리"였기 때문이다.

제7장

금아 피천득과 앙리 마티스

이희숙*

■ ■ ■

억압의 울분을 풀길이 없거든
드높은 창공을 바라보라던 그대여
나는 보았다
사흘 동안 품겼던 달걀 속에서
티끌 같은 심장이 뛰고 있는 것을

실연을 하였거든
통계학을 공부하라던 그대여
나는 보았다
시계의 초침같이 움직거리는
또렷한 또렷한 생명을

살기에 싫증이 나거든
남대문 시장을 가보라던 그대여
나는 보았다
사흘 동안 품겼던 달걀 속에서

---

* 서울교대 명예교수, 시인. 시집 『죄짓듯 시를 지으며』, 『고호가는 길』 외.

지구의 윤회와 같이 확실한
생(生)의 생의 약동을!

(피천득, 「생명」 전문)

금아는 청각을 핵으로 각 감각기관들이 섬세하고도 예민하게 상호반응
하면서 시너지 효과를 내는 시인이다. 그럼에도 본시에서 시인은 세미하
지만 티끌 같은 심장의 박동소리를 "나는 들었다"고 하지 않고, 비틀어서
"나는 보았다"고 삼세번 강조한다. 이러한 언술의 저의는 어디에 있을까?
"생명"은 금아에게 시를 짓게 하는 모티브이며 주제다. 평생 한 권이면 족
하다고 120여 편의 작품에서 가려 뽑아 엮은 시집인『생명』의 표제 시이기
도 하다.

시인은 비틀음의 장치로 멈칫 한 박자 숨을 고르게 하고, 독자가 자신의
목숨이 숨쉬고 있다는 사실을 새삼 깨닫기를 바란다. 품은 지 사흘 된 달
걀 속의 병아리는 꼴도 제대로 갖추어지지 않았을 것이다. 그러나 생명인
지라 티끌 같은 심장이 규칙적으로 "초침같이 움직거리"고 있을 것이며,
"또렷한 생명"의 박동소리도 들림 직하다. "사흘 동안 품겼던 달걀 속에
서/지구의 윤회와 같이 확실한/생(生)의 생의 약동!"이, 그 따듯한 생명력
이 독자에게 감정이입 되기를 기다리는 로코코 풍의 비틀음은 생명에 방
점을 주기 위한 장치다.

길가에서 발에 밟히는 잡초나 치열한 삶의 현장에서 만나는 인생이나,
달걀 속의 "티끌 같은 심장"이나 생명의 귀중함은 모두 하나다. 모두 내 목
숨처럼 불완전하고 도자기 같이 깨지기 쉽다. 연약할수록 생명력은 더욱
절박하다. 생명의 모든 신비가 응축되어 있는 달걀 속의 티끌 같은 심장이
뛰는 소리에 비한다면 "억압의 울분"도 "실연"의 아픔도 "드높은 창공"의
자유도 "남대문 시장"에서나 떨쳐버릴 삶의 권태로움도 우리를 속박하는

주체가 되지는 못할 것이다.

「생명」을 읊조릴 때마다 백색 바탕에 다리를 꼬고 앉아 있는 마티스의 〈푸른 누드〉와 쪽빛 파란 바탕에 금아의 무채색 달걀 이미지가 오버랩 되곤 한다. 금아 시의 모티브는 한마디로 생명 사랑이라고 할 수 있을 것이다. 화가 앙리 마티스(1869~1954)의 모티브도 생명인가, 아니면 지중해 자체인가. 지중해라면 함축하는 의미는 무엇일까. 「생명」과 〈푸른 누드〉에서 언어가 사라지고 두 이미지만이 중첩되고 나면, 거기에서는 장엄한 정적만이 느껴질 따름이다.

마티스는 건조한 지중해성 기후와 풍광, 그리고 그 바다가 연출하는 빛과 색깔을 너무나도 사랑했다. 그에게 니스를 중심으로 하는 지중해는 일종의 종교였고 음악과 예술을 주관하는 미의 여신 비너스였다. 생명의 원천인 바다에서 솟아오르는 당당한 그 형상에 무슨 장식이나 배경이 필요했겠는가? 오직 하나의 기호처럼 응축된 푸른 누드가 이 모든 의미를 함축하고 있을 따름이다. 깊이와 한계를 알 수 없고, 하늘의 달과 조응하며, 우주를 하나의 유기체로 만드는 지중해는 구원(久遠)의 모성일까? 끊임없이 솟구치며 이미지를 생산하고 재생산해내는 예술혼의 원천(源泉)으로서 비너스일까? 마티스의 평생은 사랑하는 지중해의 아름다움과 지중해가 그에게 함축하는 의미를 형상화하려는 여정이라 할 수 있다. 마침내 세상을 하직하기 2년 전인 1952, 마티스는 〈푸른 누드〉 연작 9폭에 지중해를 아름다운 여체의 형상으로 그려내었다.

사진작가 김동욱의 〈피천득〉
(〈한국 인물사진 5인전〉, 예술의전당 한가
람미술관, 2009)

앙리 마티스와 〈푸른 누드〉

〈푸른 누드〉 4

코트다쥐르: 프랑스 남단, 프로방스의 지중해 연안 해변도로.
(망통, 모나코, 니스, 앙티브, 칸, 생트로페 등 해변도시, 휴양지,
어촌, 그리고 예술가들이 활동하던 마을과 박물관을 경유한다.)

피천득 문학 연구

앙티브의 지중해

니스의 지중해

제8장
작고 이름 지을 수 없는 멋의 시

김영무*

■■■

　강원도 어느 산골에서였다. 키가 크고 늘씬한 젊은 여인이 물동이를 이고 바른손으로 물동이 전면에서 흐르는 물을 휘뿌리면서 걸어오고 있었다. 그때 또 하나의 젊은 여인이 저편 지름길로부터 나오더니 또아리를 머리에 얹으며 물동이를 받아 이려 하였다. 물동이를 인 먼저 여인은 마중 나온 여인의 머리에 놓은 또아리를 얼른 집어던지고 다시 손으로 동이에 흐르는 물을 쓸며 뒤도 아니 돌아보고 지름길로 걸어 들어갔다. 마중 나왔던 여자는 웃으면서 또아리를 집어들고 뒤를 따랐다. 이 두 여인은 동서가 아니면 아마 시누 올케였을 것이다. 그들은 비너스와 사이키보다 멋이 있었다. 멋이 있는 사람은 멋있는 행동을 하는 삶이다. 그리고 이런 작고 이름 지을 수 없는 멋 때문에 각박한 세상도 살아갈 수 있는 것이다. 나는 이 광경을 바라보면서 인생은 살 만한 것이라고 생각했다. (「멋」 부분)

　금아(琴兒) 피천득 선생님의 수필 「멋」의 마지막 대목이다. 우리의 삶이

---

*　서울대 교수 역임, 시인. 시집 『색동 단풍숲을 노래하라』, 『산은 새소리마저 쌓아두지 않는구나』 외. 2001년 작고.

살 만한 것은 무슨 거창한 문명의 발전이나 뛰어난 사람들이 이룩한 눈부신 위업들 때문이 아니라 눈에 잘 띄지 않는 수많은 "작고 이름 지을 수 없는 멋" 때문이라고 선생은 말한다. 군더더기 하나 없이 단아한 금아의 수필 하나하나가 이와 같은 작고 아름다운 행위나 순간들의 기록이나 다름없듯이, 금아 선생의 시들 또한 "멋있는" 삶이 편린들에 대한 증언이다. 선생의 시편에는 그래서 우리의 덤덤한 혹은 각박한 일상을 살맛 나게 하는 힘이 있다.

이 힘은 우리의 삶을 압도하는 무게로 다가오는 것이 아니라, 빛나는 작은 비늘이 발산하는 빛만큼의 찬란함으로 스며들어 온다. 이 빛의 겸손함에는 그러나 그 겸손의 깊이만큼의 강렬함이 있다. 「비 개고」 같은 작품이 실감 있게 전해주는 살맛—금아 선생의 시들이 바로 이런 살맛을 우리에게 선사한다.

> 햇빛에 물살이
> 잉어같이 뛴다
> "날 들었다!" 부르는 소리
> 멀리 메아리친다
>
> (「비 개고」 전문)

이렇게 멀리멀리 은은하게 메아리치는 살맛 나는 또 다른 순간을 우리는 「시월」에서 다시 한 번 체험한다.

> 친구 만나고
> 울 밖에 나오니
>
> 가을이 맑다
> 코스모스

노란 포플러는
파란 하늘에

(「시월」 전문)

금아의 시들을 친구 삼아 만나고 밖에 나오는 날이면 이렇듯 가을이 새삼 맑아지고 거기 코스모스도 새삼 똑똑히 보이고 파란 하늘에 포플러가 새삼 노랗다.

선생에게 있어 인생을 살 만한 것이게 하는 "작고 이름 지을 수 없는 멋"은 일차적으로 남에 대한 배려에서 나오는 것인데, 놀랍게도 그것은 군센 의지에서 용솟음쳐 나오는 것이 아니라 "여린 마음"에서 나온다는 것이 금아 선생의 생각이다. 「여린 마음」이라는 제목의 수필은 이렇게 끝을 맺고 있다.

> 고장 난 비행기가 무사히 착륙했다는 소식을 들으면 그 비행기 안에 아는 사람이 하나도 없어도 기뻐한다. 중동에 휴전이 되었다면 기쁘고 파나마조약이 인준되었대도 기쁘다.
> 사람은 본시 연한 정으로 만들어졌다. 여린 연민의 정은 냉혹한 풍자보다 귀하다. 소월도 쇼팽도 센티멘털리스트였다. 우리 모두 여린 마음으로 돌아간다면 인생은 좀 더 행복할 수 있을 것이다. (「여린 마음」 부분)

소월도 쇼팽도 감상주의자였다는 진술에서도 엿보이는 것이지만, 「순례」라는 수필에서는 "문학의 본질은 언제나 정(情)이다. 그 속에는 '예전에도 있었고 앞으로도 있을 자연적인 슬픔 상실 고통'을 달래주는 연민의 정이 흐르고 있다"는 주장이 나온다. 이런 문학관을 가진 분답게 금아 선생의 시에는 문학의 본질을 이루는 "연한 연민의 정" 즉, 친절한 마음 씀의 순간이 포착된 것이 여러 편 있다.

"엄마!/아빠가 살아나면/어떻게/그 무덤 헐고 나올까?/흙 덮고 잔디 덮고 다져 놓는데" 하며 안타까워하는 「어떤 아가의 근심」에도 그것은 배어 있고, 세상일이 어디 제 마음대로 되는 것이냐, 참는 법을 배워야지 하고 타이르다가도 "이유 없는 투정을 누구에게 부려보겠느냐/성미가 나빠도 내버려두기로 한다"고 다짐하는 「교훈」의 아버지의 마음에도 그것은 깃들어 있다.

선생에게 있어 여린 마음 혹은 연민의 정이 그토록 중요한 것은 미국의 시인 로버트 프로스트에 관한 수필의 한 부분이 말해주듯 그것이 삼라만상의 "사실들 하나하나를 그것대로 받아들일 수 있는 순탄한 마음"과 이어지는 것이며, 그런 마음에 있음으로 말미암아 프로스트의 말대로 "우리는 존재 그대로를 사랑"할 수 있기 때문이다.

"새털 같은 머리칼을 적시며/너는 찬물로 세수를 한다"는 대목으로 시작되는 「새털 같은 머리칼을 적시며」 및 「기다림」과 같은 시에서 우리는 어린 딸을 하나의 독립된 귀한 인격체로서 존중하며 신비롭게 바라보는 시인의 "순탄한 마음"과 만난다.

존재 그 자체를 그대로 받아들인다는 얘기는 그러나 존재의 독립적인 개별성이 곧 존재의 궁극적인 참모습이라는 얘기는 아니다. 금아 선생의 시에서는 존재의 개별적 독립성이 최대한으로 존중되면서 동시에 독립적 개체들이 깊은 차원에서 이루어내는 만남의 신비, 일치의 신비가 보다 근원적인 것으로 파악된다. 사실 우리가 이 글의 앞머리에서 읽었던 시들, 햇살에 잉어처럼 뛰는 물결 같은 시들이 전하는 감동도 이런 깊은 일치의 신비에 관계된 것이라고 할 수 있다. 개별 존재들이 누릴 수 있는 궁극의 눈부신 행복을 「축복」이라는 작품은 이렇게 소박하게 노래한다. 참으로 찬란한 행복이란 화려하고 요란한 유별남에 있는 것이 아니라 투명한 소박힘에 깃들이 있음을 아울러 일리넌서.

나무가 강가에 서 있는 것은
　　얼마나 복된 일일까요

　　나무가 되어 나란히 서 있는 것은
　　얼마나 복된 일일까요

　　새들이 하늘을 나는 것은
　　얼마나 기쁜 일일까요

　　새들이 되어 나란히 나는 것은
　　얼마나 기쁜 일일까요

　　　　　　　　　　　　　　　　（「축복」 전문）

　　각자가 그들 나름으로 귀하디귀한 것이 개별 존재들이지만, 이들 독립적 개별 존재들이 이루어내는 만남과 일치의 순간이야말로 정녕 한없는 기쁨과 찬란함과 화려함의 시간이라고 시인은 말한다. "그들이 나를 잊고/내 기억 속에서 그들이 없어진다 하더라도/이 순간 내가/친구들과 웃고 이야기한다는 것은/그 얼마나 즐거운 사실인가"(「이 순간」).

　　60여 년이라는 긴 세월 동안 계속되어 오고 있는 금아 선생의 시세계에는 더없이 고귀한 인격체가 다른 존재의 강제와 억압으로 그 개별성과 독립성을 잃었을 때의 아픔과 절망이 노래된 것은 별로 없다. 그런 가운데 꺾인 날개의 마디마디에 그리움으로 스며 있는 푸른 하늘의 기억이 파랑새의 울음 속에 섞여 들리는 아픔과 희망의 노래인 「파랑새」를 만나는 기쁨은 각별하다.

　　녹두꽃 향이게
　　정말 피었나 만져보고
　　아 이름까지 빼앗기고 살던 때……

　　　　　　　　　　　　　　　　　　　　　　　피천득 문학 연구

"새야새야 파랑새야"
눈 비벼봐도 들리는 노래
눈 비벼봐도 정녕 들리는 노래

갇혔던 새 아니던들
나는 마디마디
파란 하늘이 그리 스몄으리

꿈 같은 기쁨 지닌 채
파란 날개 상하고
녹두 이랑에 서리가 나려……

파랑새 운다
불탄 잔디 푸르러지라
마른 가지 꽃이 피라고

하늘은 오늘도 차고
얼음장 밑에 흐르는 강물
파랑새 운다

「파랑새」 전문)

앞서 인용한 「멋」이라는 수필에서 늘씬하게 키 큰 여인은 마중 나온 여인의 또아리를 얼른 집어던지고 그대로 자신이 물동이를 이고 간 것으로 되어 있고, 이 여인의 행동을 금아 선생은 멋있는 행동으로 보고 있다. 그리고 같은 수필에서 진정한 멋에 대해 얘기하는 가운데 "받는 것이 멋이 아니라, 선뜻 내어주는 것이 멋이다"라는 말이 나오는 것으로 보아, 금아 선생은 주로 남에게로 향하는 친절의 행위(혹은 베푸는 행위)에서 멋을 발견하며, 무거운 물동이를 내어주지 않고 자신이 끝까지 이고 가는 행위를 베풂의 행위, 내 것을 선뜻 내어주는 행위로 보는 것 같다.

그런데 독자의 입장에서는 여기에 약간의 헷갈림이 없지 않다. 만약 이 여인이 마중 나온 여인에게 물동이를 내어주고 함께 정겹게 집으로 들어 갔다면, 그것은 상대방에 대한 친절의 행위가 못 되었을까? 내 것을 선뜻 내어주는 행위가 진정으로 멋있는 행위일 수 있는 것은 그것이 단순한 베 풂의 행위가 아니라 독립적인 두 인격체의 동등한 상호 존중정신에 바탕 한 일치의 신비를 이루는 한에서 그러한 것이리라. 물론 물동이를 그냥 이 고 가버린 키 큰 여인의 행위에는 장난스러움도 없지 않고, 그래서 마중 나왔던 여인은 "웃으면서 또아리를 집어 들고 뒤를 따랐"을 것이다. 그러 나 이런 디테일이 충분히 중요하게 강조된 것 같지는 않다.

내 것을 선뜻 내어주기란 정녕 쉽지 않기에 이런 행위의 멋은 거듭 강조 되어 마땅하다. 그러나 내어주는 사람의 선의를 진정한 선의로 받아들이 는 일도 내어주는 행위 못지않게 어렵다. 마중 나온 여인의 순정을 순정 그대로 투명하게 받을 수 있는 멋이 있는 자리에서만, 선뜻 내어주는 행위 가 멋있는 행위가 된다. 그렇지 않을 경우 거기에는 자기탐닉, 자기만족, 이기적 감상주의로 빠질 위험이 항상 도사리고 있다. 선뜻 내어주는 행위 가 "작고 이름 지을 수 없는 멋"이 되어 우리의 삶을 살 만한 것이 되게 하 는 동력으로 작용하는 것은 그 내어줌이 곧 자기를 허무는 힘든 일을 동반 하고 있기 때문이다. 자기를 허물어내는 쉽지 않은 일이 곁들어 있지 않을 때, 내어주는 행위는 그것이 아무리 선뜻 이루어진 것이라 해도 자기만족 적 자기탐닉의 혐의를 벗기 어렵다. 이런 문제점을 염두에 두면서 「너」라 는 작품을 읽어보자.

눈보라 헤치며
날아와

피천득 문학 연구

눈 쌓이는 가지에
나래를 털고

그저 얼마 동안
앉아 있다가

깃털 하나
아니 떨구고

아득한 눈 속으로
사라져가는
너

(「너」 전문)

"깃털 하나/아니 떨구고" 사라져 간 개별 존재의 귀하디귀한 독립성, 아무런 욕심 없이 "그저 얼마 동안/앉아"서 소리 없이 자기의 온전성을 지키는 일의 매력, 이토록 매력적인 자기온전성을 허물어냄과 동의어인 선뜻 내어줌의 참다운 의미, 허물어냄만이 이룩할 수 있는 탐된 온전성 등등에 관한 성찰이 가슴 깊이 스며드는 그리움과 아쉬움의 여운을 남기며 창조적 긴장감 속에 아름답게 노래되고 있다.

제9장

피천득의 순수하게 그리고 우아하게 강력한 시세계

이만식*

■■■

때때로 시는 혼자서 성립합니다. 때때로 시는 시인과 함께 성립합니다. 피천득은 자신의 유명한 수필세계에서 성공적으로 드러난 자신의 내면세계를 시세계에서 표현하는 시인입니다. 그가 97세까지 이 세상에서 살았지만 그의 수필세계는 그가 정말로 순수한 소년이라는 비밀을 폭로하고 있습니다.

그의 시세계의 언어는 너무 단순하여 해석할 필요가 없을 지경입니다. 그러나 거의 대부분의 시가 독자로 하여금 멈추고 자신의 삶을 돌이켜보게 하는 강력한 여운을 갖고 있습니다. 그의 시세계는 우아한 방식으로 매우 강력하고 힘이 있습니다.

피천득은 어떤 다른 방식으로 꾸미는 수사학적인 장식 없이 자신의 실제 자아를 보여줍니다. 예를 들자면 「가을」에서 하늘이 파랗고 가을이기

---

* 가천대 교수, 시인, 평론가. 저서 『해체론의 시대』, 시집 『아내의 문학』.

때문에 호수가 파랗고, 정말로 파랗다고 그가 그저 우리에게 이야기합니다. 소년이나 어린아이가 쓸 수도 있겠다는 의심이 들 만큼 그의 언어는 너무나도 단순하지만, 그의 시세계의 놀랍고도 주목할 만한 양상은 모든 시에서 그의 메시지가 명확할 뿐만 아니라 강력하게 전달된다는 것입니다. 그의 시세계는 질투가 날 만큼 순진하고 우아합니다. 이 더럽고 복잡한 세상에서 순수하고 우아한 자아를 인간이 어떻게 유지할 수 있겠습니까? 이것이 그의 시세계를 감상하면서 독자들이 물어보는 경향이 있는 질문인 것입니다.

금아 시 「가을」의 전문을 읽어보겠습니다.

> 호수가 파랄 때는
> 아주 파랗다
>
> 어이 저리도
> 저리도 파랄 수가
>
> 하늘이, 저 하늘이
> 가을이어라
>
> (「가을」 전문)

호수에 가보면 호수의 물이 파랗다는 것을 느낍니다. 그런데 피천득은 이 시에서 호수가 저리도, 어이 저리도 파랄 수가 있는지 라는 생각이 들 때가 있다는 것을 지적합니다. 그리고 하늘을 올려다 보고 그것의 원인을 알게 됩니다. 정말로 파란 하늘이, 그것도 가을의 하늘이 호수에 비추었기 때문에 그렇다는 것입니다. 논리의 전개가 단순하다고 느껴집니다. 그런데 이 시의 놀라운 점은 단순한 논리가 순진한 언어로 전개되었을 뿐인

데도 독자에게 시적 감동을 줄 뿐만 아니라 그 감동의 묵중한 무게를 느끼게 한다는 것입니다. 호수에 가보면, 대부분의 경우, 아마도 언제나, 호수의 물이 파랗다는 것을 느꼈다는 기억을 되살릴 수 있습니다. 어느 계절보다 더욱 파란 하늘 때문에 가을에 특히 그러하다는 것을 독자가 인정하지 않을 수 없습니다. 이런 충분히 납득할 만한 논리의 전개에도 불구하고, 피천득의 「가을」이라는 시작품이 전달하는 문학적 상상력의 힘이 전부 다 제대로 설명되지 않은 것 같습니다. 이 시가 보여주는 순수함은 동요가 보여주는 순수함이 아니기 때문입니다. 이 시의 시인은 소녀나 소년이 될 수 없습니다. 이 시의 순수함에는 힘이 실려 있습니다. 동요의 순수함에서는 볼 수 없는 강력한 힘이 들어 있습니다. 이러한 힘의 성격, 즉 겉으로는 순수하고 우아하게 보이지만 그 안에 내재되어 있는 강력한 힘을 이해하는 데에 피천득 문학의 핵심이 놓여 있다고 여겨집니다.

수필집 『금아문선』(琴兒文選)의 서문 「신판을 내면서」에서 피천득은 다음과 같이 자신의 문학관을 밝힙니다.

> 나는 아름다움에서 오는 기쁨을 위하여 가끔 글을 써 왔다. 그리고 그 기쁨을 나누기 위하여 발표하였다. 시나 수필이나 다 나의 어쩌다 오는 복된 시간의 열매들이다. (『금아문선』 서문 부분)

'아름다움에서 오는 기쁨을 위하여 쓰는 글'이라는 태도를 기반으로 하면서, 시와 수필의 구별이 뚜렷하지 않은 것이 피천득 문학의 특징들 중 하나입니다. 수필은 그 정의가 좀 막연하기는 하지만, 일반적으로 사전에 어떤 계획이 없이 어떠한 형식에 구애받지 않고 자기의 느낌·기분·정서 등을 표현하는 산문 양식의 한 장르입니다. 그것은 무형식의 형식을 가진 비교적 짧고 개인적이며 서정적인 특성을 가진 산문이라고 할 수 있습니다. 시의 경우에도 그 정의에 있어서는 전반적인 동의가 이루어져 있지는 않지만, 대체적으로 수필과는 정반대의 성격을 갖고 있는 면이 많은 문학 장르라고 정의할 수 있습니다. 시가 비교적 짧고 개인적이며 서정적인 특성을 갖고 있다는 점에서는 수필과 유사하지만, 기본적으로 산문이 아니라 운문입니다. 그리고 에즈라 파운드(Ezra Pound)의 『시를 어떻게 읽을 것인가』(*ABC of Reading*)라는 책 등 시에 관한 방법론적 저서들은 무척 많이 있습니다. 이처럼 시는 수필과 달리 형식의 구애를 철저하게 받는 문학 장르입니다. 이렇게 대조적인 두 장르, 시와 수필이 피천득의 문학에서는 수렴되고 있습니다.

수필 「신춘」(新春)의 다음 구절은 시와 수필이 어떤 점에서 수렴되는지 보여주고 있습니다.

> 많은 소설의 주인공들이 성격 파산자들이라 하여, 또는 신문 삼면에는 무서운 사건들이 실린다 하여 나는 너무 상심하지 않는다. 우리들의 대부분이 건전하기 때문에 그런 것들이 소설감이 되고 기사거리가 되는 것이다. 세상에는 나쁜 사람이 많다. 그러나 좋은 사람이 더 많다. 이른 아침 정동 거리에는 뺨이 붉은 어린아이들과 하얀 칼라를 한 여학생들로 가득 찬다. 그들은 사람이 귀중하다는 것을 배우러 간다.
> 봄이 되면 고목에도 찬란한 꽃이 핀다. "슬픈 일을 많이 보고, 큰 고생하여도" 나는 젊었을 때보다 오히려 센티멘탈하지 않다. 바이올린 소리보다 피아노 소리를 더 좋아하게 되었고, 병든 장미보다는 싱싱한 야생 백합을, 신비로운 모나리자보다는 맨발로 징검다리를 건너가는 시골 처녀를 대견하게 여기게 되었다. (「신춘」 부분)

피천득은 "많은 소설의 주인공들이 성격 파산자들"이라고 정의합니다. 문학평론의 엄밀한 작업에 근거하여 근대소설의 주인공들이 성격 파산자들이라고 정의하고 있지 않습니다. 피천득의 느낌, 기분과 정서를 표현하는 수필가적 관점에 의거하면 근대소설의 주인공들의 성격이 정상적이지 못하다는 것입니다. "세상에는 나쁜 사람이 많다. 그러나 좋은 사람이 더 많다."는 것 그리고 "우리들의 대부분이 건전"하다는 전제에 의거하여 피천득은 근대소설의 주인공들이 대부분 성격 파산자들이라고 정의하고 있습니다.[1] 이러한 문학관은 "신비로운 모나리자보다는 맨발로 징검다리를 건너가는 시골 처녀를 대견하게" 여기는 근거가 되고 있습니다. 바로 이 지점에서 앞에서 읽었던 「가을」 같은 시들의 힘 있는 순수함의 발상지를

---

[1] 여담입니다만, 저는 피천득 선생님의 마지막 제자들 중 한 명입니다. 제가 서울대학교 사범대학 영어교육과 3학년 때인 1974년 피천득 선생님께서 정년으로 은퇴를 하셨습니다. 이런 개인사를 언급하는 이유는 "세상에는 좋은 사람이 더 많다"는 피천득 선생님의 인생관에 대한 증거를 하나 제시할 수 있기 때문입니다. 그 증거인 저의 첫 번째 시집 『시론』(1994)에 수록된 시 「피천득 선생님 – 인간 · 3」은 다음과 같습니다.

오래 전에 뵈온 생각이 난다, 아직 생존해 계신 것을 신문 지면으로 안다
영국 신사의 중절모, 코트와 단장을 하고 다니셨는데, 아는 이는 미소 짓는다
그런 치장만 아니라면 짝달막한 키에 평범한 노친네련만
온통 틀니를 하셔서 눈감고 감상하시는 영시가 잘 들리지 않았다
아니, 그 미소는 우스꽝스러운 모습 때문이 아니라, 翠兒 그 동심에
선생님 앞에서는 우리 누구도 아이가 아니면 인간도 아니다
그저 절박하고 궁핍하기만 한 것 같은 대학생활이라고 생각하고 있었는데
"사랑하는 사람과 낙엽 떨어진 길을 걸으며 아이스크림 사 먹을 수 있으면 되는 것이 아닌가," 예이츠와 엘리어트 사이에 또 하나의 해설이 있었다
1974년 대형 강의실에서 있었던 은퇴 강의의 제목은
"영문학의 전망"이나 "한국 영문학 연구의 위치"가 아니라
그냥 지난 시간과 비슷한 프루스트의 「자작나무」 강독이었다
"선생님, 우린 악마 같은 녀석들이지요," 물끄러미 보신다
"자네들같이 깨끗한 사람이 못 간다면 천국에는 도대체 누가 가겠는가"
돌아서면 우리는 또 다른 강경 대치의 무의미 속으로 가야 하는데, 아니
가야 한다고, 못 가면 부끄러워하였는데, 선생님은 저기 천국에 서 계셨다

찾을 수 있습니다. 피천득은 시를 수필처럼 썼던 것입니다.

어떠한 형식에도 구애받지 않고 자기의 느낌·기분·정서 등을 표현하는 산문 양식의 한 장르인 수필처럼 시를 쓴다는 것이 어떻게 가능할 것인지, 그리고 그러한 시도가 제대로 성공한 것인지 이제 시작품들을 읽으면서 질문해야 할 것입니다. 조금 전에 읽은 수필 「신춘」은 다음과 같이 시작합니다.

> 1월은 기온으로 보면 확실히 겨울의 한 고비다. 셸리의 "겨울이 오면……"이라는 구절을 바꾸어 "겨울이 깊었으니 봄이 그리 멀겠는가?" 이런 말을 해보았더니, 신문사에서는 벌써 "신춘에 붙여서"라는 글제를 보내왔다.
>
> 1월이 되면 새봄은 온 것이다. 자정이 넘으면 날이 캄캄해도 새벽이 된 거와 같이, 날씨가 아무리 추워도 1월은 봄이다. 따뜻한 4월 5월을 어떻게 하느냐고? 봄은 다섯 달이라도 좋다. 우리나라의 봄은 짧은 편이지만, 1월부터 5월까지를 봄이라고 불러도 좋다. (「신춘」 부분)

이러한 수필 「신춘」의 주제가 시 「조춘」(早春)에 다음과 같이 100% 반영되어 있습니다.

> 녹슬었을 심장, 그 속에는
> 젊음이 살아 있었나 보다
> 길가에 쌓인 눈이 녹으려 들기도 전에
> 계절이 바뀌는 것을 호흡할 때가 있다
>
> 피가 엷어진 혈관, 그 속에는
> 젊음이 숨어 있었나 보다
> 가로수가 물이 오르기 전에
> 걸음걸이에 탄력을 느낄 때가 있다

화롯불이 사위면 손이 시린데
진달래 내일이라도 필 것만 같다
해를 묵은 먼지와 같은 재, 그 속에는
만져 보고 싶은 불씨가 묻혔나 보다

　　　　　　　　　　　(「조춘」 전문)

　위와 같이 "일찍 오는 봄" 또는 "일찍 느끼는 봄"이라는 점에서 피천득의 수필과 시가 동일한 주제로 쓰인 경우는 드물지만, 대응되는 수필이 발견되지 않는 시편들에서도 수필적 세계관이 발견됩니다. 피천득의 시 「시내」를 읽어보겠습니다.

저 내를 따라서 가려네
흐르는 저 물을 따라서 가려네

흰 돌 바위틈으로 흐르는 물
푸른 언덕 산기슭으로 가는 내

내 저 내를 따라서 가려네
흐르는 저 물을 따라서 가려네

　　　　　　　　　　　(「시내」 전문)

　시의 내용이 너무 간단하고 단순해서 추가적인 해석이 필요 없을 정도입니다. 그럼에도 불구하고 산기슭의 바위틈으로 흐르는 시냇물을 무심코 쳐다보았던 기억이 생생하게 전개되고 있습니다. 우리가 바위틈을 흘러 내려가는 시냇물을 무심코 쳐다보았던 이유는 그 흘러 내려가는 흐름에 잠시 동안이나마 빠져들었기 때문이었습니다. 피천득은 자신의 기분을 거의 형식에 구분을 받지 않으면서도 운문의 형식으로 표현하여 놓았습니

　　　　　　　　　　　　　　　　　　피천득 문학 연구

다. 수필처럼 시가 쓰인 것입니다. 그런데 그 시가 성공적으로 독자의 공감을 얻어내고 있습니다. 또 다른 시 「기다림」을 읽어보겠습니다.

아빠는 유리창으로
살며시 들여다보았다

귓머리 모습을 더듬어
아빠는 너를 금방 찾아냈다

너는 선생님을 쳐다보고
웃고 있었다

아빠는 운동장에서
종 칠 때를 기다렸다

(「기다림」 전문)

이 시도 내용이 너무 간단하고 단순해서 추가적인 해석이 필요 없을 정도입니다. 그럼에도 불구하고 아버지의 자식에 대한 사랑이 강력하게 표현되어 있습니다. 이 시에는 수필가 피천득이라고 하면 떠오르는 딸 서영이의 성장과정의 모습이 기록되어 있는 것 같습니다. 피천득의 삶의 모습이 적나라하게 수필처럼 표현되어 있으면서도 시의 형식을 잘 견뎌내고 있습니다.

피천득 시집 『생명』의 해설을 쓴 석경징은 "읽어서 모를 말로 되어 있지 않습니다. 그러나 그런 평명성 때문에 시가 무작정 쉽다는 뜻은 아닙니다. 담고 있는 뜻을 단번에 읽어내게 되어 있지는 않습니다."라고 설명하면서 겉으로는 순수하고 우아하게 보이지만 그 안에 내재되어 있는 피천득 시세계의 상력한 힘을 지적하고 있습니다. 그리고 석경징은 또한 "언어의 극단적 절약, 기법의 정확성만으로는 서술 자체를 철학적 추상성이나 논리적 기호성으로만 지탱하는 것이 되기 쉬워 시에서 윤기나 여유를 빼앗아가는 수가 많습니다. 절약과 여유를 함께 이야기한다는 것은 모순되는 것 같기도 합니다만 언어의 절약과 정서의 여유가 공존할 수 없는 것이 아님을" 피천득의 시세계가 보여준다고 씁니다. 석경징이 제시하는 피천득 시세계의 특징인 "언어의 절약과 정서의 여유의 공존"이야말로 그의 수필적 세계관의 표현 양상입니다.

수필처럼 시를 쓰면서 삶의 모습을 적나라하게 드러냈던 또 하나의 대표적인 시인은 천상병입니다. 천상병은 「귀천」의 마지막 연, "나 하늘로 돌아가리라,/아름다운 이 세상 소풍 끝내는 날,/가서, 아름다웠더라고 말하리라……"로 유명합니다만, 그의 대부분의 시세계는 아래의 「편지」처럼 힘겨운 삶의 모습을 뚜렷하게 드러냅니다.

점심을 얻어먹고 배부른 내가
배고팠던 나에게 편지를 쓴다.

옛날에도 더러 있었던 일,
그다지 섭섭하진 않겠지?

때론 호사로운 적도 없지 않았다.
그걸 잊지 말아주기 바란다.

내일을 믿다가
이십 년!

배부른 내가
그걸 잊을까 걱정이 되어서

나는
자네한테 편지를 쓴다네.

(천상병, 「편지」 전문)

　천상병의 시를 길게 읽은 이유는 한국문학사에서 피천득의 위치를 자리 매김하고자 하기 때문입니다. 피천득이 한국의 대표 수필가들 중 하나로 인정받고 있지만, 시인으로서는 그 수준까지 인가되고 있지 않기 때문입니다. 시인 피천득이 천상병보다 아직까지 덜 인식되고 있는 이유는 아마도 어려운 삶에 얽힌 일화들이라는 신화적인 전기를 피천득이 갖고 있지 않기 때문일 것입니다. 그런 신화적인 배경은 길고도 긴 문학사의 관점에서 본다면 곧 사라져 버릴 허상일 것이며, 결국에는 문학작품 그 자체의 향유과정 속에서 평가될 수밖에 없을 것입니다. 피천득의 시 「이 순간」은 천상병의 「귀천」만큼 감동을 주는 삶의 찬가입니다.

이 순간 내가
별을 쳐다본다는 것은
그 얼마나 화려한 사실인가

오래지 않아
내 귀가 흙이 된다 하더라도
이 순간 내가
제9교향곡을 듣는다는 것은
그 얼마나 찬란한 사실인가

그들이 나를 잊고
내 기억 속에서 그들이 없어진다 하더라도
이 순간 내가
친구들과 웃고 이야기한다는 것은

그 얼마나 즐거운 사실인가

두뇌가 기능을 멈추고
내 손이 썩어가는 때가 오더라도
이 순간 내가
마음 내키는 대로 글을 쓰고 있다는 것은
허무도 어찌하지 못할 사실이다

(「이 순간」 전문)

　가난의 기억이 생생하던 시기에 천상병의 수필 같은 시가 문학사적으로
의미가 있었다면, 이제 가난의 기억이 사라져 버리는 시기에 피천득의 수
필 같은 시가 그만큼 문학사적으로 의미가 있어질 것이라고 판단할 수 있
을 것입니다.

피천득 문학 연구

제10장

순수의 눈으로

금아 피천득이 남긴 시적 자취를 따라

장경렬*

■■■

1. 세상을 향한 순수의 눈길

지난 세기 70년대 후반 당시 대학원생이던 나는 명동에 있는 유네스코 한국위원회에서 촉탁 사원으로 일하고 있었다. 그곳에서 발행하는 『코리아 저널』의 편집 일을 거들던 나는 지면을 통해서만 알고 있던 문화계의 저명 인사들과 만날 기회를 적지 않게 가질 수 있었다. 그렇게 만난 분들 가운데 한 분이 금아 피천득 선생이었는데, 어느 날 선생께서 일이 있어 사무실에 들렀다. 일을 마치자 선생께서는 옆에서 거들던 나에게 함께 가 볼 데가 있다 했다. 따라 나선 나를 이끌고 선생께서 간 곳은 뜻밖에도 덕수궁이었다. 무슨 일 때문인가 궁금해 하는 나에게 선생께서는 그냥 벤치에 앉아 풍광을 즐기자는 것이었다. 의외의 제안에 다소 놀라기는 했지

---

* 서울대 교수, 문학평론가. 저서 『미로에서 길 찾기』, 『매혹과 저항』, 『응시와 성찰』 외.

만, 소풍 나온 어린이와도 같은 선생의 표정에 나 역시 마음만으로는 어린이가 되어 함께 덕수궁 한쪽 구석의 벤치에 앉았다. 당시 60대 후반이었던 선생과 20대 중반인 나는 그렇게 벤치에 앉아, 어린이의 마음으로 덕수궁 내의 풍광을 즐기기도 하고 또 근처의 사람들에게 호기심 어린 눈길을 주기도 하면서 이런저런 사소한 이야기를 나눴다.

유네스코 한국위원회에서 나온 이후 나는 금아 피천득 선생을 다시 만난 적이 없다. 하지만 신문이나 잡지에서 그의 이름과 마주할 때마다 덕수궁 안에 함께 있었을 때 보았던 그의 모습—어린이의 표정으로 풍광과 사람들에게 눈길을 주던 그의 모습—을 떠올리지 않을 수 없었다. 그리고 덕수궁으로의 소풍이 있고 나서 얼마 후에 그의 그런 모습과 겹쳐 떠오르게 된 한 마디의 말과 만나게 되었으니, 그것은 바로 그의 책 가운데 하나를 펼쳐 들었을 때 나의 눈길을 끌었던 "엄마께"라는 헌정사였다. "엄마께"라니! 나는 나이를 먹을 만큼 먹어서도 여전히 엄마를 '엄마'로 부르고 있다는 사실에 대해 다소 멋쩍음을 느끼고 있었는데, 나만 엄마를 '엄마'라고 하는 것이 아니다! 반갑기도 했지만 호기심이 일기도 했다. 금아의 엄마는 아직 살아 계실까. 그런데 알고 보니, 놀랍게도 그가 10세 때 이 세상을 떠나셨다 한다. 그러니까 10세 때까지 보았던 엄마의 모습을 마음속에 간직한 채 그가 그 오랜 세월을 살아왔음을 증명하는 것이 바로 "엄마께"라는 헌정사였다. 그런 사람이니, 어찌 마음이 어린이의 마음과 같이 순수하지 않을 수 있겠는가.

이번에 금아의 시세계를 전체적으로 검토하면서 나는 언제나 그러했듯 덕수궁 안의 벤치에 앉아 세상에 눈길을 주던 그의 모습을, 그리고 "엄마께"라는 그의 헌정사를 동시에 떠올리지 않을 수 없었다. 아니, 그의 그런 눈길과 헌정사에 담겨 있던 마음이 더욱 생생하게 나에게 다가왔다. 그의 시세계에서 세상을 향한 '순수의 눈길'—그러니까 어린이의 눈길과도 같이 맑고 깨끗한 눈길—을 더욱 또렷하게 확인할 수 있었기 때문이다. 예컨대 다음과 같은 시를 보자.

> 엄마가 아가 버리고 달아나면 어쩌느냐고
> 시집 가는 색시보다 더 고운 뺨을
> 젖 만지던 손으로 만져 봤어요
>
> 엄마는 아가 버리고 아무 데도 못 가겠다고
> 종알대는 작은 입을 맞춰 주면서
> 세 번이나 고개를 흔들었어요
>
> 「아가의 기쁨」 전문)

위의 시에 등장하는 아가는 추측컨대 금아 자신의 손자 아닐까. 아니, 세상 어디서나 볼 수 있는 아가, 엄마 품에 안겨 재롱을 부리는 아가일 수도 있겠다. 아무튼, "엄마가 아가 버리고 달아나면 어쩌느냐"는 말은 엄마가 아가를 버리고 달아나지 않을 것임을 너무도 잘 아는 시인 또는 누군가가 또는 아가 엄마 자신이 아가의 언어 능력과 관계없이 아가에게 던지는 장난의 물음일 것이다. 이렇게 장난의 물음을 던지는 순간 아가는 "시집 가는 색시보다 더 고운 [엄마의] 뺨을/젖 만지던 손으로 만져"본다. 바로 그런 아가의 모습을 보며 시인은 그런 행동이 엄마를 잃을까 두려워하는 아가의 마음에서 비롯된 것으로 이해한다. 이어지는 "엄마는 아가 버리고 아무 데도 못 가겠다"는 말은 너무나도 당연한 엄마의 마음을 담은 엄마 자신의 반응이리라.

이러한 정경은 엄마의 마음과 아가의 마음이 '하나'임을 암시하는 것일 수 있겠다. 엄마와 분리될 수 없는 '하나'인 유아 난세야말로 아가에게 기뺨(bliss)을 맛보는 시기이듯 엄마에게도 이 단계는 역시 기쁨을 맛보는 시기가 아닐 수 없다. 어찌 보면, 시인은 엄마의 뺨을 만지는 아가의 모습에서뿐만 아니라 "종알대는 작은 입을 맞춰 주면서/세 번이나 고개를 흔"드는 엄마의 모습에서도 바로 이 같은 기쁨을 감지하고 있는지도 모른다. 그리고 이처럼 아가와 엄마의 모습에서 기쁨을 감지하는 시인 자신의 마음이 아가의 마음과는 물론 아가 엄마의 마음과도 '하나'가 되고 있음을 보여주는 것이 바로 이 시일 것이다.

굳이 라캉(Lacan)을 들먹이지 않더라도, 아가는 나이가 들면서 필연적으로 엄마를 자신과 하나가 아닌 타자로 인식하는 분리의 과정을 겪게 마련이다. 하지만, 지극히 상식적인 차원에서 이야기하자면, 그와 같은 분리과정을 겪기 전이라 하더라도 아가와 엄마 사이에는 일종의 균열—일테면, 지극히 순간적이고 사소한 것이긴 하나 여전히 균열이라고 할 수 있는 그무엇—은 있게 마련이다. 원하는 것이 만족되지 않아 아가가 칭얼대거나 울 때도 있고, 칭얼대거나 우는 아가 때문에 엄마가 짜증을 느낄 때도 있지 않겠는가. 다시 말해, 때때로 아가와 엄마에게는 '하나'이면서 동시에 '하나'가 아닐 수도 있음을 '슬프게도' 깨닫는 순간이 찾아오곤 할 것이다. 이를 노래한 시가 「아가의 슬픔」이다.

> 엄마!
> 엄마가 나를 나놓고
> 왜 자꾸 성화 멕힌다 그러나?
>
> 엄마!
> 나는 놀고만 싶은데
> 무엇 하러 어서 크라나?
>
> (「아가의 슬픔」 전문)

아무리 귀여운 아가라도 엄마는 때때로 그 아가가 귀찮아질 수도 있다. 그것이 곧 인지상정 아닌가. 하지만 아가는 그런 엄마의 마음을 누구보다도 재빠르게 알아차린다. 아가의 마음과 엄마의 마음은 '하나'이기 때문이다. 그런 아기의 마음과 역시 '하나'의 마음을 지니고 있는 시인은 아가를 대신하여 이렇게 묻는다. "엄마가 나를 나놓고/왜 자꾸 성화 멕힌다 그러나?" 그리고 다시 묻는다. "나는 놀고만 싶은데/무엇 하러 어서 크라나?" '크는' 과정은 곧 아가와 엄마가 서로를 대상 또는 타자로 인식하는 과정일 수 있거니와, 아가에게는 더할 수 없는 "슬픔"의 과정일 수 있다. 어쩌면 시인은 아가의 슬픔을 아가를 대신하여 느끼고 있는지도 모르고, 그의 나이 10세 때 잃은 엄마의 모습을 떠올리고 있는지도 모른다. 추측컨대, 이른 나이에 잃은 엄마에 대한 기억 때문에, 아가를 대신하여 느끼는 시인의 슬픔은 그만큼 더 큰 것인지도 모른다.

2. 작고 사소하고 평범한 것이 주는 기쁨과 축복

시인은 이처럼 아가의 순수한 마음을 지닌 채 아가의 기쁨과 슬픔을 아가를 대신하여 느끼고 있다. 시인이 지닌 아가의 마음과도 같은 '순수의 마음'은 일상의 사물과 만나거나 이를 바라볼 때에도 예외 없이 확인된다. 예컨대, 「축복」과 같은 시를 보라.

> 나무가 강가에 서 있는 것은
> 얼마나 복된 일일까요
>
> 나무가 되어 나란히 서 있는 것은
> 얼마나 복된 일일까요

새들이 하늘을 나는 것은
얼마나 기쁜 일일까요

새들이 되어 나란히 나는 것은
얼마나 기쁜 일일까요

(「축복」 전문)

마음이 아가의 마음처럼 순수한 사람에게 "복된 일"과 "기쁜 일"이란 결코 거창하거나 요란한 것일 수 없다. "나무가 강가에 서 있는 것"이라든가 "나무가 되어 나란히 서 있는 것"과 같이, 너무도 당연하여 아무도 주목하지 않는 사소한 일들이 순수한 마음을 지닌 시인의 눈에는 "복된 일"로 비친다. 아울러, "새들이 하늘을 나는 것"과 "새들이 되어 나란히 나는 것"과 같이, 땅 위의 일상사에 얽매어 삶을 살아가는 사람들의 무관심한 눈에는 쉽게 띄지 않을 일들이 또한 "기쁜 일"로 비친다. 실로 나무와 강과 새와 하늘이 함께 있는 풍경은 그대로 삼차원적인 '자연스러운' 자연의 공간이며, 그처럼 '자연스러운' 자연의 공간이기에 기쁨과 축복의 공간일 수 있다.

서 있는 나무는 흐르는 강물 때문에 정적(靜的)인 존재이지만 동적(動的)인 삶을 누릴 수 있고, 새는 날 수 있는 하늘 때문에 동적인 삶을 누릴 수 있다. 이처럼 정적인 삶을 보완하는 동적인 이웃이 있기에, 또한 동적인 삶을 가능케 하는 정적인 공간이 있기에, 자연은 그 자체로서 기쁨과 축복의 공간일 수 있다. 아울러, 나무는 다른 나무들과 "나란히" 있기에 외롭지 않고, 새는 다른 새들과 "나란히" 날 수 있기에 역시 외롭지 않다. 결국 나무와 새의 입장에서 볼 때 삶의 기쁨과 축복이란 "나란히" 할 수 있는 친구가 있기에 가능한 것이기도 하다. 이 같은 논리는 비단 나무와 새에 적용되는 것만이 아니리라. 생명을 가진 세상의 모든 것은 결코 혼자 존재할 수 없거니와, 여기에서 사람도 예외일 수는 없다. 사람 역시 강으로 저 멀리, 하늘로 저 높이 마음과 꿈을 띄우거나 날릴 수 있기에 축복을 받은 존재지만, "나란히" 할 수 있는 이웃이 없다면 그 어떤 축복도 완벽한 기쁨을 보장하는 것이 될 수 없다.

지극히 평범한 시적 진술로 이루어져 있는 것처럼 보이는 위의 시가 담고 있는 의미의 깊이를 확인하는 일이야 누구라도 할 수 있다. 하지만 사소하게 보이는 세상사에서 깊은 의미를 꿰뚫어보고 이를 시화(詩化)하는 일은 아무나 할 수 있는 일이 아니다. 위의 시가 증명하듯, 작고 사소하고 평범한 것에서 기쁨과 축복을 읽어 낼 수 있는 능력이 있어야 한다. 바로 이런 능력을 넓게 보아 우리는 상상력이라 일컫기도 하는데, 어찌 보면 윌리엄 블레이크(William Blake)가 「순수의 전조」("Auguries of Innocence")라는 시에서 노래한 "한 알의 모래에서 세계를 보고/한 송이 들꽃에서 천국을 보는 것,/그대의 손바닥에 무한을 담고/순간 속에 영원을 담는 것"을 가능케 하는 것이 바로 이 상상력이다. 이 상상력의 소중한 원천 가운데 하나가 어린이―금아의 표현을 빌리자면, "아가"―의 순수한 마음일 수 있거니와, 블레이크뿐만 아니라 윌리엄 워즈워스(William Worthworth)가 어린이의 순수한 마음을 이상화(理想化)했던 것은 바로 이런 이유 때문일 것이다. 워즈워스는 「무지개」("The Rainbow")라는 시에서 "어린이는 어른의 아버지"라 노래한 적이 있는데, 이는 우리가 어른이 되면서 상상력의 소중한 원천인 천진한 어린이의 순수한 마음을 상실할 수 있음을 암시하는 구절로 이해할 수 있다. 이런 관점에서 보더라도, 강가에 서 있는 나무의 모습과 하늘을 나는 새의 모습에서 축복과 기쁨을 읽는 금아의 마음과 눈길은 결코 예사로운 것이 아니다.

어린이 또는 아가의 마음과 같이 맑고 순수한 시인의 마음은 "아가"나 자연을 소재로 삼은 시에서뿐만 아니라 인간사를 소재로 삼은 시에서도 마찬

가지로 확인된다. 예컨대 우리는 다음과 같은 시에 눈길을 줄 수 있다.

산길이 호젓다고 바래다 준 달

세워 놓고 문 닫기 어렵다거늘

나비같이 비에 젖어 찾아온 그를

잘 가라 한 마디로 보내었느니

（「후회」 전문）

달이 떠 있는 밤에 어둠을 헤치고 산길을 걷는 사람이라면 누구라도 달빛의 도움을 받게 마련이다. 하지만 그렇게 해서 무사히 목적지에 이르렀다 해서 달빛에게 고마움을 느끼는 사람은 많지 않을 것이다. 비록 달빛에게 고마움을 느끼는 사람이 어쩌다 있다 하더라도, 그들 가운데 달이 “산길이 호젓다고 바래다” 주었다고 생각하는 사람은 더더욱 많지 않을 것이다. 아니, 달이 “바래다” 주었다 생각하는 사람이 있다 하더라도, 바래다 준 달을 문밖에 세워놓은 채 “문 닫기 어렵다”고 생각하는 따뜻하고도 다감한 마음의 소유자는 그야말로 찾기 어려울 것이다. 시인은 바로 그와 같은 따뜻하고도 다감한 마음을 지닌 사람-말하자면, 자연의 사물에까지 고마움을 느낄 정도의 섬세한 마음을 지닌 사람-이다. 하지만 주의해서 보면 이 같은 마음은 시인만의 것이 아님을 알 수 있다. “—거늘”이라는 표현이 암시하듯, 이 시의 제1~2행은 불특정 다수의 사람들이 동의하고 있는 생각이나 느낌이라는 것을 암시하고 있다. 이렇게 말하고 나니 우리의 논의에서 무언가 모순이 느껴지지 않는가. 우리는 지금 “산길이 호젓다고 바래다 준 달/세워 놓고 문 닫기 어렵다”고 생각하는 사람은 시인과 같이 ‘극히 예외적인 소수'일 뿐이라 말해놓고는 그렇게 생각하는 사람이 '불특정 다수'라고 말을 바꾸고 있지 않은가.

이 자리에서 우리는 비가 올 때 '비가 온다'라 말하지 않고 '비가 오신다'라 말하곤 하던 옛 어른들의 언어 습관과 마음 자세를 떠올리지 않을 수 없다. '비가 오신다'와 같은 표현에서 우리는 의인화의 과정에 기대어 자연현상을 이해할 만큼 여유 있는 마음뿐만 아니라 자연을 어른처럼 존경하고 따르고자 하는 정중하고 온화한 마음까지도 읽을 수 있는데, 옛날에는 자연에 대한 이 같은 경외감이 결코 예외적인 것이 아니었다. 나를 집까지 바래다 준 달을 어찌 문밖에 세워놓겠냐는 말에서 우리는 바로 이 같은 마음의 자세를, 옛날에는 너무도 일상적이었던 마음의 자세를 읽을 수 있지 않을까. 그리고 만일 오늘날 우리 주변에서 그런 마음의 자세를 쉽게 확인할 수 없다면, 또는 '극히 예외적인 소수'에게서 확인할 수밖에 없다면, 이는 이른바 현대화의 과정에 우리가 잃은 것이 무엇인지를 보여주는 하나의 사례가 될 수 있지 않을까.

어떤 관점에서 보면, 금아는 바로 그런 마음의 자세를 우리에게 일깨워 주고자 했는지도 모른다. 아무튼, 위의 시에서 시인은 "나비같이 비에 젖어 찾아온 그"를 "잘 가라 한 마디로 보내었"음을 "후회"하고 있다. 하지만 우리는 시인이 결코 "잘 가라 한 마디"의 '말만'으로 손님을 보내지 않았을 것임을 미뤄 짐작할 수 있다. 이 시의 제1~2행과 제3~4행은 역접과 대조의 관계에 있기도 하지만 의미의 상호 보완관계에 있기도 하다는 점에서 그러하다. 즉, 시인은 어둠을 비춰준 달에게조차도 고마움을 느껴야 한다는 것을 '이미' 알고 있는 따뜻한 마음의 소유자다. 그렇기에 그는 "나비같이 비에 젖어 찾아온 그"를 더할 수 없이 따뜻하게 대접했을 것이다. 하지만 그런 마음의 소유자이기에 아무리 정성을 다해도 그의 성에 차지 않았으리라. 바로 그 마음을 전하고 있는 것이 "후회"라는 말일 것이다. 또는 이렇게 해석할 수도 있겠다. 아무리 따뜻하게 대접을 했다 하더라도, 보낼 때는 어차피 "잘 가라 한 마디"의 말로 보낼 수밖에 없다. 하지만 그렇게 보내놓고 차마 뒤돌아서지 못한 채, 차마 "문 닫"고 돌아서기 어려워 문밖을 서성이고 있는 시인의 모습을 우리는 상상할 수 있거니와, 그런 시인의 모습을 되짚어 보게 하는 것이 다름 아닌 제1~2행이 아닐까. 요컨대, 떠나는 사람을 떠나보내야 했던 아쉬움의 마음을, "문 닫기 어렵"기에 문밖을 서성이는 시인의 모습을 담고 있는 한 마디의 말이 "후회"일 수 있다.

시인 금아가 맑고 깨끗한 마음의 소유자 또는 동심의 소유자임을 확인케 하는 또 한 편의 아름다운 시가 있다면, 이는 유학을 떠나 지구 반대편에 살고 있을 자식에 대한 그리움을 읽게 하는 「시차」(時差)다.

새벽 여섯시
너는 지금 자고 있겠다
아니 거기는 오후 네시
도서관에 있겠구나
언제나 열넷을 빼면 되는데
다시 시간을 계산한다

학교 가는 뒷모습을
보고 또 보고
쓰고 가는 머플러를
담 너머 바라보던 나
어린것 두고 달아나는 마음으로
너를 떠나 보냈다

어느 밤 달이 너무 밝아
서울도 비치리라 착각했다지

열네 시간은 9천 마일!
밤과 낮을 달리한다.
그러나 같은 순간은
시차를 뚫고
14는 0이 된다

(「시차」 전문)

아주 먼 곳으로 떠나보낸 자식에 대한 그리움의 마음을 어찌 이보다 더 절절하게 표현할 수 있겠는가. 시인은 틈틈이 "시차"를 헤아려 자식이 있는 곳의 시간을 가늠한다. 그리고 자식이 지금쯤 어디서 무엇을 하고 있을까를 마음에 떠올리기도 한다. "학교 가는 뒷모습을/보고 또 보고/쓰고 가는 머플러를/담 너머 바라"볼 만큼 다감한 마음의 소유자이었기에, 먼 곳으로 자식을 떠나보낼 때 그의 심경은 마치 "어린것 두고 달아나는 마음"과도 같은 것이었으리라. 떠나보내는 것과 달아나는 것은 서로 다른 의미를 갖는 표현이지만, 이 두 표현이 만나는 가운데 이별에 따른 슬픔과 아쉬움의 마음은 그만큼 더 절절하고 안타까운 것이 되지 않을 수 없다.

바로 그런 마음의 소유자가 시인이라면 어찌 시인의 자식 또한 곱고 따뜻한 마음의 소유자가 아닐 수 있겠는가. "어느 밤 달이 너무 밝아/서울도 비치리라 착각했다지"는 바로 그처럼 곱고 따뜻한 자식의 마음을 생생하게 보여주는 구절이다. 이처럼 아버지와 자식의 관계가 곱고 따뜻한 마음과 마음의 이어짐으로 이루어져 있다면, 어찌 "시차"가 문제될 수 있으랴. 지리적 거리로 환산하면 "9천 마일"에 해당하는 "열네 시간"의 시차는 일순 "0이 된다". 아니, 유학을 떠나 먼 곳에 있는 자식의 마음과 시인의 마음은 엄청난 거리를 뛰어넘어 '하나'가 된다.

바로 이 '하나'가 되는 극적인 순간은 자식과 부모 사이, 또는 사랑하는 사람들 사이에만 가능한 것이 아니다. 누구든 마음을 비우고 대상 또는 상대와의 만남을 준비할 때, 이 같은 '하나'됨의 극적인 순간은 그 '누구'에게도 찾아올 수 있다. 심지어 남의 물건을 탐하는 도둑이라고 하더라도 대상과 하나가 되는 순간을 체험할 수 있다. 이를 보여주는 시가 바로 「꽃씨와 도둑」이다.

> 마당에 꽃이
> 많이 피었구나
>
> 방에는
> 책들만 있구나
>
> 가을에 와서
> 꽃씨나 가져가야지
>
> (「꽃씨와 도둑」 전문)

어느 날 "도둑"이 물건을 훔치기 위해 누군가의 집에 침입했다 하자. 그런데 집에 들어와서 보니 "마당에 꽃이/많이 피"어 있고 "방에는/책들만 있"다 하자. 이 시의 제1연과 제2연을 이루는 이 같은 시적 진술은 우선 허탈해진 도둑의 마음을 암시하기 위한 것일 수 있겠다. 허탈해지다니? 이는 물론 훔쳐갈 만한 것이 없기 때문이다. 아주 귀한 책이라서 들고 나가 팔면 돈이 될 수 있는 것도 있을 수 있겠지만 책 전문가가 아니면 그것을 어떻게 알랴. 하기야, 국보급의 책을 훔치기 위해 누군가의 집에 침입한 도둑과 같은 예외적인 경우를 제외하면, 도둑이 남의 집에 침입하여 책을 훔쳐갔다는 이야기를 들은 적이 있는 사람은 아마도 없을 것이다.

하지만 제1연과 제2연에 담긴 시적 진술은 허탈해진 도둑의 마음을 암시하는 것일 뿐만이 아니라, 도둑이 도둑으로서의 역할을 잊었음을 암시하는 것일 수도 있다. 이와 관련하여 꽃과 책은 아름다움과 슬기로움으로 사람들을 인도하는 일종의 이정표와 같은 것으로, 도둑은 수많은 꽃과 책을 목격하는 순간 잠시나마 집주인에 대한 존경의 마음을 지니게 되었는지도 모른다. 또는 꽃과 책이 어찌나 많은지 이에 대한 감탄과 함께 자신이 도둑임을 잠시 잊었을 수도 있겠다. 하지만 세상에 어떤 넋 빠진 도둑이 꽃과 책이 많음에 감탄하겠는가. 더욱 놀라운 것은 마지막 시적 진술이다. "가을에 와서/꽃씨나 가져가야지"라니? 이런 넋 빠진 도둑이 세상 어디에 있을 수 있겠는가. 하지만 그는 단순히 넋이 빠진 것이 아니라 마음 비움의 과정을 체험하고 있는 것일 수도 있다. 아니, 허탈해지고 멍해진 도둑은 순간적으로나마 집주인과 마음의 공명(共鳴)을 이루고 있는지도 모른다. 다시 말해, 그의 마음이 하나의 빈 공명 상자가 되어 책과 꽃을 빼면 가진 것이 없는 빈 마음의 집 주인—말하자면, 물질에 대한 욕망의 마음을 비운 집 주인—의 마음과 공명을 이루고 있는지도 모른다. 빈 마음의 주인과 마음이 하나가 되었을 때, "도둑"조차 "가을에 와서/꽃씨나 가져가야지"라는 식의 '도둑답지 않은' 생각에 문득 잠기는 바로 그런 극적 순간이 우리의 현실에 가능할 수 있지 않을까. 어떤 의미에서 보면, 「꽃씨와 도둑」은 물질에 대한 욕망을 비워 마음이 가난해진 사람은 전혀 관계 없는 타인조차, 심지어 도둑조차, 감화시켜 마음이 가난한 사람으로 거듭나게 할 수 있음을 암시하는 시로 읽히기도 한다.

생각하기에 따라 위의 시에서 이런저런 생각에 잠기는 "도둑"은 축자적(逐字的)인 의미에서의 도둑이 아닐 수도 있다. 친구든 누구든 어떤 사람의 집을 찾은 손님일 수도 있지 않을까. 이 경우, 집 주인의 가난한 마음에 감화되어 역시 가난한 마음을 갖게 된 사람의 마음속 독백으로 볼 수도 있다. 그렇게 보는 경우, 문제는 그를 왜 "도둑"으로 지칭하고 있는가에 있다. 남이 "꽃씨"를 탐하는 것조차 도둑질로 보겠다는 뜻에시일까. 물론 시인이 그런 식의 속 좁은 도덕주의를 내세우고자 했던 것처럼 보이지는 않는다. 도덕주의를 내세우기보다는 "꽃씨"를 탐하는 것도 도둑질로 생각하는 시인의 마음이 은연중에 작용하고 있는지도 모른다. 그런 의미에서 이 시에서 "도둑"은 누군가의 집을 찾았다가 꽃과 책만이 집을 가득 채우고 있음에 감탄하고 부러워하는 시인 자신일 수도 있다. 아니, 많은 꽃과 책으로 인해 마음만큼은 누구보다도 풍요로운 집 주인과 같은 사람이 되고 싶어 하는 시인 자신의 마음을 시인은 "도둑"이라는 말로 표현하고 있는지도 모른다.

3. 아름다운 '꽃' 또는 금아의 시

금아의 시를 읽다 보면, 누구라도 천진함으로 가득한 어린이의 마음을 갖지 않을 수 없을 것이다. 말하자면, 꽃을 보는 순간 꽃의 아름다움에 탄성을 지르며 이에 빠져들 만큼 맑고 순수한 눈으로 세상을 바라보는 사람의 마음을 갖지 않을 수 없을 것이다. 이런 의미에서 볼 때, 금아의 시 한 편 한 편은 읽는 이에게 탄성을 자아내게 하는 아름다운 '꽃'일 수 있다. 금아의 꽃밭에 들어가 아름다운 꽃에 취한 사람들은 그 꽃의 '꽃씨'를 가져다가 마음 안에 아름다운 꽃밭을 가꾸고 싶다는 지극히 소박한 꿈을 가질 수도 있을 것이다. 따지고 보면, 금아에게, 나아가 그의 시를 읽는 모든 이에게, 마음을 풍요롭게 하는 아름다운 것에는 꽃만 있는 것이 아닐 것이다. 금아가 「이 순간」이라는 시에서 노래하듯, 이는 밤하늘의 별일 수도 있고, 한 편의 교향곡일 수도 있다. 또한 함께 웃고 이야기를 나누는 친구일 수도 있고, "마음 내키는 대로" 쓰는 글일 수도 있다. 이 모든 것이 얼마나 소중한 것인가에 대한 시인의 깨달음을 담고 있는 「이 순간」에서 우리가 여전히 느끼는 것은 가난한 마음과 순수의 눈으로 세상을 살아가던 시인의 모습이다.

이 순간 내가
별들을 쳐다본다는 것은
그 얼마나 화려한 사실인가

오래지 않아
내 귀가 흙이 된다 하더라도
이 순간 내가
제9교향곡을 듣는다는 것은
그 얼마나 찬란한 사실인가

그들이 나를 잊고
내 기억 속에서 그들이 없어진다 하더라도
이 순간 내가
친구들과 웃고 이야기한다는 것은
그 얼마나 즐거운 사실인가

두뇌가 기능을 멈추고
내 손이 썩어 가는 때가 오더라도
이 순간 내가
마음 내키는 대로 글을 쓰고 있다는 것은
허무도 어찌하지 못할 사실이다

(「이 순간」 전문)

이 시에서 금아는 "오래지 않아/내 귀가 흙이 된다 하더라도"나 "두뇌가 기능을 멈추고/내 손이 썩어 가는 때가 오더라도"와 같은 구절을 통해 자신이 언젠가 이 세상을 떠날 덧없는 존재임을 의식하고 있다. 그리고 이

제 그는 이 세상을 떠났다. 하지만 삶의 순간 하나하나를 소중하게 여기던 그의 마음이 담긴 글들은 우리 곁에 남아 있다. 실로 순수의 눈으로 세상을 보고 또 우리에게 순수의 마음을 갖게 하는 금아의 운문 그리고 산문이야말로 말 그대로 "화려한 사실"이고 "찬란한 사실"일 뿐만 아니라 "즐거운 사실"이고 "허무도 어찌하지 못할 사실"이 아니겠는가. 금아의 시에 대한 내 나름의 읽기를 마무리하는 이 순간에도 나는 여전히 덕수궁에서 보았던 그의 표정을, "엄마께"라는 그의 헌사를 떠올리고 있다. 이제 그는 그 자신이 그처럼 잊지 못하던 엄마의 곁으로 갔다. 저세상에서 엄마를 다시 만나 행복한 삶을 영원히 이어나가길 빌 따름이다.

제11장

피천득의 시들

김명복*

■■■

1.

　시를 읽는 이유가 있을까? 시집을 펼쳐 들고 시를 읽는 사람은 우선 시간에 여유가 있는 사람이다. 일상이 바쁜 사람이 시 읽기는 어렵다. 시의 호흡은 우리의 일상의 호흡과 다르다. 철두철미 시의 호흡은 느리다. 시의 호흡을 따라 시를 읽을 수 있는 사람은 지금 당장 딱히 급히 할 일이 없어야 한다. 일상을 산문이라 말하는 이유도 그곳에 있다. 일상은 쉼 없이 호흡하게 한다. 그것도 빠르게 호흡하게 한다. 일상은 누구나 모두가 홀로 떨어져 있는 것을 참지 못한다. 사람들과 어울리라고 한다. 다른 사람의 삶의 호흡에 맞추어 자신의 삶의 호흡을 조정하라고 한다. 문제가 있으면

---

* 　연세대 교수, 시인. 저서 『예술과 문학』, 『영국 낭만주의 꿈꾸는 시인』, 시집 『그림자만 자라는 저녁』 외.

꼭 해결하라고 한다. 답이 없는 질문을 참지 못한다. 산문이 그렇다. 그렇게 산문은 설명하는 글이고, 해답을 제시해야 하는 글이다. 질문에 해답이 꼭 있어야 한다. 해답이 없으면 질문도 하지 말아야 한다. 시는 산문이 제시하고 있는 해답에 문제를 제기하는 글이라고 할 수 있다. 해답 없이 그냥 호흡을 끝내도 아무런 문제가 없는 글이 시이다. 그러니 독자의 입장에서 보면, 무슨 이유가 있어서 시를 읽는 것이 아니다. 일상과 산문의 리듬에서 벗어난 리듬을 찾기 위해 시를 읽는다.

산문은 해답을 제시하고, 시는 해답을 제시하지 않는다. 산문은 문제를 설명하고, 시는 문제의 설명을 요구한다. 산문에서 저자는 문제를 독자에게 설명하지만, 시에서 저자는 문제의 설명을 독자에게 떠넘긴다. 질문과 해답에 대한 의미를 분명히 하는 멋진 우화가 서양의 기독교 성배전설에 깃들어 있다. 예수가 제자들과 최후의 만찬에 사용하였던 술잔이 있었다. 이 술잔은 만찬이 있은 이후 사라져버렸다. 이 술잔은 모든 질병의 치유와 불사의 능력이 있다. 그래서 성배이다. 기사들이 이 성배를 찾아 나섰다는 많은 성배전설 이야기들이 중세에 만들어졌다. 그런데 기사가 이 성배가 있는 곳을 찾았더라도 그 성배를 손에 넣기 위해서는 올바른 질문을 해야 한다는 매우 흥미로운 신비 이야기가 있다. 많은 기사들이 성배가 있는 곳을 찾았지만 올바른 질문을 하지 못해 이 성배를 손에 넣지 못하였다. 물론 올바른 질문이 무엇인지는 아무도 모른다. 알 수도 없다. 그러나 성배전설은 올바른 해답은 올바른 질문에서 비롯된다는 우화이다. 우리는 살아가며 끊임없이 질문하며, 우리가 제기한 질문들을 해결한다. 질문들과 해답들의 연속이 우리 삶의 실체이다. 몸통이다. 살아가면서 우리의 삶의 의미에 대한 올바른 질문을 하지 못하면, 우리는 올바른 해답의 삶을 얻을 수가 없다. 잘못된 삶을 산 사람은 삶에 올바른 질문을 하지 못한 사람이고, 훌륭한 삶을 산 사람은 그의 삶에 올바른 질문들을 하며 살아간 사람이다. 그러나 진정 올바른 질문이 무엇인지는 아무도 모르고 질문한 사람도 없다.

우리는 시에서 다양한 질문들과 마주한다. 시의 해답 없는 질문들에서 우리는 질문들의 해답들을 찾아 나선다. 어떠한 시들은 처음부터 아예 해답이 없는 질문들을 하고 있다. 만일 우리가 시의 질문에 해답을 하였다면, 그 해답은 단지 잠정적으로 할 수 있는 해답일 뿐이다. 좋은 시를 읽을 때, 우리가 그 시를 읽을 때마다 의미가 다르게 다가오는 이유가 바로 여기에 있다. 차창 밖으로 지나쳐 가는 풍경처럼 그 의미를 잡았다고 생각하면 다시 놓쳐버리는 것이 바로 시의 의미이다. 좋은 시는 해답이 전혀 없다. 교훈이 없다. 교훈이 없어야 한다. 시가 굳이 삶이란 해답이 없는 어려운 질문에 해답을 내릴 필요는 없다. 삶이란 질문은 있어도 해답이 없다. 시는 그저 삶의 모습을 보여주면 된다. 그러나 문제가 되는 모습으로 시의 의미를 독자가 찾아 나설 수 있게 할 수 있는 지점까지는 독자를 끌고 가야 한다. 독자가 보물을 찾아갈 수 있도록 도움을 주는 보물지도 역할까지만 하는 것이 시이다. 시가 보물은 아니다. 해답은 아니다.

2.

피천득의 시를 보면 그의 시들 가운데 삶에 대한 해답을 피하고 질문만을 던져놓고 은근슬쩍 끝을 맺는 좋은 시들이 있다. 독자를 상상의 세계에 던져놓고 시인은 슬그머니 빠져버리는 시들이다. T. S. 엘리엇은 좋은 시들에는 시인의 개성이 없다고 했다. 시인은 시의 의미라는 화학작용이 일어나도록 촉매로 백금과 같은 역할을 하기만 한다고 했다. 시인은 보물이 있는 장소로 독자를 데리고 가기만 하면 된다. 피천득의 짧은 시 「비 개고」를 보자.

> 햇빛에 물살이
> 잉어 같이 뛴다
> "날 들었다!" 부르는 소리
> 멀리 메아리친다
>
> (「비 개고」 전문)

시가 너무나 싱싱하고 원초적이고 쿨하다. 깊은 계곡으로 물이 세차게 흐른다. 지난 며칠 아니면 몇 주 아니면 아주 오래 끔찍이 비가 많이 내리고, 비가 그치자 물살이 세차게 소리를 내며 계곡으로 힘차게 흐른다. 오랜 장마 이후 오랜만의 햇살이다. 저자는 무척이나 날이 개이기를 기다렸다. 그리고 오랜 기다림 끝에 마침내 햇살이 그 기다림의 가운데를 뚫고 들어선다. 언제 그랬냐는 듯이 비가 끝나고 계곡으로 힘차게 흐르는 물소리가 있다. 시가 우리를 깊은 계곡 나무들 우거진 개울가로 인도한다. 시원하게 흐르는 물이 우리를 생명의 근원의 신선함과 힘찬 삶의 리듬에 동참하도록 한다. 시의 리듬은 짧고 힘차다. 그러나 옥에 티일까? 3행의 "부르는 소리"라는 말을 생략하였더라면, 시가 더욱 긴박감이 있고 긴장감도 있었을 것이다. "날 들었다"라는 외침에 이미 바깥으로 나오라는 의미가 내포되어 있다. 계곡을 타고 빠르게 흘러내리는 물의 흐름을 막는 오류를 범하였다. 그러나 피천득의 시는 독자의 핏속을 흐르며 희망과 용기와 순한 청명함으로 독자의 정신을 맑게 한다. 깨끗하고 산뜻하다. 옥구슬 속 풍경과 같다. 늘 품고 다니며 힘겹고 지쳐 있을 때 꺼내 볼 수 있는 옥구슬 속 풍경이다. 독자는 원시림 속 창조 그대로의 순수한 풍경에서 삶을 다시 시작할 수 있다. 그곳은 죄도 사악함도 없다. 아직 그곳에 지식이 깃들어 있지 않다. 그러니 교훈이라고는 손톱의 때만큼도 없다. 창세기의 창조의 숨결만이 있다. 성령과 같이 물결이 튀어 오르며 물안개를 만든다. 그리고 그곳에 빛이 있고, 그 빛 속에서 생명을 잉태하라고 독자를 불러낸다.

피천득의 시들은 동시와 같다. 어린아이의 마음을 시에서 많이 그려놓았다. 화자가 어린아이인 경우도 그렇지만 심지어 어른이 화자이어도 세상과 사물을 어린아이의 눈으로 바라보게 하였다. 그의 시들은 워즈워스의 시들과 같이 평범한 일상에서 비범한 삶의 진실들을 읽어내도록 독자들을 유도한다. 「구슬」이란 시를 보자.

> 비온뒤 솔잎에 맺힌 구슬
> 따다가 실에다 꿰어 달라
> 어머니 등에서 떼를 썼소
>
> 만지면 스러질 고운 구슬
> 손가락 거칠어 못 딴대도
> 엄마 말 안 듣고 떼를 썼소
>
> (「구슬」 전문)

워즈워스의 시에 「나무 열매 줍기」("Nutting")라는 시가 있다. 시의 내용은 이렇다. 시의 화자는 어느 날 나무 열매를 줍기 위하여 빈 자루를 어깨에 메고 숲 속으로 들어갔다. 아무도 온 적이 없는 깊은 산속에 개암나무가 여러 그루 있었다. 그는 나무 그늘 밑에 앉아서 풍경을 즐기며 그곳에 마치 숲의 신이 살고 있는 느낌을 받는다. 그러나 집에 돌아가기 위하여 개암나무들에서 열매들을 따기 위하여 나뭇가지들을 휘고 꺾고 하면서 숲 속을 온통 전쟁이 휩쓸고 지나간 자리인 듯이 만들어놓았다. 그는 황폐해진 숲을 바라보며 후회와 회한이 일었다. 그가 그곳에 살고 있었던 숲의 신을 떠나보낸다는 느낌을 갖는다. 위의 피천득의 시 「구슬」도 같은 회한

이 서려 있는 내용이다. 두 시 모두 좋아서 예뻐서 그리고 먹고살기 위하여 우리가 소유하지만 그 소유가 얼마나 많은 희생을 가져오는지를 보여주는 내용이다. 우리가 소유하면서 잃게 되는 것들에 대한 회한을 이 시는 쓰고 있다.

앞에서 보았듯이 피천득의 시에는 어린아이의 맑은 눈빛으로 세상을 바라보는 시들이 많다. 그러나 개중에는 나이가 듦에 대한 시들도 있다. 이들 시들은 자신의 나이 들어감을 이야기하는 것이 아니라, 남들에 비추어진 나이 듦에 대한 시들이다. 자신의 나이 듦을 남들 바라보듯이 바라본다. 두 편의 시를 보자.

> 나비와 벌들이
> 찾아온 지 여러 해
> 햇빛 비치고
> 비 적시기도 한다.
>
> (「고목」 전문)

> 그는 해변가에 차를 대고
> 빗방울 흐르는 창으로
> 바다를 바라보고 있었다
> 옆에 앉아있는 늙은 개도
> 바다를 바라보고 있다.
>
> (「어느 해변에서」 전문)

나이 듦에 연민과 같은 슬픔이 시에 깃들어 있다. 그 슬픔은 유머와 곁들여 더욱 슬픔을 깊게 한다. 「고목」을 보자. 시의 화자는 이제 나이 들어 젊음의 꽃이 아니다. 꽃이 아니어서 나비와 벌들이 찾지 않는다. 그러나 누구나 누릴 수 있는 자연의 혜택은 누리고 산다. 햇빛과 비는 살아 있기만 해도 누릴 수 있는 자연이 주는 선물이다. 나이 듦은 화려하지 않다. 남들을 불러 유인할 그 무엇이 없다. 줄 것이 더 이상 없어서 공짜로 받을 수 있는 것만 받는다. 시인은 고목을 바라보며 자신의 나이 듦에 처지를 새삼 깨닫는다. 「어느 해변에서」의 화자는 늙은 개와 같이 바다를 바라보고 있어 화자가 또한 늙은 사람임을 간접적으로 암시하고 있다. 시에 유머 감각이 있다. 비가 내려서 밖으로 나갈 수 없어 차 안에서 바다를 바라본다. 나이가 들어 더 이상 차갑고 축축한 거친 세상과 접촉하며 살 수 없어 차 안에 갇혀서 세상을 살아간다. 화자는 나이가 들어 더 이상 세상에 참여하며 살아갈 수는 없지만, 그 거친 세상을 바라보는 눈은 가졌다.

3.

글이란 망원경과 같고 달을 가리키는 손가락과 같다. 좋은 시도 그렇다. 망원경이나 손가락과 같이 지시하고 있을 뿐 그 내용에 대하여 이야기하지 않는다. 독자가 이야기하게 한다. 시를 읽으며 독자는 시의 내용을 분석할 때 문자적으로 시가 이야기하고 있지 않는 내용을 읽을 수 있어야 한다. 망원경과 손가락만을 보고 시를 보았다고 말하지 말아야 한다. 피천득의 많은 좋은 시들은 마치 풍경화들과 같다. 감상할 수 있는 눈을 갖지 못하면 읽을 수 없는 시들이다. 시들이 직접 그 시의 내용을 말하지 않아서이다. 그러니 시를 읽을 수 있는 눈을 가진 사람이라도 그 시를 보는 장소와 때를 달리하여 시의 내용이 다르다. 그리고 그의 시들은 마치 잘 찍은 사진과 같다. 사진기를 가진 사람은 누구나 꽃을 보고 사진을 찍을 수 있다. 그러나 잘 찍은 꽃 사진의 꽃은 멀리 볼 수 있는 망원경과 같다. 사진 속에 색깔이 들어 있고, 냄새가 있고, 소리가 있고, 맛깔스러움이 있고, 느낌이 들어 있다. 무엇보다도 망원경으로 볼 수 있는 제3의 감각인 상상력의 꿈이 들어 있다. 좋은 사진 속의 꽃은 우리가 그 꽃을 통하여 꿈꿀 수 있는 꿈의 공간을 마련해준다. 우리가 이야기할 수 있게 해준다. 피천득의 시들이 그렇다. 우리를 그의 시에 머물러 있을 수 있게 한다. 그 시의 맑음을 마음에 간직할 수 있게 한다.

제12장

피천득 시세계의 변모와 그 의미
시집 출간 현황과 개작의 양상을 중심으로

이경수*

∎∎∎

1. 서론

　피천득(1910~2007)은 한국 현대문학사에서 수필가로서 주로 주목되어
오면서 피천득의 시에 대한 선행 연구는 별로 진척되지 못했다. 그는 1930
년 『신동아』에 「서정소곡」을 발표하면서 문단에 나온 것으로 알려져 있지만
『신동아』는 1931년 11월에 창간된 잡지로 1930년에 발간된 『신동아』는 존
재할 수 없다. 이러한 오류는 2011년 4월에 2판 8쇄를 발행한 시집 『생명』
(1997)에 수록된 연보에서는 물론이고, 2010년 탄생 100주년 문학인 기념문
학제의 결과물로 출간된 논문집 『실험과 도전, 식민지의 심연』에 실린 작품
연보에서도 수정되지 않았다. 현재 찾아볼 수 있는 피천득의 최초 발표시는
1930년 4월 7일자 『동아일보』에 실린 「차즘」으로 확인된다.[1] 이 시는 현대시

* 중앙대 교수, 문학평론가. 저서 『한국 현대시와 반복의 미학』, 『춤추는 그림자』 외.

조의 형식을 취하고 있지만, 피천득의 시집에는 시와 현대시조, 동시 등이 엄밀히 구별되지 않고 실려 있고 각 2행의 들여쓰기를 통해 시조의 형식에 약간의 변화를 주었기 때문에 그의 첫 발표시로 보는 데 무리가 없다고 판단된다.[2] 피천득은 1947년에 첫 시집 『서정시집』을 출간한 이후 『금아시문집』(琴兒詩文選, 1959), 『산호와 진주』(1969), 『금아시선』(1980), 『피천득 시집』(1987), 『생명』(1993), 『생명』(1997)[3] 등의 시집을 꾸준히 출간해왔지만, 시인으로서의 피천득은 오랫동안 주목받지 못했다.

■ 이 논문은 2012년 5월 19일 열린 금아 피천득 추모 5주기 기념 학술대회 "한국문학과 피천득"에서 발표한 논문을 수정·보완해 『비평문학』 45(한국비평문학회, 2012.9)에 수록한 논문을 재수록한 것임.

1 "마치고 기다림도/못견딘다 하옵거든//말업시 찾는심사/아는이나 아을것이//십년은 더 살목숨이/줄어든듯 하여라//*//모습이 권양하야/하마건가 달홉드니//마치니 아니로세/애卌써 밧뮝세랴//아쉬워 성가시랴만/구지미워 합니다//*//오늘밤 달뜨거든/그빛을 타고올라//이골목 저거리로/두루두루 찾삽다가//살멋이 남사는곁에/나려볼까 합니다"(琴兒, 「차즘」, 『동아일보』, 1930. 4. 7)

2 피천득의 최초 발표시에 대해서는 아직 논란의 여지가 있어 보인다. 피천득은 현대시와 현대시조, 동시 등을 장르에 대한 엄격한 의식 없이 같은 시기에 창작하고 있었기 때문이다. 「차즘」(『동아일보』, 1930. 4. 7) 이후에도 그는 동시 「다친구두」(『동아일보』, 1931. 7. 15), 시 「달」(『동아일보』, 1931. 7. 18. 이 작품은 첫 시집 『서정시집』에 수록된다.), 동시 「유치원서 오는길」(『동아일보』, 1931. 7. 31), 시 「어린슬픔」(『동아일보』, 1931. 8. 16), 동요 「어린근심」(『동아일보』, 1931. 8. 18), 시 「小曲三篇」(『동광』, 제25호, 1931. 9) 등을 발표했다.

3 『생명』이라는 동일한 제목의 시집이 1993년 동학사에서 먼저 발간되고, 이후 샘터에서 1997년과 2008년에 다시 발간되었는데, 1997년과 2008년에 샘터에서 출간된 동명의 시집의 체제 및 구성은 동일하지만, 1993년에 동학사에서 간행된 『생명』은 1997년 판 『생명』과 수록시에서 차이가 있으므로 이 논문에서는 동학사 판 『생명』(1993)과 샘터 판 『생명』(1997)을 구별해서 다루도록 한다. 2008년에 샘터에서 다시 출간된 『생명』의 경우 '금아 피천득 문학 전집 2'의 일환으로 재출간되었는데, 「琴兒戀歌 1」~「琴兒戀歌 18」이 「琴兒戀歌」라는 표제 아래 1~18까지 일련번호를 붙이는 방식으로 수정된 것 외에는 1997년 판 『생명』과 아무런 차이가 없다.

2010년 대산문화재단이 주최한 탄생 100주년 문학인 기념문학제에서도 피천득은 수필가로서 주목의 대상이 되었으며[4] 그의 시세계에 대해서는 "일체의 관념과 사상을 배격하고 아름다운 정조와 생활을 노래한 순수 서정성으로 특징지어진다."[5]는 소략한 언급이 있었을 뿐이다. 정정호에 의해 시집 『생명』의 시세계에 대한 주제론적 접근이 있었지만,[6] 논문의 형식을 갖춘 연구는 정정호의 연구 외에는 찾아보기 어려울 정도로 피천득의 시는 한국 현대시문학사에서 소외되어 왔다.

여기에는 몇 가지 원인이 작용하고 있었던 것으로 보인다. 첫째, 피천득의 시가 대체로 소박하고 동시의 범주에서 읽을 수 있는 시들이나 현대시조의 형식을 취하고 있는 시가 많아서 상대적으로 시 연구자들의 관심의 대상이 되지 못했던 것으로 보인다. 둘째, 영문학 연구자이자 번역가, 수필가로서의 피천득의 문학사적 위치에 비해 상대적으로 시인으로서의 피천득은 개성적인 위치를 부여받지 못한 것으로 보인다. 셋째, 1947년에 출간된 첫 시집 『서정시집』을 제외하고는 출간된 시집들이 대체로 시선집의 성격을 지니고 있어서, 출간된 시집은 일곱 권에 이르지만 수록시들의 상당수가 중복된다는 점도 일반적인 시집 출간 관행과 달라서 시인으로서의 피천득의 위상을 좁히는 결과를 가져온 것으로 보인다.

피천득의 시에 대한 단평을 비롯한 연구들은 대체로 시집 『생명』(1997)

---

4 이태동, 「작은 것이 지닌 아름다움의 발견-피천득의 수필 세계」, 권영민·이태동 외, 『실험과 도전, 식민지의 심연』, 민음사, 2010, 191~205쪽.

5 권영민, 「비판적 도전과 창조적 실험-문학과 식민지 근대의 초극 양상」, 권영민·이태동 외, 『실험과 도전, 식민지의 심연』, 민음사, 2010, 10쪽.

6 정정호, 「피천득 시의 생명의 노래와 사랑의 윤리학-물, 여성, 어린아이의 주제 비평적 접근시론」, 『우리문학연구』 제31집, 우리문학회, 2010. 10. 31, 563~599쪽.

에 집중되어 있다. 『생명』은 그의 기 발표시 전체를 포괄하고 있지 않으므로 전집의 성격을 지닌 시집은 아니며,[7] 여러 시기에 걸친 그의 시를 포함하고 있으므로 일종의 시선집의 성격을 지닌 시집이라고 할 수 있다. 하지만 전체 10부로 나누어진 시집의 체제가 어떻게 구성되었는지 그 분류 기준을 알 수 없으며, 수록시들이 언제 쓰여졌는지도 알 수 없게 시기적으로 뒤섞인 채 구성되어 있다. 따라서 『생명』은 학문적 연구의 대상으로 삼기에는 자료적 가치가 부족한 시집이라고 할 수 있다. 그럼에도 불구하고 피천득의 시에 관한 선행 연구들은 시집 『생명』에 수록된 시 전체를 포괄하는 개괄적인 논의에 그치고 있는 실정이다. 엄밀하게 말하면 그의 시집의 원본 확정은 물론이고 시세계의 변모에 대한 기본적인 논의조차 이루어지지 못한 실정이다.

이 논문에서는 피천득의 첫 시집 『서정시집』(1947)과 이후 발표된 시선집 『금아시문선』(1959), 『산호와 진주』(1969), 『금아시선』(1980), 『피천득 시집』(1987), 『생명』(1993), 『생명』(1997) 등을 대상 텍스트로 삼아, 수록시의 체제 및 구성을 면밀히 검토함으로써 피천득의 시집 출간 현황을 분석해보고자 한다. 『서정시집』(1947) 수록시의 대부분은 이후 발간된 시선집에 재수록되면서 일부 개작되기도 하고 재수록되지 않고 누락되기도 했는데, 수록시의 구성 및 개작 여부에 대한 상세한 검토를 통해 시집 수록시

---

7 첫 시집에 수록되었다가 누락된 시 2편, 두 번째 시집에 처음 실렸다가 누락된 시 1편 등 총 3편 외에도 첫 시집 출간 전에 잡지에 발표되었던 시와 동시 중 상당수가 첫 시집은 물론 이후의 시집에도 실리지 않았으므로 이들 작품을 포괄하지 않은 『생명』(1997)은 엄밀히 말해 시전집이라고 보기는 어렵다. 이 논문에서도 1930년 『동아일보』를 비롯해 첫 시집 발간 전까지 각종 신문, 잡지에 발표되었지만 첫 시집에 실리지 않은 시들은 다루지 못했다. 이에 대해서는 추후 보완적 연구가 필요해 보인다. 그 목록은 2010년 탄생 100주년 문학인 기념문학제의 결과물로 발간된 단행본 『실험과 도전, 식민지의 심연』에 실려 있기는 하지만, 앞서 언급했듯 오류가 눈에 띄므로 이 목록에 대한 보완 작업은 물론 피천득 문학에 대한 서지적 연구가 필요해 보인다.

의 창작 연대를 추정하는 것도 이 논문이 목적하는 바이다. 피천득 시집의 출간 현황과 개작 양상을 살펴봄으로써 첫 시집『서정시집』의 세계가 이후 어떻게 변모되는지도 확인할 수 있을 것이다.

가장 최근에 출간된 피천득의 시선집『생명』(2008)에 수록된 연보나 2010년에 탄생 100주년 문학인 기념문학제의 결과물로서 출간된 단행본 『실험과 도전, 식민지의 심연』에 수록된 연보에서도『금아시문선』의 출간 시기가 1960년으로 잘못 기록되어 있을 정도로 피천득의 시에 대한 연구 는 가장 기본적인 서지적 연구조차 제대로 이루어지지 않았다. 뿐만 아니 라 1987년에 범우사에서 출간된『피천득 시집』도 이전 시집의 재수록시 외 에도 11편의 신작시를 싣고 있는데, 피천득에 관한 연보에서 이 시집의 존 재는 누락되어 있다. 첫 시집을 제외하고는 시선집의 성격을 지니는 시집 이라는 점에서 나머지 다섯 권의 시집이 동일한 위치를 차지하고 있는데, 이 시집만 유독 연보에서 배제된 까닭을 알 수 없다. 아마도 이것은 특정 한 의도가 있었던 배제라기보다는 피천득 시에 관한 기본적인 서지 연구 가 이루어지지 않은 저간의 상황과 관련된 것으로 보인다. 따라서 이 논문 에서는 피천득의 시집 출간 현황 및 개작 양상에 대한 검토를 통해 피천득 의 시세계의 변모를 살펴보고 그 의미를 밝혀 보고자 한다.

2. 시집 출간 현황과 수록작품 분석

피천득의 시집은 시선집을 포함해서 모두 일곱 권 간행되었다. 1947년 에 첫 시집『서정시집』이 간행되었고, 이후 1959년에『금아시문선』,[8] 1969

---

8 『금아시문선』의 발행일은 '단기 四二九二년'으로 명기되어 있으나, 피천득의 연보에는 모
두 1960년 발행으로 되어 있다. 이는 아마도『금아시문선』을 소장하고 있는 국립중앙도서

년에 『산호와 진주』, 1980년에 『금아시선』, 1987년에 『피천득 시집』, 1993
년에 『생명』, 1997년에 5편의 시를 더 추가해서 출판사를 바꿔 『생명』이 다
시 출간되었다. 2008년에도 『생명』이라는 동일한 제목으로 샘터에서 시집
이 출간되었지만 이는 '금아 피천득 문학전집 2'라는 전집의 일부로 간행
된 것 외에는 1997년 판 『생명』과 수록시의 편수, 제목, 수록 순서, 해설 등
이 동일하여 새로운 시집이라고 보기 어려우므로[9] 지금까지 총 7권의 시집
이 피천득 시집으로 출간되었다고 볼 수 있다.

그런데 이 시집들은 첫 시집 『서정시집』을 제외하고는 첫 시집 수록시들
을 계속해서 재수록하고 있으므로 나머지 여섯 권의 시집들은 모두 시선
집의 성격을 지닌다고 볼 수 있다. 다만, 피천득의 경우 시선집을 출간할
때마다 신작시들을 일부 덧붙여 왔으므로 피천득 시의 전모를 파악하기
위해서는 기 간행된 피천득 시집의 출간 현황 및 시집의 구성과 체제를 면
밀히 살펴볼 필요가 있다.

먼저 시집의 체제를 살펴보면, 1947년에 상호출판사에서 간행된 첫 시
집 『서정시집』은 4부로 나누어 총 28편의 시를 수록하고 있다. 그중 4부에
해당되는 「사랑」에는 '時調十六首'라는 부기가 붙어 있는 점이 특기할 만
하다. 이 시를 쓸 당시 피천득은 「사랑」의 장르를 시조로 인식하고 있었던
것으로 보이는데, 이후의 시집에서는 이러한 설명이 사라진다.

1959년에 경문사에서 출간된 두 번째 시집 『금아시문선』은 제목에서 짐

관에 발행연도가 1960년으로 기입되면서 이후 그 오류가 수정되지 않은 채 반복된 것으
로 보인다.

9 『생명』(1997) 수록시와 『생명』(2008) 수록시의 차이는 「금아연가 1」~「금아연가 18」이 다
시 「금아연가」 아래 1~18까지 일련번호를 붙이는 형식으로 바뀐 것 외에는 없다. 그 차이
는 의미를 갖는다고 보기는 어려워 동일한 시집으로 보았다.

작할 수 있듯이 시와 산문을 함께 실어놓은 책이다. 이 책에는 '시부'에 44
편의 창작시와 번역시 9편이, '산문부'에 22편의 수필과 8편의 영시가 함
께 수록되어 있으므로 시집이라고 한정짓기 어렵지만, 첫 시집 수록시 외
에도 신작시 19편을 싣고 있어서 이 논문에서는 피천득의 시집에 포함하
여 다루었다. 첫 시집 수록시 중 「달」, 「상해풍경」, 「八月十五日」 등 세 편
의 시가 『금아시문선』에는 실리지 않았다.[10] 이 시집에는 첫 시집에 실리지
않았던 19편의 신작시가 수록된다.

1969년에 일조각에서 출간된 『산호와 진주』에도 '금아시문선'이라는 부제
가 붙어 있다. 부제에서 짐작할 수 있듯이 이 또한 시와 산문을 포괄하고 있
는 창작집이다. 전체 7부로 구성되어 있는 책에서 4부까지 시를 싣고 있고,
나머지 5, 6, 7부에 수필을 실어놓고 있다. 『금아시문선』 수록시는 「美州二
題」 중 '워싱톤'을 빼고 '뉴욕타임즈 스퀘어'만 수록한 것을 제외하고는 모두
『산호와 진주』에 실렸으며, 그밖에도 6편의 시를 새로 실었다.

1980년에 일조각에서 출간된 『금아시선』은 전체 5부로 구성된 시선집으
로 총 63편의 시를 수록하고 있다. 이 중 앞서 출간된 시집에 수록되지 않
은 신작시는 13편이다. 이 시집의 서문에 따르면 1969년에 출간된 『산호와
진주』 중에서 시만 따로 모아서 출간한 것이 이 시집이다. 그 내용 외에는
서문까지 동일한 시집인데, 그래도 13편의 신작시를 싣고 있는 점이 특기
할 만하다.

1987년에 범우사에서 출간된 『피천득 시집』은 '편지', '새털 같은 머리칼

---

10 이후 출간된 시선집에서도 이 세 편의 시는 계속 배제되어 오다가 『피천득 시집』(1987)에
    서 「상해풍경」이 「1930년 上海」로 제목이 바뀌고 내용도 일부 개작되어 실리게 된다. 그
    이후에 출간된 시집 『생명』(1993)과 『생명』(1997)에도 「1930년 上海」라는 제목으로 이 시
    가 수록된다.

을 적시며', '早春', '琴兒戀歌'의 네 부분으로 나뉘어 총 75편의 시가 실려 있고, 김우창의 「피천득론-마음의 빛과 그림자로부터 시작하여」가 시집의 맨 앞에 실려 있다. 이 중 이 시집에 처음 실린 신작시는 11편이다. 이 시집의 존재는 피천득의 연보에서 누락되어 있는데, 시선집이라는 점에서 다른 시집들과 별다른 차이를 발견할 수 없으므로 이 시집만 누락된 이유를 납득하기 어렵다. 따라서 연보의 수정이 필요해 보인다.

1993년에 동학사에서 간행한 『생명』은 전체 10부로 구성된 시선집으로 총 98편의 시를 수록하고 있으며, 석경징의 해설 「피천득의 시세계: 진실의 아름다움」이 붙어 있다. 이 중 이 시집에 처음 수록된 신작시는 7편이다. 또한 앞서 두 번째 시집 『금아시문선』(1959)에서부터 『피천득 시집』(1987)까지 줄곧 수록되어 있던 작품 「찬사」가 이 시집에서는 누락된다. 이후 1997년 판 『생명』과 2008년 판 『생명』에도 「찬사」는 빠져 있는데 이 또한 눈여겨볼 필요가 있어 보인다. 그밖에도 앞서의 시집들에 수록되었던 시가 제목이 바뀐 채 재수록된 것을 확인할 수 있었다. 앞서의 시집들에서 「원족」이라는 제목으로 실려 있던 시가 이 시집에 와서 제목이 「무악재」로 바뀌어 수록되었으며, 「오월」은 「창 밖은 오월인데」로, 「뉴욕타임즈 스퀘어」는 「타임즈 스퀘어」로 제목이 바뀌어 수록되었다. 「琴兒戀歌」라는 제목 아래 일련번호만 붙어 있던 시가 1993년 판 『생명』에서부터는 「琴兒戀歌 1」~「琴兒戀歌 18」의 연작시의 형태로 수록되어 있는 점도 특기할 만하다.

1997년에 샘터에서 간행한 『생명』은 앞서 동학사에서 간행한 『생명』과 시집의 제목, 전체 10부로 구성된 시집의 체제, 석경징의 해설 등이 동일해 사실상 같은 시집으로 볼 수 있다. 하지만 개정판이라는 게 밝혀져 있지 않은 상황에서 신작시 5편을 덧붙이고 있어서 두 권의 시집을 동일한 시집으로 보기는 어렵다. 또한 전체 10부로 구성된 체제는 두 권의 『생명』이 동일하지만, 새로 수록된 5편의 시 「붉은 악마」, 「그들」, 「제2악장」, 「선물」, 「이런 사이」는 10부에 따로 덧붙여 수록되어 있지 않고 「붉은 악마」는 1부에, 「그들」은 6부에, 「제2악장」과 「선물」은 9부에, 「이런 사이」는 10부에 흩어져 수록되어 있는 점도 눈여겨볼 필요가 있다.

〈표 1〉 피천득 출간 시집의 작품 수록 현황

서정시집 (1947)	금아시문선 (1959)	산호와 진주 (1969)	금아시선 (1980)	피천득 시집 (1987)	생명 (1993)	생명 (1997)
꿈	꿈(一)	꿈 1	꿈 1	꿈 1	꿈 1	꿈 1
기다림(一)	기다림(一)	기다림 1	기다림 1	기다림 1	기다림 1	기다림 1
기다림(二)	기다림(二)	기다림 2	기다림 2	기다림 2	기다림 2	기다림 2
편지	편지	편지	편지	편지	편지	편지
無題	無題	무제(無題)	無題	無題	無題	無題
적은기억	작은 기억	작은 기억	작은 기억	작은 기억	작은 기억	작은 기억
생각	생각	생각	생각	생각	생각	생각
이슬	이슬	이슬	이슬	이슬	이슬	이슬
시내	시내	시내	시내	시내	시내	시내
바다	바다	바다	바다	바다	바다	바다
나의 가방	나의 가방	나의 가방	나의 가방	나의 가방	나의 가방	나의 가방
단풍이 떠러지오	단풍	단풍	단풍	단풍	단풍	단풍
어린 시절	어린 시절	어린 시절	어린 시절	어린 시절	어린 시절	어린 시절
아가의 슬픔	아가의 슬픔	아가의 슬픔	아가의 슬픔	아가의 슬픔	아가의 슬픔	아가의 슬픔
아가의 기쁨	아가의 기쁨	아가의 기쁨	아가의 기쁨	아가의 기쁨	아가의 기쁨	아가의 기쁨
어떤 아가의 근심	어떤 아가의 근심	어떤 아가의 근심	어떤 아가의 근심	어떤 아가의 근심	어떤 아가의 근심	어떤 아가의 근심
아가의 꿈	아가의 꿈	아가의 꿈	아가의 꿈	아가의 꿈	아가의 꿈	아가의 꿈
아가들의 오 는 길	아가의 오는 길	아가의 오는 길	아가의 오는 길	아가의 오는 길	아가의 오는 길	아가의 오는 길
달						
구슬	구슬	구슬	구슬	구슬	구슬	구슬
아침	아침	아침	아침	아침	아침	아침
어린 벗에게	어린 벗에게	어린 벗에게	어린 벗에게	어린 벗에게	어린 벗에게	어린 벗에게
上海風景				1930년 上海	1930년 上海	1930년 上海
遠足	원족	원족	원족	원족	무악재	무악재
生命	생명	생명	생명	생명	생명	생명
八月十五日						
국민학교 문앞 을 지날때면	국민학교 문 앞을 지날때면	국민학교 문 앞을 지날때면	국민학교 문앞 을 지날때면	국민학교 문 앞을 지날때면	국민학교 문 앞을 지날때면	국민학교 문 앞을 지날 때면

사랑(時調十六首)	사랑	사랑-琴兒戀歌	사랑-琴兒戀歌	琴兒戀歌	琴兒戀歌 1	琴兒戀歌 1
					琴兒戀歌 2	琴兒戀歌 2
					琴兒戀歌 3	琴兒戀歌 3
					琴兒戀歌 4	琴兒戀歌 4
					琴兒戀歌 5	琴兒戀歌 5
					琴兒戀歌 6	琴兒戀歌 6
					琴兒戀歌 7	琴兒戀歌 7
					琴兒戀歌 8	琴兒戀歌 8
					琴兒戀歌 9	琴兒戀歌 9
					琴兒戀歌 10	琴兒戀歌 10
					琴兒戀歌 11	琴兒戀歌 11
					琴兒戀歌 12	琴兒戀歌 12
					琴兒戀歌 13	琴兒戀歌 13
					琴兒戀歌 14	琴兒戀歌 14
					琴兒戀歌 15	琴兒戀歌 15
					琴兒戀歌 16	琴兒戀歌 16
					琴兒戀歌 17	琴兒戀歌 17
					琴兒戀歌 18	琴兒戀歌 18
	꿈 (二)	꿈 2	꿈 2	꿈 2	꿈 2	꿈 2
	축복	축복	축복	축복	축복	축복
	봄	봄	봄	봄	봄	봄
	달무리 지면	달무리 지면	달무리 지면	달무리 지면	달무리 지면	달무리 지면
	진달래	진달래	진달래	진달래	진달래	진달래
	후회	후회	후회	후회	후회	후회
	山夜	山夜[11]	山夜	山夜	山夜	山夜
	저녁때	저녁때	저녁때	저녁때	저녁때	저녁때
	새털 같은 머리칼을 적시며	새털 같은 머리칼을 적시며	새털 같은 머리칼을 적시며	새털 같은 머리칼을 적시며	새털 같은 머리칼을 적시며	새털 같은 머리칼을 적시며
	기다림	기다림	기다림	기다림	기다림	기다림
	그림	그림	그림	그림	그림	그림
	가훈	가훈	교훈	교훈	교훈	교훈
	벗에게	벗에게	벗에게	벗에게	벗에게	벗에게
	파랑새	파랑새	파랑새	파랑새	파랑새	파랑새
	讚辭	찬사	찬사	찬사		
	파이프	파이프	파이프	파이프	파이프	파이프
	早春	早春	早春	早春	早春	早春

---

11 목차에는 '산야(山野)로 제목이 잘못 표기되어 있다.

美州 二題	뉴욕타임즈 스퀘어	뉴욕타임즈 스퀘어	뉴욕타임즈 스퀘어	타임즈 스퀘어	타임즈 스퀘어
驛長	驛長	驛長	驛長	驛長	驛長
	오월	오월	오월	창 밖은 오월 인데	창 밖은 오월 인데
	연정	연정	연정	연정	연정
	연	연	연	연	연
	새해	새해	새해	새해	새해
	이 순간	이 순간	이 순간	이 순간	이 순간
	서른 해	서른 해	서른 해	서른 해	서른 해
		노젓는 소리	노젓는 소리	노젓는 소리	노젓는 소리
		아가는	아가는	아가는	아가는
		순간	순간	순간	순간
		時差	時差	時差	時差
		落花	落花	落花	落花
		어떤 오후	어떤 오후	어떤 오후	어떤 오후
		어떤 舞姬의 춤	어떤 舞姬의 춤	어떤 舞姬의 춤	어떤 舞姬의 춤
		길쌈	길쌈	길쌈	길쌈
		이 봄	이 봄	이 봄	이 봄
		어떤 油畫	어떤 油畫	어떤 油畫	어떤 油畫
		친구를 잃고	친구를 잃고	친구를 잃고	친구를 잃고
		어느 해변에서	어느 해변에서	어느 해변에서	어느 해변에서
		시월	시월	시월	시월
			古木	古木	古木
			長壽	長壽	長壽
			晚秋	晚秋	晚秋
			殘雪	殘雪	殘雪
			백날 애기	백날 애기	백날 애기
			비 개고	비 개고	비 개고
			가을	가을	가을
			너는 이제	너는 이제	너는 이제
			1945년 8월 15일	1945년 8월 15일	1945년 8월 15일
			너는 아니다	너는 아니다	너는 아니다
			전해 들은 이 야기	전해 들은 이 야기	전해 들은 이 야기

						저 안개 속에 스며 있느니	저 안개 속에 스며 있느니
						만남	만남
						새	새
						고백	고백
						꽃씨와 도둑	꽃씨와 도둑
						기억만이	기억만이
						너	너
							붉은 악마
							그들
							제2악장
							선물
							이런 사이

이상 〈표 1〉에서 피천득의 시집 출간 현황 및 수록시 목록을 확인해본 결과, 다음과 같은 사실을 알 수 있었다.

첫째, 피천득의 출간된 7권의 시집 중 첫 시집을 제외한 6권의 시집은 모두 이전의 시집 수록시에 새로운 시가 일부 덧붙여진 형태로 출간되었다. 따라서 6권의 시집은 시선집의 성격을 지닌다고 볼 수 있다. 이런 식의 체제가 유지되었다면 마지막에 출간된 『생명』(1997)의 경우에는 시전집의 성격을 지녀야 하지만, 첫 시집 수록시 중 「달」과 「팔월십오일」, 『금아시문선』(1959)에서 『피천득 시집』(1987)까지의 수록시 중 「찬사」까지 총 3편의 시가 『생명』(1997)에 누락되었고 첫 시집에 수록되지 않은 작품들도 여러 편이 있으므로 『생명』(1997)도 시전집이라고 보기는 어렵다.[12]

---

12 이 논문에서는 다루지 못했지만, 『동아일보』에 작품을 처음 발표한 1930년부터 첫 시집 출간 전까지 신문, 잡지 등에 발표한 피천득의 시(동시 포함) 중에 첫 시집 『서정시집』(1947) 및 이후 시집에 실리지 않은 시도 상당수 된다. 『실험과 도전, 식민지의 심연』(민음사, 2010)에 수록된 피천득 작품 연보에 시집 미수록 발표시의 목록이 일부 보이기는 하는데, 이 연보 역시 피천득의 미수록시 전부를 포괄하고 있지는 못하다. 이에 대해서는 시집 미수록작품의 목록을 확정하고 해당 작품을 수집하는 연구가 이루어져야 할 것으로

피천득 문학 연구

둘째, 1947년에 출간된 첫 시집 『서정시집』의 수록시들은 「달」과 「팔월 십오일」 2편의 시를 제외하고는 이후의 시집들에 재수록되었다. 「上海風景」은 『금아시문선』(1959), 『산호와 진주』(1969), 『금아시선』(1980)에는 누락되었다가 『피천득 시집』(1987)에서부터 「1930년 上海」로 제목이 바뀌어 재수록되었다.

셋째, 〈표 1〉에는 드러나지 않지만 7권의 시집을 내면서 중복되게 수록된 시들도 각 시집마다 수록 순서나 배치에서 차이를 보였다. 따라서 각 시집별로 목차 구성의 기준을 따져볼 필요가 있어 보인다.

넷째, 7권의 시집 중 2권 이상의 시집에 중복되게 수록된 시들 중에는 제목을 바꾸어서 재수록한 시들도 눈에 띄었다. 첫 시집 『서정시집』(1947)에 실린 「단풍이 떠러지오」가 나머지 시집에서는 「단풍」으로, 『서정시집』의 「上海風景」이 『피천득 시집』(1987), 『생명』(1993), 『생명』(1997)에서는 「1930년 上海」로, 『서정시집』의 「꿈」이 나머지 시집에서는 「꿈 1」로, 『서정시집』에서 『피천득 시집』까지 수록된 「원족」이 『생명』(1993), 『생명』(1997)에서는 「무악재」로, 『서정시집』 수록시 「사랑」[13]이 『금아시문선』에도 동일 제목으로 수록되었다가 『산호와 진주』에서는 「사랑─琴兒戀歌」로 제목이 수정되고 이후 『피천득 시집』에서 다시 「琴兒戀歌」로 바뀌는 것을 확인할 수 있었다. 그 밖에도 『금아시문선』, 『산호와 진주』 수록시 「가훈」이 『금아시선』 이후의 시집에서는 「교훈」으로, 『금아시문선』의 「美州二題」 중 한 편이 누락되고 나머지 한 편만 이후의 시집에서 「뉴욕타임즈 스퀘어」로 수록되었다가 이후 『생명』(1993), 『생명』(1997)에서 다시 「타임즈 스퀘어」로 바뀌어 수

보인다.

13 여기에는 '時調十六首'라는 부기가 붙어 있어서 피천득이 이 시의 장르를 시조로 인식했음을 알 수 있는데, 이후의 시집에서는 이러한 부기가 빠진다.

록되고, 『산호와 진주』에 처음 수록되었던 「오월」은 『생명』(1993)과 『생명』(1997)에서는 「창 밖은 오월인데」로 제목이 바뀌어 수록된다.

3. 개작의 양상과 의미

이 장에서는 7권의 시집이 출간되면서 수록시에 일어난 변화를 일차적으로 살펴보고, 시의 제목이나 내용 등에 개작이 일어난 경우를 살펴보고자 한다. 먼저 수록시가 누락된 경우가 있다. 첫 시집 『서정시집』 수록시 중 「달」, 「八月十五日」, 「上海風景」 3편이 이후 시집에서 누락되었는데, 그중 「上海風景」은 이후 『피천득 시집』(1987), 『생명』(1993), 『생명』(1997)에서 「1930년 上海」로 제목이 바뀌어 재수록된다. 그리고 『금아시문선』(1959)에 처음 수록된 「찬사」는 이후 『피천득 시집』(1987)까지 실렸다가 『생명』(1993), 『생명』(1997)에서는 다시 실리지 않고 배제된다. 이상 네 편의 작품들에 대해 구체적으로 살펴보고자 한다.

> 달은 아마 어린 애라서
> 나를 따라 옵니다
>
> 한발 한발 걸어가보면
> 느즉 느즉 따라옵니다
> 다름질로 다라나보면
> 어느틈에 좇아옵니다
>
> 달은 아마 어린 애라서
> 나를 따라옵니다

가끔 가끔 처다 보면은
살금 살금 좇아옵니다
내가 오다 웃득서보면
저도 얼른 웃득 섭니다

달은 아마 어린 애라서
나 를 따라 옵니다

소리 소리 야단을해도
말똥 말똥 좇아옵니다
내가 엄마 따라다니듯
아무래도 좇아옵니다

(「달」전문)

첫 시집에 실려 있던 「달」은 이후의 시집에서는 수록되지 않고 배제된다. 피천득의 첫 시집 수록시에서 동시적인 성격을 지닌 시가 제법 있었다는 것을 감안하면 이 시 또한 그런 맥락에서 읽을 수 있는 작품이다. 대개의 동시가 그렇듯이 의성어나 의태어의 빈번한 사용, 규칙적인 리듬, 일정하게 반복되는 표현 등을 이 시에서도 확인할 수 있다.

이 시가 이후 시집에 수록되지 않고 배제된 이유는 무엇일까? 이 시는 주제의식의 측면에서는 동시적인 성격의 피천득 시와 일맥상통하지만, 완성도는 좀 떨어지는 작품이라고 볼 수 있다. 이 시의 화자는 "내가 엄마 따라다니듯"이라는 구절로 보아 '아이'라고 볼 수 있는데 다른 부분의 발화는 아이의 것으로 보기에는 잘 어울리지 않는다. 자신을 졸졸 따라다니는 달을 신기해하는 시선은 아이의 것이라고 볼 수 있지만 그것에 대해 '어린 애'라는 판단을 내리는 시선은 아이의 것으로 보기 어렵다. 따라서 화자와 어조 사이에 발생하는 균열이 이 시를 이후 시집에서 배제하게 했을 거라는 추정을 해볼 수 있다.

> 정말 詩人이라면
> 지금이야 시를 쓸텐데
> 사흘동안 어쩔줄을 모르고
> 거리를 헤매었소
>
> 정말 詩人이라면
> 지금이야 시를 쓸텐데
> 사흘밤을 잠을 못들고
> 뒤채기만 하였소
>
> 그러나 詩人이 아니라도 고만이요
> 아모것도 아니라도 좃소
> 나는 사람이 되었소
> 自由의 人民이 되었소
>
> （「八月十五日」 전문)

　역시 첫 시집 『서정시집』에 실렸지만 이후의 시집들에 수록되지 않고
배제된 작품이다. 해방을 맞은 감회를 진솔하게 표현한 시로 새롭거나 대
단한 시적 인식을 드러내는 시는 아니지만 피천득의 다른 시들과 비교해
봤을 때 이후 시집에서 배제될 만큼 작품성이 떨어지는 작품이라고 판단
되지는 않는다. 해방의 감격 앞에서는 시인이 아니라도 그만이고 아무것
도 아니라도 좋다는 솔직한 발화, "나는 사람이 되었소/自由의 人民이 되
었소"라는 직설적 발화에선 말이 필요 없는 화자의 감격이 전해져 오기도
한다. 그렇다면 이 시가 배제된 이유는 무엇이었을까? 첫 시집을 출간한
1947년은 해방 직후의 감격이 아직 남아 있는 시점이었겠지만, 1959년에
출간된 두 번째 시집부터는 시인이 아마도 이때의 감격이나 흥분과 좀 더

피천득 문학 연구

거리를 둘 수 있게 되었을 것이다. 거르지 않은 감정이 그대로 노출된 「八月十五日」은 피천득 시의 전반적 분위기에서 다소 돌출해 있는 것이 사실이다. 아마도 이런 이유가 이 시를 배제하는 데 작용하지 않았을까 싶다. 마지막 연의 마지막 행, "自由의 人民"이 되었다는 표현에도 자기검열이 작용했을 것이다. 해방기에는 '민족'과 거의 동일한 개념으로 쓰이던 말이었지만 한국전쟁을 겪으면서부터는 북한 체제를 연상시키는 말로 '인민'의 용법이 굳어지게 된 것도 이 시의 선택 여부에 암암리에 작용하지 않았을까 추정해본다. 이후 1987년에 출간된 『피천득 시집』에서부터 「1945년 8월 15일」이라는 제목의 시가 새롭게 실리게 되는데, 이 작품에서는 해방 당시의 감격을 전하면서도 좀 더 객관화해서 그리려는 태도가 나타난다는 점이 하나의 참조점이 될 수 있을 것이다.

피천득의 두 번째 시집 『금아시문선』(1959)에 처음 수록된 「讚辭」는 이후 『피천득 시집』까지 줄곧 실렸다가 『생명』(1993), 『생명』(1997)에 와서 실리지 않고 배제된다.

> 그대의 詩는
> 온실이나 화원에서 자라나지 않았다
> 그대의 詩는
> 거친 산야의 비애를 겪고
> 삭풍에 피어나는 강렬한 꽃
>
> 솔로몬의 영화보다 화려한
> 야생 백합
>
> 그대의 시는
> 펑펑 솟아 넘쳐 흐르는 샘물
> 뛰며 떨어지는 걷잡을 수 없는 폭포

푸른 산 기슭으로 굽이치는 시내
때로는 바다의 울음소리도 들린다

내 그대의 시를 읽고
무지개 쳐다보며 소리치는 아이와 같이
높이 이른 아침 긴 나팔을 들어
공주의 탄생을 알리는 늙은 전령과 같이
이나라의 복음을 전달하노라

(「찬사」 전문)

　인용한 시 「찬사」에는 '김남조 시집 『목숨』을 읽고'라는 부기가 붙어 있
다. 일종의 시로 쓴 독후감이라고 할 만하다. 『목숨』은 1953년에 수문관
에서 출간된 김남조의 첫 시집이다. '목숨'이라는 시집의 제목에서도 드러
나는 것처럼 전후의 황폐한 시대상황 속에서 생명의 소중함에 대한 인식
을 보인 이 시집은 전후 여성 시인의 시집으로 당대에도 주목의 대상이 되
었다. 1950년대에 활동한 시인들의 시에는 공통적으로 전후 현실에 대한
극복이라는 과제가 가로놓여 있었지만, 김남조와 홍윤숙 등의 1950년대
에 활동을 시작한 여성 시인들은 특히 여성 특유의 생명에 대한 인식과 종
교적 구원의 열망으로 자신의 시세계를 일구어 나간다. 김남조의 첫 시집
『목숨』은 죄의식에 젖어 있는 화자의 태도를 통해 눈물 젖은 감정을 직접
적으로 노출하고 여성성을 모성성에 제한해서 이해하는 등 초창기 여성시
의 한계를 여전히 보이기는 하지만, 고백과 기구의 어조를 통해 여성적 글
쓰기의 가능성의 단초를 열어 보이기도 한다.[14]

　피천득이 김남조의 첫 시집에 붙이는 시를 쓸 만큼 관심을 보인 까닭
은 어디에 있었을까? 두 시인은 대학 시절 김남조 시인이 피천득 시인에

14　이경수, 「1950년대 여성시의 지형과 여성적 글쓰기의 가능성—김남조와 홍윤숙의 시를
　　중심으로」, 『여성문학연구』 제21호, 한국여성문학학회, 2009. 6. 30, 13쪽.

게 배운 사제지간으로서의 각별한 인연을 가지고 있기도 했지만, 두 시인의 시세계에 한정해서 이해한다면 '생명'이라는 주제에 대한 공통의 관심사에서 그 이유를 찾아볼 수 있을 것이다. "온실이나 화원"이 아니라 "거친 산야의 비애를 겪고/삭풍에 피어나는 강렬한 꽃"이라는 찬사는 당시에 여성시를 향한 찬사 중에서는 최고의 극찬이라 할 만하다. 여성시를 '여류시'라 비난하는 시선이 여전히 상존하고 있던 시기였고, 여성시를 향해 쏟아지던 비난의 대부분은 감상적이라는 것과 온실 속에서 자라난 여린 감성의 시라는 것이었으니 말이다. 피천득은 김남조의 첫 시집에 바치는 찬사를 통해 김남조의 시에 이전의 여성시와는 다른 체험에서 우러나온 진실성이 있다고 본 것이다. 이 시를 이후 『생명』(1993)과 『생명』(1997)에서 배제한 까닭은 이 시가 피천득의 시로서는 예외적인 시였다는 데서 찾아야 할 것으로 보인다. 제자와 제자의 시를 향한 애정 어린 마음으로 쓴 시였겠지만 이미 문단의 원로가 된 김남조 시인에게 이런 찬사가 더 이상 필요하지 않다는 판단도 작용했을 것으로 보인다.

두 번째 시집 『금아시문선』(1959)에 「美州二題」라는 제목 아래 '워싱톤'과 '뉴욕 타임스 스퀘어'라는 두 편의 시가 실려 있었는데, 세 번째 시집 『산호와 진주』에서부터 『금아시선』, 『피천득 시집』에 이르기까지 '워싱톤'은 누락되고 '뉴욕 타임스 스퀘어'만 「뉴욕타임즈 스퀘어」로 제목이 바뀌어 재수록된다. 이 시는 이후 『생명』(1993), 『생명』(1997)에서는 「타임즈 스퀘어」로 다시 제목이 일부 수정되어 재수록된다.

링컨의 서울이여
여왕 없는 나라의 여왕이여

二十세기의 파리여

젊고 젊은 청춘의 수도(首都)여

가로수 늘어선 넓고 깨끗한 「아베뉴」
전아(典雅)스러운 흰 건축물들

「캐피틀」, 「슈프림코오트」
제왕 없는 나라의 궁궐

「내쇼날 뮤지엄」, 「콘그레스 라이부라리」
차고 흰 현대의 상아탑

무지개 같이 뻗치고 뻗쳐
철철 넘쳐 흐르는 분수들

하늘을 가리키며 솟아 있는 워싱톤 모뉴멘트
끊임없이 자라나는 이나라의 이상

사월 푸른 하늘은
평화로워라

(「美州二題—워싱톤」 전문)

『금아시문선』(1959)에 함께 실린 「美州二題—뉴욕 타임스 스퀘어」는 번
화한 뉴욕의 아찔한 빌딩숲에 대한 동경을 드러내면서도 도시문명에 대한
비판적 인식의 단초와 고국에 대한 향수를 놓치지 않는다. 마지막 연, "「래
디오·씨티」의 파란 불들 바라다보면/사막에서 잠을 깬 것 같다/향수는 스
치고 지나가는 화살은 아니다"에서 이러한 인식의 단초를 발견할 수 있다.
그에 비해 위의 인용시에서는 워싱턴으로 상징되는 미국 문화에 대한 동
경 이상의 것을 읽어내기는 어렵다. 동경에 균열을 일으킬 가능성을 지니
고 있는 구절이라고는 "차고 흰 현대의 상아탑"뿐이지만, 그마저도 "끊임

없이 자라나는 이 나라의 이상//사월 푸른 하늘은/평화로워라"로 시상이 마무리되면서 그 가능성은 발현되지 못한다. 이렇게 볼 때 '워싱톤' 부분이 이후의 시집에서 빠진 것은 충분히 이해가 된다. 더구나 마지막 연 "사월 푸른 하늘은/평화로워라"는 1959년에 나온 『금아시문선』에서는 문제될 것이 없었지만, 1960년의 4·19를 체험한 이후라면 문제가 달라질 수밖에 없다. 아마도 이런 이유들 때문에 이 시는 이후의 시집에서는 실리지 않고 배제된 것으로 보인다.

이상 시집에 수록되었다가 이후에 누락된 시들을 살펴본 결과 그 첫 번째 기준은 작품의 완성도였음을 짐작할 수 있다. 그밖에도 시대적 상황의 변화와 그에 따른 시의식의 변화가 시의 수록 여부에 영향을 미친 것으로 보인다.

이제 7권의 시집에 나타난 개작의 구체적인 양상에 대해서 살펴보고자 한다. 피천득이 전 생애에 걸쳐 시집에 수록한 작품 수가 107편 정도이니 결코 다작이라고 볼 수 없고,[15] 7권의 출간 시집 중 6권이 시선집의 성격을 지니는 것 치고는 개작을 적극적으로 했다고 보기는 어렵다. 하지만 7권의 시집에서 동일한 시가 제목이 바뀌어서 수록되거나 내용에 수정이 가해진 경우가 있어서 이에 대해 면밀히 검토해볼 필요가 있어 보인다. 무엇보다

---

15 시집 수록시만을 따져보면 피천득의 시는 107편(「美州二題」를 2편으로 계산했을 경우)에 이르지만, 시집 미수록 발표시까지 포함하면 그 편수는 훨씬 늘어날 것으로 보인다. 『실험과 도전, 식민지의 심연』(213~218쪽)에 피천득 작품 연보가 실려 있지만 그의 발표 시 전체를 포괄하고 있는 것으로 보기는 어렵다. 결정적 오류를 포함하고 있는 데다 시와 동시의 분류 기준도 모호하고, 제목이 바뀌거나 내용이 개작되어 시집에 수록된 시작품에 대한 변별도 전혀 이루어지지 않아서 이 연보만으로 그의 총 시작품 편수를 추정할 수는 없다. 이 논문에서도 시집 미수록시까지 포괄하지는 못했는데, 이에 대해서는 별도의 서지적 연구가 필요하다고 판단된다.

도 첫 시집을 제외한 6권의 시선집에서 새로 수록된 시보다 중복 수록된 시가 훨씬 높은 비중을 차지하지만, 시집의 편제만 보아서는 어떤 기준에 의해 시가 수록되었는지 알 수 없으며, 동일한 시들도 시집마다 다른 순서로 수록되어 있어서 이런 과정을 거치지 않고는 피천득 시의 전모 및 변모 과정을 파악하기 어렵기 때문이다.

먼저, 재수록하면서 시의 제목이 바뀐 경우를 살펴보겠다. 위의 〈표 1〉에 따르면, 재수록하면서 제목이 바뀐 경우는 처음 실린 시를 기준으로 했을 때 모두 7편이다.

첫 시집 『서정시집』에 수록된 「단풍이 떠러지오」가 두 번째 시집 『금아시문선』(1959)에서부터 『생명』(1997)에 이르기까지 「단풍」으로 제목이 바뀌어 재수록된다. 이 시의 1연이 "단풍이 지오/단풍이 지오"로 시작되어 3연에서도 동일한 내용이 반복되고 마지막 연인 4연이 "바람에 불러서 떠러지오/흐르는 물우에 떠러지오"로 끝나므로 제목에서도 '단풍이 떨어지오'라는 표현이 쓰이는 것보다는 '단풍'이 더 적절해 보인다. 말이 장황하지 않고 간결하며 함축적인 매력이 살아 있는 피천득의 시에 좀 더 어울리는 제목은 수정한 제목 '단풍'이라고 판단된다.

첫 시집에 실린 「上海風景」은 이후 발간된 세 권의 시집에서 누락되었다가 1987년에 출간된 『피천득 시집』에 「1930년 上海」로 제목과 내용이 바뀌어 재수록되고, 『생명』(1993)과 『생명』(1997)에도 「1930년 上海」로 수록된다. 수정된 제목이 1930년의 상해 풍경임을 좀 더 분명히 드러내준다. 내용의 개작에 대해서는 아래에서 따로 상세히 살펴보고자 한다.

첫 시집에 실린 「遠足」은 이후 『금아시문선』에서 『피천득 시집』까지 원래의 제목을 한글로 바꾼 「원족」으로 실렸다가 『생명』(1993)과 『생명』(1997)에는 「무악재」로 제목이 바뀌어 실린다. 「원족」에도 '무악재'라는 지

명이 등장하고 시의 내용에도 약간의 변화가 있었을 뿐이지만, '원족'이라
는 말보다 '소풍'이라는 말을 더 많이 쓰게 된 시대에 따른 언어의 변화가
제목의 개작을 가져온 것으로 보인다.

첫 시집에 '時調十六首'라는 부기와 함께 실렸던 「사랑」은 두 번째 시집
『금아시문선』(1959)에서 부기가 빠지고 2편의 시가 더 추가되어 일련번호
가 붙고 순서가 바뀐 채로 「사랑」이라는 제목으로 재수록된다. 세 번째 시
집 『산호와 진주』(1969)에서는 「사랑-금아연가(琴兒戀歌)」로 부제가 붙은
채 앞서와 같은 순서로 재수록되며, 『금아시선』(1980)에도 같은 제목과 형
태가 유지된다. 이후 『피천득 시집』(1987)에서는 '사랑'이라는 제목을 버
리고 '금아연가'라는 제목으로 같은 시가 실렸다가 『생명』(1993)과 『생명』
(1997)에서는 「금아연가 1」부터 「금아연가 18」까지 제목에 일련번호가 붙
은 연작시의 형태로 같은 시가 재수록된다.

두 번째 시집 『금아시문선』(1959)에 처음 수록된 시 「가훈」은 『산호와 진
주』에도 「가훈」으로 수록되었는데, 이후 『금아시선』, 『피천득 시집』, 『생
명』(1993), 『생명』(1997)에는 「교훈」으로 제목이 바뀌어 재수록된다.

두 번째 시집 『금아시문선』에 처음 수록된 「미주이제」는 '워싱톤'과 '뉴
욕타임스 스퀘어' 2편의 시로 구성되어 있는데 앞서 살펴본 것처럼 이후
『산호와 진주』에서부터 『피천득 시집』까지에는 '워싱톤'은 누락되고 '뉴욕
타임스 스퀘어'만 「뉴욕타임즈 스퀘어」라는 제목으로 재수록된다. 이 시는
『생명』(1993)과 『생명』(1997)에서는 「타임즈 스퀘어」로 다시 제목이 수정
되어 재수록된다.

세 번째 시집 『산호와 진주』(1969)에 수록된 시 「오월」은 이후의 시집에
도 동일한 제목으로 실리다가 『생명』(1993)과 『생명』(1997)에서는 「창 밖은
오월인데」로 제목이 바뀌어 재수록된다.

이 중 「上海風景」과 「1930년 上海」는 제목 외에도 내용상의 개작이 나타나므로 이를 살펴볼 필요가 있다.

겨울날 아침에
입었든 掛子를 전당잽펴서
따빙을 사먹는 苦力가 있더라

저녁한끼만 사주면 하로밤을 밧치겟다고
밤늦인 버스 정유장에서
나어린 '野雞'가 애원하드라

알라 東西 넉마장사 치룽속에
넉마와같이 파라버릴 어린아해가 둘!
한아해는 나를 보고 웃드라

'무쏘리니' 같이 생긴 洋鬼子가
할더거리는 조롱말같은 黃包車꾼을
'쾌쾌듸' 뛰라고 재촉 하드라
　　　　　　　　（「上海風景」(『서정시집』, 1947) 전문）

겨울날 아침에
입었던 꽈쓰(掛子)를 전당잡혀
따빙(大餅)을 사먹는 쿠리(苦力)가 있다

알라 뚱시(東西) 치룽 속에
넝마같이 팔려 버릴
어린 아이가 둘
한 아이가
나를 보고 웃는다
　　　　　　　　（「1930년 上海」(『피천득 시집』, 1987)[16] 전문）

─────────────
16　이후 『생명』(1993)과 『생명』(1997)에 실린 「1930년 上海」도 이 시와 동일하다.

　　　　　　　　　　　　　　　　　　　피천득 문학 연구

『서정시집』에 실린 「上海風景」은 이후 『피천득 시집』에 「1930년 上海」로 재수록되면서 다음과 같은 몇 가지 내용상의 개작이 이루어진다. 첫째, 어조가 변화했다. 「상해풍경」에서는 '―드라'라는 어미가 쓰였는데, 이는 회상의 태도를 드러냄과 동시에 직접 본 것을 제3자에게 전하는 관찰자로서의 화자의 위치를 상기시킨다. 이러한 어조는 「1930년 상해」에 오면 현재시제의 평서형 어조로 개작된다. 「상해풍경」에도 3연에서 화자 '나'가 노출되어 있기는 하지만 개작된 「1930년 상해」에서는 평서형 현재시제의 사용으로 인해 1930년 상해에서의 경험을 현재화하는 효과를 발휘하게 된다. 첫 시집을 출간할 당시보다 개작시에서 서정시의 화자 및 시제에 대한 이해가 한층 깊어진 것으로 판단된다.

또한 「상해풍경」의 2연과 4연에서는 여행자의 시선을 빌려 1930년에 화자가 상해에서 느꼈던 인상을 다소 부정적으로 드러낸 혐의가 느껴지기도 하는데, 개작된 시에서는 그런 혐의가 느껴지는 부분을 삭제하고 가급적 객관적으로 1930년 상해의 풍경을 그리려는 태도가 엿보인다. 입었던 옷을 전당잡혀 호떡을 사 먹는 쿨리의 모습과 넝마장수에게 팔려 갈 운명에 처한 두 아이의 모습은 1930년의 중국의 현실을 환기하는 동시에 중국과 비슷한 처지에 놓여 있던 식민지 조선의 현실을 환기하는 역할을 한다.[17] 장면을 묘사하는 데 주력한 표현의 절제를 통해서도 이러한 효과는 배가된다.

---

17 정정호에 따르면, 피천득이 상해로 유학 간 것은 1926년의 일이었다. 이후 피천득은 1932년 상해 사변 때 잠시 귀국해 2년 가까이 국내에 체류하기도 하지만, 후장대학교 영문학과를 졸업한 1937년까지 상해에 머물렀다(정정호, 『산호와 진주―금아 피천득의 문학세계』, 푸른사상사, 2012, 36쪽).

긴 벽돌담을 끼고
어린 학생들이 걸어갑니다

당신이 지금도 생각하고 계실
그 어린 아해들이
바로 감옥 담밖을 지나갑니다

작년 五月 원족 가든날
그날같이 맑게개인 일은 아츰에
당신이 가리키든 어린것들이 걸어갑니다

당신을 잃은지 벌서 一年
과거는 없고 히망만있는 어린것들이
나란히 렬을지어 모악재를 넘어 갑니다
                    (「遠足」(『서정시집』, 1947) 전문)

긴 벽돌담을 끼고
어린 학생들이 걸어갑니다

당신이 지금도 생각하고 계실
그 어린아이들이
바로 지금 담 밖을 지나갑니다

작년 오월 원족 가던 날
그날같이 맑게 개인 이른 아침에
당신이 가르치던 어린것들이 걸어갑니다

당신을 잃은 지 벌써 일년
과거는 없고 희망만 있는 어린것들이
나란히 열을 지어 무악재를 넘어갑니다
                    (「무악재」(『생명』, 1997) 전문)

「遠足」이 「무악재」로 바뀌면서 시의 내용에도 약간의 변화가 일어난다. 전체적인 내용은 바뀌지 않았지만 「遠足」에서는 "감옥 담 밖"이라는 표현을 통해 긴 벽돌담이 서대문형무소임을 바로 알 수 있었다면, 개작된 시에서는 "감옥"이라는 표현을 삭제하고 "담 밖"으로 수정함으로써 이를 암시적으로만 드러낸다. 무악재라는 지명만으로도 "긴 벽돌담"에서 서대문형무소를 연상할 수는 있지만, 개작 전의 시에서는 좀 더 직접적으로 '당신'이 서대문 형무소에 갇혀 있었음을 짐작할 수 있는 데 비해 개작된 시에서는 그런 상황이 암시적으로 드러나 있어서 행간을 읽어야만 '당신'이 처한 상황과 당신을 비롯한 화자가 어린아이들에게 거는 기대를 짐작할 수 있다는 점이 다르다.

첫 시집에 실린 「사랑」은 목차에 '시조십육수'라고 밝히고 있듯이 사랑이라는 주제에 관한 16수의 현대시조로 이루어진 작품이다. 그런데 이 시는 이후의 시집에서 순서가 바뀌고 2수가 추가되어 18수의 형태를 띠게 되며, 두 번째 시집에서는 '사랑'이라는 동일한 제목 아래 일련번호만 붙였던 시가 『생명』(1993) 이후에는 「금아연가 1」~「금아연가 18」이라는 연작시의 형태를 띠게 된다. 여기서는 16수의 시조가 어떻게 순서가 바뀌고 새로운 시가 추가되어 18수의 시가 되는지 첫 시집 수록시와 두 번째 시집 수록시를 기준으로 살펴보고, 개작 이전의 시와 이후의 시를 간략히 비교해보고자 한다. 논의의 편의상 첫 시집 수록시 「사랑」에는 붙어 있지 않은 일련번호를 임의로 붙이되, 시의 첫머리를 일련번호 옆에 밝히기로 한다.

「사랑」(『서정시집』, 1947)	「사랑」(『금아시문선』, 1959)
1. ("길가에 수양버들")	1. ("길가에 수양버들")
2. ("눈섭에 맺힌 이슬")	2. ("눈섭에 맺힌 이슬")
3. ("높은것 산이아니")	3. ("높은 것 산이 아니")
4. ("모시고 못산다면")	4. ("모시고 못 산다면")
5. ("보는것 만이라도")	5. ("보는 것만이라도")
6. ("예서 마조앉아")	6. ("추억에 지친 혼이")
7. ("그리워 애닯아도")	7. ("그리워 애달퍼도")
8. ("서름은 세월따라")	8. ("목청이 갈라지라")
9. ("목청이 갈라지라")	9. ("번지고 얼룩지고")
10. ("오실리 없는것을")	10. ("날 흐린 바다 위에")
11. ("꿈같이 잊었과저")	11. ("때마다 안타까워")
12. ("날흐린 바다우에")	12. ("하루를 보내 노면")
13. ("때마다 안타까워")	13. ("오실 리 없는 것을")
14. ("추억에 지친혼이")	14. ("예서 마주 앉아")
15. ("후ㅅ날 잊어지면")	15. ("문갑에 놓인 사진")
16. ("문갑에 놓인사진")	16. ("꿈 같이 잊었과저")
	17. ("설음은 세월따라")
	18. ("훗날 잊어지면")

〈표 2〉에서 보는 바와 같이 첫 시집 수록시 「사랑」은 두 번째 시집 『금아시문선』에 실리면서 시의 순서가 일부 바뀌고 2수가 추가되어 그것이 '9'와 '12' 부분에 추가되면서 재구성되었다. 이후 다른 시집에 재수록되면서 〈표 1〉에서 보는 바와 같이 제목에는 변화가 일어나지만, 시의 순서나 내용에는 더 이상 변화가 생기지 않는다.[18] 1~5와 7 부분을 빼고는 모두 순서

---

[18] 한글 맞춤법 규정의 변화에 따른 표기의 변화를 제외하고는 변화가 없었다.

가 바뀌는데, 이렇게 개작된 시가 그 이전 시보다 시상의 흐름이 한결 자연스럽다. 첫 시집 수록시 「사랑」에서 1~5수까지 "님뵈러 가옵는 길에" 일어나는 '님'을 향한 그리움이 자연스럽게 펼쳐지다가 "예서 마조앉아/꽃다발을 엮었거니"로 시작되는 6 부분에 와서 시상이 갑자기 단절되는 느낌이 들었는데, 이 부분이 두 번째 시집 수록시 「사랑」에서부터는 14 부분으로 이동되면서 시상의 전개가 자연스러워진다. 특히 이 부분에는 "흐터진 가랑닢을/즈려밟는 황혼"이 등장하므로 시의 앞부분보다는 뒷부분에 배치되어 있는 것이 한결 자연스러워 보인다. 6의 빈자리를 메우는 것은 "추억에 지친혼이/노곤히 잠드올제"로 시작되는 14 부분인데 지쳐 잠든 꿈결에 "꿈길을 숨어서오는/님의거름"을 듣는 설정은 '님' 향한 그리움이 꿈속으로 '님'을 불러들인 것으로 볼 수 있으므로, 사랑하는 대상을 향한 화자의 심리가 자연스럽게 그려졌다고 볼 수 있다. 이와 같이 개작된 시에서 그리움과 사랑의 감정을 느끼는 화자의 심리가 좀 더 섬세하게 그려졌음을 확인할 수 있었다. 이 역시 시적 효과를 고려한 개작이었다.

4. 시세계의 변모와 그 의미

앞서 2장과 3장에서 살펴본 결과를 토대로 피천득의 첫 시집의 세계가 이후 어떻게 변모되어 가는지 간략히 살펴보고자 한다.

피천득의 첫 시집 『서정시집』(1947)에는 소박한 서정적 세계가 그려져 있다. 소박한 서정을 형성하는 것은 크게 세 가지 소재를 통해서이다. 자연현상에 대한 간결한 묘사가 그중 하나이고,[19] 나머지는 여러 편의 시에

---

[19] 첫 시집 『서정시집』 수록시 중 자연현상을 그린 시로는 「시내」, 「바다」, 「단풍이 떨어지

등장하는 '아가'의 시선과 동심,[20] 그리고 사랑의 대상으로서의 여성 형상이다.[21] 이들은 모두 생명의 약동과 추구라는 방향으로 수렴된다는 데 피천득 시세계의 가장 두드러진 특징이 있다. 이에 대해서는 선행 연구들에서도 얼마간 논의되어 왔다.[22]

첫 시집 이후 출간된 6권의 시집에서 새로 수록된 시들은 모두 61편에 이른다. 첫 시집 수록시가 28편, 시조 16수를 따로 헤아리더라도 43편임을 감안하면 꽤 많은 편수라고 할 수 있다. 이 시들에 새롭게 나타나는 경향이 피천득의 시세계의 변모를 지시한다고 볼 수 있다.

피천득의 일곱 번째 시집 제목이 '생명'이기도 하지만, 7권의 시집 전체에 걸친 피천득 시세계의 큰 흐름은 사실상 '생명'의 추구로 수렴된다는 점에서 달라지지 않는다. 하지만 첫 시집에서는 눈에 띄지 않던 새로운 경향의 시들도 이후의 시집에서는 발견된다.

우선 최근의 시집으로 올수록 나이 듦에 대한 인식을 드러내는 시들이 자주 눈에 띈다. 첫 시집에서부터 일곱 번째 시집 『생명』(1997)에 이르기까지 피천득의 시는 '아기'와 '아이'에 대한 예찬을 일관되게 보여주고 있지만, 최근의 시집으로 올수록 '늙음'이라는 현상과 시적 화자가 처한 노년이라는 현실이 관심의 대상으로 부상하기 시작한다.

오」, 「아침」, 「꿈」, 「無題」, 「달」, 「생명」 등이 있다.

20 『서정시집』 수록시 중 여기에 해당하는 시로는 「어린 시절」, 「아가의 슬픔」, 「아가의 기쁨」, 「어떤 아가의 근심」, 「아가의 꿈」, 「아가들의 오는 길」, 「어린 벗에게」, 「구슬」, 「국민학교 앞을 지날 때면」 등이 있다.

21 『서정시집』 수록시 중 여기에 해당하는 시로는 「기다림(一)」, 「기다림(二)」, 「아침」, 「적은 기억」, 「사랑(時調十六首)」 등이 있다.

22 정정호, 「피천득 시의 생명의 노래와 사랑의 윤리학—물, 여성, 어린아이의 주제 비평적 접근시론」, 『우리문학연구』 제31집, 우리문학회, 2010. 10. 31, 563~599쪽.

生과 死는
구슬같이 굴러간다고

꽃잎이 흙이 되고
흙에서 꽃이 핀다고

영혼은 나래를 펴고
하늘로 올라간다고도

그 눈빛 그 웃음소리는
어디서 어디서 찾을 것인가
「친구를 잃고」(『생명』, 1997) 전문)

「친구를 잃고」는 1980년에 출간된 『금아시선』에 처음 실린 후 1987년에
출간된 『피천득 시집』, 1993년과 1997년에 출간된 『생명』에 연달아 수록되
었다. 실제로 친구를 잃은 경험을 바탕으로 쓰여진 것으로 보이는 이 시에
서는 피천득 시로서는 드물게 죽음에 대한 인식을 드러내기 시작한다. 생
과 사가 구슬같이 굴러가고 꽃잎이 흙이 되고 흙에서 꽃이 피고 하는 모습
은 순환하는 자연의 섭리와 생사의 윤회를 지시한다고 볼 수 있다. 영혼이
나래를 펴고 하늘로 올라가는 모습도 이승과는 다른 세계의 존재를 인정
하는 태도라고 볼 수 있다. 그런데 1~3연에 이르는 생과 사에 대한 이러
한 태도는 모두 다른 이에게서 들은 것이다. '—ㄴ다고', '—ㄴ다고도'라는
어미의 사용으로 미루어볼 때 이러한 태도는 화자의 것이 아닌 다른 이에
게서 주워들은 것임을 알 수 있다. 생과 사를 바라보는 화자의 태도는 4연
에서 드러난다. "그 눈빛 그 웃음소리는/어디서 어디서 찾을 것인가"에서
느껴지는 허탈한 화자의 목소리를 통해 앞서 다른 이들의 목소리로 들려
준 위로의 말들이 화자에겐 소용없었음이 드러난다. 윤회나 저승의 존재

를 믿는 태도에 대해 화자는 다소 회의적인데, 죽음과 함께 사라진 눈빛과 웃음소리를 환기함으로써 자신이 느낀 허탈감과 회의감을 드러낸다.

> 너는 이제 무서워하지 않아도 된다. 가난도 고독도 그 어떤 눈길도
>
> 너는 이제 부끄러워하지 않아도 된다. 조그마한 안정을 얻기 위하여 견디어 온 모든 타협을.
>
> 고요히 누워서 네가 지금 가는 곳에는 너같이 순한 사람들과 이제는 순할 수밖에 없는 사람들이 다 같이 잠들어 있다
>
> (「너는 이제」(『생명』, 1997) 전문)

1987년에 출간된 『피천득 시집』에 처음 수록된 이후 『생명』(1993)과 『생명』(1997)에 연이어 수록된 이 시에서도 죽음에 대한 의식이 드러난다. 앞서 살펴본 「친구를 잃고」가 친구를 잃은 화자의 심정에 초점이 맞추어져 있어서 생과 사의 부질없음, 허무함을 주로 드러낸 데 비해, 이 시의 화자는 죽은 이를 위로하는 태도를 보인다. '너'로 지칭되는 죽은 이는 살아 있을 때 가난과 고독과 타인의 시선에 시달려 왔던 것으로 보인다. 현실의 팍팍함에 시달리다 보니 조그마한 안정을 얻기 위해 타협을 해야 하는 경우도 적지 않았던 모양이다. 화자는 죽은 '너'를 향해 이제 가난과 고독으로 인한 무서움과 타협하는 자신에 대한 부끄러움에서 벗어나도 된다고 위로한다. 그것은 남은 이들을 위한 위로이기도 하다. 무서움과 부끄러움 대신 "네가 지금 가는 곳"에는 "너같이 순한 사람들"과 "이제는 순할 수밖에 없는 사람들"이 잠들어 있으니 너무 슬퍼하지 말라는 전언이 들어 있는 것이다. 피천득의 시는 최근으로 올수록 죽음에 대한 인식을 드러내기 시작하는데, 그 안에서도 죽음을 점차 받아들이고 수긍하는 방향으로 변화

가 나타나기 시작한다.

둘째, 일상이 시적 소재로 좀 더 빈번히 활용되기 시작한다. 시인의 일상적 체험이나 인식이 자연스럽게 시적 소재로 자주 활용되면서 시인과 거리가 밀착되어 있는 화자가 자주 모습을 드러내게 된다.

> 회갑 지난
> 제자들이 찾아와
> 나와 같이 대학생 웃음을 웃는다
> 내 목소리가 예전같이 낭랑하다고
> 책은 헐어서 정들고
> 사람은 늙어서 오래 사느니
>
> (「장수」(『생명』, 1997) 전문)

『피천득 시집』(1987)과『생명』(1993),『생명』(1997)에 수록된 이 시에서는 피천득 시인과 거리가 밀착되어 있는 화자의 일상적인 모습이 그려져 있다. 제자 사랑이 지극했던 것으로 알려져 있는 피천득 시인이 실제로 겪었을 법한 일이 시의 소재로 등장한 시이다. 회갑이 지나 함께 늙어가는 제자들과 그보다 더 나이 든 스승이 어울려 "대학생 웃음"을 웃는 모습은 읽는 이를 절로 웃음 짓게 한다. 나이 든 제자들은 "목소리가 예전같이 낭랑하다고" 스승을 위로하고, 스승은 헐어가는 책과 늙어가는 사람에게서 새로운 긍정적인 가치를 발견한다. 책을 헐게 하고 사람을 나이 들게 하는 시간에서 '정'(情)의 의미를 발견하는 시인의 시선은 생에 대한 긍정적 태도로부터 오는 것이다.

그밖에도 1980년에 출간된『금아시선』과 이후 출간된『피천득 시집』(1987),『생명』(1993),『생명』(1997) 등에 수록된 「時差」에서는 서울과 시차가 열네 시간 나는 미국으로 유학 가 있는 딸을 그리워하는 화자의 모습이 그려져 있는데, 이러한 화자의 모습은 피천득의 실제 체험과 겹치는 것이다. 이렇듯 피천득의 시는 최근으로 올수록 일상적 체험을 소재로 한 시가 많아지기 시작한다.

셋째, 시인으로서의 자의식이나 창작의식을 드러내는 시들이 눈에 띄기 시작한다. 이러한 시들은 그의 초기 시에서는 좀처럼 눈에 띄지 않다가 『금아시선』(1980)에서 처음 나타나기 시작한다.

고개 숙여
악사들 줄을 울리고

자작나무 바람에 휘듯이
그녀 선율에 몸을 맡긴다

물결 흐르듯이
춤은 몹시 제약된 동작

"어찌 가려낼 수 있으랴
舞姬와 춤을"

白鳥 나래를 펴는 優雅
옥같이 갈아 다듬었느니

맨발로 가시 위를 뛰는 듯
춤은 아파라

（「어떤 舞姬의 춤」(『생명』, 1997) 전문）

『금아시선』(1980)에 처음 실린 후 『피천득 시집』(1987), 『생명』(1993), 『생명』(1997)에 계속 수록된 이 시에서는 무희와 춤을 가려낼 수 없다는 인식이 드러난다. 어떤 무희의 춤을 보고 화자가 느낀 감상을 표현한 이 시에서 가장 눈여겨볼 부분은 4연이다. 무희와 춤이 하나 되어 있어서 서로 가려낼 수 없음을 깨달은 화자의 인식은 더 나아가서는 창작물과 창작 주체를 분리해내기 어렵다는 인식으로 확장된다. 피천득의 시에서 시인과 화자 사이의 거리는 대체로 가깝고 일상을 소재로 한 시를 쓰기 시작하면서는 더욱 밀착되는데, 위의 시에서 시와 시인을 분리할 수 없다는 '시와 시인의 비분리론'으로 이어지는 인식의 단초를 보이는 것을 확인할 수 있다.

피천득의 시세계에 나타나는 이러한 변모를 통해, 피천득의 시가 '생명'의 추구라는 일관된 주제의식을 드러내면서도 후기로 올수록 일상의 체험을 바탕으로 삶과 죽음에 대한 인식의 깊이를 심화하고 시 쓰기에 대한 자의식을 갖게 되었음을 알 수 있었다.

5. 결론

피천득 시집의 출간 현황과 개작 양상을 중심으로 피천득 시세계의 변모과정을 살펴본 결과, 이 논문에서는 다음과 같은 사실을 알 수 있었다.

첫째, 7권의 시집이 출간된 현황과 각 시집의 체제 및 성격을 살펴본 결과, 첫 시집 『서정시집』을 제외하고는 6권 모두 시선집(그중 『금아시문선』과 『산호와 진주』는 산문까지 포괄한 창작집)의 성격을 지님을 알 수 있었다.

둘째, 1947년에 출간된 첫 시집 『서정시집』의 수록시들은 「달」과 「팔월 십오일」 2편의 시를 제외하고는 이후의 시집들에 재수록되었다. 「상해풍경」은 『금아시문선』, 『산호와 진주』, 『금아시선』에는 누락되었다가 『피천득 시집』에서부터 「1930년 상해」로 제목이 바뀌어 재수록되었다. 『금아시문선』에 처음 수록된 「찬사」는 이후 『피천득 시집』까지 실렸다가 『생명』(1993), 『생명』(1997)에는 다시 실리지 않았다.

셋째, 7권의 시집을 내면서 중복 수록된 시들도 각 시집마다 수록 순서나 배치에서 차이를 보였다.

넷째, 재수록된 시들 중에는 제목이 바뀌거나 내용이 개작된 경우를 찾아볼 수 있었다.

다섯째, 누락되거나 개작된 작품들의 경우 그 첫 번째 기준은 작품의 완성도 및 시적 효과였으며, 그밖에도 시대적 상황의 변화와 그에 따른 시의식의 변화가 시의 수록 여부 및 개작에 영향을 미친 것으로 보인다.

여섯째, 피천득의 시에는 일관되게 생명의 추구라는 주제의식이 드러나지만 최근의 시집으로 올수록 나이 듦과 죽음에 대한 인식, 일상적 체험이나 인식, 시인으로서의 자의식을 드러내는 시들이 눈에 띄었다.

피천득의 시에 대해 새로 밝혀진 이상의 사실들을 종합해보건대, 피천득의 시의식과 시인의식은 대체로 소박한 것이었다고 볼 수 있다. 시집을 새로 출간할 때마다 신작시보다는 중복 수록한 작품의 편수가 항상 더 많았다는 사실만 보아도 피천득의 경우가 일반적인 시집 출간의 관행과는 달랐음을 알 수 있다. 첫 시집에 '시조'임을 분명히 밝혔던 시가 형식의 변화 없이 이후 시집을 거치는 과정에서 연작시의 형태로 변화한 것을 볼 때 시 장르에 대한 의식도 아주 예민하지는 못했던 것으로 보인다. 시작활동을 시작한 1930~1932년에는 현대시와 현대시조, 동시 및 동요를 엄밀히 구별하지 않고 동시에 창작했는데, 초창기의 피천득은 시장르에 대한 엄격한 의식을 가지고 있지는 못했던 것으로 보인다. 그러나 7권의 시집을 출간하는 과정에서 최근으로 올수록 피천득의 시에는 죽음과 일상과 시 쓰기에 대한 인식이 심화되기 시작함을 알 수 있었다.

▪▪▪참고문헌

1차 자료

피천득, 『서정시집』, 상호출판사, 1947, 1~64쪽.

_____, 『금아시문선』, 경문사, 1959, 1~186쪽.

_____, 『산호와 진주』, 일조각, 1969, 1~262쪽.

_____, 『금아시선』, 일조각, 1980, 1~118쪽.

_____, 『피천득 시집』, 범우사, 1987, 1~142쪽.

_____, 『생명』, 동학사, 1993, 1~150쪽.

_____, 『생명』, 샘터, 1997, 1~152쪽.

2차 자료

권영민, 「비판적 도전과 창조적 실험-문학과 식민지 근대의 초극 양상」, 권영민·이
태동 외, 『실험과 도전, 식민지의 심연』, 민음사, 2010, 10쪽.

김우창, 「피천득론-마음의 빛과 그림자로부터 시작하여」, 피천득, 『피천득 시집』,
범우사, 1987, 9~29쪽.

_____ 외, 『산호와 진주와 금아』, 샘터, 2003, 31~223쪽.

석경징, 「진실의 아름다움」, 피천득, 『생명』, 샘터, 1997, 138~150쪽.

이경수, 「1950년대 여성시의 지형과 여성적 글쓰기의 가능성-김남조와 홍윤숙의 시
를 중심으로」, 『여성문학연구』, 제21호, 한국여성문학학회, 2009. 6. 30, 13쪽.

이태동, 「작은 것이 지닌 아름다움의 발견-피천득의 수필 세계」, 권영민·이태동
외, 『실험과 도전, 식민지의 심연』, 민음사, 2010, 191~205쪽.

정정호, 「피천득 시의 생명의 노래와 사랑의 윤리학-물, 여성, 어린아이의 주제 비
평적 접근시론」, 『우리문학연구』, 제31집, 우리문학회, 2010.10. 31, 563~
599쪽.

_____, 『산호와 진주-금아 피천득의 문학세계』, 푸른사상, 2012, 36쪽.

제2부
피천득의 수필세계

제1장

친우 피천득의 수필

윤오영*

■■■

수필은 각양 각체(各體)다. 그의 수필은 그중의 한 특색을 가졌을 뿐이다.
그러나 그것이 가장 잘 다듬어졌다. 원래 수필은 영문학이 조종(祖宗)이니
만치 그가 영문학자인 데서 유래한지도 모른다. 정적(靜的)이요 안분적(安
分的)인 심경(心境)은 동양인의 특색이니만치 그가 동양인인 까닭인지도 모
른다. 그러나 그의 글은 어린애같이 고운 그 마음씨와 순수한 그의 인간
미와 평범하고 졸렬할 줄을 아는 그 자기성찰에서 피어난 꽃이다. 모든 일
이 밑천이 들어야 하듯이 그의 수필은 상당한 밑천을 바치고 얻은 취득이
다. 말하지만 공(空) 것이 아니다. 한 인간성을 다치지 않게 했고 세속에 빠
지지 않게 했고 그로 하여금 이런 맑은 글이 흘러나오게 한 것이니 말하자
면 그의 수필은 비싼 수필이다. 그는 자기부족에서 애태우는 사람이다. 누
구보다도 자기가 부족한 줄을 느끼는 사람이다. 그런 까닭에 군색한 살림

---

*   교육자, 수필가. 저서 『고독의 반추』, 『수필문학입문』 외. 1976년 작고.

살이쯤은 오히려 유족(有足)하고 만족하다고 느낀다. 아늑한 행복조차 느낄지 모른다. 그러므로 그는 모든 데 정(情)을 느낀다. 그 정에는 거짓이 없다. 그러므로 그는 진정(眞情)에서 글을 쓸 수 있다. 진정에서 쓴 글이므로 진주같이 맑고 난초같이 향기롭고 아담하다. 나는 결코 그를 크게 평가하지 않는다. 다만 지나치게 평범하고 졸렬하고 겸손한 사람이라고 본다. 그러나 영걸(英傑)스럽고 위대한 사람들은 이 세상에 너무나 많다. 그러므로 나는 그를 이 세상에 희귀한 존재의 하나로 본다. 그의 수필은 대개 그의 존재와 같은 존재다.

무릇 자기의 존재와 같은 존재, 이것이 수필로서 제일의(第一義)가 되는 것이다.

제2장

진정한 수필로서 모범될 산문계 예술
『산호와 진주』(금아 시문선, 1969)

김윤식*

■ ■ ■

근대 한국에서 출판되는 수필집은 유형이 있는 것 같다. 그 하나는 얇은 기억력과 거두절미한 독서에서 토막 지운 지식을 자기의 성실한 체험으로 가장하여 독자를 자극시키는 유형이며 그 다른 하나는 성실한 체험으로 인생에 대한 예지를 드러내는 유형이다. 전자는 수필이 고백체이기 때문에 강렬한 호소력과 친근감을 환기한다는 수필 자체의 속성을 교묘히 이용했을 경우가 대부분이며 따라서 자세히 들여다보면 그 속임수를 헤아릴 수 있는 것이다.

또 허다한 외국여행기란 이름의 수필집도 볼 수 있으며 고명한 학자나 실무자들이 자기의 학문이나 업적을 이룩한 후에 나도 수필집 정도의 잡문은 쓸 줄 안다는 식으로 출간한 수필집도 도처에서 볼 수 있다.

---

* 서울대 명예교수. 문학평론가. 저서로 『한국근대문예비평사 연구』, 『이광수와 그의 시대』 1 · 2, 『내가 살아온 20세기 문학과 사상』 외.

요컨대 어떠한 유형의 수필을 쓰던 작가가 얼마나 성실하게 임하고 있는 가에서 수필의 진실성을 검토해야 될 것이다. 이 경우 수필이 산문계 예술의 한 분야임을 분명히 드러낼 필요가 있다. 수필이 그 자체의 속성의 약점으로 하여 그 양질을 사이비 수필가에게 도둑맞지 않기 위해서는 다음 한 가지를 분명히 해야 할 것 같다. 그것은 인생 자체의 성실성과 수필의 성실성이 등가물로 될 수 없다는 사실이다. 한 인간이 자기의 삶에 가장 충실하고 완벽에 가깝게 예지에 차 있다고 할 때, 그러한 인간이 그러한 상태에서 쓴 수필이면 가장 성실한 수필이 되는 것일까 물을 것도 없이 그렇지 않다. 수필이 산문계 예술, 고쳐 말해서 하나의 기술이기 때문이다. 기도하기 위해 무릎이 있는 것이 아니듯 수필 쓰기 위해 말이 있는 것이 아니며 말로써 자기를 표현할 때의 장벽, 이 장벽을 넘어서야 하고, 그 다음 차례에 수필이라는 형태 속에 자신을 통제해야 되는 특수한 장벽이 부딪치는 것이다. 성실성, 혹은 예지의 장벽, 언어라는 일반적 장벽, 수필이라는 특수한 장벽, 이러한 곡절을 겪은 다음에 비로소 우리는 수필을 수필로 대할 수 있는 것이다. 인생에 있어 예술보다 위대한 불립문자(不立文字)의 경지를 얼마든지 상정할 수 있지만 그것은 수필과는 별로 관계없는 것이리라. 피천득 교수의 제2시문선 『산호와 진주』는 이상과 같은 수필의 울타리를 돌아보게 한다는 데 중요한 의미가 있을 것이다. 이 책엔 여러 편의 시도 수록되어 있으나 대부분이 수필로 되어 있어 수필만을 중점적으로 살펴도 될 듯하다. 이 작가에 대해 두 가지 사실을 알 수 있는바, 그 하나는 그가 "여왕의 나라" 문학을 공부하는 데 대부분의 생애를 보냈다는 사실이며, 한국 신문학상에 있어서도 주로 시로써 참여했다는 사실이 그 다른 하나이다. 물론 상해시절에 사귄 도산·춘원의 관계도 이와 무관하지 않다. 그러나 이 두 가지 사실은 그의 수필문학을 살피는 데 본질적인 것은 아니다. 영문학 특히 영어를 일생동안 전공한 사람도 수다히 있으며, 신문학에 참여한 사람도 많이 있기 때문이다. 또 수필의 본질에 대해 혹은 『엘리아 集』도 이 작가보다 투철히 아는 사람들이 많이 있을지도 모른다. 그러나 수필을 하나의 산문계 예술로 보아 "중년 고빗길"을 넘어 서고, 현란하지 않은 "약간의 수놓은 비단"으로 짜 내려간 수필가로는 이 작가와 어깨를 겨눌 사람이 별로 많을 것 같지 않다. 흔히 자기가 파악한 인생 이상을 과도히 수필 속에 담으려다 실패하는 경우, 혹은 그 반대의 경우를 볼 수 있는데 이 작가에게는 그러한 실패의 흔적을 볼 수 없다. 그것은 자기의 한계와 언어의 한계를 시에 숙지했기 때문이며 이러한 조화의 경지는 흔히 있는 경우가 아니다.

고도의 기교가 요청되는 이 상태에서도 작위적인 기교의 흔적이 가셔져 있음은 이 경지가 기교보다 우위에 서기 때문이다. 자칫하면 뒤돌아보는 안개 속 나르시스 같은 이 수필집의 주제들이, 산문시 같은 허느적거리는 감정의 유동체로 변질되지 않고, 또렷또렷이 부각되는 이유가 바로 여기 있을 것이다. 서투르게 혹은 용감하게 모래알만 한 일면적 진실을 태산만 큼 부각시켜 고름 낀 상처를 찌른다든가 체홉의 「놀이」와 같은 애상적이 면서도 아늑한 골목으로 우리를 유혹하는 것은 뉴우맨 승정의 말대로 신사도가 아니며, 지나친 대립 구성으로 이끌어내다가는 언어의 분노를 살 것이다. 이 수필집엔 어느 제목이나 한 편이 원고지 십 매를 넘지 않는 짧은 것뿐이다. 언어를 절약한다는 것은 감정을 절약하기 위한 것이 아니다. 보다 극명히 드러내기 위한 것, 그렇지 않으면 언어의 무서운 복수에 의해 자신이 파멸당하기 때문일 것이다. 이 글들이 비단에 수를 놓은 것이 아니라, 곱돌 위에 새긴 듯한 느낌을 주는 것도 바로 이 까닭이다.

이 수필의 내용은 물론 작가 자신의 것이다. 이 작가를 한 자연인으로서 이해하기 위해 이 책을 읽는 사람은 많을 것이다. 그러나 단 한 사람일지라도 수필이 무엇인가를 알기 위해 이 책을 읽었으면 하는 것이 서평을 쓰는 이유이다. 자연인으로서의 이 작가에 대해서는 세월과 함께 잊혀질지도 모르지만, 수필의 의미는 오래도록 살아남아야 하는 것이다.

제3장

피천득의 수필세계

차주환*

■■■

　지금부터 20년 전, 그의 50대 초에 피천득(皮千得) 씨는 『산호와 진주』라
는 표제로 시문선집을 간행하였다. 그 후 수필에 대한 요구에 부응하기 위
해 피천득 씨는 수필 부분만을 독립시켜서 『금아문선』을 냈다.

　최근에 한가한 시간이 생겨 그의 수필을 통독하였다. 다른 일에 몰리지
않는 상황에서 느긋한 마음으로 읽었으므로 피천득 씨의 『수필』에 대한 이
해가 좀 더 깊어진 듯하다. "수필은 청자(靑瓷) 연적이다"로 시작된 「수필」
에서 그는 자신의 수필관을 퍽 요령 있게 제시하였다. 그는 자신의 수필관
을 피력하는 데 있어 학술적인 정의 제시방법이나 체계적이고 논리적인
이론 전개방식을 쓰지 않고 여러 가지 비유를 곁들인 그야말로 '그저 수필
가가 쓴 단순한 글'의 하나로 적어내는 수법을 사용하였다. 그러면서도 수

---

*　서울대 명예교수, 수필가. 저서 『중국문학사』, 『한국의 도교사상』, 『동양의 달』, 『허물없는
　이와의 대화』 외. 2008년 작고.

필에 관한 이야기는 간결하나마 다각도로 시도되어 있다.

그가 단정적으로 내세운 수필의 성격은 청자 연적, 난, 학, 청초하고 몸맵시 날렵한 여인 등 사물의 비유 이외에, "수필은 마음의 산책이다", "수필은 독백이다"라고 한 것이 있다. 마음의 산책이 가능하기 위해서는 무엇보다도 마음의 여유가 필요함을 말했다. 그 필요의 한계는 인생의 향취와 여운이 숨어 있는 경지를 실어내는 단계까지 올라가는 것으로 말하고 있다. 독백이라는 단정에서 그는 '글 쓰는 사람을 가장 솔직히 나타내는 문학형식'으로 수필을 규정 짓기에 이른다. 수필의 색깔과 재료에 관해서도 온아우미(溫雅優美)와 방향(芳香)을 강조하기를 잊지 않았지만, 또 그 나름의 정리를 시도하였다. "수필은 한가하면서도 나태하지 아니하고, 속박을 벗어나고서도 산만하지 않으며, 찬란하지 않고 우아하며, 날카롭지 않으나 산뜻한 문학이다". 우리 주변에는 아직도 "수필은 문학이다"라고 자신 있게 말하고 나서지 못하는 논자들이 꽤 남아 있다.

피천득 씨는 수필이 문학임을 단정하면서 그것이 문학으로 성립되기 위한 조건을 열거하였다. 사실 그가 제시한 조건을 충족시키는 진정한 의미의 수필을 써내기란 용이한 일이 아니다. 그 점은 역시 다른 문학형식의 경우와 다를 바가 없다. 피천득 씨가 수필을 쓰기 시작한 지는 퍽 오래되었고 발표한 수필도 적지 않다. 그러나 그는 자신의 수필관에 비추어 손색이 없다고 여겨진 수필작품만을 추려서 이 수필집을 엮어낸 것이다. 피천득 씨의 수필집 편찬 태도는 세심하고 겸허한 것으로 받아들여지기도 하지마는, 한편 또 어느 정도 고고함을 느낄 정도로 자신만만한 면이 나타나 있기도 하다.

피천득 씨의 경력으로 보아, 그는 문학 가치가 높은 수필작품을 내놓을 수 있는 충분한 수련을 쌓았음을 알게 된다. 한국의 전통적인 문학에 대한

피천득 문학 연구

이해를 바탕으로 하여 일본과 중국의 문화와 생활을 경험적으로 터득하였고, 구미 각국의 예술과 문학에 침잠하여 그 정수를 파악한 처지에서 영미문학을 전공한 학자의 생애를 영위하였으니, 그가 써낸 수필이 고도의 문학 가치를 드러낼 소지가 마련되었으리라는 것은 상식적으로도 짐작이 갈 만한 일이다. 그러나 한편 피천득 씨와 비슷한 경력과 수련을 쌓거나 혹은 그 이상의 농도 짙은 배경을 가진 인물의 경우라 하더라도 반드시 좋은 수필을 생산해내지 못하는 사례가 얼마든지 있다는 점을 생각할 때 우리는 피천득 씨가 자신만만하게 수필집을 세상에 내놓은 데는 그 나름의 독특한 소질을 갖추고 있는 것이 아닌가 하는 호기심이 우러난다.

그는 『산호와 진주』에 54편의 시를 수록하였다. 대체로 구두어에 가까운 산문에 약간의 상상과 절주(리듬)를 고려한 작품들이고, 「어린 벗에게」 같은 것은 산문시다. 이렇듯 그가 내놓은 시들은 산문성이 뚜렷한 특색이 있다.

30대 후반과 40대 초에 지은 것들로 여겨지는데 그가 시작을 계속하지 않은 이유는, 직접 알아보지 않아서 못 박아 말할 수는 없으나, 자기 인생과 문학이 시라는 문학형식으로 결실되기에는 걸맞지 않음을 느껴서였으리라 추측된다. 그의 시는, 동시와 소년시와 성인시의 갈피를 뚜렷이 가려잡기 힘든 단계에 놓여 있어 성숙한 지성인의 서정이 서술성과 이지(理智)를 토대로 하여 펼쳐지기에는 적합하지 않음을 감지한 데 기인하지 않았나 싶어진다. 물론 이러한 추측이 피천득 씨의 시를 낮게 평가함을 의미하지는 않는다. 시와 수필 양쪽을 다 쓸 수 있었다는 데 의의가 있다.

그는 수필에서 더욱 우월한 성과를 거두기는 하였으나, 시와 수필을 같은 문학적 수평에서 혈맥이 통하게 써냈으므로 시인과 수필가가 서로 겸하는 데서 얻어지는 특이한 경지를 개척하는 소임을 실천하였다고 하겠나. 이 섬은 동양사회에서 종래 시문을 통합한 문학관이 세습뇌어 온 선통을 새로운 의미에서 구현시킨 사례로 받아들여도 무방할 것이다.

구미문학의 경우라 하더라도 시인이 산문을 쓰고 산문가가 시를 쓴 예는 적지 않다. 다만 구래 동양에서 지식인이 시와 문장을 합쳐서 생각하고 문필생활을 전개했던 일과는 같은 차원에서 받아들여지기 어려운 일면이 있음은 부인할 수 없기는 하다. 영문학을 전공한 피천득 씨는 그의 수필관에서나 수필작품에서나 다 찰스 램을 중심으로 한 영국 수필의 성격을 농후하게 드러내고 있으면서도, 이를테면 수필을 청자 연적에 비유하는 태도에서 알아볼 수 있듯이 동양적 내지는 한국적 문장관을 생리화한 경지에까지 소화시키고 있다. 그가 말한 바와 같이 "수필은 (……) 서른여섯 살 중년 고개를 넘어선 사람의 글"이어서 그는 중년 고개를 넘어서서부터 정력을 기울여 수필을 써냈다고 하겠다.

일반적으로 피천득 씨의 수필을 이야기할 때는 으레 그의 과작(寡作)을 지적한다. 그의 과작에 대한 비평은, 그가 지나치게 글을 다듬고 여간해서는 글을 세상에 내놓지 않기 때문에 자연 과작의 아쉬움을 남기게 된다는 데로 기울어진다. 그가 수필을 발표하기 시작한 정확한 시기는 알 수 없으나, 글의 내용이나 필치로 보아 늦어도 1950년대 초부터는 발표하였던 것 같다.

30여 년을 헤아리는 동안 우리에게 100편에 미달하는 수필만을 보여주었다는 것은, 그의 수필이 문학적 특색이 두드러지기 때문에, 아쉬운 감을 자아내기 쉽다. 그렇기는 하지만 『금아문선』에 수록된 77편의 수필에는 피천득 씨의 인간과 경력이 농축되어 있고, 인생과 예술이 향취와 여운을 함축하고 극명하게 드러나 있어, 언제 읽어도 그리고 몇 번을 되풀이해서 읽어도 미소를 자아내는 친근감을 갖게 해준다. 그의 수필집은 마치 수천 편 또는 수만 편 가운데 정품(精品)만을 엄선한 것 같다. 사실 일생 동안에 읽을 만한 수필을 10여 편만이라도 남길 수 있다면, 그것만으로도 이미 대견하다.

피천득 씨는 「찰스 램」이라는 수필을 써서 램의 인간과 문학을 간결하면서도 생동하게 요약해내어 자신의 램 수필에 대한 애호를 천명하였다. 램의 수필을 읽어보면, 특히 여성 독자를 즐겁게 해주고 싶은 자의식이 작용해서가 아니었나 생각되지만, 좀 수다스러울 정도로 요설적(饒舌的)이어서 경박하고 치졸(稚拙)하게 여겨지는 구석이 없지 않다. 피천득 씨의 수필은 램과 방불한 점이 없지 않지마는 짜임새나 언어의 절제를 통해 램의 약점을 극복하였고, 풍부한 학식과 다양한 견문이 뒷받침된 깊은 지성이 그가 사용한 말들에 각기 적의한 무게를 안배하여 둔탁(鈍濁)함과 경박함을 다 모면하게 만들었다.

한편 피천득 씨는 인간성이나 기호(嗜好)에 있어서도 램과 유사한 점이 많다고 생각했던 것 같다. 특히 램이 '여자를 존중히 여겼다'고 우리에게 알려준 바 있지만, 피천득 씨는 램을 능가하는 여성 예찬론자임을 그의 수필을 통해 뚜렷하게 나타냈다. 그는 우리 남성 수필가들 중에서는 찾아보기 어려운 여성 예찬자이기도 하다.

우선 그의 수필집 헌사(獻詞)부터 '엄마께'로 시작되어 있다. 피천득 씨는 부친에 관해서는 극히 짤막하게 언급하는 데 그치고, 모친에 대해서는 인품과 애정에 대해 여러 차례 회상을 되풀이하였다.

> 엄마가 나의 엄마였다는 것은 내가 타고난 영광이었다. 엄마는 우아하고 청초한 여성이었다. (……) 여름이면 모시, 겨울이면 옥양목, 그의 생활은 모시같이 섬세하고 깔끔하고 옥양목같이 깨끗하고 차가웠다. 황진이처럼 멋있던 그는 죽은 남편을 위하여 기도와 고행으로 살아가려고 했다. (「엄마」 부분)

엄마 손가락에 비취가 끼워지면 여름이 오고, 엄마 모시 치마가 바람에
치기 전에 여름은 갔다. (「모시」 부분)

피천득 씨는 수필을 통해 자기 모친을 한 뛰어난 모성으로 서술해냈을
뿐 아니라, 자기 이상에 극히 접근한 언제나 젊고 아름다운 한 여성의 표
본으로 부각시키기까지 하였다. 그의 모친을 시종 '엄마'로 호칭한 것은 30
대에 세상을 떠난 모친에 대한 유년시절의 일을 회상하면서 그러한 시절
의 한계에서 자신을 연결시켜 써내려는 의도가 작용한 것이 아닌가 여겨
진다. 이러한 모친을 사모하는 피천득 씨의 심리는 순화되는 상황으로 온
존(溫存)되면서, 「금반지」에서 내조(內助)의 공이 큰 바를 고백하기는 하였
으나, 부인에의 애정은 오히려 묵과(默過)하는 듯이 비켜놓고, 그의 영애(令
愛) 서영에게로 전이하여 연소 상태(燃燒狀態)에 가까운 경지로 돌입한다.
심리학 내지는 정신분석학의 관점에서 고찰한다면 피천득 씨의 모친과 딸
에의 경도(傾倒)에 대해 반드시 어떠한 연관이 지어져서 설명될 것이 아니
겠는가 하고 여겨지기까지 한다. 그는 우리에게 솔직하게 일러준다.

내 일생에는 두 여성이 있다. 하나는 나의 엄마고 하나는 서영이다. 서
영이는 나의 엄마가 하느님께 부탁하여 내게 보내주신 귀한 선물이다. 서
영이는 나의 딸이요, 나와 뜻이 맞는 친구다. 또 내가 가장 존경하는 여성
이다. (⋯⋯) 나는 모든 시간을 서영이와 이야기하느라고 보냈다. 아마 내
가 책과 같이 지낸 시간보다도 서영이와 같이 지낸 시간이 더 길었을 것이
다. 그리고 이 시간은 내가 산 참된 시간이요 아름다운 시간이었음은 물
론, 내 생애에 가장 행복된 부분이다. (「서영이」 부분)

그의 수필 중에서 서영이는 가장 크고 뚜렷하게 내세워져 있다. 철부지
때 품었던 강렬한 모친에의 애정과 흠모로 가득 찬 상념이 자신의 성장과
함께 더욱 미화(美化)되었다가, 서영이의 탄생과 더불어 현실적으로 구상화

피천득 문학 연구

되어서 보여지는 것으로 받아들여졌던 게 아니었겠나 하는 생각이 든다.

그렇기는 하나 피천득 씨의 여성 예찬은 거기에서 끝나지 않는다. 물론 여성 예찬이라 하여도 마치 여성에 굶주린 사나이의 경우같이 모든 여성이 더 이상 손댈 수 없는 예술품으로 분별없는 예찬을 일삼지는 않는다. 사실상 그의 예찬을 받기에 합당한 여성이 되기는 쉽지 않다. 그는 우선 여성의 미가 인치나 파운드로 규정되어서는 안 됨을 말하면서 "젊은 얼굴보다 더 아름다운 것이 어디 또 있겠는가"(「여성의 미」)라고 하여 젊음을 여성미의 첫째 조건으로 들고 있다. 그리고 그는 젊음에서 솟아나는 여러 가지 여성미의 구성요소를 나열하여 보이기까지 하였다.

> 여성의 미는 생생한 생명력에서 온다. 맑고 시원한 눈, 낭랑한 음성, 처녀다운 또는 처녀 같은 가벼운 걸음걸이, 민활한 일솜씨, 생에 대한 희망과 환희, 건강한 여인이 발산하는 특히 젊은 여인이 풍기는 싱싱한 맛, 애정을 가지고 있는 얼굴에 나타나는 윤기, 분석할 수 없는 생의 약동, 이런 것들이 여성의 미를 구성한다. (「여성의 미」 부분)

피천득 씨의 수필 이야기가 나오면 으레 「인연」이 화제에 오르는데, 짜임새 있는 구성이나 서술의 차분함 그리고 노출되지 않은 해학이 곁들여져 있는 고백조 같은 것이 지적되고는 한다. 「인연」은 그가 17세 때 동경에서 처음 만난 소학교 1학년의 어린 여자아이였던 미우라 아사코[三浦朝子]와 세 차례 만나고 헤어진 20여 년에 걸친 인연을 축약시킨 작품이다. 아사코를 세 차례나 찾아갔으니 피천득 씨의 예찬 대상이 되었던 것이다. 첫번 헤어질 때 아사코는 피천득 씨의 목을 안고 뺨에 입을 맞춰주었고, 두 번째는 아사코가 청순하고 세련된 영문과 3학년의 여대생이었을 때 밤늦게까지 문학 이야기를 하다가 가벼운 악수를 하고 헤어졌고, 세 번째는 그녀가 미 진주군의 일본인 2세(二世)와 사는 집에 찾아갔다가 두 사람은 절을 몇 번씩 하고 악수도 없이 헤어졌다. 피천득 씨는 세 번째의 방문을 후회하였다. 아사코는 두 번째까지의 만남까지는 피천득 씨의 여성 예찬의 대상이 되기에 충분하였던 것이다.

그는 도처에 여인들이 있어 이별과 추억을 되풀이할 수 있었다. 그가 상해에서 대학에 다닐 때 입원 중에 깨끗하게 생긴 간호부와 만났는데 '유순이'라는 황해도 처녀였다. 유순이 역시 피천득 씨의 예찬 대상이었고, 전란 중에 위험을 무릅쓰고 그녀를 찾아가 같이 떠나기를 청했으나 "갈 수는 없습니다"라고 하는 그녀의 맑은 눈을 바라다보고 헤어졌다. 피천득 씨는 춘원(春園, 이광수)에게 『흙』의 여주인공 이름을 유순이라고 지어주었다. 상해 수학 시절의 놀기 잘하고 웃기를 좋아하던 많은 여자 동창들을, 대학생이 된 서영이를 바라보며 회상하는 것도 빼놓지 않았다(「서영이 대학에 가다」). 그는 파리에 보낸 언제나 새로운 신록 같은 모습의 여성도 있고 (「파리에 부친 편지」), 하버드 대학 현대시 세미나에 나오는 "크고 맑은 눈, 끝이 약간 들린 듯한 코, 엷은 입술, 굽이치는 갈색 머리, 그의 용모는 아름다웠다"는 여학생도 있다. "어느 날 밤 도서관 층계에서 그와 내가 마주쳤다. 그는 나를 보고 웃었다. 그 미소는 나의 마음의 고요한 호수에 작은 파문을 일으키고 음향과 같이 사라졌다." 이렇게 피천득 씨는 그녀를 기억하고 있다.

이러한 여성들이 있는 것을 피천득 씨는 서슴없이 우리에게 알려주면서 그는 자기가 이상으로 하는 여인상을 피력하기도 하였다. 그 여인은 미술을 업으로 하면서 쉬는 시간에는 책을 읽고 음악을 듣고, 오래오래 산책을 한다. 앞뒤로 그녀의 행동거지와 품성을 줄기차게 나열하였는데, 거의 성녀(聖女)에 가까운 존재로 받아들여질 정도로 덕성과 품위와 지혜가 갖추어져 있다. 피천득 씨는 여성 예찬자이면서도 여성을 보는 눈이 말하자면 까다로운 것이다.

피천득 씨는 수필에서 의외로 사람을 많이 다루고 있다. 그의 사람에 대한 태도는 「찰스 램」 서두에 분명하게 밝혀져 있다.

> 나는 위대한 인물에게서 매력을 느끼지 못한다. 나와의 유사성이 너무나 없기 때문인가 보다. 나는 그저 평범하되 정서가 섬세한 사람을 좋아한다. 동정(同情)을 주는 데 인색하지 않고, 작은 인연을 소중히 여기는 사람, 곧잘 수줍어하고 겁 많은 사람, 순진한 사람, 아련한 애수와 미소 같은 유머를 지닌 그런 사람에게 매력을 느낀다. (「찰스 램」 부분)

상해로 유학을 간 동기의 하나가 도산(島山, 안창호)을 만나볼 수 있으리라는 기대였다고 그는 자술하고 있다. 그러나 그가 도산을 숭앙하는 것은 도산이 위풍당당한 위대한 혁명가였다기보다는 인간으로서 높은 존재였기 때문임을 술회하였다.

> 그는 숭고하다기에는 너무나 친근감을 주고, 근엄하기에는 너무 인자하였다. 그의 인격은 위엄으로 나를 억압하지 아니하고 정성으로 나를 품안에 안아버렸다. 연단에 서신 우아한 그의 풍채, 우렁차면서 날카롭지 않고 청아하면서 부드러운 그 음성, 거기에 자연스러운 몸가짐, 선생은 타고난 웅변가이었다. (「도산」 부분)

그가 일개 학생의 신분으로 병이 나서 누웠을 때 그를 실어다 상해요양원에 입원시키고, 겨울 아침 일찍이 문병을 오고는 했던 자상한 인간 도산을 늘 기억하면서 "선생의 제자답지 못한 저, 그래도 선생을 사모합니다. 선생은 민족적 지도자이시기 이전에 평범하고 진실한 어른이셨습니다"라고 도산의 영전에 고백하였다.

피천득 씨는 3년 이상이나 한 집에 살았을 정도로 춘원과의 인간관계가 깊었는데 역시 춘원의 평범하고 자연스러운 것을 좋아하고 마음이 착하고 정직하고 교태가 없는 인간성을 절실하게 이해하면서 춘원이 신부나 승려가 될 사람이었다고 회고하였다. 그러면서 "그는 산을 좋아하였다. 여생을 산에서 보내셨더라면 얼마나 좋았을까. 그는 아깝게도 한때 과오를 범하였었다. 지금 와서 그런 말을 해서 무엇하리. 그의 인간미, 그의 문학적 업적만이 길이 찬양하기로 하자"는 말로 춘원을 추도하였다.

이렇듯 가르침을 받은 스승뻘의 인물들에서뿐 아니라, 청교(淸交)를 가진 친지들에 대해서도 언제나 그들의 인간미를 높이 사고 있다. 한때 미군정청 적산관리처의 중요성 자리에 취직하고도 계속 가난하게 살다가 영어선생으로 살아 온 친구의 진실된 인간성을 피천득 씨는 감탄과 감격을 억누르고 표출시켰다(「보기에 따라서는」). 그의 소년시대 이래의 친구였던 치옹(痴翁, 윤오영)에 대해서도 서리같이 찬 이성(理性)이 정(情)에 융해되면서 살아 온 인간미를 느끼면서 치옹이 간직한 인간의 깊이를 통찰하는 데로 이해의 폭을 넓혀갔다.

> 굶지 않고 차라도 마실 수 있는 가난이면 그것으로 충분하였다. 단칸방이라도 겨울에 춥지만 않으면 되고, 방 안에 있는 '센티멘탈적 가치' 외에는 아무것도 아닌 그런 물건들을 사랑하며 그는 살아왔다. 그는 단칸방 안에 한 우주를 갖고 있다. 그는 불운을 원망하는 일이 없고 인정미에 감사하며 늘 행복에 겨웁다고 한다.
>
> (……)
>
> 자존심이 강한 그는 자기를 치졸하다고도 하고, 비겁하다고도 한다. 그것은 위선도 아니요 허위도 아니다.
>
> (「치옹」 부분)

치옹의 수필을 이해하는 데도 남다른 의견을 가졌다.

그 글에는 작은 사물에 대한 깊이 있는 음미(吟味)가 있고 종종 현실을 암시하는 경구(警句)도 있다. 감격적이고 때로는 감상적이 되기도 한다. 그러나 그는 자제할 줄 안다. (「치웅」 부분)

「어느 학자의 초상(肖像)」으로 추모한 친구(장익봉(張翼鳳))는 칠순이 넘도록 독신으로 살다가 간 세속적인 의미에서 괴벽한 존재였고, 학자로서도 능력에 비해 극히 비생산적이기도 하였으나, 피천득 씨는 그 친구의 섬세한 정서와 높은 안목을 가진 학자로 일생을 책과 같이 순결하게 살 수 있었던 인간성에 대해 큰 감회를 돌리고 있다.

그는 적은 생활비 외에는 돈에 욕심이 없었고 지위욕은 물론 명예욕도 없었다. 불의와 부정과는 조금도 타협하지 못하였다. (「어느 학자의 초상」 부분)

피천득 씨가 그려낸 그 학자 친구의 마음의 초상이다. 상해의 한 대학에서 수학한 연상의 친구였던 주여심(朱餘心)에 대한 술회(述懷)도, 귀국하여 같이 지냈던 일까지 곁들여 인품과 인정미를 되새기는 방향으로 엮어져 있다. 그는 물론 소년시절에 자기에게 다정하게 대해주고 좋은 방향으로 이끌어준 외삼촌과 할아버지를 감회 깊게 회상하기도 하였다. 찰스 램 이외에도 그가 책을 통해 알게 된 셰익스피어, 도연명, 로버트 프로스트, 아인슈타인 등에 대해서 역시 그들의 아름답고 고매한 인간성에 마음이 끌리는 면을 주로 하여, 그들의 진가를 모색하려고 하였다.

찰스 램을 다룬 글에서 피천득 씨는 『엘리아 수필』은 다름아닌 "자기 학교, 자기 회사, 극장, 배우들, 거지들, 뒷골목 술집, 책사(冊肆), 이런 것들의 작은 얘기를 끝없는 로맨스로 엮은 것"임을 지적하였다. 그 자신도 실제로 작은 얘기에 대한 애호를 여러 차례 말하고 있다. 우선 「나의 사랑하는 생활」에 열거된 그가 좋아하는 일들을 보면 그야말로 다 작은 얘기로 시종하고 있다. 그러한 작은 일들이 조화를 이루며 종합되면 더 커질 수 없는 아름답고 풍만한 인생으로 떠오를 것으로 여겨지기도 한다.

그가 수필에서 다룬 제재는 인생을 멋있게 살기를 원하고 또 비교적 멋있게 살아왔다고 할 수 있는 한 학자의 생활과 관련되는 것들이 대부분이지만 보기에 따라서는 대개가 작은 얘기들이고 작은 인연들이다. 우리가 하찮게 지나쳐 버리기 쉬운, 그러면서도 진실된 아름다움과 가치를 간직하고 있는 그야말로 작은 일들을 피천득 씨는 용케도 "독특한 개성과 그때의 무드에 따라"(「수필」) 우리 앞에 써 내어놓았다. 그는 치옹 윤오영의 수필에 "금강석같이 빛나는 대목들이 헤아릴 수 없을 만큼 많다"고 하며 몇 가지 실례를 들어 보였지만, 그 자신의 수필에도 그러한 대목이 치옹과는 개성을 달리하면서 엮어 넣어져 있다.

> 이른 아침 정동 거리에는 뺨이 붉은 어린 아이들과 하얀 칼라를 한 여학생들로 가득 찬다. 그들은 사람이 귀중하다는 것을 배우러 간다. (「신춘」 부분)

> 겨울이 되어 외투를 입는다는 것은 기쁜 일이다. 봄이 되어 외투를 벗는다는 것은 더 기쁜 일이다. (「조춘」 부분)

> 해방 전 감옥에는 많은 애국자들이 갇혀 있었다. 그러나 철창도 콘크리트 벽도 어떠한 고문도 자유의 화신인 그들을 타락시키지는 못했다. (「종달새」 부분)

> 봄이 사십이 넘은 사람에게도 온다는 것은 참으로 다행한 일이다. (「봄」 부분)

> 신록을 바라다보면 내가 살아 있다는 것이 참으로 즐겁다. 내 나이를 세

어 무엇하리. 나는 지금 오월 속에 있다. (「오월」 부분)

맛은 몸소 체험을 해야 하지만 멋은 바라다보기만 해도 된다. 맛에 지치기 쉬운 나는 멋을 위하여 살아간다. (「맛과 멋」 부분)

전화가 있음으로써 내 집과 친구들 집이 연결되어 있다는 것을 생각하면 자못 든든할 때가 있다. 전선이 아니라도 정의 흐름은 언제 어느 데서고 닿을 수 있지마는. (「전화」 부분)

과거를 역력하게 회상할 수 있는 사람은 참으로 장수를 하는 사람이며, 그 생활이 아름답고 화려하였다면 그는 비록 가난하더라도 유복한 사람이다. (「장수」 부분)

잠은 괴로운 인생에게 보내온 아름다운 선물이다. 죽음이 긴 잠이라면 그것은 영원한 축복일 것이다. (「잠」 부분)

문학은 금싸라기를 고르듯이 선택된 생활 경험의 표현이다. (「순례」 부분)

나는 작은 놀라움, 작은 웃음, 작은 기쁨을 위하여 글을 읽는다. (「순례」 부분)

사람은 본시 연한 정으로 만들어졌다. 여린 연민의 정은 냉혹한 풍자보다 귀하다. (「여린 마음」 부분)

지금 생각해보면 인생은 사십부터도 아니요, 사십까지도 아니다. 어느 나이고 다 살 만하다. (「송년」 부분)

이렇게 늘어놓기로 요량하면 피천득 씨의 수필을 다 베껴야 끝날 것 같다. 그가 치옹의 말처럼 "금강석같이 빛나는 대목"이라는 말을 썼지만, 그의 수필을 전체적으로 빛나는 금강석에 비겨보아도 괜찮을 것 같다. 다이

아몬드는 테불이 어떠니 패세트가 어떠니 하고 그 깎음새를 따지기도 하지만 중요한 것은 그 흠이다. 어느 다이아몬드 치고 흠 없는 것이 없지만 그 흠을 어떻게 처리해서 좋은 깎음새와 함께 찬란함을 줄이지 않고 같이 빛나게 되느냐에 따라 가치가 평가된다고 한다.

피천득 씨의 수필은 무섭게 파고들어 따져볼 경우에는 결코 완전무결하도록 흠이 없지는 않을 것이다. 그러나 그의 수필에서 별로 흠을 느끼지 않게 되는 것은 정수(精粹)를 써내는 데 전력하고 내온(內蘊)을 드러내는 데 몰입하기 때문에, 극소 부분이기는 하겠지만, 외부적인 조잡한 이른바 흠은 잊어버리게 하기 때문일 것이라 여겨진다.

피천득 씨의 수필에 나타난 한 가지 사항을 부대적으로 적어두기로 한다. 그는 수필 어디에서도 자신의 신앙을 고백하지는 않았다. 그러나 그의 수필을 통독하면 그 나름으로 정리한 확고한 신앙이 있음을 감지하게 된다. 그는 영문학도이므로 『성경』을 읽을 기회가 있었으리라는 것은 상식적으로 짐작이 간다. 그는 신·구약에 걸쳐 『성경』을 숙독하고 깊이 음미하여 어느 점에서는 전문가를 놀라게 할 만큼이나 절실한 이해를 가지기까지 하였다. 성경에서 아름다운 데를 신약과 구약에서 각각 한 군데씩 그는 지적하고 있다.

> 하나는 이역(異域) 옥수수밭에서 향수의 눈물을 흘리는 루스의 이야기요, 또 하나는 「누가복음」 7장, 한 탕녀가 예수의 발 위에 흘린 눈물을 자기의 머리카락으로 씻고, 거기에 향유를 바르는 장면이다. (「눈물」 부분)

피천득 씨가 이해한 아인슈타인의 신은 스피노자가 믿는 신이었다. "그의 신은 개인의 행동이나 운명을 다루는 신이 아니요, 우주의 모든 것이 법칙 있는 조화를 이루게 하는 신이다."(「아인슈타인」) 피천득 씨도 스피

피천득 문학 연구

노자와 아인슈타인에 연결되는 그러한 신을 깊이 신봉하고 있는 듯이 느껴진다. 그는 「마태복음」 6장에 있는 「주의 기도」를 말로 드리는 으뜸가는 기도로 보고 특히 인간미를 느끼게 하는 점을 지적하였다. 그는 기도의 깊은 의미를 터득하고 있는 것 같다. "무릎을 꿇고 고요히 앉아 있는 것도 기도입니다. 말로 표현을 하든 아니든 간절한 소망이 있으면 그것이 기도입니다."(「기도」) 그리고 그는 창녀의 기도까지도 들어줄 수 있는 성모 마리아를 구원의 여상으로 받들 수가 있었고 폐쇄 수도원에서 관상생활로 일생을 바치는 카르멜파의 수녀들의 생활에 대해서도 그 의미를 읽을 수 있었다.

피천득 씨는 예수의 인간미를 터득하면서 복음서에 나오는 예수의 말을 인용하기를 주저하지 않는다. "예수께서 이르시되, 여우도 굴이 있고, 공중의 새도 거처가 있으되, 오직 인자는 머리를 둘 곳이 없다 하시더라." 주님의 말씀과 같이 달팽이도 제 집이 있고, 누에도 제 집을 만들어 드는데, 나에게는 내 집이 없었던 때가 있었다."(「이사」) 그는 "하느님께서는 아담과 이브를 만드시었다. 그러나 두 사람의 후손이 삼십억이 되리라고는 꿈에도 생각하지 못하셨을 것이다"라고 전제하고 지금은 "하나하나를 돌보아주실 수 없게" 되었음을 말하고, "하나하나를 끔찍이 생각하고 거두어주시기에는 우리의 수가 너무 많다"(「너무 많다」)고 맺었다.

이러한 생각을 가진 피천득 씨는 그래도 우주의 모든 것이 법칙 있는 조화를 이루게 하는 신에 대한 외경심을 품고 죽음을 잠과 연결시켜 축복으로 받아들이는 안심입명(安心立命)의 경지에 접근하고 있는 듯하다.

제4장

금아 선생의 별들
피천득 선생의 수필세계

김우창

■■■

금아 피천득 선생님이 돌아가시고 이제 3주기가 되었다. 돌아가실 때에 아흔일곱이셨으니 장수하셨다고 할지 어떨지. 더 오래 사실 수도 있었으니까 또 삶의 시간 속에서 오늘의 시간은 한이 없는 것일 수도 있기에, 수의 길고 짧음을 간단히 말할 수는 없는 일이다. 이러나저러나 끝나는 것이 목숨인데, 그 길고 짧음을 시간의 길이로 재어 말한다는 것은 큰 의미가 없다고 할 수도 있다. 긴 인생을 짧게 살 수도 있고, 짧은 인생을 길게 살 수도 있는 일일 것이다. 그래도 선생님은 장수하신 분이라고 하는 것이 맞는 말일 것이다. 선생님은 세월의 껍질을 헤아려 보는 것과는 상관없이 가장 오래 또 드물게 행복한 삶을 사신 분이라는 생각이 든다. 그것은 선생님의 삶에 스쳐간 일들을 하나하나 분명히 지켜보시고 마음에 또는 종이에 새기셨으니, 그저 흘러가 버린 시간이 별로 많지 않게 사신 것이라 할 수 있기 때문이다.

「나의 사랑하는 생활」은 사람의 시간 속에 사랑하시게 된 것들을 목록처럼 기록하신 것이다. 선생님의 수필은 대부분 이와 같은 목록으로 이루어진다고 할 수 있다. 세상에 아끼시는 귀중품들을 잃어버리지 않도록 적어놓으시는 일이 그 수필인 것이다. 그리하여 그것들을 산호와 진주처럼 길이길이 간직하실 수 있었다. 이 귀중품 목록에 들어 있는 것들은 적어놓지 않았더라면, 너무도 쉽게 잃어버리고 잊어버릴 수 있는 것들이다. 그리하여 이것을 적어서 되새기지 않았더라면, 영영 사라져 버렸을 또는 있는지조차 몰랐을 귀중품인 것이다.

「나의 사랑하는 생활」의 목록은, 제일 간단히 말하면, 사람의 다섯 가지 감각에 좋은 느낌을 주는 일상적인 작은 사건들이다. 촉각으로는 고무로 된 신발 바닥을 통하여 느껴지는 아스팔트 길, 손세 만져지는 새로 나온 잎, 시각으로는, 만폭동의 단풍, 가을 하늘, 진주빛 비둘기빛, 청각으로는, 종달새 소리, 봄 시냇물 소리, 갈대에 부는 바람 소리, 이 소리가 조금 더 인간적으로 변주된 따님의 말소리, 후각으로는, 뒷골목 선술집에서 풍겨오는 불고기 냄새, 꽃향기, 소나무 향기, 또 미각으로는, 사과의 맛, 호도와 차, 향기로운 차 등을 들 수 있다.

이러한 것들은 물론 그것만 따로 존재하는 것으로 생각되는 것이 아니라 생활의 일부로 파악된다. 금아 선생은 군밤을 주머니에 넣고 걸으면서 먹는 것을 좋아하시고, 미국의 케임브리지에 있는 찰스 강변을 거닐며 먹었던 아이스크림을 기억하신다. 이것은 모두 삶의 여유의 일부가 된다. 그리하여 선생님은 모든 시간과 기운을 생활의 노동에 소진해버리지 않고 이러한 것들을 즐기며, 목욕을 하고 가족을 기쁘게 하여 벗과 교환할 수 있는 시간적 여유를 가질 것을 원한다. 물론 거기에는 어느 정도의 금전적 여유가 있어야 한다.

이러한 것들을 하나로 하는 데에 토대가 되는 것은 집이다. 선생님이 글에서 흐뭇하게 생각하신 것은 "아홉 평 건물에 땅이 오십 평이나 되는 나의 집"이다. 이 재목은 쓰지 못하고 흙으로 지은 집에는 화초를 심을 여유가 있고, 책을 들여 놓을 공간이 있다. 집 내놓으라고 재촉할 주인이 따로 없으니, 여기에서는 오랜 안정된 생활이 가능하다. 그리하여 "오랫동안 이 집에서 살면, 집을 몰라서 놀러 오지 못할 친구는 없을 것이다." 그 후에 "기름 때는 아파트"로 이사 하시고 그것을 분에 넘친다고 하셨다. 그래도 선생님을 찾아뵐 때면, 제대로 된 새 가구도 없고 장식도 없는 이 아파트는 우리에게 오래된 시골집과 같은 느낌을 주었다. 아홉 평의 흙집도 그러하지만, 지금은 반포의 이 집도 소위 재건축의 모래바람 속에 없어지지 않았나 한다.

수필 「나의 사랑하는 생활」이 아니라도 금아 선생의 수필들은 아름다운 일과 사람과 순간들을 목록으로 작성하시겠다는 결단의 열매들로 보인다. 이 목록의 내용은, 「종달새」, 「봄」, 「오월」, 「이야기」, 「잠」, 「술」, 「장난감」, 「눈물」, 「토요일」, 「송년」(送年) 등 수필의 제목들만으로도 추측해볼 수 있다. 계절과 계절에 다시 보는 아름다운 것들, 길고 짧은 시간과 삶의 주기(週期)… 누구나 빤히 아는 것처럼 보이면서 새로운 느낌과 깨달음으로 되돌아오는 것들, 또는 일상적인 일이면서도 중요하다고 보는 일이 별로 없는 사물들을 찬양하는 것이 이 목록을 만드시는 이유이다.

또 여러 수필은 선생님의 문화적인 순례의 기록이다. (가령 「순례」(巡禮)의 예에서 보는 것처럼,) 이 순례기에 오랫동안 문학을 가르치며 일생을 보내신 선생님으로는 문학과 문학에 대한 언급이 많은 것은 당연하다. 이 것들은, 분석적인 또는 역사적인 해설이 아니라 특히 찬양의 대상이 될 만하다고 생각되는 문학과 문화의 흔적들에 대한 감흥을 간단히 적은 것들이다. 여기에 연결되어 있는 것이, 「가든파티」, 「반사적 광영」(反射的 光榮)과 같은 데에 기록되어 있는, 고양된 기분을 가지게 하는 높은 사회적 만남이다. 여기에서 그러한 기분이 정당한 근거를 가지고 있는가 하는 것은 문제가 되지 않는다. 그것에 관계없이 표현되어 있는 그 단순 소박한 감동은 독자의 마음을 움직인다. 여기에 작용하고 있는 것은 사회적 허영과는 관계없는, 그것이 비록 일시적인 환영에 불과하더라도, 자연스럽게 일어나는 어떤 사회적인 아름다움에 대한 느낌이다. 금아 선생이 찬양하는 것은 그 계기에 대한 것이다. 생각하게 되는 것은 이러한 광영의 느낌의 원형적 존재이다. 또 이것은 개인적인 허영과는 별로 관계가 없는 일이다. 「낙서」(落書)에서 금아 선생은, 세상 사람들이 외모, 말씨, 자세 등으로 사람을 판단하는 것에 맞추어, "가슴을 펴고 배를 내밀고" 하는 식으로 자신의 인상을 향상해보려 한 일화를 말하고 있다. 이 수필은 그러한 일이 별 효과를 내지 못했고 또 자신에게는 자연스럽지 못했다는 것이 그러한 시도에 대한 솔직하고 유머러스한 보고이다. 이러한 글에서 우리는 선생님의 높은 것에 대한 우러름이 자기를 높이는 것과는 관계가 없는 일임을 알 수 있다. 선생님이 높이 보는 행동의 예로서 가장 대표적인 것은, 「멋」에서, 강원도 산골에서 동서 아니면 시누이, 올케 관계의 두 여인이 서로 물동이를 빼앗아 이고 가고자 다투는 광경에 보이는 것일 것이다. 이것은 가장 원초적인 인간관계에서 보게 된 예와 상냥함이 어려 있는 행동을 말한 것인데, 이러한 사례만을 강조했다면, 그것은 흔히 보듯이 계급적 평가에 의하여 선판단(先判斷) 하는 유행을 따른 것이 되었을 것이다. 피 선생님에게는 아름다움의 행동은 어디에서 보이든지, 그것의 실상이 무엇이든지 그 자체로서 기리고 기억할 만한 일이다. 다시 말하여 그것은 간단히 다른 기준으로 잘라낼 수 없는 심성의 원형을 짐작하게 한다.

선생님이 사랑하시는 귀중한 것 가운데, 각별한 것은 어머님과 따님이다. 이것은 새삼스럽게 말할 필요도 없이 이제 세상에 널리 알려지게 된 이야기이면서 전설이 되고 신화가 되었다. 어머니의 사랑 그리고 어머니에 대한 사랑은 세계의 어디에 가나 가장 확실한 인간 심리의 진실이다. 아름다움의 행위를 헤아려 보는 데에 첫 머리에 어머니가 말하여지는 것은 당연한 일이다. 선생님에게 어머니는 한없는 사랑의 어머니이면서 동시에 청초하고 고결한 이상의 여인, 「구원의 여상(女像)」이다. 선생은 어머님을 열 살에 잃으셨다. 놀라운 것은 어머니와 경험한 여러 작은 일들을 자세히 기억하고 계셨다는 사실이다. 수필에 적으신 여러 자세한 일들로 하여 어머님은 마음속에 살아 계신 것일 것이다. 또 그렇게 하여 살아 계시게 하는 것을 선생님이 의도하신 것이 아닌가 한다. 숨바꼭질하고 구슬치고, 옷을 입혀주실 때 고분고분하지 않고, 이러한 일들이 모두 자세히 기억되어 있다. 따님의 경우에도 태어난 후 젖을 먹는 모습, 학교에 다니기 시작하여 학교에 가고 집에 와서 물을 마시고 하던 모습들이 고스란히 마음에 보존되어 있다. 「송년」에 적힌 신년의 희망에, 커피와 파이프 담배를 더 즐기고, 하지 못했던 유람여행을 하겠다는 외에 추가하여, "이웃에 사는 명호"와 구슬치기를 하겠다는 것이 들어 있다. 그것은 어머님 그리고 따님의 추억에 그대로 이어지는 것이다. 물론 중요한 것은 그러한 일이 사람의 삶의 기쁨이 된다는 사실이다.

금아 선생은 어려운 시대에 사신 분이다. 수필에는 어려운 시대의 느낌이 별로 드러나지 않는다. 그리하여 어떤 평자들은 선생님의 수필의 비정치성을 탓하기도 한다. 필자가 선생님의 수필의 주제가 삶의 작은 아름다움뿐이라는 인상의 발언을 한 데 대하여 선생님 자신 섭섭함을 표현하신 일이 있다. 상해에 계실 때, 선생은 도산 안창호 선생의 비서 격으로 일하신 일이 있다. 도산이 형무소 복역 중 병보석으로 경성제국대학 병원에 입원했다가 작고했을 때, 평양에 체류 중이던 금아 선생은 도산의 장례식에 참석할 뜻으로 평양역에 갔다가 경찰 단속이 심하여 기차를 타지 못하고, 평양으로부터 몇 정거장 떨어진 시골솔 정거장까지 걸어가 기차를 타고 서울로 갈 수 있었다. 이것은 이런 문제를 주고받으면서 선생님에게 직접 들은 이야기였던 것으로 기억한다. 나날의 삶의 진실과 정치의 큰 테두리는 착잡한 관계 속에 있다. 두 길은 합치기도 하고 갈라지기도 한다. 중요한 것은 한결 같은 마음의 진실에 충실한 것일 것이다.

선생님의 수필의 주제가 나날의 삶의 작은 아름다움인 것은 틀림이 없다. 그렇다고 선생님이 쾌락주의자였다거나 관능주의자였다는 말은 아니다. 쾌락이라고 하더라도 그 쾌락에는 청결함이 있고 관조의 기율이 있다. 선생님은 "진정한 멋은 시적 윤리성을 내포하고 있다"고 말씀한 바 있다. 윤리성은 선생님의 아름다움에 대한 기쁨을 규정하는 기본 범주이다. 그리고 바른 정치가 맑은 아름다움에 불가분의 관계에 있다는 생각은 수필의 여러 곳에 표현되어 있다. 나날의 삶을 살 만한 것이 되게 하는 작은 아름다움에 대한 깊은 고려가 없는 정치가 무슨 의미를 갖는 것일까? 한국 사회의 문제의 하나는 계속되는 정치의 큰 문제에 휘말려 진정한 삶의 내실을 이루는 작은 기쁨에 대한 고려가 완전히 상실되었다는 것이다. 이것이 오늘의 삶을 황막한 것이 되게 한다. 이 작은 고려를 회복하고 보존하는 것이야 말로 한국정치의 당면한 과제라고 할 수 있다.

정치를 무시할 수는 없지만, 사람의 삶의 테두리 그리고 핵심을 이루는 것은 그것만이 아니다. 사람의 삶을 이 세상에 매어놓고 그것을 한시도 떠날 수 없게 하는 것은 사람의 삼각이나. 그것을 괴로워하면서도 고맙게 생각하고 그 아름다움을 바르게 보는 것이야 말로 인생의 핵심이다. 이것이 없이 사람과 사람을 하나로 하는 사랑과 연민이 어디에서 나올 것인가? '하나가 되자'고 무섭게 외치는 정치 구호만이 참으로 사람과 사람을 하나로 하는 것일까? 작은 아름다움은 삶의 내용이다. 궁극적으로 우리로 하여금 보다 높은 삶의 의미에 이어지게 하는 것도 작은 아름다움이 계기가 됨으로써이다. 사람의 모든 가치는 서로 착잡하게 얽히는 여러 차원에 존재한다. 어려운 시대에 이 차원들은 하나가 되기도 하고 따로 분리되기도 한다. 그러나 그 일치에 대한 희망을 버릴 때, 삶의 많은 것들은 그 인간적 의미를 상실한다.

릴케는 『두이노 비가』에서 삶과 죽음의 거창한 문제들을 이야기한다. '비가'라는 이름이 말하여주듯 삶의 고통과 무상함은 이 시의 주제이다. 그러나 이러한 고통과 무상함 가운데에서도 사람에게 위안을 주는 것은 사람이 사랑하는 작은 물건들, "세대에서 세대로 이어지며, 손과 눈에, 우리 것이라고 익숙하게 된 사물들"이다…… 릴케는 이렇게 말한다. 비가의 마지막 장면은 비탄(悲歎)의 여신이 막 죽어서 죽음의 세계로 온 젊은이를 안내하여 죽음의 관점에서 세계를 다시 되돌아보게 하는 장면이다. 그 결과 죽은 젊은이는 모든 고통과 허영과 허무 그리고 죽음에도 불고하고 삶 그것을 대긍정 속에 받아들인다. 최후의 장면에서 한 흥미로운 부분은 여신이 먼 별들을 가리키며 그 이름들을 부르는 부분이다.

> 더 높은 곳에 별들, 그리고 새로운 별들. 여신은
> 서서히 슬픔의 나라의 별들의 이름을 부른다. "여기
> 보아요. 기사, 지팡이, 그리고 별 가득한 성좌, 과일엮음,
> 그리고 더 멀리 북극 가까이, 요람, 길, 불타는 책, 인형, 창……

피천득 문학 연구

그리고 남녘의 하늘로, 축복 받은 손 위에 살폿 놓인 듯 깨끗한,
맑게 빛나는 M자, 어머니를 뜻하는.

위의 이름들을 다시 되풀이하건대, 별들에는 '기사', '지팡이', '과일엮음', '요람', '길', '불타는 책', '인형', '창'(窓)이 있고, 또 어머니를 의미하는 "M"자의 성좌가 있다. 여기의 별들은 한 가지 의미로 해석할 수는 없지만 한편으로는 실제 존재하는 성좌들을 릴케 나름으로 설명하여 말한 것이면서, 사람의 삶을 인도하는 여러 표적들을 가리키는 것으로 볼 수 있다. 이것들은 일반적인 뜻을 가지면서도, 사람이 어릴 때부터 접하는 여러 물건들을 말하는데, 그것들은 사람의 그리움과 향방을 형성하는 힘을 갖는다. 그리하여 삶의 지침이 거기에서 생겨난다는 것이다. 그렇다고 어릴 때 좋아하던 것을 좇아 일생을 산다는 말이라고 할 수는 없다. 그것들이 사람의 삶을 보다 높은 차원으로 승화하게 하는 계기가 된다는 말이다. (여덟 번째의 「오르페우스 소네트」가 말하고 있는 것이 인간의 소망과 고통이 승화되어 별이 된다는 것이다.)

위의 별들 가운데, 요람은 물론 가장 어릴 때에 익숙하게 되는 물건이다. 자라면서 아이는 어머니를 따라 길을 간다. 그리고 아이는 자라면서 책을 읽고 마치 모세가 불타는 숲에서 십계명을 얻었듯 강한 인상을 남기는 책을 만나다. 인형은 어린아이들이 갖는 장난감이면서 다른 사람의 존재를 익히는 수단이다. 그러나 여기의 인형은 인형극의 인형일 가능성이 크다. 인형극을 통해서 또는 연극을 통해서 아이들은 사람의 일에 관심을 가지게 된다. 그러면서 집에서 밖을 내다 볼 수 있는 창을 통하여 넓은 세상이 있고 아직 가지 않았으니 가게 될 길이 있음을 짐작한다. 성장은 많은 음식을 먹는다는 것을 말한다. 그러나 그와 동시에 그것은 감각의 즐거움을 통하여 세상을 흡수한다는 것이다. 이것도 자라는 과정에서 읽었던

이야기들에 관계되는 것일 터인데, 그 다음에 자라는 아이들이 생각하게 되는 것은 조금 더 높은 차원에서 인생의 행로를 선택하는 일이다. 그중에 가장 중요한 선택은 출세의 입신(立身)인가 또는 출세간의 정신의 길인가 하는 것이다. 기사가 상징하는 것은 높은 이상과 용기로 현실세계 속의 삶을 추구하는 것이고, 지팡이가 말하는 것은 정신적 순례의 부름을 말하는 것일 것이다.

이 모든 것은 어머니의 사랑으로부터 시작한 것이다. 별들을 깊게 바라보면 그것들은 결국 어머니에 이르게 된다. 이 비가에서 별들의 이름의 순서는 점차로 어머니를 향하여 가는 것으로 나열되어 있다. 이 순서대로라면, 인생행로는 요람, 길, 불타는 책, 인형, 창에서 시작하여, 생명의 의욕의 상징으로서의 과일들을 지나고, 삶의 두 갈래를 말하는 기사와 지팡이, 어느 하나를 택하여 가야 한다. 어쨌든 이것들은 모두 사람이 어릴 때부터 친숙하게 가까이 했던 것들이 삶의 지표로 바뀌고 다시 가장 큰 세계—우주의 상징물이 된다는 것을 말한다. 그러면서 이것들은 전부 어머니의 사랑의 범위 안에 있다.

피천득 선생님은 수필 「만년」(晩年)에서 하늘의 별을 볼 때면, 내세가 있었으면 한다는 말씀을 한 일이 있다. 다른 수필에 보면, 어릴 때 선생님의 어머님은 별들을 보이고 가르쳐 주셨다. 별들은 사람의 세계를 넘어가 멀리 존재하면서 또 사람이 사랑하는 많은 것들로 이루어진다. 그리고 사람의 삶을 이끌어가는 것이 하필이면 어떤 한정된 상징이겠는가? 귀중한 많은 것들은 마음에서 하나로 이어지고 하나의 우주를 구성한다. 선생님의 수필은 이런 시절부터 만년까지 경험하고 눈여겨보았던 사랑스러운 것을 찬양한다. 그것들은 선생님의 일생을 아름답게 해주었던 것이다. 또 그것들은 우리에게 삶의 아름다움을 알게 하는 지침이 된다. 그러한 아름다움과 사랑의 연속이 없다면, 별들도 아름다운 것으로 보이지 아니할 것이다. 이것은 우리가 생각하는 많은 삶의 큰 테두리에 해당하는 것일 것이다.

제5장

떠남과 보냄의 미학

피천득 선생의 수필에 대하여

정진권*

■ ■ ■

1. 서론

> 우리는 만날 때에 떠날 것을 염려하는 것과 같이, 떠날 때에 다시 만날
> 것을 믿습니다.
> 아아 님은 갔지마는 나는 님을 보내지 아니하였읍니다.
>
> (한용운, 「님의 침묵」)

금아 피천득 선생의 수필집을 읽어본 사람이라면, 거기서 만난 '엄마',
'유순이', '아사코', '서영이' 같은 여성들을 기억할 것이다. 그리고 그들은
어떤 의미에서든 '나'에게 소중한 존재들이지만, 그러나 하나하나 모두 다
'나'를 떠난다는 사실도 함께 기억할 것이다.

이 글은 그들의 떠남의 모습, 그리고 '나'의 보냄의 모습을 살펴보려는

---

* 한국체육대 명예교수, 수필가. 『푸르른 나무들에 저 붉은 해를』, 『비닐우산』, 『한국인의
  향수』 외.

데 목적이 있다. 필자는 물론 금아의 수필세계를 조명한 정교한 논문들이 있다는 사실을 잘 알고 있지만, 자신의 이 글 또한 금아의 수필을 이해하는 데 한 작은 도움이나마 되었으면 하는 기대를 가지고 있다.

2. 본론

1) '떠남'과 '보냄'의 모습

(1) 엄마

'나'의 '엄마' 이야기가 본격적으로 나타난 글은 「엄마」와 「그날」 두 편이고 이 밖의 다른 글에 약간 언급된 곳이 있다. '엄마'는 일찍이 남편을 여의고 혼자 어린 '나'를 기르는 청상이다. 우선 '나'의 눈에 비친 그녀의 모습을 보면 다음과 같다.

> 엄마는 우아하고 청초한 여성이었다. 그는 서화에 능하고 거문고는 도에 가까웠다고 한다. 내 기억으로는 그는 나에게나 남에게나 거짓말한 적이 없고, 거만하거나 비겁하거나 몰인정한 적이 없었다. 내게 좋은 점이 있다면 엄마한테서 받은 것이요, 내가 많은 결점을 지닌 것은 엄마를 일찍이 잃어버려 그의 사랑 속에서 자라나지 못한 때문이다.
> 엄마는 아빠가 세상을 떠난 후 비단이나 고운 색깔을 몸에 대신 일이 없었다. 분을 바르신 일도 없었다. 사람들이 자기 보고 아름답다고 하면 엄마는 죽은 아빠에게 미안한 생각이 들었을 것이다. 여름이면 모시, 겨울이면 옥양목, 그의 생활은 모시같이 섬세하고 깔끔하고 옥양목같이 깨끗하고 차가웠다. 황진이처럼 멋있던 그는 죽은 남편을 위하여 기도와 고행으로 살아가려고 했다. (「엄마」 부분)

여기서의 '엄마'의 모습은 "난이요 학이요, 청초하고 몸맵시 날렵한 여인"(「수필」)으로 떠오른다. 그러나 애수가 깃들인 모습이다. 금아의 「구원의 여상(女像)」을 읽을 때 그 배경에 이러한 '엄마'의 모습이 어리는 것은 필자에게만 한하는 것일까?

'엄마'는 '나'를 끔찍이 사랑했다. 때로는 구슬치기도 하고 때로는 술래잡기도 한다. 어린 '나'가 그린 그림을 틀에 넣어 벽에 붙이기도 한다. '나'의 옷이 작아진 것을 기뻐도 했다. 그러나 그 사랑에는 슬픔이 깔려 있었다. 그중에서도 유치원에서 몰래 빠져나와 벽장에서 잤을 때의 일, 글방에서 몰래 도망쳐 집에 왔을 때의 일은, '나'에 대한 '엄마'의 슬픈 사랑을 잘 보여주는 사건들이다.

> 자다가 눈을 떠보니 캄캄하였다. 나는 엄마를 부르면서 벽장 문을 발길로 찼다. 엄마는 달려들어 나를 끌어안았다. 그때 엄마의 가슴이 왜 그렇게 뛰었는지 엄마의 팔이 왜 그렇게 떨렸는지 나는 몰랐었다.
> "너를 잃은 줄 알고 엄마는 미친년 모양으로 돌아다녔다. 너는 왜 그리 엄마를 성화 먹이니, 어쩌자고 너 혼자 온단 말이냐. 그리고 숨기까지 하니, 너 하나 믿고 살아가는데, 엄마는 아무래도 달아나야 되겠다."
> 나들이 간 줄 알았던 엄마는 나를 찾으러 나갔던 것이었다. 나는 아무 말도 아니하고 그저 울었다. (「엄마」 부분)

> 집에 들어서자 엄마는 왜 그렇게 일찍 왔느냐고 물었다. 어물어물했더니 엄마는 회초리로 종아리를 막 때린다. 나는 한나절이나 울다가 잠이 들었다. 자다 눈을 뜨니 엄마는 내 종아리를 만지면서 울고 있었다. (「엄마」 부분)

그러나 '나'의 눈에는 어느 황후보다도 '엄마'가 더 예뻤다. 그래서 그런 예쁜 '엄마'가 나를 두고 달아날까 봐 걱정을 했다. 정말 '엄마'가 아니면 어떡하나 하는 걱정도 했다. 그래서 '엄마'가 '나'를 두고 달아나면 어쩌느냐고 물어보았다. "그때 엄마는 세 번이나 고개를 흔들었다."(「엄마」) 그러나 엄마는 자신도 모르는 사이에 떠남을 예비하고 있었다.

> 어떤 날 밤에 자다가 깨어보니 엄마는 아니 자고 앉아 무엇을 하고 있었다. 나도 일어나서 무릎을 꿇고 엄마 옆에 앉았다. 엄마는 아무 말도 아니하고 장롱에서 옷들을 꺼내더니, 돌아가신 아빠 옷 한 벌에 엄마 옷 한 벌씩을 짝을 맞춰 채곡채곡 집어넣고 내 옷은 따로 반닫이에 넣고 있었다. 그것을 보고 나도 모르게 슬퍼졌지만 엄마 품에 안겨서 잠이 들었다. (「엄마」 부분)

이것은 산 '엄마'가 죽은 '아빠'에게로 결합해가는 모습이다. 동시에 산 '나' 혼자 '따로' 떨어지는 모습이다. '나'가 그것을 보고 자신도 모르게 슬퍼진 것이 따로 떨어짐에 대한 예감에서였는지는 여기서 확실하지 않다. 그러나 '나'도 역시 모르는 사이에 그런 예감을 가졌던 듯도 하다.

> 어려서 나는 꿈에 엄마를 찾으러 길을 가고 있었다. 달밤에 산길을 가다가 작은 외딴집을 발견하였다. 그 집에는 젊은 여인이 혼자 살고 있었다. 달빛에 우아하게 보였다. 나는 허락을 얻어 하룻밤을 잤다. 그 이튿날 아침, 주인 아주머니가 아무리 기다려도 일어나지 않았다. 불러봐도 대답이 없다. 문을 열고 들여다보니 거기에 엄마가 자고 있었다. 몸을 흔들어보니 차디차다. 엄마는 죽은 것이다.
> 그 집 울타리에 이름 모를 찬란한 꽃이 피어 있었다. 나는 언젠가 엄마한테서 들은 이야기를 생각하고 얼른 그 꽃을 꺾어가지고 방으로 들어왔다. 하얀꽃을 엄마 얼굴에 갖다 대고 "뼈야 살아라!" 하고, 빨간 꽃을 가슴에 갖다놓고 "피야 살아라!" 그랬더니 엄마는 자다가 깨듯이 눈을 떴다. 나는 엄마를 얼싸안았다. 엄마는 금시에 학이 되어 날아갔다. (「꿈」 부분)

뼈야 살아라, 피야 살아라 하는 이야기는 언제나 어린 우리들에게 행복한 결말을 보여주는 부활의 메시지였다. 그러나 이 꿈에서의 그 이야기는 그렇지 않다. 죽음에서 다시 살아나 '나'와 함께 기뻐해야 할 '엄마'는 금시에 학이 되어 날아가는 것이다. 병으로 나날이 야위어만 가던 '엄마'는 정말 학이 되어 날아갔다.

> 강서 약수터, 엄마가 유하고 있던 그 집 앞에서 마차를 내리자, 나는 "엄마!" 하고 소리를 지르며 뛰어 들어갔다. 엄마는 눈을 감고 반듯이 누워 있었다. 내가 왔다는데도 모른 체하고 누워 있었다. 나는 울면서 엄마 팔을 막 흔들었다. 나는 엄마를 꼬집었다. 넓적다리를, 팔을, 힘껏 꼬집고 또 꼬집었다. 엄마는 꼼짝도 하지 않았다. 나는 엄마 얼굴에 엎어져 흐느껴 울었다. (「그날」 부분)

'엄마'는 이렇게 '나'를 떠났다. 그녀의 이런 떠남은 그녀도 '나'도 모르는 사이에 하느님이 마련한 것이다. 즉 그녀가 선택한 길이 아닌 것이다.

그렇다면 그러한 '엄마'의 떠남에 대한 '나'의 보냄의 모습은 어떠한가? "나는 그 후 외지로 돌아다니느라고 엄마의 무덤까지 잃어버렸다. 다행히 그의 사진이 지금 내 책상 위에 놓여 있다."(「엄마」)라는 '나'의 말은 그가 그녀를 자취 없이 보낸 듯한 느낌을 준다. 그러나 그렇지 않다.

> 내가 새 한 마리 죽이지 않고 살아온 것은 엄마의 자애로운 마음이요, 햇빛 속에 웃는 나의 미소는 엄마한테서 배운 웃음이다. (「엄마」 부분)

> 나는 엄마 같은 애인이 갖고 싶었다. 엄마 같은 아내를 얻고 싶었다. 이제 와서는 서영이나 아빠의 엄마 같은 여성이 되기를 바랄 뿐이다. 그리고 또 하나의 간절한 희망은 엄마의 아들로 다시 태어나는 것이다.(「엄마」 부분)

'나'는 우선 '엄마'의 모습(자애와 미소)을 자신의 몸 안에 간직하고 있다. 자신의 애인과 아내에게도 그 모습을 잡아매 두려 했다. 딸인 서영이에게도 그렇게 하려 한다. 그리고 자신의 내세에 대한 희망 속에 붙잡아두고 있다. '엄마'는 갔지마는 '나'는 보내지 않은 것이다.

(2) 유순이

'유순이' 이야기를 쓴 글은 「유순이」 한 편뿐이다. '유순이'는 서가회(상해)라는 곳의 한 요양원에 근무하는 한국인 간호사이다. 대학시절의 일이다. '나'는 그 요양원에 입원을 한 일이 있다. 그리 심한 병은 아니었으나 기숙사에는 간호해줄 사람이 없었기 때문이다. 그때 거기서 '나'는 그녀를 만났던 것이다.

> 내가 입원한 그 이튿날 아침, 작은 노크 소리와 함께 깨끗하게 생긴 간호부가 들어왔다. "안녕히 주무셨어요?" 하고 그는 한국말로 인사를 한다. 그때의 나의 놀람과 기쁨은 지금 뭐라 형용할 수가 없다. 그때 그가 가지고 들어온 오렌지 주스와 삼각형으로 자른 얇은 토스트를 맛있게 먹은 것이 가끔 생각난다. 마말레이드도 맛이 있었다. 나는 그 후 어느 레스토랑에서도 그런 오렌지 주스와 토스트를 먹어본 일이 없다. (「유순이」 부분)

여기서 떠오르는 '유순이'는 대단히 깨끗하고 친절한 여인의 모습이다. 외로운 이국에서 공부하는 청년, 더구나 간호해줄 사람도 없는 '나'였기 때문에 그녀의 모습은 더 그렇게 보일 수도 있었을 것이다. 그러나 어떻든, 그녀의 깨끗함과 친절함은 우리가 앞에서 본 바 「엄마」라는 글의 '우아하고 청초한 여성', '자애로운 마음' 같은 말들을 연상케 하는 데가 있다. '나'는 그녀가 근무하는 요양원의 정경을 다음과 같이 묘사하고 있는데,

이것은 그녀에게 '기도와 고행'(「엄마」)으로 조용히 살아가는 수녀 같은 이미지를 더해준다.

> 요양원이 있는 곳은 한적한 시외였다. 주위에는 과수원들이 있었고, 멀리 성당이 보였다. 병실이 많지 않은 아담한 이 요양원은 병원이라기보다는 별장이나 작은 호텔 같았다. 아침에 눈을 뜨면 흑단 화장대 거울에 정원의 고목들이 비치는 것이었다. 간호부들의 아침 찬미 소리가 들리지 않았던들 얼마나 고적하였었을까. (「유순이」 부분)

'나'는 혹 자신도 모르는 사이에 그녀에게서 '엄마'의 어떤 면을 느꼈던 것은 아니었을까? 물론 그것은 속단할 수 없는 일이다. 한 가지 사례를 더 보자.

> 그는 틈만 있으면 내 방을 찾아왔다. 황해도 자기 고향 이야기도 하고, 선물로 받았다는 예쁜 성경도 빌려주었다. 자기는 「누가복음」을 좋아한다고 하였다. 타고르의 「기탄잘리」를 나에게 읽어준 때도 있었다. (「유순이」 부분)

이것은 '나'와 술래잡기를 하고 구슬치기를 하고 '나'의 그림을 틀에 넣어 벽에 붙이고 하던 '엄마', 그리고 "밤이면 엄마는 나를 데리고 마당에 내려가 별 많은 하늘을 쳐다보았다. 북두칠성을 찾아 북극성을 가르쳐주었다. 은하수는 별들이 모인 것이라고 일러주었다"(「엄마」), "엄마는 나에게 어린 왕자 이야기를 하여주었다"(「엄마」)던 일들을 떠올리게 하는 데 충분한 것이다. 어떻든 '유순이'는 이 글의 독자가 '나'의 '엄마'를 연상할 만큼 청초 우아하고 자애로우며 어떤 신념을 가진 여인이다.

이러한 '유순이'와 '나'와의 관계가 어떻게 발전해갔는지는 알 수 없다. 물론 여성에게 적극적이지 못한 성격, 즉 "나는 밤새껏 춤도 못 추어보았다. 연애에 취해보지도 못하고 40여 년을 기다리기만 하였다."(「술」)는 '나'를 생각한다면, 두 사람의 관계는 요양원의 병실에서 만나던 그 이상의 발전은 없었던 듯이 보이기도 한다.

그러나 '나'의 내면도 그러했을까? 이 질문에 대답하기 위해서는 「유순이」란 글의 역사적 배경, 그리고 그 배경 속에서 보인 '나'의 행동을 살펴볼 필요가 있다. 그것은 상해 사변이다. 대포 소리가 들리고 기관총이 이를 갈고 번개 같은 불이 퍼졌다 스러졌다 하는 급박한 상황이다.

이런 상황 속에서 보인 '나'의 첫 번째 행동. 그때 두 사람은 전화를 통했으나 말이 채 끝나기도 전에 전화가 끊겼다.

> 암만 되불러도 나오지를 않으니 전선줄이 끊겼나보다. 나는 어두운 강가로 나왔다. 멀리서 대포 소리가 들려온다. (……)
> 캠퍼스를 돌아다니다가 마음을 진정시키려고 방으로 들어왔다. 겨울 방학이므로 학생들은 다 집에 돌아가고, 나하고 남양에서 온 사람 몇 만이 기숙사에 남아 있었다. 이불을 쓰고 드러누웠다. 여전히 대포 소리, 폭탄 떨어지는 소리가 들려온다. 여러 번 몸을 뒤채도 잠은 들어지지 않았다. 아까 전화로 들은 그의 음성이 나를 괴롭게 하기 시작했다. 그가 지금 총에 맞아서 쓰러지는 것 같기도 하고, 불붙는 병원에서 어쩔 줄 몰라 애통하는 양이 눈앞에 보이는 듯하였다. (「유순이」 부분)

우리는 여기서 '유순이'와 관련된 '나'의 배회, 불면, 괴로움, 불행한 환상 같은 것을 볼 수 있다. 모두가 심각한 것들이다. 물론 이것은 고결한 이성 친구 사이에 희귀하게 나타나는 우정이랄 수도 있을 것이다. 그러나 어떻든 '나'의 내면이 심각하게 긴장되어 있었다는 것은 부인할 수 없을 것이다.

다음은 '나'의 두 번째 행동. '나'는 다음 날 새벽 동이 트자 곧 그녀를 찾아 나선다. '나'가 그녀를 찾아가는 그 길은 결코 순탄한 것이 아니다. 아니, 위험한 길이다. 다음에 그 길의 몇 군데를 보이기로 한다.

> 길에는 차차로 사람이 많아졌다. 사람이 황포강 물결같이 흐른다. 푸른
> 옷 입은 작은 사람들의 푸른 물결! 나는 그들 속에 섞여서 가는 동안에 공
> 포를 느끼기 시작하였다. 만약 불행히 그 중에서 한 사람이라도 나를 잘못
> 일본 사람으로 본다면 나는 그 자리에서 맞아죽을 것이다. (……)
> 밀물같이 밀려오는 그 군중과 정면충돌을 하면서 목적지까지 갈 수는
> 도저히 없을 것 같았다. 다시 마음을 단단히 하고 걷기 시작하였다. 벌써
> 숨이 막힐 지경이요 정신이 아뜩아뜩하여진다. 빼—ㅇ 소리가 났다. 발
> 을 주춤하니 바로 내 앞으로 오는 노동자 하나가 비명을 지르며 엎어진다.
> (「유순이」 부분)

'나'는 이 위험한 길을 포기하지 않았다. '나'가 생명의 위협까지 느끼는
그 길을 갈 수 있었던 것은, 그것이 우정이든 연애든 '나'의 내면에 불타는
뜨거운 사랑의 힘 때문이었을 것이다. 그리하여 '나'는 그녀를 만난다. 그
러나 그 만남은 곧 떠남으로 변한다.

> "위험한 곳에를 어떻게 오셨어요."
> 그는 나를 자기 일하는 방으로 안내하였다. 총 소리, 대포 소리가 연달
> 아 들려온다.
> "고맙습니다. 그러나 저는 책임으로나 인정으로나 환자를 내버리고 갈
> 수는 없습니다."
> 나는 그의 맑은 눈을 바라다보았다. (「유순이」 부분)

'유순이'는 이렇게 해서 '나'를 떠났다. 그녀의 이런 떠남은 그녀 자신이
선택한 것이다. 그러나 '나'가 함께 떠나기를 더 강권할 수 없었던 것은, 고
결한 의무감과 인간애로 하여 그녀의 눈이 너무도 맑았기 때문일 것이다.
여기서도 '나'는 그녀를 다 보내지 못한다.

피천득 문학 연구

상해 사변 때문에 귀국한 지 얼마 후였다. 춘원이 『흙』의 여주인공 이름을 얼른 작정하지 못하는 것을 보고 있다가 나는 문득 그를 생각하고 '유순'이라고 지어드렸다. 지금 살아 있는지 가끔 그를 생각할 때가 있다. (「유순이」 부분)

'엄마'의 경우처럼 강렬하지는 않으나, '나'는 역시 '유순이'를 자신의 마음속에 간직하고 춘원의 『흙』 속에 붙잡아두고 있다. 그녀는 떠났지마는 '나'는 그녀를 안 보낸 것이다.

(3) 아사코

'아사코' 이야기를 쓴 글은 「인연」 한 편뿐이다. '나'는 이 글에서 그녀와 세 번 만난다. 세 번 만난다는 것은 세 번 떠난다는 뜻이다. 우선 첫 번째를 보자.

수십 년 전 내가 열일곱 되던 봄, 나는 처음 동경에 간 일이 있다. 어떤 분의 소개로 사회교육가 미우라 선생 댁에 유숙을 하게 되었다. (······) 눈이 예쁘고 웃는 얼굴을 하는 아사코는 처음부터 나를 오빠같이 따랐다. (······) 내가 간 이튿날 아침, 아사코는 스위트피를 따다가 화병에 담아 내가 쓰게 된 책상 위에 놓아주었다. 스위트피는 아사코 같이 어리고 귀여운 꽃이라고 생각하였다.
성심여학원 소학교 일학년인 아사코는 어느 토요일 오후 나와 같이 저희 학교까지 산보를 갔었다. (······) 아사코는 자기 신발장을 열고 교실에서 신는 하얀 운동화를 보여주었다.
내가 동경을 떠나던 날 아침, 아사코는 내 목을 안고 내 뺨에 입을 맞추고, 제가 쓰던 작은 손수건과 제가 끼던 작은 반지를 이별의 선물로 주었다. 옆에서 보고 있던 선생 부인은 웃으면서
"한 십 년 지나면 좋은 상대가 될 거예요" 하였다. 나는 얼굴이 더워지는 것을 느꼈다. 나는 아사코에게 안데르센의 동화책을 주었다.

> 그 후 십 년이 지나고 삼사 년이 더 지났다. 그 동안 나는 국민학교 일학
> 년 같은 예쁜 여자아이를 보면 아사코 생각을 하였다. (「인연」 부분)

이렇게 해서 첫 번째의 만남과 떠남이 이루어진다. 여기 보이는 '아사코'
는 성심여학원의 소학생, 인상은 어리고 귀여운 스위트피 같고, 떠남에 있
어서의 두 사람의 거리는 그녀가 '내 목을 안고 내 뺨에 입을 맞추고'와 같
은 대단히 밀접된 것이다. '나'는 그녀를 떠난 뒤, 그녀의 모습을 흔히 볼
수 있는 '국민학교 일학년 같은 예쁜 여자아이' 속에 간직해둔다. 역시 보
내되 보내지 않는 '나'의 한 모습이다.

첫 번째에서 십삼사 년 후, '나'는 두 번째로 동경에 간다. 성심여학원 소
학교 일학년이던 '아사코'는 역시 같은 성심여학원 영문과 삼학년, 어리고
귀엽던 스위트피는 청순하고 세련된 목련꽃으로 환히 피어 있었다.

> 그날도 토요일이었다. 저녁 먹기 전에 같이 산보를 나갔다. 그리고 계획
> 하지 않은 발걸음은 성심여학원 쪽으로 옮겨져 갔다. 캠퍼스를 두루 거닐
> 다가 돌아올 무렵, 나는 아사코 신발장은 어디 있느냐고 물어보았다. 그는
> 무슨 말인가 하고 나를 쳐다보다가, 교실에는 구두를 벗지 않고 그냥 들어
> 간다고 하였다. 그리고는 갑자기 뛰어가서 그날 잊어버리고 교실에 두고
> 온 우산을 가지고 왔다. 지금도 나는 여자 우산을 볼 때면 연두색이 고왔
> 던 그 우산을 연상한다. 「셸부르의 우산」이라는 영화를 내가 그렇게 좋아
> 한 것도 아사코의 우산 때문인가 한다. 아사코와 나는 밤늦게까지 문학 이
> 야기를 하다가 가벼운 악수를 하고 헤어졌다. (「인연」 부분)

이렇게 해서 두 번째의 만남과 떠남이 이루어진다. 여기 보이는 '아사코'
는 '나'로부터 한 발 멀어진, 아니 상당한 거리로 멀어진 모습이다. 신발장
을 기억하지 못하는 것이 그 한 증거다. 그러나 무엇보다 확실한 증거는
'가벼운 악수'일 것이다. 첫 번째의 경우에선 '그녀가 내 목을 안고 내 뺨에

입을 맞추고' 했었다. 그것이 가벼운 악수로 멀어진 것이다. 그러나 '나'는 그녀를 다 보내지 않는다. '여자 우산'과 '셀부르의 우산' 안에 그녀 몰래 감추어두고 있는 것이다.

두 번째에서 또 십여 년 후, '나'는 세 번째로 동경에 간다. 그동안에 '나'는 그녀가 "결혼은 하였을 것이요, 전쟁 통에 어찌 되지나 않았나, 남편이 전사하지는 않았나 하고 별별 생각을 다" 했었다. 그러나 그녀는 일본인 2세인 미군 장교와 결혼을 해서 살고 있었다. 그녀의 어머니가 안내해 주었다. 그녀는 뾰족 지붕에 뾰족 창문들이 있는 작은 집에 살고 있었다. 나는 잠시 다음과 같은 상념에 빠진다.

> 이십여 년 전 내가 아사코에게 준 동화책 겉장에 있는 집도 이런 집이 었다.
> "아, 이쁜 집! 우리 이 담에 이런 집에서 같이 살아요."
> 아사코의 어린 목소리가 지금도 들린다.
> 십 년쯤 미리 전쟁이 나고 그만큼 일찍 한국이 독립되었더라면 아사코의 말대로 우리는 같은 집에서 살 수 있게 되었을지도 모른다. 뾰족 지붕에 뾰족 창문들이 있는 집이 아니라도. (「인연」 부분)

그러나 그 집에 들어서서 마주친 '아사코'는 시들어 가는 백합꽃 같은 모습이었다. 청순하고 세련된 목련꽃이 이제 백합꽃으로 시들고 있는 것이다. 어리고 귀여운 스위트피와 세련된 목련꽃을 간직한 '나'로서는 보지 않았어야 할 모습이다. 연민의 정이 남아 있다.

> 그러나 그는 아직 싱싱하여야 할 젊은 나이다. 남편은 내가 상상한 것과 같이, 일본 사람도 아니고 미국 사람도 아닌, 그리고 진주군 장교라는 것을 뽐내는 것 같은 사나이였다. 아사코와 나는 절을 몇 번씩 하고 악수도 없이 헤어졌다. (「인연」 부분)

이로써 세 번째의 만남과 떠남이 끝난다. 여기 보이는 '아사코'는 두 번째의 경우에서보다 더욱 멀어진 모습이다. 두 번째는 악수가 있었다. 그러나 세 번째는 악수도 없는 '절'만 있다. 결국 '아사코'는 "'입맞춤'→'가벼운 악수'→'절'"의 거리로 '나'를 떠난 것이다.

그녀의 이런 떠남은 무의식 속에서 행해진 것이다. '엄마'의 경우처럼 항거할 수 없는 어떤 초인간적인 힘에 의한 것도 아니고, '유순이'의 경우같이 자신의 신념에 따른 것도 아니다. 말하자면 운명적인 것이라고나 할 성질의 것이다. 그러나 '나'는 역시 그녀를 완전하게 보내지 않는다. 필자는 그 보내지 않음을 말하기 위하여, '국민학교 일학년 같은 예쁜 여자아이', '여자 우산, 셀부르의 우산' 같은 것을 지적한 바 있다. 결론적으로 이 작품의 서두 부분과 결말 부분을 한 번 더 보자.

> 지난 사월 춘천에 가려고 하다가 못 가고 말았다. 나는 성심여자대학에 가보고 싶었다. 그 학교에 어느 가을 학기, 매주 한 번씩 출강한 일이 있다. 힘 드는 출강을 한 학기 하게 된 것은, 주 수녀님과 김 수녀님이 내 집에 오신 것에 대한 예의도 있었지만 나에게는 사연이 있었다. (「인연」 서두 부분)

> 그리워하는데도 한 번 만나고는 못 만나게 되기도 하고, 일생을 못 잊으면서도 아니 만나고 살기도 한다. 아사코와 나는 세 번 만났다. 세 번째는 아니 만났어야 좋았을 것이다.
> 오는 주말에는 춘천에 갔다 오려 한다. 소양강 가을 경치가 아름다울 것이다. (「인연」 결말 부분)

'아사코'는 '나'를 떠났지만, '나'는 그녀를 보내지 않는다. 그녀가 다니던 학교와 똑같은 이름의 성심여자대학, 그리고 그 대학이 있는 춘천(지금은 대학이 다른 곳으로 옮겼지만), 춘천에 있는 소양강의 가을 경치 속에 꼭꼭 붙잡아두고 있는 것이다.

(4) 서영이

'서영이' 이야기를 쓴 글은 「서영이에게」, 「서영이」, 「서영이 대학에 가다」, 「딸에게」 등이고 이 밖에도 잠깐 언급한 것은 퍽 많다. 그녀는 '나'의 딸이다. '나'의 눈에 비친 그녀의 모습, 그녀에 대한 '나'의 생각은 다음과 같다.

> 내 일생에는 두 여성이 있다. 하나는 나의 엄마고 하나는 서영이다. 서영이는 나의 엄마가 하느님께 부탁하여 내게 보내주신 귀한 선물이다.
> 서영이는 나의 딸이요, 나와 뜻이 맞는 친구다. 또, 내가 가장 존경하는 여성이다. 자존심 강하고 정서가 풍부하고 두뇌가 명석하다. 값싼 센티멘털리즘에 흐르지 않는, 지적인 양 뽐내지 않는 건강하고 명랑한 소녀다. (……)
> 아마 내가 책과 같이 지낸 시간보다도 서영이와 같이 지낸 시간이 더 길었을 것이다. 그리고 이 시간은 내가 산 참된 시간이요 아름다운 시간이었음은 물론 내 생애에 가장 행복된 부분이다. (「서영이」 부분)

여기 보이는 '서영이'는 어리거나 젊은 소녀다. 그 어리거나 젊음을 덜어내고 나면, 그녀의 모습 역시 「구원의 여상(女像)」의 배경에 비침을 느낄 수있다. 자존심, 정서, 명석 같은 말이 그것을 뒷받침한다. 그리고 「구원의 여상」에서 말한 푸른 나무와, 「딸에게」에서 말한 푸른 나무가 같은 나무라는 생각도 가능하다.

'서영이'에 대한 '나'의 사랑은 위에 인용한 글만으로도 넉넉히 짐작할 수 있다. 그러나 보다 큰 실감을 위하여 한 구절을 더 인용해보기로 한다.

> 내가 해외에 있던 일 년을 빼고는 유치원에서 국민학교를 졸업할 때까지 거의 매일 서영이를 데려다주고 데리고 있다. 이때다 늦게 데리러 가는

때는 서영이는 어두운 운동장에서 혼자 고무줄을 하고 있었다.

지금 생각해도 안타까운 것은 일 년 동안이나 서영이와 떨어져 살던 기억이다. 오는 도중에 동경에서 삼 일간 체류할 예정이었으나, 견딜 수가 없어서 그날로 귀국했다. (「서영이」 부분)

그러나 이처럼 사랑하는 '서영이'도 '나'를 떠난다. 세월이 흘렀다. 그녀도 '국민학교를, 중·고등학교를, 그리고 시집갈 나이에 미국으로 유학을'(「서영이와 난영이」) 간 것이다. '난영이'를 남겨두고, '난영이'의 고향인 뉴욕으로 혼자 떠난 것이다. '난영이'는 오래전에 '나'가 뉴욕에서 '서영이'를 위해 산 인형에 붙인 이름이다. 이번에도 '나'는 그녀를 다 보내지 않는다.

서영이를 보내고 마음을 잡을 수 없는 나는 난영이를 보살펴주게 되었습니다. 날마다 낯을 씻겨주고 일주일에 한두 번씩 목욕을 시키고 빗질도 하여줍니다. (……) 어쩌다 내가 늦게까지 무엇을 하느라고 난영이를 재우는 것을 잊어버릴 때가 있습니다. 난영이는 앉은 채 뜬눈을 하고 있습니다. (「서영이와 난영이」 부분)

여기 보이는 '난영이'는 바로 '서영이' 그대로다. 가령 재우는 것을 잊어버릴 때 뜬눈을 하고 있는 '난영이'의 모습에서 늦게 데리러 갔을 때 혼자 고무줄을 하며 기다리는 '서영이'를 볼 수 있지 않은가? 그녀는 떠났지마는 '나'는 이렇게 '난영이' 속에 그녀를 붙잡아두고 있는 것이다.

'서영이'는 이렇게 떠났지만, 그리고 '나'는 그녀를 이런 식으로 붙잡고 있지만, 그러나 그녀는 한 번 더 떠날 사람이다. 그녀가 처녀인 까닭이다. '나'는 그녀의 결혼과 관련하여

자기의 학문, 예술, 종교, 또는 다른 사명이 결혼 생활과 병행하기 어려

우리라고 생각될 경우에는 독신으로 지내는 것이 의의 있을 것이다. (「서영이」 부분)

좋은 아내, 좋은 엄마가 되어 순조로운 가정 생활을 하는 것이 옳은지, 아니면 외롭게 살며 연구에 정진하는 것이 네가 택해야 할 길인지 그것은 너 혼자서 결정할 문제다. (「딸에게」 부분)

하는 생각과 말을 한 일이 있다. 이것은 '난영이' 속에 딸을 붙잡아두는 아버지로서의 '나'의 생각이나 말로 믿기에는 너무 차가운 데가 있다. 그러나 결국 '나'는 보통의 아버지로 돌아온다.

나는, 서영이도 결혼을 할 테지 하고, 십 년이나 후의 일이지만 이 생각 저 생각 할 때가 있다. (……) 결혼을 한 뒤라도 나는 내 딸이 남의 집 사람이 되었다고는 생각지 않을 것이다. 물론 시집살이는 아니하고 독립한 가정을 이룰 것이며, 거기에는 부부의 똑같은 의무와 권리가 있을 것이다. (「서영이」 부분)

나는 친구의 딸 결혼식에 갔다가 아버지가 딸을 데리고 들어오는 것을 보고 눈물이 뺨에 흐르는 것을 깨닫는다. 그리고 신부가 신랑하고 나가는 것을 보고는 다시 눈물을 씻는다. (「서영이 대학에 가다」 부분)

'서영이'는 앞글에서처럼 결혼을 해서 두 번째로 '나'를 떠날 것이다. 그리고 '나'는 뒷글의 심정으로 그녀를 보낼 것이다. 그러나 여기서도 '나'는 그녀를 다 떨쳐 보내지는 않는다. '나'는 이미 "결혼을 한 뒤라도 나는 내 딸이 남의 집 사람이 되었다고는 생각지 않을 것"이라고 했다.

다음을 더 보자.

장래 결혼을 하면 서영이에게도 아이가 있을 것이다. 아들 하나, 딸 하나, 그렇지 않으면 딸 하나, 아들 하나가 좋겠다. 그리고 다행히 내가 오래 살면 서영이 집 근처에서 살겠다. 아이 둘이 날마다 놀러 올 것이다. 나는 파랑새 이야기도 하여주고 저희 엄마에 대한 이야기도 들려줄 것이다. 그리고 아이들은 저희 엄마처럼 나하고 구슬치기도 하고 장기도 둘 것이다. (「서영이」 부분)

여기서 '난영이' 구실을 하는 것이 '서영이'의 두 아이라는 것은 쉽게 짐작할 수 있는 일이다. 그녀는 언젠가 떠나겠지만, '나'는 그녀를 그녀의 아이들 속에 이렇게 붙잡아두고 있을 것이다.

2) '보냄'의 모습과 금아 수필

필자는 위에서 금아 수필에 등장하는 네 사람의 여성들, 곧 '엄마', '유순이', '아사코', '서영이'의 떠남의 모습과 '나'의 보냄의 모습을 살펴보았다. 그리고 '나'의 보냄이란 결코 완전히 보냄이 아니라 어디인가에 잡아둠이라는 사실도 찾아보았다. 그렇다면 무엇이 '나'로 하여금 떠나는 그들을 그렇게 잡아두게 하는 것일까? 이 물음에 대한 대답을 찾는 것은 금아 수필을 이해하는 한 방법이 될 수 있을 것이다.

우선 '엄마'의 경우부터 보자. 무엇이 '나'로 하여금 '엄마'를 그렇게 잡아두게 했을까? 그것은 한 마디로 말하여 정(情, 사랑)이다. 그것은 '엄마'가 남편을 여읜 과부로서 상실의 아픈 경험을 겪었고, '나' 자신도 이러한 어머니를 일찍 여의지 아니할 수 없었기 때문에 특히 애절한 것으로 나타난 듯하다. '유순이'를 그렇게 붙잡아둔 것도, '아사코'를 그렇게 다 보내지 않은 것도, 그리고 '서영이'를 그렇게 붙잡아두려는 것도 모두 그들에 대한 정 때문이다.

그 정은 뜨거울 때도 있고 따뜻할 때도 있다. 가령 생명의 위협을 느끼면서까지 '유순이'를 찾아간 것은 뜨거운 정이다. 그러나 유난스럽지 않다. 뜨거운 정이면서도 유난스럽지 않은 것은 물론 위에 말한 '나'의 성격 때문이겠지만 때로는,

> 헤어지면 멀어진다는 그런 말은 거짓말입니다. 녹음이 짙어가듯 그리운 그대여, 주고 가신 화병에는 장미 두 송이가 무서운 빛깔로 타고 있습니다. 그러나 그것은 될 수 없는 일입니다. 주님께서는 엄격한 거부로써 우리를 지켜주십니다. (「파리에 부친 편지」 부분)

와 같은 자제가 따르기 때문이기도 할 것이다. 이에 대하여 '아사코'를 생각하는 것은 따뜻한 정이다. 역시 유난스럽지 않다. 즉, 순수하고 내면적인 것이다. 그러나 금아 수필에 더 많이 나타나는 것은 뜨거운 쪽보다는 따뜻한 쪽이 아닌가 한다. 예를 들면 다음과 같은 것이다.

> Y와 헤어져서 동대문행 전차를 탔다. 팔에 안긴 아기가 자나 하고 들여다보는 엄마와 같이 종이에 싸인 장미를 가만히 들여다보았다. 문득 C의 화병에 시든 꽃이 그냥 꽂혀 있던 것이 생각났다. (……) 나는 그의 화병에 물을 갈아준 뒤에, 가지고 갔던 꽃 중에서 두 송이를 꽂아놓았다. 그리고 딸을 두고 오는 어머니같이 뒤를 돌아보며 그 집을 나왔다. (「장미」 부분)

'나'의 이러한 정은 비단 혈육이라든지 인연 있는 특수한 사람들에게만 나타내는 것이 아니다. 그것은 예컨대 황진이(「순례」), 잉그리드 버그만(「반사적 광영」), 전화를 잘못 걸고 미안해하는 미지의 여성(「전화」), 뺨이 붉은 어린 아이들과 하얀 칼라를 한 여학생들(「신춘」) 등 무수한 유명 무명의 사람들에게도 나타내는 것이다.

'나'의 이러한 정은 또 비단 사람에게만 나타내는 것이 아니다. 「나의 사랑하는 생활」을 보면, 돈, 촉감, 빛깔, 소리, 맛, 집, 옷과 신발 등 사람 아

닌 것에 대한 정도 얼마든지 찾아볼 수 있다. 아니, 「나의 사랑하는 생활」
만이 아니라, 다른 글에도 무수히 나타남을 볼 수 있는 것이다.

> 사상이나 기교에는 시대에 따라 변천이 있으나 문학의 본질은 언제나
> 정(情)이다. 그 속에는 "예전에도 있었고 앞으로도 있을 자연적인 슬픔, 상
> 실, 고통"을 달래주는 연민의 정이 흐르고 있다. (「순례」 부분)

이것은 문학의 본질을 설명한 말이지만, 필자에게 있어서는 금아 자신
의 수필세계를 가장 극명하게 드러낸 말로 들린다. 금아의 수필세계는 바
로 정으로 되어 있는 것이다. 그 정은, 때로는 뜨겁지만 대체로는 따뜻한
쪽이며, 겉으로 유난스럽지 않고 속으로 고요한 것이다. 그리고 규모가
큰 것이기보다는 작은 것일 때가 더 많다. "사람은 본시 연한 정으로 만들
어졌다. 여린 연민의 정은 냉혹한 풍자보다 귀하다."(「여린 마음」)는 것은
'나'의 신념이며, "여러 사람을 좋아하며 아무도 미워하지 아니하며 몇 사
람을 끔찍이 사랑하며 살고 싶다."(「나의 사랑하는 생활」)는 것은 '나'의 소
원이다. 이 정이 바로 금아 수필의 핵을 이루는 것이다.

3. 결론

이상에서 논의한 것을 잠깐 요약하면 다음과 같다.
'엄마', '유순이', '아사코', '서영이', 금아 수필에 등장하는 이 네 여성들
은 어떤 의미에서든 '나'에게 소중한 사람들이지만, 그러나 하나하나 모두
'나'를 떠난다. 하지만 '나'는 그들을 완전하게 보내지 않는다. 즉 어디인가
에 그들을 붙잡아두는 것이다.
그렇다면 무엇이 '나'로 하여금 그들을 그렇게 붙잡아두게 하는 것인가?

피천득 문학 연구

그것은 그들에 대한 '나'의 정이다. 정이 그렇게 하는 것이다.

필자는 위에서, 자신의 이 글이 금아의 수필을 이해하는 데 한 작은 도움이나마 되었으면 하는 기대를 표명한 바 있다. 필자가 금아의 수필을 읽고 느낀 그 끊임없는 주제는 정이었다. 그리고 그 정이 금아의 수필을 아름답게 만들고 있었다. 따라서 정은 그의 수필세계를 열어보이는 미더운 열쇠가 되리라고 믿는다.

제6장

수필 교과서로서의 「수필」

윤재천[*]

■■■

1.

피천득의 「수필」은 작가 자신의 작품 제목에만 그치지 않는다.

문학의 한 장르로서 '수필'에 대해 어떠한 글이어야 하고, 그것이 나름의 품격을 지니게 하기 위해서 독자들에게 어떻게 해야 하는가를 제시해주고 있다. 특히 이 방면에 관심을 갖고 있는 사람들에게 수필의 교과서처럼 인식되어 있다.

우리 민족의 근성이 어떤 일을 할 때, 자초지종 상황을 따져 마치 벽돌을 쌓아 집을 짓듯이 순차적, 논리적으로 접근하며 실체의 본질을 이해하고 길을 모색하는 것이 아니라, 우선 부딪혀보고 한계에 봉착했을 때 부딪힌 한계와 난관을 해결하기 위해 애를 쓰는 경우가 많다.

---

* 수필가, 중앙대 교수 역임. 한국수필학연구소장. 작품집 『윤재천 수필론』, 『윤재천 수필문학전집』(전7권) 외.

「수필」은 수필에 입문하는 사람에게만 참고가 되는 글이 아니다. 발표된 지 50년이 되었지만, 고전의 반열에 올려놓아도 부족하지 않은 작품이다.

어떠한 점 때문에 '고전'이라 운운할 수 있는 것일까.

대부분의 수필작품이 일상의 자기 생활이나 생각 정도를 기록해 소개하고 있는 수준에 그치고 있는 데 비해, 이 작품은 개인적인 면은 의도적으로 숨아내고 객관적인 입장에서 수필의 개체적 특성과 수필의 성격을 제시하면서 파격의 가치를 소개함으로써 수필의 안내자 역할을 하기 때문이다.

「수필」이 이처럼 많은 사람들의 긍정적 호응을 받으며 주목을 받았던 이유는, 글이 담백하고 유려한 문장으로 채워져 있어, 작가에 대한 대중의 일반적 인식이 비교적 세속에 물들지 않은, 청순한 심성의 소유자라는 인상 때문이다.

수필은 어느 장르보다 작가의 인품을 중요시한다.

다른 장르의 경우에는 화자(話者)가 허구적 인물인 데 비해, 수필은 실제의 발화자(發話者)로 청자(聽者)—독자와 직접 대면케 되는 경우가 많다. 이런 면에서 작가는 정치적 언급을 하지 않았던 인물로 알려져 있어, 청순한 이미지를 손상하지 않고 그대로 유지해왔다고 볼 수 있다.

작가의 이러한 태도를 긍정적이고 우호적으로 볼 수 있느냐 하는 데는 이론(異論)이 있을 수 있으나, 자신이 나서서 해결점을 찾지 못하면 침묵으로 일관하는 것도 선비다운 처신이며 작가로서의 자기 모습을 잃지 않는 방법이다.

작가가 백수(白壽)를 누리며 장수할 수 있는 것도 철저한 절제력과 초월적인 성격 탓으로 볼 수 있어, 귀감으로 삼을 만하다.

노자(老子)가 '현자'(賢者)라고 불리는 이론가들을 형편없는 무리로 폄하했던 것도 이들의 무분별한 담론이 사회에 미치는 악영향 때문이다. 말냥

한 지식으로 세상일에 간섭함으로써 쓸데없이 갈등만을 조장해 세상을 혼란스럽게 만드는 데 일조했으니 백해무익(百害無益)한 인물로 규정하며 비난했다.

정치-인간 관리기술은 어떠한 철칙에 따라 행한다고 해도 모두가 만족할 수 있는 것이 아닌 만큼, 상황에 관계없이 어느 정도의 비난은 있게 마련이다.

우리는 지난 반세기 동안 많은 정치적 추태를 지켜보았다. 이런 현실 속에서도 혈압을 올려놓을 만큼 흥분시키는 일이 없이 작가는 '청자 연적'을 이야기하고, '난'(蘭)을 떠올리게 하며, '학'(鶴)을 말하고 있는 이 작품에서 사람들이 느꼈을 심적 위안은 굳이 사족을 붙여 미화할 필요가 없다.

이런 점들 때문에 이 작품은 수필의 교과서일 뿐만 아니라, 삶의 교과서라고 해도 부족함이 없다.

수필은 태생적으로 산문(散文)이기도 하고, 운문(韻文)이라고 해도 틀리지 않는다. 수필은 산문과 운문의 성격을 함께 지니고 있는 글이다. 주제를 진술하는 것은 산문적이라고 할 수 있거나, 주제에 깃든 서정은 시와 다르지 않은 운문이다.

그런 점에서 수필은 처음부터 퓨전(fusion)적 속성을 지닌 문학 양식이다.

수필을 우리 문학의 한 형태로 견주어 볼 때, 고려 말에서 조선시대까지 선비들 사이에서 창작되었을 뿐만 아니라, 그 후에는 대중적 성격을 띤 문학-가사(歌辭)와 다르지 않은 것이 수필이라고 할 수 있다.

'가사'의 '가'(歌)는 노래로서 글의 형식을 가리키고, '사'(辭)는 말-형식에 담긴 내용을 의미한다. 붓 가는 대로 쓰는 글이 '수필'이라고 했으나 그러한 명칭보다는 '가사'가 더 이런 유형의 글을 제대로 함축해 제시한 이름

피천득 문학 연구

이라고 볼 수 있다.

이런 면에서 피천득의 「수필」은 어느 일면에서 보면 노래이기도 하고, '말'─말씀이라는 의미 때문에 '가사'로 보아도 좋을 듯하다.

이것으로 볼 때 "수필은 청자 연적이다. 수필은 난이요, 학이요, 청초하고 몸맵시 날렵한 여인이다"를 노래하며, 운문적 속성을 의식해 적은 것이다. 그렇다면 "수필은 청춘의 글은 아니요, 서른여섯 살 중년 고개를 넘어선 사람의 글이며, 정열이나 심오한 지성을 내포한 문학이 아니요, 그저 수필가가 쓴 단순한 글이다"라는 글은 산문적 요소가 만들어낸 부분으로 볼 수가 있다.

산문은 논리적으로 상황을 설명함으로써 궁극적으로 상대를 설득하거나 동의를 구하는 식의 글인 데 비해, 운문은 산문의 성격과는 달리 함축과 상징적 어휘를 통해 존재의 의미와 가치를 우회적으로 표상하는 글이다.

산문은 글의 해석 여부를 작가에게 의존해 결정하는 것을 수순으로 하기 때문에 작가가 어떻게 말하고 있는가에 대해 독자가 관심을 기울이게 하는 글이고, 운문은 글쓴이의 본의와는 다르다고 해도 전적으로 글쓴이의 입장에서 이해하기보다는 읽은 이의 판단에 따라 내용을 해석하는 고유의 특성을 지니고 있다.

수필은 학식이나 식견이 아무리 풍부하여도 인간적 면모를 지니고 있지 않으면 쉽게 쓸 수 없는 글이다.

수필을 읽고 쓰기에 앞서 스스로 인간적인 사람인가를 확인하고, 그 사실에 감격할 줄 알아야 한다. 수필은 자기의 모습을 스스로 비춰보는 거울과 같은 존재이기 때문이다.

이는 수필이 다른 장르에 비해 보다 개성적이며 자기고백적인 성격이 강한 글임을 강조하는 말이다. 이러한 점 때문에 수필에 대한 대중의 인식이 비문학적이고, 신변잡기에 그치는 것과 같은 인상을 주고 있는 것도 사실이지만, 어떻게 보면 그것은 지나친 권위주의적 사고에서 비롯된 편견에 지나지 않는다.

요즘은 시의 엄격한 형태적 체제가 붕괴되어 자유시나 산문시가 일반화되어 있다. 소설 부문에 있어서도 사소설(私小說)이 소설로서의 위치를 확고히 인정받고 있는 실정에서, 수필의 '개성적'이거나 '자기고백적'이라는 사실이 흠이 된다는 것은 설득력이 없는 주장이다.

수필의 대중성을 잘못 해석해 예술성의 미약으로 연결하는 견해도 있다.

그러나 대중적이라고 하는 것을 예술성의 허약으로 보는 것은, 대중성 자체를 통속성과 혼동하는 데서 온 편견인 만큼 수필에 대한 바른 인식이 아니다. 비록 개인사적인 문제를 가지고 글이 출발되었다 해도, 그것을 통해 인간의 보편적 속성을 발견하고 새로운 가치 발견의 견인차가 된다면, 그것이 흠이 될 수는 없다.

이상의 항변은 수필이 소재나 형식의 제한을 두지 않는다는 점을 오해해서 아무렇게나 써도 수필이 될 수 있다는 것은 아니다.

「수필」을 세세히 구명하면서 수필이 어떠한 글인가를 살펴보려고 한다. 그 이유는 전통적인 수필의 면모와 보다 현대적인 수필의 현실을 발견하기 위해서다.

2.

① "수필은 청자 연적이다. 수필은 난이요, 학이요, 청초하고 몸맵시 날

렵한 여인이다. 수필은 그 여인이 걸어가는 숲길에 난 평탄하고 고요한 길이다. 수필은 가로수 늘어진 페이브먼트가 될 수도 있다. 그러나 그 길은 깨끗하고 사람이 적게 다니는 주택가에 있다."

— 작가는 개인적 경험과 사고를 바탕으로 하는 문학적인 글이 수필임을 글의 모두(冒頭)에서 강조해 밝히고 있다.

"수필은 청자 연적이다. 수필은 난이요, 학이요, 청초하고 몸맵시 날렵한 여인이다"라는 말로 함축해 제시하고 있다. 이를 구체화하고 있는 예가 "그 길은 깨끗하고 사람이 적게 다니는 주택가에 있다"는 말이다. 그만큼 수필은 서정적인 글임을 강조하고 있다.

이처럼 수필은 자신을 밖으로 드러내 선전하기 위한 수단이 아니라, 숲길에 난 평탄하고 고요한 길처럼 자신의 내면으로 찾아가는 글임을 말하기 위해 작가는 '청자 연적'과 '난', '학'을 통해 사람들의 들뜬 기분을 가라앉히고 있다.

여기서 '청자 연적'과 '난', '학'이 무엇을 상징하는 것인지 작가가 구체적으로 밝히지 않고 있는 것은, 수필의 운문적 조건에 충실했기 때문이다.

이 부분은 전통적인 시의 속성과 다르지 않다.

독자가 이런 어휘에서 무엇을 떠올리든지 이 작품의 본의는 조금도 흔들리지 않는다. 처음부터 옳고 그름을 문제 삼지 않고 사용된 어휘들이다. 이것을 혹자는 수필을 주로 선비들이 즐겨 쓴 글임을 말하는 내용으로 이해할 것이고, 또 다른 사람은 보다 문명적인 것이 아닌 자연친화적이고 인간의 순수한 심성에 바탕한 글이 수필임을 말하는 것으로 해석할 수도 있다.

사람은 누구나 저마다 다른 삶을 살고 있기 때문에, 작가는 객관적 입장에서 그들과의 관계를 원만히 유지하기 위해 보편적 태도로 위와 같은 어휘를 취택했을 뿐이다. 그래야만 글이 특정한 어느 누구의 것이 아닌, 그 시대의 구성원 모두의 공유물이 될 수 있기 때문이다. 작가는 이것만으로는 미흡해 수필을 "깨끗하고 사람이 적게 다니는 주택가에 있"는 '길'이라는 말을 덧붙이고 있다.

이런 모든 의도를 함축해 명명된 어휘가 '에세이'(essay)다. 정확하게 말하면 '인포멀 에세이'(informal essay)다.

'에세이'라는 용어는 몽테뉴에 의해 처음 사용되었다. 그가 자기 자신과 집안의 사사로운 일들을 기록한 글을 모아 책을 엮어 그 책명을 *"Les Essais"* 라고 했던 것이 계기가 되어 오늘날까지 쓰이게 되었다.

그 이후 다시 이 용어를 제목으로 해서 *"The Essays"*라는 이름으로 책을 출간한 사람이 베이컨이다. 그는 주로 인생의 보편적인 문제와 사회 현실에 대한 비판적인 것에 관심을 가지고, 그것을 테마로 하여 글을 모아 책을 발간하였다.

'포멀 에세이'는 베이컨 류의 수필을 의미하고, 그 특성은 주로 논리적이고 객관적이다. 이에 비해 '인포멀 에세이'는 몽테뉴 형의 수필로서 명상적이고 주관적인 것이 특징이다.

'수필'이라는 용어를 처음 사용한 것은 13세기 남송(南宋) 때 홍매(洪邁)에 의해서였으나, 동양에서 먼저 명칭이 붙여져 회자되기 시작했을 뿐이지, 서양의 'Essay'와는 의미가 다르다.

'에세이'는 일정한 주제에 대한 길지 않은 글을 가리킨다. 반드시 예술적 성격을 띤 글만을 가리키는 것이 아니라, 질적으로 보아서나 양적으로 판단해서 완성되지 않은─수준에의 도달을 향한 시험적인 글을 의미한다.

이것은 가변적이고 불완전한 존재에 불과한 인간이, 완전함에 도전하려는 자체가 경우에 따라서는 무리를 자초하는 일일 수도 있고, 또 오만으로 비춰질 수도 있기 때문에 몽테뉴는 스스로 미흡함을 인정했으며, 그 미흡함을 어떠한 방법으로든지 개선하기 위한 수련의 수단으로써의 글을 에세이의 본질이라고 일갈했다.

몽테뉴는 에세이의 덕목을 '겸허'와 '진실', '유머'로 보았다.

수필은 다른 장르의 문학에 비해 개성적인 글이다. 수필뿐만 아니라 여러 부문의 문학에서 새로운 면모가 제시되어 기존의 관념이 파괴되고 있는 현실에서 이러한 것은 수필에만 적용되는 것은 아니나, 아직까지는 수필에 적용되는 예로 용인되고 있다. 앞에서 밝힌 겸허와 진실, 유머는 인간적 속성으로 볼 수 있기 때문이다.

여기서 다시 제기되는 것은 개성이 개입되지 않은 문학이 존재할 수 있느냐 하는 문제다.

그러한 문학은 사실상 존재할 수 없다.

다만 시나 소설, 희곡에서는 이를 기교적 장치를 통해 은폐하여 밖으로 노출되지 않을 뿐이다. 주로 시에서는 메타포(metaphor)를 통해, 소설이나 희곡에서는 작중인물의 진술을 통해 표현함으로써 작가의 심중을 작품의 표면에 직접 노출하지 않았던 데 비해, 수필은 대부분의 경우 그와 같은 기교를 사용하지 않았다. 지금까지의 수필은 비교적 이런 장치에 대해서 무관심했다.

수필은 개인적인 문제뿐만 아니라 사회, 과학, 철학, 역사, 종교, 그 외의 여러 문제에 대한 비평까지 모든 제재를 수용해 작품화할 수 있는 문학 장르다. 그러나 포용력 있게 수용한다고 해도 신문이나 잡지에 게재된 기사 내용을 수필이라고 명명할 수는 없다. 수필은 수필 나름의 고유한 특성을 지니고 있어야 한다. 그것은 정서적 체험의 결과에 의해서만 가능하다.

비록 일상적인 제재라고 하더라도 작가의 신선한 안목과 예리한 통찰

력, 사람의 마음을 끌어안는 흡인력이 전제되지 않는다면, 그것은 좋은 수
필이 될 수 없기 때문이다.

수필은 다른 장르의 문학에 비해 형식적 제약을 두지 않는다.

시조의 경우처럼 장(章)이나 구(句), 글자 수를 고려할 필요도 없고, 소설
처럼 별도의 구성(plot)을 짤 필요도 없다. 그때 그때 뜻한 바가 있으면 앞
뒤 차례를 가릴 것 없이 바로 쓰면 되는 것이 수필로 인식되어 있다.

이러한 점이 수필 창작의 어려움이다.

일정한 기준을 설정하지 않는다거나, 별도의 제약을 요구하지 않는다는
것은 조건 없는 허용인 것 같지만, 이 사실만으로는 자유로울 수가 없다.
형식과 내용의 유기적인 조화를 이루게 한다는 일 자체가 작가의 몫이라
는 사실은, 개인적인 입장에선 부담스러운 일이 아니기 때문이다.

이 점에서 볼 때, 몽테뉴가 말한 '유머'는 글의 흥미를 촉진하는 일에,
'위트'는 수필을 통해 지혜를 획득하는 일에 절대적인 기여를 하기 위함이
다. 진실됨은 글에 대한 신뢰를 위해, 겸허는 작가에 대한 애정을 갖게 하
는 일종의 기교라고 할 수 있다.

② "수필은 청춘의 글은 아니요, 서른여섯 살 중년 고개를 넘어 선 사람
의 글이며, 정열이나 심오한 지성을 내포한 문학이 아니요, 그저 수필가가
쓴 단순한 글이다."

— 수필에서 가장 중시되는 것은 '덕성'(德性)이다.

다른 장르보다 작품과 글쓴이에 대한 관심이 높은 것이 수필이다. 다른
장르에서의 '나'는 단순한 '화자'(話者)로 취급되곤 하지만, 수필의 경우에
는 '작가'로 보는 성향이 높다.

앞에서 수필에서 가장 중시되는 것은 '덕성'(德性)이라고 말했다. 자신과

자신의 의견을 제3자의 입장에서 바라보고, 그를 통해 스스로 겸허해지기 위한 수단으로서의 글이 수필-에세이라고 보는 것이다.

수많은 사람들이 좁은 공간 안에 기거하면서도 사회질서가 유지될 수 있는 것은 스스로 긴장토록 만드는 엄격한 규제의 덕이다.

누구에게나 삶은 고단할 수밖에 없다. 필요 이상으로 많은 것을 의식해 사회가 요구하는 것에서 크게 벗어나지 않아야 하기 때문이다.

수필은 이러한 초조와 긴장감을 이완시킬 수 있는 안정제의 역할을 하기도 하고, 때로는 더 많은 절제를 강요하는 채찍의 역할도 한다. 수필이 의도적으로 사사롭고 평범함을 제재로 하는 것은 이 때문이다.

피천득은 이 글에서 "수필은 흥미는 주지마는 사람을 흥분시키지는 아니한다. 수필은 마음의 산책이다. 그 속에는 인생의 향취와 여운이 숨어 있는 것이다"라고 말하고 있다.

사람은 사회적 존재가 될수록 본연의 자기와 결별하게 된다.

시간적 여유가 없어서도 그렇지만, 심적으로 그렇게 될 수밖에 없다. 사회적으로 명망 있는 인사로 주목받고 있다는 점에서는 발전적이고 출세의 한 모습으로 볼 수도 있지만, 결과적으로는 실속 없는 삶을 사는 것에 불과하다.

피천득은 한동안의 들뜸의 과정을 마무리하고 차분히 자기에게로 돌아와 침잠된 삶을 영위할 때가 수필과 진정한 만남을 이룰 때라고 보아, "수필은 청춘의 글은 아니요, 서른여섯 살 중년 고개를 넘어 선 사람의 글이며, 정열이나 심오한 지성을 내포한 문학이 아니요, 그저 수필가가 쓴 단순한 글이다"라고 말하고 있다.

수식어를 떼어버리고 홀가분할 때, 우리의 삶도 글과 마찬가지로 단순 명료해질 수 있다. 이 작품에서 이 이후의 글은 이제까지 언급했던 것을 보다 심층화하는 정도의 수준에 머물 수밖에 없다. 모든 것은 군더더기에 불과하기 때문이다.

이러한 면에서 보면 수필은 수다스러움에서 벗어나기 위해 쓰는 글이라고 볼 수 있다.

③ "수필의 색깔은 황홀 찬란하거나 진하지 아니하며, 검거나 희지 않고 퇴락하며 추하지 않고, 언제나 온아우미하다. 수필의 빛은 비둘기 빛이거나 진주 빛이다. 수필이 비단이라면 번쩍거리지 않는 바탕에 약간의 무늬가 있는 것이다. 그 무늬는 읽는 사람의 얼굴에 미소를 띠게 한다."

— 수필의 속성은 온유함이라고 표현했다.

굳이 나서서 번쩍거릴 필요도 없고, 공연히 추한 꼴을 내보여야 할 필요도 없는 글로서 있는 그대로를 내보이면 된다.

이런 면에서 보면 수필은 물에 견줄 수 있다.

물은 상황에 따라 결속 상태를 조정하는 융통성을 지닌 물질이다. 물분자는 자체적 결합이나 화합을 통해 큰 결합체로 몸집을 불려 가공할 만큼의 결속력을 지님으로써, 그에 닿아 있는 일체의 존재들이 안정된 상태를 유지하게 한다.

두 번째는 용해성이다.

물은 용매(溶媒)로서의 역할을 충실히 이행하는 존재다. 물에 잘 용해되는 것도 있고 잘 녹지 않는 것도 있지만, 분명한 사실은 전혀 영향을 받지 않는 것이 없다는 사실이다.

물은 돌이나 쇠까지 녹인다. 물과의 원만한 관계를 유지하기 위해서는 무엇보다 상존하는 불순요소를 제거하는 일이 중요하다. 그렇지 않으면 때가 껴 소통할 수 있는 통로가 막혀, 길로 쓰이는 것을 폐기처분해야 할 경우가 있다.

물의 힘은 부력(浮力)이다.

물체의 무게가 부력과 평균점 상태를 유지할 때는 배가 물 위에 뜨듯 물체는 물 위에 떠 있을 수 있으나, 그렇지 않을 경우에는 중심을 유지하지 못하고 뒤뚱거리게 된다.

이 원리를 이용해 금의 순도 여부까지 확인할 수 있다.

고대 그리스의 히에로 왕이 왕관의 재질조사를 아르키메데스에게 의뢰했을 때, 그는 왕관을 실로 묶어 물이 가득 찬 용기에 넣어 넘쳐 흐르게 했다. 물의 체적을 이용하여 왕관이 순금으로 만들어진 것이 아니라는 것을 입증한다.

이처럼 물은 자신이 어떤 대접을 받느냐에 따라 허심탄회하게 자신의 속내를 솔직히 드러낸다.

물의 속성을 통해 수필이 나름의 역할을 할 경우, 수필의 사회적 기능은 괄목할 만큼 변화를 만들어낼 수 있다. 그러나 여기서 말하는 '괄목할 정도의 변화'는 세속적 의미의 발전이나 기대효과를 말하는 것이 아니다. 그 이유는 인간의 지식에 따른 인위적인 발전은 인간이 궁극적으로 소망하고 있는 것을 성취할 수 없기 때문이다.

자연이 지닌 내성(內性)을 이해하고, 그의 힘에 의해 조정되는 순리에 순종하는 것만이 바람직한 결과를 만들어내는 길이다.

이 점을 의식해 작가는 작품에서 "수필이 비단이라면 번쩍거리지 않는 바탕에 약간의 무늬가 있는 것이다"라고 하며, 그 무늬가 "읽는 사람의 얼굴에 미소를 띠게 한다"고 말하고 있다.

그러나 이것이 수필이 지닌 속성의 모두는 아니다.

④ "수필은 한가하면서도 나태하지 아니하고, 속박을 벗어나고서도 산만하지 않으며, 찬란하지 않고 우아하며 날카롭지 않으나 산뜻한 문학이다.

수필의 재료는 생활 경험, 자연 관찰, 또는 사회 현상에 대한 새로운 발견, 무엇이나 다 좋을 것이다. 그 제재가 무엇이든지 간에 쓰는 이의 독특한 개성과 그 때의 무드에 따라 '누에의 입에서 나오는 액이 고치를 만들듯이' 수필은 써지는 것이다. 수필은 플롯이나 클라이맥스를 필요로 하지 않는다. 가고 싶은 대로 가는 것이 수필의 행로이다. 그러나, 차를 마시는 거와 같은 이 문학은 그 방향을 갖지 아니 할 때에는 수돗물같이 무미한 것이 되어 버리는 것이다."

─ 수필작품의 제재에 대해 언급하는 부분이다.

수필은 형식이나 내용에 있어 그 어떠한 제한점도 따로 설정하지 않는다는 것이 특징이다.

삶의 과정에서 겪은 생활 경험이나 우주와 사회현상을 비롯하여 개인적 심경 같은 일체의 변화 양상이 모두 작품의 제재로 활용될 수 있다. 따라서 작가는 그것이 어떠한 제재이든 개체의 개성을 발견해 삶의 내재적 의미와 연결시키며, 마치 '누에의 입에서 나오는 액이 고치를 만들듯이' 글을 써 내려가면 된다고 말한다.

이 부분에서 주목해야 할 것은, 수필은 플롯이나 클라이맥스를 필요로 하지 않는다고 작가가 말한 바다.

전통적인 수필에 대한 통념으로 수필은 작가가 말한 대로 플롯이나 클라이맥스를 필요로 하지 않는 것으로 인식되어 있다. 그러나 일반화되어 있는 통념과는 달리 현실에선 많은 변화가 일고 있다. 장르의 구분이 해체되고 있다. 이것은 각 장르의 성격상의 통폐합, 퓨전화에 따른 현상의 일환으로 볼 수 있다.

원래 장르(genre)는 생물학에서 쓰이던 용어로 퓨전화되기 이전의 상황에서 개체의 고유한 특성을 인정하기 위해 쓰이던 말이다.

이를 바탕으로 해서 다윈은 진화론을 발표했다.

르네 웰렉은 이것을 문학에서 하나의 '제도'(制度)라고 말하면서, "장르의 이론은 질서의 원리다. 이 이론은 문학과 문학사가 시간과 장소가 아니라, 조직과 구조를 가지고 있는 특수한 형식의 구조체임을 말해주는 것이다. 비평적인 가치평가는 역사적인 연구와는 달리—그것이 어떤 것이든 이러한 구조에 호소하는 것임을 제시하고 있다"고 말한 바 있다.

굳이 개별 작품을 살피지 않고도 그 장르만으로도 분량과 형식을 어느 정도 가늠할 수 있는 것은 장르 개념이 관념화되어 있기 때문이다.

생물학에서의 이 용어는 적자생존이나 약육강식의 논리를 구체화하는 데 이용되었다. 때에 따라서 어느 장르가 세력을 얻기도 하고 잃기도 하며, 역사를 형성케 하는 기본적 토대를 만들었다. 이 말을 다시 정리하면, 문학도 생물의 경우처럼 탄생·성장·소멸의 생존과정을 겪고 있다는 뜻이 된다.

당대의 사상과 감정을 표출하기에 적합하여 널리 호응을 받던 장르도 생활 양식의 변화와 가치관의 변모로 인해 사라져버리기도 하고, 그렇지 않으면 겨우 명맥을 유지하는 정도에 머물기도 한다.

지금도 이러한 적자생존의 논리가 그대로 재현되고 있음을 확인할 수 있는데, 수필에 플롯이 중시되고 있다는 점이나 클라이맥스가 필요해진 것은 나름의 생존을 위한 자기쇄신의 일환으로 보아야 한다.

장르는 문학적 관습의 한 모습이라고 볼 수 있다.

이는 직가와 독자 사이에 이루어진 일종의 묵계이기도 하다. 왜냐하면 장르는 문학의 존재형식, 구성의 원리를 반영한 것이기 때문이다. 따라서 장르는 문학을 분류하는 작업 이상의 의의와 가치를 지닌다. 그러나 틀에 얽매이기를 거부하던 낭만주의 시대에는 장르 분류를 거부하고, 장르 분류의 유형은 개성적인 작가의 수와 같다고까지 주장했던 적도 있다.

장르의 분류가 문학적인 약속으로서 작가와 독자의 성격을 이해하는 중요한 지표가 된다. 여기서 유의해야 할 점은 장르 그 자체가 문학작품 평가의 기준이 되어서는 안 된다. 소설의 형식을 활용한 시라든지, 플롯이 고려되지 않은 소설을 장르의 기본적인 특성을 배제한 것이라고 보아 작품으로 인정할 수 없다거나, 수준 이하의 열등한 것으로 몰아세우는 것과 같은 평가태도는 올바른 비평의 예가 될 수 없다. 수필이 플롯이나 전개과정상의 클라이맥스 도입이 수필문학의 전통을 해체하는 것이라고는 볼 수 없다.

사실의 기록에 의존하던, 개인적이고 고백적 성격의 수필에서 과감할 만큼 허구의 수용은 수필이 스스로 무기력함에서 벗어나 활기를 진작하려는 노력, 체질상의 변화 도모라고 볼 수 있다.

수필은 범주를 벗어나지 않은 상태에서 "가고 싶은 대로 가는 것이 수필의 행로"임은 어떠한 경우에도 부정할 수 없다. 작가는 이를 경계해 "차를 마시는 거와 같은 이 문학은 그 방향을 갖지 아니할 때에는 수돗물같이 무미한 것이 되어버린다"고 말하고 있다.

⑤ "수필은 독백이다. 소설가나 극작가는 때로 여러 가지 성격을 가져 보아야 한다. 셰익스피어는 햄릿도 되고 폴로니아스 노릇도 한다. 그러나 수필가 램은 언제나 찰스 램이면 되는 것이다. 수필은 그 쓰는 사람을 가장 솔직히 나타내는 문학형식이다. 그러므로 수필은 독자에게 친밀감을

주며, 친구에게서 받은 편지와도 같은 것이다."

— 전통적인 수필의 고유한 성격에 대해 소개하고 있는 부분이다.

허구가 수필에 진입되기 이전, 오직 작가가 자신에 대한 성찰과 자기를 중심으로 전개되는 삶의 기록만으로 충실해야 하는 것으로 알고 있을 때의 수필의 모습이다. 그것을 피천득은 '독백'이라는 한마디로 함축하면서, 수필은 '친구에게서 받은 편지와도 같은 것'이라고 말했다.

작가는 이런 수필에 대한 전통적인 관념의 한계와 변화의 필요성을 조심스럽게 조언하고 있다. 그것이 뒤에 이어지는 "덕수궁 박물관에 청자 연적이 하나 있었다. 내가 본 그 연적은 연꽃 모양을 한 것으로, 똑같이 생긴 꽃잎들이 정연히 달려 있었는데, 다만 그중에 꽃잎 하나만이 약간 옆으로 꼬부라졌었다. 이 균형 속에 있는 눈에 거슬리지 않는 파격이 수필인가 한다. 한 조각 연꽃잎을 꼬부라지게 하기에는 마음의 여유를 필요로 한다"다.

'균형 속에 있는 눈에 거슬리지 않는 파격'으로서의 '꽃잎 하나', 나머지 모두가 다 정연히 달려 있는 것 속에 약간 옆으로 꼬부라져 있는 파격…, 이는 당시의 입장에서 작가가 생각하는 수필의 새로운 모습이다. 어느 면에서 보면 일종의 기대일 수도 있고, 성장과정에서 나타날 수 있는 당연한 귀착일 수도 있는 피력으로 볼 수도 있다.

다음에 이어진 글, "이 마음의 여유가 없어 수필을 못 쓰는 것은 슬픈 일이다. 때로는 억지로 마음의 여유를 가지려 하다가는 그런 여유를 갖는 것이 죄스러운 것 같기도 하여 나의 마지막 십 분지 일까지도 숫제 초조와 번잡에 다 주어버리는 것이다"에서는 작가가 말하는 것이 아니라, 변화에 앞장서는 파격에 대한 부담을 말하는 것으로 볼 수 있다.

3.

막상 창작의 열의를 가지고 있으면서도 무엇을 어떻게 표현해야 될 것인가, 그것은 나 자신과 다른 사람들에게 어떤 역할을 할 것이며, 무슨 가치가 있는가 하는 회의 때문에 손을 놓아버리는 경우가 있다.

이는 문예작품을 창작하는 경우만 아니라 살아가는 모든 과정에서도 끊임없이 부딪히게 되는 난제이기도 하다.

이러한 이유 때문에 사르트르는 "내가 쓰는 한 줄의 글이 지금 기아선상에서 허덕이고 있는 사람들에게 과연 무슨 의미가 있는가" 반문하면서, 존재의 소용은 생존을 위해서만 소용되는 것이 아닌 만큼, 지나치게 그런 것에 집착할 필요가 없다며 나름의 깨달음에 이르기도 했다.

작가에 의해 창조되는 모방의 유형은 크게 나누어 '일상적(日常的)인 것'과 '당위적(當爲的)인 것'으로 구분하여 살필 수 있다.

전자는 실제 현실을 있는 그대로 재현하는 것이고, 당위적인 것을 재현하는 후자는 눈앞에 전개되어 있는 실제 상황은 아니지만, 실제로 있을 가능성이 높거나 작가가 간절히 희구하는 세계를 작품으로 형상화하는 것을 말한다. 가상적 세계를 실제의 상황으로 인식하고 현상화(現象化)하는 것을 의미한다.

전자는 현실의 모사(模寫)라고 볼 수 있고, 후자는 상상에 근거한 가상적 현실을 착각세계 위에 구현하는 것이다.

한 예를 통해 수필의 모습을 발견하기로 한다.

> 문을 닫고 앉았으나 찾아오는 사람도 없어서 답답함을 이길 수 없었다. 처마의 낙수를 받아 벼룻물을 삼고 벗들 사이에 왕복한 편지 조각들을 이어 붙인 다음 기록할 것을 닥치는 대로 그 종이의 뒤에 적고 그 끝에 제목을 붙여 『역옹패설』(櫟翁稗說)이라고 했다.

고려 때 이제현(李齊賢)의 저서, 『역옹패설』의 서문 중 일부이다.

특별한 의도 없이 '답답함'을 이겨보려고 '닥치는 대로' 적었다는 것은, 생각을 억지로 짜내는 것이 아니라 자연히 흘러나오는 것을 기록하는 것이다.

김진섭은 이것이 '수필'이라고 했다. '그때' 뜻한 바가 있으면 앞뒤의 차례를 가려 챙길 것도 없이 '바로' 썼다고 하는 것은, 위에 제시한 수필에 대한 주장과 맥을 같이 하는 부분이라고 볼 수 있다.

문학은 삶의 여러 실상이나 그것의 변화 양태에 따른 사유(思惟)를 언어로 기록한 것이다. 그러나 이것만으로는 문학의 실체를 이해하는 데 도움이 되지 않는다. 우선 언어로 일상의 현실과 그를 둘러싼 여러 가지 움직임, 그때마다 느낌을 작성해놓았다고 그 모두를 문학작품이라고 할 수 없듯, 여과 없이 일련의 작업을 해도 문학적 행위라고 할 수 없기 때문이다.

문학이란 어떠한 것인가 하는 물음에 대해 명쾌한 해답을 마련하는 것은 실현 불가능한 일이므로, 늘 시도만으로 그칠 뿐 그 성과가 미흡했다.

그 이유는 사상(事象)에 대한 언어의 열등성 때문에 표현 대상이나 그런 의도 자체를 언어로 재조명하거나 재구성한다는 일이 용이한 작업은 아니기 때문이다. 그보다는 시대적 상황이나 요구에 따라 문학과 그에 대한 정의가 어느 하나로 귀착되지 않고 끊임없이 변모를 거듭해왔기 때문이다.

문학의 본질에 관한 규정과 정의는 피상적인 언급에 지나지 않는다.

문학이 언어를 표현의 절대 매체로 하고 있다는 사실에 대해서는 동서고금의 모든 기록들이 동의하고 있다.

이 사실은 동양에서는 문자 해득이 실현된 이후에 문학적 행위가 이루어질 수 있다고 보아, '문학'과 '문장'을 동일한 의미의 어휘로 보고, 서양의 경우에도 라틴어 'litera'에서 유래한 'literature'에는 '날자'라고 하는 뜻이 담겨져 있다는 점으로 보아서도 입증이 가능하다.

그러나 문학의 표현수단인 언어에 대한 사항은 일단 합의했다고 해도, 그것만으로 문학의 본질을 규명했다고는 볼 수 없다. 표현 대상이나 방법, 해결해야 할 문제들이 산재되어 있기 때문이고, 언어를 표현수단으로 한 기록물이라고 해서 그 모두를 시나 소설 또는 희곡이나 수필로 이름할 수 있는 것은 아니기 때문이다.

그런 점에서 피천득의 「수필」은 수필뿐만 아니라 문학 전반에 대해, 글을 쓰는 일이 얼마나 의미 있는 일인가를 일러준 모범적인 글이다.

누구나 생각하고는 있지만, 이를 글로 옮긴다는 것은 생각처럼 쉬운 일이 아니다. 그 점에서 이 작품은 대중의 존경과 관심을 받을 충분한 가치가 있다. 우선 글을 통해 "한가하면서도 나태하지 아니하고, 속박을 벗어나고서도 산만하지 않으며, 찬란하지 않고 우아하며 날카롭지 않으나 산뜻"함을 강조하고 있다는 점에서 그렇다.

글은 글로서만 머물러 있는 부동(不動)의 존재가 아니라, 보유한 기능을 최대한 발휘하면 주변을 긍정적인 방향으로 감염시켜 무한한 가치를 창조케 하는 능력자에 견줄 수도 있다. 수필은 머리로 낳는 것이 아니라, 가슴으로 적어가는 또 하나의 자신이라는 점에서 더욱 그렇다. 감동은 자신과 주변까지도 따뜻하게 데우는 일이 된다.

어느 면에서 보면 수필만 아니라, 모든 문학은 정서적 허영에 의해 만들어진 것이라고 볼 수도 있다. 그것이 정서적 허영에 의해 만들어진 것이라고 해도 맛을 지니기 위해서는 절실함이 내재되어야 한다. 눈에 보이는 모두를 표현하는 것만으로는 존재의 가치를 전락시키는 우(愚)를 범하는 일이 될 수도 있다.

'허영'은 아무리 미화한다고 해도 무가치한 것일 수밖에 없다.

피천득 문학 연구

수필은 사실의 기록으로 그치는 글이 아닌 진실이 응축된 글이 되어야한다. 그러기 위해서는 자신의 가슴속에 서려 있는 그 무엇인가를 녹여 내리려는 절박함과 절실함이 글에 내재되어 있어야 한다. 운명에 대한 도전이나 진정한 자유에 대한 신념이 글의 정신으로 흐르고 있어야 한다.

작가는 이 글의 모두(冒頭)에서 수필은 '청자 연적'이고 '난'이며, '학'이라고 했다. '청초하고 몸맵시 날렵한 여인'에 비유하면서, '숲 속으로 난 평탄하고 고요한 길'과 '페이브먼트', '깨끗하고 사람이 적게 다니는 주택가에 난 길'에 견준 것은 마땅한 선택이라고 볼 수 있다.

이 모두는 절제를 강조한 예로서, 싹 모아 챙기는 것보다 하나하나 버림으로써 비로소 충만해짐을 느끼게 하는 신비의 능력을 가진 어휘들이다.

'수필'을 말한 수필로서 이만한 격과 내면적 의미를 담은 글을 발견하기란 쉽지 않을 것이다.

제7장

피천득 수필의 기법적 특성

이명재*

■ ■ ■

1. 접근의 방향

녹음도 짙은 한여름에 남도의 한 고장에서 전국 문학인 여러분과 함께 우리 수필문학을 논의하고 음미하게 되어 기쁘다. 평소 비평적인 에세이인 평론에 종사해온 필자가 모처럼 가까운 우리 문단의 식구들과 만나는 자리라서 더 뜻 깊다.

더구나 이번 모임은 우리 문단의 원로이신 금아(琴兒) 피천득의 구체적인 작품을 대상으로 하는 특색이 있다. 사실 지금까지 금아 문학은 필자 역시 학생시절부터 이따금씩 시, 수필 등을 단편적으로 접해오다가 이번에 100여 편의 주옥편들을 집중적으로 읽는 보람이 컸다. 근래 분석비평

---

* 중앙대 명예교수, 문학평론가. 저서『한국현대 민족문학사론』,『전환기의 글쓰기와 상상력』외.

과 구조주의 및 해체비평 등에서 작가론에서는 무엇보다 텍스트의 자세히 읽기[精讀]를 강조한 성향과도 일치한다.

따라서 여기서는 주제적인 내용보다도 기법적인 형식 면을 주로 하여 고찰해보려 한다. 금아 수필은 과연 어떻게 쓰이어졌는가 하는, 표현 문제를 다음 몇 가지로 살펴보는 일이다. 텍스트로는 1930년대 초에 서정적인 시문학으로 등단한 이후 피천득 선생이 발표해온 『금아 시문선』(琴兒 詩文選, 1959), 『산호와 진주』(1969), 『금아문선』(1980)에 실린 작품을 묶어서 최근 출간한 『인연』(因緣) 등을 대상으로 삼았다.

2. 금아 문학의 기법들

1) 간결하고 명료한 문장

피천득 수필은 역시 '금아'(琴兒)라는 아호에 값할 만큼 청아한 거문고 악기에서 흘러나오는 소리 마냥 간결하고 맑다. 군더더기는 물론이요, 억지나 속됨이 없이 잔잔하고 시원한 여울로 가슴을 적신다. '글은 곧 사람'이라는 뷔퐁의 말처럼 그의 문장에는 그 자신의 타고난 품성과 호흡이 담겨 있다.

간결하고 담백한 문체는 금아의 성품이나 수필과 더불어 시를 쓴다는 특성에 상관된다고 파악된다. 시작품 「단풍」, 「편지」, 「아가의 기쁨」 등에서도 여느 시인의 그것보다 단아하게 쓰는 작풍(作風)을 엿볼 수 있다. 그것은 금아의 주된 흐름을 이루고 있는 소박한 동심과 순수, 그리고 여성에 대한 사랑이 깃든 자상한 마음씨들에서 비롯되는 것이다.

피천득의 수필은 으레 1천 자 안팎의 짤막한 분량이면서 서정성과 함께 말할 내용은 거의 다 담아내고 있다. 가까운 보기로서 「장미」·「오월」·「맛과 멋」·「모시」·「여성의 미」·「유머의 기능」·「초대」·「아인슈타인」 경우도 그렇다. 그 가운데 집에다 꽂아 놓으려고 장미 일곱 송이를 사가지고 오다가 도중에 만난 친구들한테 다 주고 빈손으로 돌아가는 처지가 가슴 찡하도록 마음에 와 닿고 흥미롭기 그지없다.

> 잠이 깨면 바라다보려고 장미 일곱 송이를 샀다.
> 거리에 나오니 사람들이 내 꽃을 보고 간다. 여학생들도 내 꽃을 보고 간다.
> 전차를 기다리고 섰다가 Y를 만났다.
> 언제나 그는 나를 보면 웃더니 오늘은 웃지를 않는다.
> 부인이 달포째 앓는데, 약 지으러 갈 돈도 떨어졌다고 한다.
> 나에게도 가진 돈이 없었다. 머뭇거리다가 부인께 갖다 드리라고 장미 두 송이를 주었다. (「장미」 부분)

이렇게 시작된 「장미」는 사직동에 있는 C의 하숙집의 빈 꽃병에 두 송이를 꽂아주고 집을 향하던 글쓴이가 다시 전찻길에서 만난 K의 애인한테 선물하라며 건네준 이야기이다.

또한 「오월」보다는 덜 하지만 다음 같은 「찬란한 시절」 경우는 대화하듯 아늑한 동심을 안겨준다.

> 수공 가위와 크레용을 든 가방을 메고 서영이가 아침 일찍이 유치원에 가는 것을 보면, 예전, 지금으로부터 30여 년 전 내가 유치원에 다니던 생각이 난다.
> 나는 그때 동그란 도시락을 색실로 짠 주머니에다 넣어가지고 다녔다. 그 도시락을 휘둘러서 동무들을 곧잘 때렸다. 하루는 유치원이 파하고 다들 집으로 가는데 나를 데리러 오는 유모가 아니 오셔서 혼자 남아서 울고 있었다.

선생님은 나를 달래느라고 색종이를 주셨다. 그 빨간빛 파란빛 초록 연
두 색깔이 그렇게 화려하게 보이던 일은 그 후로는 없다. (「찬란한 시절」
부분)

그러나 결코 금아의 수필들이 흔히 지칭하듯 모두 그렇게 서정적이지
않음은 물론이다. 대체로 피천득의 잘 알려진 몇 작품에 정적 요소가 짙지
만 다른 성향의 작품들에는 그런 서정성에 버금갈 만큼 지적인 요소도 농
후하게 담겨 있다. 방금 들었던 작품에서도 그렇지만 「맛과 멋」, 「유머의
기능」, 「아인슈타인」 등은 오히려 지적이라서 몽테뉴보다는 베이컨적인
면이 많다. 이밖에 「셰익스피어」와 「이야기」, 「문화재 보존」 등은 지성과
감성으로 조화되었거나 도리어 지적인 요소가 승하다고 본다.

2) 효과적인 이미지 연결

금아는 수필들에서 곧잘 주변으로부터 시작하여 과거에 겪은 추억을 되
살려 이야기하다가 현실적인 자신의 마음으로 잇는 연상기법을 쓰고 있
다. 이런 경우는 사물의 정의를 내걸고 그에 관한 구체적인 보기를 든 다
음에 자신의 인생관이나 현재에 연결 짓는 솜씨와도 유사하다. 그런데 다
분히 몽테뉴적인 개인의 삶을 다룬 전자가 더 흔한 데 비해 베이컨적인 사
회나 인생에 대한 논의는 후자로서 더 드문 편이다.

그런가 하면 「도산선생께」, 「딸에게」, 「시집가는 친구의 딸에게」 등의
서간체 수필도 쓰고 있다. 하지만 「인연」, 「황포탄의 추석」, 「눈물」, 「오월」,
「선물」 등에서는 전자에 속하는 기법을 활용하고 있다.

그중에 책 제목으로도 내세울 만큼 널리 알려진 「인연」 등은 특히 인상
적이다. "지난 사월 춘천에 가려고 하다가 못 가고 말았다. 나는 성심여자

대학에 가보고 싶었다."로 시작해서는 수십 년 전 열일곱 되던 봄에 동경에 가서 만났던 아사코[朝子]와의 꿈 같은 인연에 잇고 있다. 당시 성심(聖心) 여학원 소학교 학생이던 아사코가 그처럼 여리고 귀여운 스위트피 꽃을 그의 책상 위에 놓아주었던 것이다. 그 후 십삼사 년 후에 두 번째 들렀을 때 같은 여대 영문과생이던 그녀와 버지니아 울프의 작품에 대해서도 이야기했다. 그러나 한국전쟁이 지난 후 미국에 가던 길에 찾았던 그녀는 진주군으로 오만한 미군 장교의 아내였다는 것이다.

> 뾰족 지붕에 뾰족 창문들이 있는 작은 집이었다. 이십여 년 전 내가 아사꼬에게 준 동화책 겉장에 있는 집도 이런 집이었다. "아, 이쁜 집! 우리 이담에 이런 집에서 같이 살아요." 아사꼬와 나는 어린 목소리가 지금도 들린다. (「인연」 부분)

특히 다음 같은 끝마무리는 멋스런 여운을 남긴다.

> 아사꼬와 나는 세 번 만났다. 세 번째는 아니 만났어야 좋았을 것이다. 오는 주말에는 춘천에 갔다 오려 한다. 소양강 경치가 아름다울 것이다. (「인연」 부분)

그런가 하면 후자에 속한다고 볼 수 있는 「오월」이나 「수필」의 경우는 신선한 시각적 이미지와 더러는 촉각적 이미지 연결이 두드러져 효과적이다. "수필은 청자 연적이다. 수필은 난이요 학이요, 청순하고 몸맵시 날렵한 여인이다. 수필은 여인이 걸어가는 숲속으로" 같은 서두의 시작이나 끝마무리도 연관 지어서 매력을 더한다.

> 오월은 금방 찬물로 세수를 한 스무 한 살 청신한 얼굴이다.
> 하얀 손가락에 끼어 있는 비취가락지다.

오월은 앵두와 어린 딸기의 달이요, 오월은 모란의 달이다.

그러나 오월은 무엇보다도 신록의 달이다. 전나무 바늘잎도 연한 살결같이 보드랍다. 스물한 살 나이였던 오월. 불현듯 밤차를 타고 피서지에 간 일이 있다. 해변 가에 엎어져 있는 보트, 덧문이 닫혀있는 별장들 그러나 쓸쓸하지 않았다. 가까이 보이는 섬들이 생생한 색이었다. (「오월」 부분)

곧이어 젊어서 죽은 시인의 글귀를 모래 위에 써놓고 돌아오며 글쓴이는 "내 나이를 세어 무엇하리. 나는 지금 오월 속에 있다"고 뇌인다. 그리고 나서 "밝고 맑고 순결한 오월은 지금 가고 있다"로 맺고 있는 것이다.

그의 수필에는 흔히 꿈 나비·오동·봄·거문고·눈물·꽃·종달새·모시옷 등, 시 같이 낭만스러운 객관적 상관물이 등장한다. 그런가 하면, 한편으로 전화·보약·편지·벼루와 연적·음악·영화·책·목소리·박물관·오케스트라·유치원 등도 활용되고 있어 다양한 이미지를 형성한다.

하지만 금아 수필에는 이렇게 다양하고 선연한 시각과 청각 내지 촉각적 이미지에 비해서 후각적 이미지는 좀처럼 발견되지 않아 아쉬움을 남긴다. 그것은 청자 연적이며 난과 학에 몸맵시 있는 여인이라는 '수필'에 대한 견해부터 그렇다. "뾰족지붕에 뾰족창문들이 있는 작은 집"에서 살자던 아사코의 목소리가 들리는 「인연」에서도 마찬가지다. 또한 '앵두와 어린 딸기의 달'에다 '금방 찬물로 세수를 한' 「오월」에도 색채와 촉각 외로 냄새는 빠져 있다. 금아께서 평소 그렇게 좋아했다는 「장미」 경우쯤엔 바라만 보고 즐기기보다는 짙고 그윽한 향내까지 음미한다면 금상첨화격이지 않을까 생각된다.

3) 여성 편향적인 매력

또 하나 피천득 수필의 특성 가운데 중추를 이루는 요소는 누구보다 두드러진 그의 여성편향성(페미니떼, female complex)이다. 이런 요소는 오히려 남다른 사랑과 외로움 속에서 겪은 피천득의 개성 형성과정에서 얻어진 값진 특장점이다. 말하자면 심리학자 칼 융도 주장하듯 남성이 지니고 있는 여성적 요소인 아니마(anima)의 예술적 발로로서의 긍정적 성과인 셈이다. 일찍이 서울 청진동의 좋은 환경에서 태어났음에도 어려서 아버지를 여읜 대신 갸륵하고 극진한 어머니를 동일시한 성격 문제와 직결된다.

이를테면, 일찍 부친을 잃은 처지로 자상한 어머니와 숙모의 보살핌 속에서 길들여진 여성적 취향이 공감대를 형성하여 민족적인 시인으로 이름 높은 김소월의 「진달래꽃」도 참고 된다. 뿐만 아니라 외국의 명작들도 이런 여성편향성과 잇닿아 있어 뒷받침된다. 워즈워스의 첫사랑이던 에네트 바롱이 서정적 자아로 승화된 루시나 R. 번즈의 산골처녀 마리아뿐만 아니라 그루몽의 시몬 같은 여성상들과 대비된다.

사실 피천득 수필의 진수를 이루는 주옥편들은 거의 이렇게 인간 본래의 이끌림성 짙은 여성 편향 성향을 띄고 있다. 「엄마」, 「서영이」, 「서영이에게」, 「어느 날」, 「서영이 대학에 가다」, 「딸에게」, 「서영이와 난영이」, 「인연」, 「유순이」, 「찬란한 시절」, 「그날」, 「구원의 여상(女像)」 등. 이 가운데 특히 주요섭의 「사랑손님과 어머니」 소설 모델이 된 청초한 여인으로서의 피천득 모친 모습은 환상적일 정도이다. 사실 금아의 동심과 자상한 사랑이나 서정의 멋은 여기에 바탕하고 있다 해도 지나친 말이 아닌 것이다.

> 엄마가 나의 엄마였던 것은 내가 타고난 영광이었다. 엄마는 우아하고 청순한 여인이었다. 그는 서화에 능하고 거문고는 도에 가까웠다고 한다.

(⋯⋯) 내게 좋은 점이 있다면 엄마한테서 받은 것이요⋯⋯.

　나는 엄마 같은 애인이 되고 싶었다. 엄마 같은 아내를 얻고 싶었다. 이
제 와서는 서영이나 아빠의 엄마 같은 여성이 되기를 바랄 뿐이다. 그리고
또 하나 나의 간절한 희망은 엄마의 아들로 다시 태어나는 것이다.(「엄마」
부분)

　내 일생에는 두 여성이 있다. 하나는 나의 엄마요 하나는 서영이다. 서
영이는 나의 엄마가 하느님께 부탁하여 내게 보내주신 귀한 선물이다.
(「서영이」 부분)

이처럼 금아 수필의 중추는 무엇보다 여성 편향적인 매력에 있다. 그 기
본은 원초적인 구원의 여인상으로 실재한 아가페적 사랑의 화신인 어머
니와 딸이다. 그리고 그에게 있어 에로스적 사랑의 화신(化身)은 아사코요,
춘원의 『흙』에 등장하는 유순이며 더 나아가서 관념적 우상인 마리아나 베
아트리체와 황진이 등이다. 이런 일련의 여성들을 향한 목마른 사랑 찾기
와 보여주기로서의 승화된 사랑과 치유를 위한 글쓰기 행각이 피천득 문
학인 것이다.

4. 이국 체험의 지적 공간 활용

금아(琴兒) 수필의 나머지 특성 하나는 그 자신의 동서양에 걸친 폭넓은
문화 체험과 지적인 활용이다. 앞에서 필자는 피천득 문학이 서정적인 면
에 버금갈 만치 지성적인 면도 적지 않다고 밝혔는데 이 항목은 주로 후자
에 해당되는 셈이다. 따라서 여성취향성=감성적-시간적인 데 비해서 이
이국체험성=지성적-공간적인 성향을 드러낸다. 그리하여 금아 문학은 보
다 디오니소스적인 감성과 아폴로적인 지성이 조화를 이룬 경지라고 평가

될 수 있다.

그의 행동반경은 실제 생활에서 공간적으로 동서양에 두루 걸쳐 있다. 서울에서 태어나 몇 차례의 해외유학을 거쳤고 영문학과 중국문학을 겸하여 지적인 활동영역이 넓다. 즉, 서울-상해-동경-보스턴으로 이어진 행동반경과 한국문학-중국문학-일본문학-영미문학에 걸친 지적 공간은 그의 글쓰기에 직간접적으로 표출되어 있다. 「황포탄(黃浦灘)의 추석」, 「보스턴 심포니」, 「도산」(島山), 「셰익스피어」, 「도연명」(陶淵明), 「로버트 프로스트」, 「여심」(餘心), 「치옹」(痴翁), 「아인슈타인」, 「찰스 램」, 「가든파티」, 「순례」, 「반사적 광영(光榮)」 등.

이 수필작품들에는 군데군데 키츠나 바이런, 디킨즈, 단테, 예이츠, 또는 에머슨 등의 이야기와 적절한 동양의 시구 등을 인용하여 에세이의 질량을 확충시키고 있다. 전공과도 밀접한 분야라서 자연스럽고 밀도감 짙어 글의 격을 높이며 다채로운 견문효과를 거둔다.

가까이 지냈던 이광수·주요섭·윤오영 등을 통한 간접적인 외국문학 교양 감각도 수긍된다. 상해 호강대학에 유학할 무렵 만났던 안창호나 주요섭, 미국 하버드대학 교수 댁에 함께 초대받은 프로스트와의 만남을 이야기하며 펼치는 외국문학 소개 등은 안성맞춤처럼 여유를 보인다.

그리하여 피천득은 결코 엄마를 못 잊어하고 서영이에게만 매달린 정도의 여린 문인이 아닌 자태로 우리에게 다가들고 있다. 이들 작품에 이르면 어릴 적부터 서울에서 외로운 환경을 이겨내며 살아온 금아는 동서양문물을 올바르게 익힌 면에서도 모범을 보인다. 그는 일찍이 동서고금의 문화를 두루 섭렵한 견문을 바탕으로 한껏 아포리즘적인 인생관을 펼치면서 목마른 독자들에게 흐뭇한 위무와 지혜의 샘물을 선사하는 것이다.

3. 마무리

이상에서 살펴본바 피천득의 수필은 그의 문학적 특성을 활용한 한 본보기처럼 가장 진솔하고 개성미 깃든 삶을 사랑으로 수놓은 마음의 산책이다. 더욱이 그의 주옥편들은 동서양의 시공을 아우르고 감성과 지성의 조화로서 높은 금아 문학의 봉우리를 이루고 있다. 그리하여 여느 문단 패권의 철옹성을 벗어난 금아 문학의 동산은 의연한 채 아늑하고 풍성한 산책공간을 제공한다. 거기에는 수필, 시, 동시, 평론, 번역문학의 색색에다 크고 작은 오솔길이며 아기자기한 꽃나무와 주렁주렁 매달린 채 영롱하고 향기로운 과일들로 가득해 있다.

독자 여러분과 더불어 틈나는 대로 금아 문학의 동산에 올라 산책할 수 있음은 우리의 행운이다. 1930년대 초엽에 서정시로 등단한 이후 문단생활 60년이 넘는 86세의 금아 선생을 뵐 수 있음 또한 후학 문인들의 보람인 동시에 기쁨이 아닐 수 없다.

제8장
피천득 수필의 문체적 별견(瞥見)

김상태*

■■■

1. 은유적 글쓰기와 산문

글을 운율(韻律)에 의해서 구분한다면 운문(韻文)과 산문(散文)으로 나눌 수 있다. 각 언어마다 운문과 산문을 구분하는 기준이 있겠지만 우리말에서는 자수율이나 음보(音步)로 율독할 수 있느냐 없느냐에 따라 구별하는 것이 보통이다. 그러나 이 구분도 기준으로 확정되기는 부족한 면이 많다. 3·4 내지 4·4 자수율이 중심 패턴이기 때문에 현대시에서는 거의 가치를 발휘하지 못한다. 현대시의 전환을 알리는 우리 신시(新詩)는 바로 이 정형적인 형태를 거부함으로써 시작되었다고 볼 수 있기 때문이다.

그럼에도 불구하고 우리는 통상으로 운문과 산문을 구분한다. 동서를

---

* 이화여대 명예교수, 수필가. 저서 『문체의 이론과 해석』, 『먼 꿈 가까운 꿈』, 『선생님 우리 선생님』 외.

막론하고 시는 대부분 운문으로 기술되었기 때문에 시는 당연히 운문으로 되어 있다고 본다. 그러나 현대시는 운문과 산문의 대립이 아니라 시와 산문의 대립으로 보는 경향이 있다. 리듬을 거의 느낄 수 없는 글이라고 하더라도 훌륭한 시가 있을 수 있다. 그런가 하면 운문으로 쓴 글이라고 하더라도 시로서 인정할 수 없는 글이 얼마든지 있을 수 있다. 따라서 시인들은 시와 대립되는 글을 산문이라고 말하기도 한다.

그렇다면 시적 자질을 갖춘 글이란 어떤 글인가? 필자가 피천득의 수필을 논하기 전에 시적 자질에 관해서 말하는 것은 그의 글이 대체로 시적 자질을 갖추고 있기 때문이다. 그렇다고 해서 그의 수필을 시라고 말하기는 곤란하다. 물론 그가 시라고 생각하고 쓴 글은 시가 분명하다. 시에 가까운 정감을 느끼게 하는 자질, 그 속에는 분명히 리듬도 한몫한다.

그의 수필 속에서 시적 자질을 느끼게 하는 핵심적인 요소는 은유(隱喩)라고 할 수 있다.(직유(直喩)는 은유의 개념 속에 포함시키기로 한다.) 러너(Lerner)는 시를 설명하는 첫 머리에서 "은유는 시의 심장이다."라고 말한 바 있다. 그만큼 은유는 시에서 중요한 역할을 담당하고 있다는 의미다. 피천득 수필집 『인연』(1980)의 첫 머리에 나오는 작품일 뿐 아니라, 그의 대표작이기도 한 「수필」은 작품 전체가 은유로 되어 있다. 수필에 대한 그의 이념과 꿈을 구체화시킨 작품이기도 하다.

> 수필은 청자(靑瓷) 연적이다. 수필은 난(蘭)이요, 학(鶴)이요, 청초하고 몸맵시 날렵한 여인이다. 수필은 그 여인이 걸어가는 숲속으로 난 평탄하고 고요한 길이다. 수필은 가로수 늘어진 페이브먼트가 될 수 있다. 그러나 그 길은 깨끗하고 사람이 적게 다니는 주택가에 있다.

수필은 '난'(蘭), '학', '여인', '길', '페이브먼트', 등의 은유로 표현하고 있다. 리차즈(I. A. Richards) 식으로 말한다면 이들 모두는 수필에 대한 'vehicle'이다. 물론 'tenor'는 수필을 나타내고 있다. 'tenor'와 'vehicle'은 같은 사물을 표현만 달리 하는 것이 아니라, 이 양자는 그것들이 가지고 있는 이미지에 상호 영향을 줌으로서 새로운 제3의 이미지를 창조해내는 것이다.

필립 휘일라이트는 『은유와 실재』(Metaphor and Reality)라는 저서 속에서 열린 언어(open language)와 닫힌 언어(closed language)를 구별하고 있다. 실재(reality)를 표현하는 데 흔히 닫힌 언어로 표현하는 것이 더 정확하다고 생각하는데 사실 닫힌 언어는 습관과 규범에 의하여 생명력을 잃어버린 언어라고 할 수 있다. 감동을 줄 수 있는 교신(communication)으로서는 적합하지 못하다는 뜻이다. "이러한 언어는 우리가 신에 대하여, 혹은 사랑과 의무에 대하여, 혹은 다른 큰 주제에 대하여 너무 많이 말하게 되면, 그 생명력을 잃어버리게 된다."고 한다. 닫힌 언어는 정확하게 말하는 듯하지만, 그 생생한 실재를 나타낼 수 없다고 한다. 반면에 열린 언어는 애매모호하지만 명확한 개념과 정확한 논리적 관계로 표현할 수 없는 어떤 '무엇'을 표현할 수 있다고 했다.

시적 진실에 다가가기 위해서는 언어가 다만 열린 것만으로 충분치 않고, '긴장된 언어'(tensive language)가 되지 않으면 안 된다는 것이다. 삶 자체가 들이쉬는 숨과 내쉬는 숨의 긴장관계로 이루어져 있듯이 "말해진 것과 말하는 시인의 살아있는 목소리 사이에는 어떤 진동의 관계가 있어야 시적 진실이 표현될 수 있다는 것이다."[1]

은유는 정확한 언어로 표현하는 방법이 아니다. 독자의 상상력이 무한

---

1 Philip Wheelwright, *Metaphor and Reality*, Indiana University Press, 1968, pp.21~69.

피천득 문학 연구

히 개입할 수 있는 표현방법이다. 「수필」은 주로 은유로 표현하고 있지마는 결코 시가 될 수 없는 것은 은유적 표현 자체만으로 시가 될 수 없기 때문이다. 시와 수필의 지향하는 바가 다르기 때문이다. 이 작품의 말미에 오면 수필을 덕수궁 박물관에 있는 청자 연적에 비유하고 있다. 이것은 시적 마무리가 아니다. 산문적 발상의 전개다. 더구나 "마음의 여유가 없어 수필을 못 쓰는 것은 슬픈 일"이라고 고백하고 있는 것은 완전히 개인의 심정을 산문으로 풀어내고 있는 것이다.

2. 시적 자질

로만 야콥슨(Roman Jakobson)은 언어의 기능을 여섯 가지로 구분한 바 있다. 그중에서 시적 기능을 수행하는 언어가 어떤 것인가를 밝히고 있다.[2] 이 여섯 기능 중에서 메시지 그 자체에 의미를 두고 있는 것이 시적 기능이라는 것이다. 애들이 "나는 영이와 철수를 좋아해."라고 말하지 않고, "나는 철수와 영이를 좋아해."라고 고집한다면, 메시지 자체에 집착하고 있다는 뜻이다. 정치적 구호로서 "I like Ike"는 이 기능을 잘 수행하고 있다고 한다. /ay layk ayk/가 적절히 구조화되어 있고, 세 개의 단음절로 구성되어 있으며, 세 개의 이중모음 /ay/를 셀 수 있고 각각 하나의 음

---

2 Roman Jakobson, *'Linguistics and Poetics' in the 'Language in Literature'*, 1987 by The Jakobson Trust, p.71.

	Referential	
Emaotive	Poetic	Conative
	Phatic	
	Metalingual	

운 /..i..k..k 자음으로 균형이 잡혀 따르고 있기 때문이다. 그러나 "시적 기능의 언어 연구는 시의 한계를 넘어서면 안 된다."고 주의하고 있다. 시적 자질을 가지고 있는 말이라고 하더라도 시작품에 있어서 필수불가적인 요소가 무엇이냐고 묻는다면 대체 어떻게 답할 것이냐는 것이다. "이 물음에 답하기 위하여 우리들은 표현적 언어 행위 속에서 사용된 배열의 기본 양태를 상기하지 않으면 안 된다"고 한다. 그것이 선택과 조합(selection and combination)이라는 것이다. 따라서 "시적 기능은 선택의 축에서 배합의 축으로 동등의 원리를 투사하는 것"(The poetic function projects the principle of equivalence from the axis of selection into the axis of combination)이라고 말한다. 피천득의 글은 선택의 축에서 배합의 축으로 투사하는 과정에서 시가 아니라, 산문이 된다고 볼 수 있다.

나는 아빠입니다. 지금은 늙은 아빠입니다.A) 엄마 노릇을 해보지 못한 것이 언제나 서운합니다. 그리고 엄마들을 부러워합니다. 특히 젖먹이 아기를 가진 젊고 예쁜 엄마들이 부럽습니다.B)

연한 파란 빛 도는 까만 눈동자에 고운 물기가 젖은 아기의 눈, 아기의 눈을 보석이나 별같이 찬란한 것에 비긴다는 것은 잘못입니다. 그리고 어떤 화가도 그 고운 빛을 색으로 나타낼 수는 없습니다. 아기는 눈을 감았다 떴다 하다가 그 작은 입을 벌리고 하품을 하기도 합니다.

입에 젖꼭지를 갖다 대주면 아기는 그 탐스럽게 부풀어오른 젖을 힘겹게 빱니다. 그때 그 예쁜 손가락들이 엄마의 또 하나의 젖을 만지기도 합니다. 엄마의 젖이 둘이 있다는 것은 아기에게도 엄마에게도 얼마나 복된 일일까요. 그 작은 손가락 아주 작은 손톱이 있습니다. 나는 젖 먹는 아기를 바라다볼 때 신의 존재를 부인하고 싶지 않습니다. 아기가 눈을 감고 잠깐 젖을 빨지 않으면 엄마는 아기 입에서 젖을 떼려듭니다. 그러면 아기 입은 젖을 따라오면서 더 암팡지게 빨아댑니다.C) (「서영이와 난영이」 부분)

A)와 B)는 문장 패턴이 다르다. A)는 '주어+입니다' 패턴이지만, B)는 '주

어+형용사' 패턴이다. 양자 다 시적 언어 전개에 맞는 형식이다. 같은 내용을 반복해서 말하는 서술방식도 같다. 일종의 운율을 느끼게 하기 때문에 시적 언어에 근접해 있는 것 같다. 그러나 C)는 묘사 형식이다. 따라서 A)와 B)로 시적 언어를 느끼게 하다가 C)로 형식을 바꾸어 산문임을 확인시켜주는 방식이다. '선택'은 시적 언어라고 해도 좋다. 그러나 '조합'에서 시와는 다른 방식을 취하고 있다.

피천득은 1980년에 출판한 『금아문선』(琴兒文選) 서문에서 "산호와 진주는 나의 소원이었다."고 적고 있다. "산호와 진주는 바다 속 깊이깊이"에 있기 때문이라는 것이다. 그의 꿈을 은유로 나타낸 것이지만, 상징으로까지는 발전하지 못하고 있다. '산호'와 '진주'라는 두 물체로 나타냈기 때문이기도 하지만, 그의 수필이나 시에 자주 등장하는 물체도 아니기 때문이다. 셰익스피어의 희곡 『태풍』에 나오는 노래 〈에어리엘〉에서 따온 것으로서 그 발상은 시적이다. 금아의 문학적 발상은 대체로 시적인 언어에서 출발한다. 그러나 그 전개는 묘사나 서사의 형식을 취하기 때문에 수필이 되는 것이다.

3. 단문(單文)의 구조

피천득의 글은 대체로 단문으로 되어 있다. 중문이나 복문이 전혀 없는 것은 아니지만, 그 비율로 볼 때 아주 드물다.

> 여성의 미는 생생한 생명력에서 온다. 맑고 시원한 눈, 낭랑한 음성, 처녀다운 또는 처녀 같은 가벼운 걸음걸이, 민활한 일솜씨, 생에 대한 희망과 환희, 건강한 여인이 발산하는, 특히 젊은 여인이 풍기는 싱싱한 맛, 애정을 가지고 있는 얼굴에 나타나는 윤기, 분석할 수 없는 생의 약동, 이런 것들이 여성의 미를 구성한다.

여성들이 얼굴을 위하여 바치는 돈과 시간과 정성은 민망할 정도로 막대하다. 칠하고 바르고 문지르고 매일 화장을 한다. 하기야 돋보이겠다는 이 수단은 죄 없는 허위다. 그런데 사실은 그럴 필요가 없다. <u>젊은 얼굴이라면 순색 그대로가 좋다. 찬물로 세수를 한 젊은 얼굴이라면 순색 그대로가 좋다.</u> 찬물로 세수를 한 젊은 얼굴보다 더 아름다운 것이 어디 또 있겠는가? 늙은 얼굴이라면 남편이 코티 회사 사장이라도 어여뻐질 수는 없는 것이다. (「여성의 미」 부분)

인용된 예문에서만 보더라도 두 문장만 제외하고는 전부 단문(單文)으로 되어 있다. 두 문장도 조건문을 가진 복문이긴 하지만, 아주 단순한 구조다. 뒤의 문장은 앞 문장을 단지 강조하기 위해서 쓰였을 뿐이다. 문장 구조로 볼 때는 같은 문장을 반복해서 쓴 것이나 다름없다. '은유적 글쓰기'와 형태상으로는 같다고 할 수 있다. 은유적 글쓰기에서는 주로 '주어+이다'의 구조로 시작해서 '주어+하다'의 구조로 진행된다.

뿐만 아니라, 글자 수가 25~35자의 문장이 대부분인데 이 정도는 우리나라 수필가의 문장 길이로 볼 때 단문(短文)에 속한다. 장문(長文)보다 단문은 템포가 빠르고 경쾌하다. 심사숙고하는 사고를 나타내기보다 정감을 직설적으로 나타낸다.

꽃은 좋은 선물이다. 장미, 백합, 히아신스, 카네이션, 나는 많은 꽃 중에서 카네이션을 골랐다. 그가 좋아하는 분홍 카네이션 다섯 송이와 아스파라거스 두 가지를 사 가지고 거리로 나왔다. 그는 향기가 너무 짙은 꽃을 좋아하지 않는다. 첫아기를 안은 젊은 엄마와 같이 웃는 낯으로, 가끔 하얀 케이프를 두른 양 종이에 싸인 꽃을 들여다보며 걸어갔다. 누가 나보고 어디 가느냐고 물으면 나는 '우리 애기 백일 날은 내일 모래예요.'라고 대답하였을 것이다. (「선물」 부분)

피천득의 수필에서 깊이 있는 철학을 찾는 것은 무리다. 명상을 통해서 얻는 글도 아니다. 그럼에도 불구하고 피천득의 수필을 보고 독자들은 오랫동안 매료된 적이 있다. 정정호는 이러한 현상을 '금아현상'이라고 불렀다.[3] 피천득의 수필 중에 어떤 점이 이렇게 독자의 마음을 파고들고 있는지 지적하기 어렵다. 필자가 짐작하건대 글 속에 쉽게 드러나지 않는 그의 순수한 마음이 아닐까 한다. 문필을 전업으로 하는 문인의 글과는 다른 점이 있다. 글을 깊이 생각해서 쓰는 것 같은 생각이 들지 않지만 그의 사물을 바라보는 해맑은 눈빛이 그곳에 있다. 이 눈빛은 문장의 기교나 수사를 뛰어 넘어서 천진난만한 모습으로 우리들에게 다가온다. 결코 묵직한 감동이 아니다. 잔잔한 파동으로 전해오는 감동이다. 단문으로 된 글은 우리들에게 복잡한 의미를 던져주지 않는다. 그러면서도 우리의 정감을 쉽게 불러일으키면서 오래도록 가슴에 남는다. 글 속의 일이 그대로 끝나지 않고 작품 밖으로 나와서도 여운이 되어 우리의 기억 속에 남아 있다. 오래도록 우리 가슴에 남아서 울리고 있다. 피천득 수필의 특성은 바로 그곳에 있다.

---

3 정정호, 「프롤로그─금아현상」, 『산호와 진주─금아 피천득의 문학세계』, 푸른사상사, 2012, 참고.

제9장

서정수필의 현대적 과제

피천득 「수필」을 둘러싼 만상

임헌영*

■■■

1. 금아에 영향 끼친 네 인물

피천득의 삶과 문학적 성취를 '금아현상'(琴兒現象)이란 술어로 축약한 정정호 교수는 그 특징으로 다음과 같은 네 가지를 거론하고 있다.

> 우선 피천득이 이상적으로 생각하는 삶의 수칙인 "고상한 사유와 평범한 생활"이다. 다음으로는 고단한 역사 속에서도 지속되는 사람에 대한 정(情)과 사랑을 품은 온유함이다. 세 번째 특징은 지속 가능한 삶을 작동시키는 지혜문학을 지향하고 있다는 점이고, 마지막으로 피천득의 삶과 사유와 문학이 서로 분리되지 않고 통합되는 "지행합일"과 "신행일치"가 이루어지고 있다는 것이다.[1]

---

* 문학평론가, 민족문제연구소장. 저서 『불확실시대의 문학』, 『민족의 상황과 문학사상』 외.

1 정정호, 「프롤로그—금아현상」, 『산호와 진주—금아 피천득의 문학세계』, 푸른사상사, 2012, 7쪽.

시와 수필이 각각 100편 정도에 이보다 더 많은 번역 등 주로 세 장르(시인, 수필가, 번역문학가)에 걸쳐서 남긴 금아의 업적을 총체적으로 개관, 분석, 평가한 정정호 교수는 "세계시민주의 시대에 금아 문학의 가능성"을 처음으로 제기했다. 이렇게 평가할 수 있는 근거로 정 교수는 피천득의 정신사를 형성하는 데 영향을 끼친 인물로 안창호(安昌浩, 1878~1938)와 이광수(李光洙, 1892~1950), 그리고 주요섭(朱耀燮, 1902~1972)과 윤오영(尹五榮, 1907~1976)을 거론하고 있다. 다 금아보다 연장자들로 그 친근의 심도와 영향력은 다른데, 요약하자면 앞의 도산과 춘원은 스승 격으로 흥사단(興士團, 1913. 5. 13. 샌프란시스코에서 창립)과 수양동우회(修養同友會, 1926년 출범, 1937~38년간 180여 명이 검거된 사건으로 유명)를 빼어놓을 수 없다. 이 사실은 독립운동사적인 맥락으로 접근, 분석, 평가하여 이를 금아 문학사상의 주축으로 복원시킬 필요가 있을 것이다.

흥사단원이었던 금아는 1937년 수양동우회 사건이 터졌던 해에 상하이에서 귀국했으나 "일본 경찰에 의해 요주의 시찰 인물이라는 꼬리표가 달려서 취직하기가 어려웠다. 텍사스 석유회사 서울지점에 겨우 취직한 그는 영어로 편지쓰기를 했고 후에는 해방 전까지 공릉동에 있었던 경성공업전문학교(현 서울대 공과대학)의 교원으로 임용되어 영어로 카탈로그를 만드는 일도 했다".[2]

민족해방투쟁사에서는 독립운동 준비론 혹은 실력양성론이라는 명칭으로 상정되는 이 계열의 사상이 금아의 삶과 문학에 어떤 영향을 끼쳤는가에 대한 연구는 향후 중요하고 흥미 있는 과제가 될 것이다. 그의 정과 한, 그리고 인(仁)과 사랑과 유머 등은 고아의식과 일제 치하의 탄압에 의한 피

---

2 정정호, 위의 책, 47쪽

해의식의 결정체가 아닐까 싶기도 하기 때문이다. 금아가 8·15 이후 숱한 정치적인 격변에도 동요하지 않고 순수서정의 성곽을 지킨 것 역시 이런 맥락으로 찬찬히 검토해야 될 과제일 것이다. 이와 함께 흥사단─수양동우회 계열의 종합월간지 『동광』(東光, 1926~1933, 1954년 『새벽』으로 개제 속간)과, 간접적인 승계인 『샘터』(1970. 4. 창간) 컨넥션도 흥미 있는 천착 대상일 것이다.

위에 거론된 나머지 두 인물 중 주요섭은 금아가 열일곱 살이었던 1927년 상하이에서 만났다고 밝히고 있다. 8세 연상인 주요섭은 후장대학 (Hùjiāng, 滬江大學) 재학 중(1923~1927)이었고 나중에는 피천득에게 중매를 섰던 깊은 인연이 있다.

미국 남침례회(Southern Baptist Convention, 1845년 창립) 선교회가 세운 이 대학은 상하이침례교대학(上海浸會大學, Shanghai Baptist College, 1911)에서 1914년 후장대학으로 개칭, 1929년에는 영문으로 학교명을 University of Shanghai로 바꿨는데, 이는 필시 미국인 선교사 교장에서 처음으로 중국인 교장이 된 류선언(刘湛恩, 1895~1938, 1928년에 이 대학 교장으로 부임)의 영향이 컸을 것으로 추측된다. 류선언 교장은 시카고와 컬럼비아대학을 거친 철학박사로 이 대학 교장이 된 후 종교적인 과목을 대폭 축소시킨 대신 일반대학적인 분위기로 개혁한 인물로 당대의 현실적인 교육과 민족독립사상을 중시하는 한편 장학생을 대폭 늘린 것으로 알려져 있다. 1931년 만주사변과 1937년 중일전쟁 직후에 일어난 두 차례의 상하이사변(上海事變, 1932.1.28 및 1937.8~11월)에 깊숙이 관여하여 맹활약했던 그는 일본에 매수당한 폭도(日伪收买的暴徒)들에 의하여 1938년 4월 7일 오전 8시 30분 경 학교로 가던 중 암살당했다.

피천득이 춘원의 권유에 따라 상하이로 간 것은 1926년이었는데, 이때 그는 주요한(朱曜翰, 주요섭의 형. 후장대 출신으로 동아일보 근무)의 소개장을 갖고 대학 기숙사에 있던 주요섭(1920년에 중국으로 가 중등과정도 그곳에서 마침)을 찾아가 처음 만났다. 이듬해에 후장대학을 졸업한 주요섭은 바로 스탠퍼드대학원으로 유학, 1934년 베이징 보인대학(輔仁大學, Fu Jen Catholic University, 1925년 베이징에서 개교했으나 1951년 폐교, 현재는 타이완에 있음) 교수로 재직, 일제의 중국 침략에 협조하지 않아 1943년 베이징에서 추방당해 귀국했다.

피천득이 후장대학 예과(1929년 입학)를 거쳐 대학에 입학(상과에서 영문과로 전과)한 게 1931년(만주사변)이었고 졸업한 게 1937년(중일전쟁과 제2차 상하이사변)이니 류선언 교장이 대학개혁을 진척시킨 후 민족해방 투사로 맹활약했던 시기였다.

주요섭에 대하여 피천득은 "형은 나의 이상적 인물이요, 그리고 모든 학생의 흠모의 대상"이라면서, "앨범 첫 페이지에는 도산 선생의 사진이 있었고 그 밑에는 '나의 존경하는 선생님'이라고 씌어" 있었다고 했다. 주요섭이 "보인대학에 재직하고 있을 시절 항일사상이 있다 하여 일본 영사관 유치장에서 고생"(「여심」)을 겪었다고 한 사실로 미뤄볼 때 피천득에게는 깊게 각인된 인물이었을 것이다.

네 인물 중 마지막 남은 윤오영은 피천득의 수필문학 형성에 가장 큰 비중을 차지할 것이다. 경성 제일고보(第一高普)에 다니던 피천득이 양정고보(養正高普)의 윤오영과 만나 등사판 잡지 『첫걸음』을 낸 건 1924년인데, 이 둘은 이후 평생 교유했다. 윤오영과의 관계를 피천득은 이렇게 요약해준다.

> 그와 나는 학교는 달랐으나 중학 1학년 때에 복된 인연으로 문우가 되어
> 지금까지 같이 늙어간다. (……) 낭만주의란 말을 처음 그에게서 듣고 신기

해 했으며 이태백만 알았던 내가 두보의 존재도 알게 되었다.

　쿠니키타(国木田独歩, 1871~1908)가 좋다고 하고, 아리시마(有島武郎, 1878~1923)를 읽어 봐야 한다고 일러 주었다. (……) 그는 애국심에 불타 있었으며 황매천(梅泉 黃玹, 1855~1910)과 단재(丹齋 申采浩, 1880~1936)의 이야기를 들려주기도 했다.[3]

이 둘의 관계에 대하여 정정호 교수는 "피천득은 윤오영의 수필에 깊이 빠져 어쩌면 피천득 특유의 문향(文香)을 낼 수 없었을지도 모른다. 그러나 피천득은 윤오영과 비슷하지만 매우 다른 수필세계를 구축하였다. 이 두 수필가는 동시대를 살면서 자신들만의 작품세계를 창조해냈다"[4]고 했다.

이상 네 인물과 피천득 문학의 관련성에 대한 연구는 본격화되어야 할 것이다.

2. 「수필」이 지닌 몇 가지 쟁점들

피천득의 문학세계 중 특히 수필문학에 대해서는 여러 예찬자들이 앞다퉈 부각시켜 왔기 때문에 구태여 그 내용을 자상하게 소개할 필요조차 없을 지경이다. 이 글에서는 금아의 수필작품 세계 전반에 대한 고찰보다는 그의 작품 「수필」이 제기해준 수필문학의 개념이나 범위 등등의 문제를 둘러싼 쟁점을 간략히 정리해보고 싶다.

「수필」은 산뜻한 한 편의 명 수필이면서도 수필비평사에서 계속 논란이 반복될 만큼 파장이 큰 문제의식으로 가득 차 있다. 근대 수필문학사 이래 수필의 개념에 대한 적잖은 저서나 비평문이 있음에도 불구하고 오히려

3　피천득, 「윤오영, 그 인간과 문학」, 『수필문학』 1976. 7.

4　위의 책, 64쪽.

금아의 이 글 한 편이 일으킨 파장에 비하면 뒤진다고 할 정도이다. 이 글처럼 수필의 개념을 축약하여 상징화시켜 널리 회자된 경우는 없기 때문에 그 영향력은 가히 폭발적이어서 『금아시문선』(경문사, 1959)이 출간된 이후 수필문학의 개념은 차라리 「수필」한 편에 의존해 왔다고 해도 지나치지 않을 것이다.

시나 소설이 무엇이냐고 우격다짐으로 질문을 던지는 경우는 드문데 그 이유는 많은 연구가 축적된 탓이기도 하고, 시와 소설문학이 너무나 풍성한데다 그 정전(正典)이 나름대로는 일반화되어 있기 때문에 구태여 재론할 필요가 없기 때문이다. 이에 비하여 한국의 수필문단은 아직도 근대 이후의 수필문학에 대한 연구의 일천함과 정전의 부재, 수필문학사조차 제대로 정립되어 있지 못한 탓에 그 개념과 범주조차 애매한 상태이다. 더구나 각 대학 국어국문학과나 영문학과를 비롯한 외국어문학과 등에서조차 수필문학론 강좌가 흔적 없이 사라져 버렸기 때문에 전문적인 연구로서의 수필문학론 대신 아마추어로서의 시론적인 논의가 성행하게 되어버린 것 역시 '수필'의 개념 혼란에 크게 일조하고 있다. 이런 여러 이유로 오늘의 한국 수필문단은 구태의연한 수필문학의 개념과 범주 문제로 여전히 혼란을 거듭하고 있어 천언만론(千言萬論)이 지루하게 반복되고 있다.

그러나 뉴턴 이전에도 만유인력이 작용했듯이 이론과 연구의 천착이 미진해도 긴 문학사에 나타난 수필작품의 축적이 곧 그 본질과 기능과 가치 판단의 척도가 될 수 있음은 말할 필요도 없다.

피천득의 작품 「수필」은 대표작의 하나이자 수필비평사에서 중요한 의의를 지닐 만큼 논란의 여지가 많다. 이 작품의 의의를 긍정적으로 찬찬히 접근한 글로는 윤재천 교수의 「수필교과서로서의 「수필」」을 들 수 있을 것이다.

윤재천 교수는 이 글에서 "전통적인 수필의 면모와 보다 현대적인 수필의 현실을 발견"하는 데 좋은 본보기이기에 거론한다는 취지를 밝히고 있다. 말하자면 수필의 여러 개념 중 전통적인 측면을 계승하면서도 현실적인 성향을 강조했다는 시각에서 피천득의 「수필」은 중요한 의의를 지니고 있다는 뜻이다. 전 9연으로 이뤄진 이 글을 찬찬히 뜯어가며 윤 교수는 이 글이 수필문학의 개념을 요약, 상징하고 있다는 입장을 취한다.

수필이 청자 연적이요 난이자 학이라고 시작하는 유명한 첫 연을 윤 교수는 "전통적인 시의 속성과 다르지 않다"고 풀이해준다. 즉 전통적인 서정시처럼 피천득의 수필은 서정성이 뛰어났다는 점을 부각시켜준다.

이어 수필은 청춘의 글이 아니라는 2연에 대해서는 "수필에서 가장 중시되는 것은 덕성(德性)이다"는 점을 내세운다. 즉 덕성이 체현될 만한 연령이 필요하다는 뜻이다.

3연의 "수필은 흥미를 주지마는 읽는 사람을 흥분시키지는 아니한다"라는 대목에 대한 윤 교수의 풀이는 약간 애매하여 어떤 주장인지 필자로서는 알 수 없다. 짐작컨대 이건 『논어』의 「팔일」(八佾) 편에 나오는 "낙이불음 애이불상(樂而不淫 哀而不傷, 즐겁지만 음란하지 않으며 슬프지만 마음을 상하게 하지는 않는다)"과 같은 의미가 아닐까 생각해본다.

제4연에서 금아가 수필의 품성이 "온아우미(溫雅優美)하다"라고 한 데 대해, 윤 교수는 수필의 성질을 물에 견주어 그 용해성과 부력(浮力)을 거론했는데 매우 창의적으로 보인다.

제5연 수필은 한가하나 나태하지 않다는 대목과, 제6연의 수필의 재료에 대한 구절을 논하면서 윤 교수는 독창적인 해석과 현대적인 대응을 동시에 내놓고 있다. 수필은 플롯이나 클라이맥스를 필요로 하지 않는다는 것은 "전통적인 수필에 대한 통념"에 불과하다고 꼬집으면서 현대수필은 그렇지 않다고 아래와 같이 말한다.

> 그러나 일반화되어 있는 통념과는 달리 현실에선 많은 변화가 일고 있
> 다. 장르의 구분이 해체되고 있다. 이것은 각 장르의 성격상의 통폐합, 퓨
> 전화에 따른 현상의 일환으로 볼 수 있다.[5]

윤 교수가 피천득의 「수필」에서 가장 강력하게 이의를 제기한 대목이다.
그는 이어서 이렇게 주장한다.

> 사실에 의존하던, 개인적이고 고백적 성격의 수필에서 과감할 만큼 허
> 구의 수용은 수필이 스스로 무기력함에서 벗어나 활기를 진작하려는 노
> 력, 체질상의 변화 도모라고 볼 수 있다.

수필도 현대에서는 다른 장르와 마찬가지로 허우를 수렴해야 된다는 논
리는 지금도 끝나지 않은 논쟁거리로 남아 있다.

7연은 수필은 독백이라는 유명한 수필문학의 작가 개성론이 제기되는
대목이다. 이미 위에서 보았듯이 윤 교수는 이를 "허구가 수필에 진입되기
이전, 오직 작가가 자신에 대한 성찰과 자기를 중심으로 전개되는 삶의 기
록만으로 충실해야 하는 것으로 알고 있을 때의 수필의 모습이다"라고 반
박한다.

그렇다고 피천득의 이론을 전면 부인하는 것은 아니어서 제8연의 일화
를 소개하면서 타협점을 찾는다. 덕수궁 박물관에 전시된 연꽃 모양의 연
적에 똑같이 생긴 꽃잎들이 정연히 달려 있다. 그런데 그중 하나가 옆으로

---

5 윤재천, 「수필교과서로서의 '수필'」, 『윤재천수필문학전집』 2권 『명수필 바로 알기』
수록, 문학관, 2008, 392쪽.

약간 꼬부라져 있는데, 이 "파격이 수필인가 한다"라고 피천득은 쓴다. 그는 이어 "한조각 연꽃잎을 꼬부라지게 하기에는 마음의 여유를 필요로 한다"라고 썼다. 이런 마음의 여유를 윤 교수는 피천득 "당시의 입장에서 작가가 생각하는 수필의 새로운 모습이다"라고 주장한다. 말하자면 피천득도 이미 그 당시에 '사실'만이 아닌 '허구'를 부분적으로 인정했다는 논리적인 근거를 윤 교수는 확보하려는 것이다.

피천득의 「수필」에 대하여 차주환 교수는 "마치 독자들에게 자기의 수필들을 그 척도로 평가하여 주기를 기대하는 심정을 나타낸 듯한 느낌을 갖게 한다"라고 지적하며, "동양사회에서 종래 시문을 통합한 문학관이 계승되어온 전통을 새로운 의미에서 구현시킨 사례로 받아들여도 무방할 것이다"[6]라고 평가했다. 동양적인 시문을 통합했다는 주장은 윤재천 교수가 전통적인 서정시의 성격을 현대수필로 승계했다는 주장과 일치한다.

윤재천·차주환 두 교수의 피천득의 「수필」관은 동양의 전통 서정시와 같은 서정수필을 근대화시킨 것이란 점에서는 다를 바 없다. 그런데 이런 서정수필의 개념 자체를 확대시키려는 주장도 있다.

금아의 수필론을 가장 진솔하게 정립시킨 건 윤오영일 것이다. 그는 "피천득은 소년소녀의 문학같이 곱고 아름다울 뿐이다. 사실 피천득의 글은 그 곱고 정서적임으로 해서 많은 독자를 가지고 있다. 그러나 그것은 차라리 그의 약점이다. 그의 장점은 정서의 솔직한 구체화와 농도 있는 성구(成句)의 사용에 있다"[7]라고 하면서 「수필」에 대하여 아래와 같이 직절(直截)하게 분석해준다.

---

6 차주환, 「피천득의 수필세계」, 『수필』, 범우문고, 1999, 131, 133쪽.
7 윤오영, 『수필문학 입문』, 태학사, 2005, 150쪽.

수필은 "난이요 학이라"고 했지만, 사람에 따라서는 '피요 눈물이라'고 할 수도 있다. "청초하고 몸맵시 날렵한 여인"이라고 했지만, 남성적일 수도 있다. 반드시 이 수필론에 매일 필요는 없다. "수필은 중년 고개를 넘어선 사람의 글"이라고 했지만, 모든 것이 신기하고 청신하게 느껴지는, 때 안 묻은 소년의 글일 수도 있고, 인생을 회고하며 생을 거의 체념한 노경의 글일 수도 있다. 이 수필론으로 포섭할 수 없는 외타(外他)의 수필은 얼마든지 있다. (……) 이것은 한 작가로서 자기의 문학세계를 말해 준 것이요, 스스로의 수필문학을 탐색하는 과정의 기록인 까닭이다. 이 수필의 세계에 공명하고 동도(同道)에 반려가 되어도 좋고, 또 다른 세계를 개척하며 자기의 수필을 탐색하고 그 과정을 보여 주는 것도 좋다. (……) 우리의 산문문장은 이미 한 단계 탈피해서 문학성을 추구해 가며 자기세계의 개척과 개성적인 문체로 문학수필을 지향하고 있다.[8]

윤오영은 서정성 수필만이 아닌 광의의 수필문학의 개념, 이미 세계문학사에 등장했던 보편적인 산문문학의 본질을 외면하지 말아야 한다는 취지에서 이런 글을 쓴 것 같다.

피천득의 「수필」만을 논하려는 이 자리에서 저 광활한 수필문학 개론에로 돌진할 의도는 없지만 플라톤(Plato, BC 400년 전후 활동)에서 발원한 세계 수필(산문)문학사가 몽테뉴(Michel Eyquem de Montaigne, 1533~1592)나 파스칼(Blaise Pascal, 1623~1662), 베이컨(Francis Bacon, 1561~1626)에 이르러 분수령을 이룬 사실은 일단 짚고 넘어가야 할 것이다. 이 고전적인 '에세이'가 근대 산업혁명 이후 각종 생산 양식이 분업화 단계를 거치면서 문학에서도 장르화가 촉진되어 찰스 램(Charles Lamb, 1777~1834)이나 해즐릿(William Hazlitt, 1778~1830)과 같은 참신하고 대중성 있는 신변잡기의 수필문학이 새롭게 단장했다는 사실은 고교생의 안목만으로도 쉽게 조

---

8 윤오영, 『수필문학 입문』, 태학사, 2005, 146~147쪽.

망할 수 있다.

한국 고전문학사 역시 수필의 범위가 너무나 넓어 이를 간략히 정리하면 아래와 같다.

> 한문학과 국문에 두루 통용되는 범주 ; 서발(序跋), 서간(書簡), 기행(紀行), 일기(日記), 전장(傳狀), 애제(哀祭) 6종.
> 한문학에만 적용되는 범주 ; 비평(批評), 주의(奏議), 비지(碑誌), 잡기(雜記), 잠명(箴銘), 송찬(頌贊), 사부(辭賦) 7종.
> 국문에만 통용된 범주 ; 비망(備忘), 잠계(箴戒), 가사(歌辭) 3종.[9]

한국에서 '수필문학'은 혜초(慧超, 704~787), 최치원(崔致遠, 857~?)에서 이규보(李奎報, 1168~1241)와 박지원(朴趾源, 1737~1805)을 거쳐 신채호(申采浩, 1880~1936), 정인보(鄭寅普, 1893~1950) 등에 이르는 고전적 에세이의 명맥이 근대 후반기로 넘어오면서 양주동(梁柱東, 1903~977), 김진섭(金晉燮, 1903~?), 이희승(李熙昇, 1896~1989), 김소운(金素雲, 1907~1981) 등의 다양한 양식으로 분장을 바꿨다.

3. 찰스 램보다 몇 걸음 앞선 금아의 수필

이 거대한 수필문학의 여러 갈래 중 피천득의 「수필」은 유럽문학사에서는 찰스 램과 같은 감각적 수필관을 전적으로 수렴하면서, 한국적 전통문학론에서의 시문(詩文) 혼합형을 활용하여 잉태된 것으로 볼 수 있다. 정확히 말하면 분단시대의 한국문학은 '순수'라는 깃발 아래 역사와 인생을 총

---

9 최강현, 『한국수필문학 신강』, 서광학술자료사, 1994, 21~23쪽, 발췌).

체적으로 조망하는 중후한 문학을 전지(剪枝)하던 때라 감각적인 순수문학은 시대와 독자의 기호에 완벽한 합궁을 이루게 되었다. 바로 1950년대의 문화풍토는 「수필」이 착근(着根)에서 개화(開花)를 거쳐 실과(實果)에 이를 수 있는 최적의 토양이었다.

신변잡기 수필의 항렬이면서도 토착적인 흙냄새와 인정세태가 스민 민족적 정서가 풍기는 앞 세대(김소운까지)와는 달리 피천득은 그 연륜과 상관없이 식민지 시대 때부터 국제도시 상하이의 문명적 세례를 받은 데다 더구나 그 전공이 영문학, 그중에도 낭만주의 시문학이었기 때문에 한국전쟁 이후의 황량한 문학풍토에서 기린아처럼 등장할 수 있었다. 그 당시 피천득의 「수필」은 세련된 연미복에다 서구 고전음악이 흐르는 무도회장을 연상케 했을 수도 있다. 그것은 수필문학사에서 일대 경이었고 혁명이었다.

태양·장미·봄·신록이 아름답듯이 피천득의 수필은 곱다. 그의 문장은 루쉰(魯迅)의 간결체에서 익힌 듯이 절도가 있고, 수사법은 영국 낭만주의의 시인들의 시처럼 화려 고아(高雅)한 이미지로 넘치며, 구성은 소네트처럼 군살을 뺀 서사구조가 그 골격을 이루고 있다. 이런 관점에서 평한다면 미학적 사대주의자들이 우러러보는 찰스 램보다 오히려 피천득이 몇 걸음 앞섰다고 필자는 서슴없이 주장하겠다.

이 고품격의 수필을 그동안 너무나 답습과 찬양만 해온 것이 도리어 피천득의 「수필」을 헷갈리게 함과 동시에 한국수필의 진로까지 협곡으로 몰아넣지 않았나 싶다. 피천득의 전반기 험난했던 생애와 그 영향을 도외시한 채 글과 문장 그대로만 송독해온 것이 「수필」의 개념을 오히려 욕되게 하지 않았을까 우려된다. 이제 피천득이 이룩한 저 거대한 수필문학의 대도를 열어주기 위해서는 전기적(傳記的) 사실부터 사회사적인 의미까지를 섭렵해가면서 인문학적인 통섭의 연구를 출범시켜야 할 시점이 왔다고 본다. 그런 가운데서 진정한 서정수필이 어떤 토양에서 형성되어 왔는가를 살필 수 있을 것이고, 금아의 순수서정이 외피로 보이는 그런 서정을 넘어선 역사와 사회사적인 산물임이 입증될 것이다.

제10장
금아 피천득 수필의 장르적 특성과 주제적 접근

정정호*

∎∎∎

그의 글은 (……) 자기 성찰에서 피어난 꽃이다. 모든 일이 밑천이 들어야 하듯이 그의 수필은 상당한 밑천을 바치고 얻은 취득이다. 말하자면 공(空) 것이 아니다. 한 인간성을 다치지 않게 했고 세속에 빠지지 않게 했고 그로 하여금 이런 맑은 글이 흘러오게 한 것이니 말하자면 그의 수필은 비싼 수필이다. (……) 진정에서 쓴 글이므로 진주같이 맑고 난초같이 향기롭고 아담하다. (……) 나는 그를 이 세상에 희귀한 존재의 하나로 본다. 그의 수필은 대개 그의 존재와 같은 존재. 무릇 자기의 존재와 같은 존재, 이것이 수필로서 제일의(第一義)가 되는 것이다. (윤오영, 「친우 피천득의 수필」, 38~39)

금아 피천득은 수필가로서 자의식이 강한 작가였다. 그의 독보적인 수필론이라고 할 수 있는 널리 알려진 「수필」이란 글이 있다. 이 수필은 읽는 사람들에 따라 다르게 읽히고 오해마저 품게 만들기도 한다. 피천득은 장

---

* 중앙대 교수. 저서 『탈근대인식론과 생태학적 상상력』, 『산호와 진주 – 금아 피천득의 문학세계』 외.

르로서의 수필의 정체성에 대해 깊이 사유하는 작가이다. 이런 맥락에서 볼 때 피천득의 수필의 전략과 그의 이론적 배경을 제대로 이야기하기 위해서 우리는 그가 수필가로 알려지기 훨씬 이전에 이미 시인이었다는 사실을 결코 잊어서는 안될 것이다.

피천득은 1930년부터 『동아일보』에 시를 발표할 때 서정시인이 되고자 하였다. 그 등단시기에 산문(수필)도 몇 편 썼으나 주로 시(와 시조도 여러 편)를 썼다.[1] 피천득 문학의 서정시적 요소를 고려하지 않고는 그의 수필을 형식과 내용 면에서 결코 복합적으로 이해하기 어려울 것이다. 미리 말하자면 그의 수필은 어떤 의미에서 "시로 쓴 수필"이다. 본 논문에서 필자는 피천득 수필의 장르적 특성 즉, "형식"에 대한 본격적인 논의를 위해 시와 수필의 상관관계를 논하고 내용을 중심으로 한 "주제적"인 논의를 전개하고자 한다.

1. 새로운 수필론

1) 금아와 「수필」 장르 ―"형식"과 "운명"

헝가리 출신의 철학자이자 미학자인 게오르그 루카치(Georg Lukács 1885~1971)는 1919년 마르크스주의로 전향하기 이전에 쓴 「에세이의 특성과 형식에 관하여」(1910년 10월 플로렌스에서 씀)에서 "에세이"를 하나의 예술형식으로 정의 내렸다. 그는 "모든 글쓰기는 운명-관계라는 상징적 용어로 세계를 재현한다. 운명의 문제는 형식의 문제를 결정짓는다"(루

---

1 이를 위해서는 필자의 졸고 「피천득의 1930년대 초 등단기의 작품 활동개관」을 참고 바람.

피천득 문학 연구

카치, 7쪽)고 선언하며 운명과 형식을 불가분의 관계라고 했다. 다만 그중 어느 것을 더 강조하는가의 문제가 있을 뿐이다. "시의 경우는 형식이 운명으로부터 형식을 받아들여 언제나 운명처럼 보이게 만든다. 그러나 에세이에서는 형식이 운명 자체가 된다. 따라서 형식은 운명을 만들어 내는 원리이다"(루카치, 7쪽). 루카치의 견해로는 비평가는―단순히 문학비평가만이 아닌 넓은 의미의 문명비평가와 문화비평가까지 포함하여―하나의 에세이스트로 형식과 운명을 연결시키는 사람이다.

> [비평가는] 형식 속에서 운명을 흘끗 바라보는 사람이다. 그의 가장 심원한 경험은 형식들이 그 자체 내부에 간접적으로 그리고 무의식적으로 숨겨 놓은 영혼의 내용이다. 형식이란 그의 위대한 경험이다. 직접적 실재로서의 형식은 그의 글에 진정으로 살아있는 내용인 심상―요소이다. (……) 형식은 세계관이고 입장이며 삶에 대한 태도이다. (……) 그러므로 운명에 대한 비평가의 순간은 사물들이 되는 순간에―모든 감정과 경험이 (……) 형식을 받아들이는 순간―용해되어 형식으로 응고된다. 그것은 외부와 내부 영혼과 형식이 통합되는 신비스러운 순간이다. (루카치, 8쪽)

피천득의 도반(道伴)이었던 윤오영은 그의 유명한 『수필문학 입문』에서 금아 수필의 문체와 구성에 대한 심도 있는 논의를 하였다. 먼저 그는 어떤 종류의 문학을 논하더라도 3가지 입장, 즉 학구적 입장, 평론가적 입장 그리고 작가적 입장이 있다고 전제하고 이 중 "오직 가능하고 또 유익한 것은 오직 작가적 입장에서의 수필론"(윤오영, 144쪽)이라고 말한다. 이것은 "작가로서의 자기세계를 개척"하는 것을 뜻하고 "작품 모색의 과정의 기록"(윤오영, 144쪽)이라는 것이다. 윤오영은 수필의 가장 구체적인 좋은 예로 금아의 대표적 수필론인 「수필」을 들고 있다. 그는 이 글의 전문을 제시한 뒤에 다음과 같은 결론을 내린다.

이것이 피천득의 수필론이다. 논이라면 학술논문이나 논설문을 생각할지 모르나 수필가로서 쓴 것은 문장론, 작품론, 문화론, 시사론이 다 수필인 것이다. (……) 그러나 그런 수필론들은 우리에게 아무 흥미도 없다. 수필문학을 파악하는 데 아무 도움도 주지 못한다. 오직 한 작가의 작품을 구체적으로 파악함으로써 수필문학을 이해하려 할 때 이 글은 시사하는 바가 클 것이다. 이것은 한 작가로서 자기의 문학세계를 말해 준 것이요, 스스로의 수필문학을 탐색하는 과정의 기록인 까닭이다. 이 수필의 세계에 공명하고 동도(同道)에 반려가 되어도 좋고, 또 다른 세계를 개척하며 자기의 수필을 탐색하고 그 과정을 보여주는 것도 좋다. 그리하여 여러 개성들의 수필론이 기록되고 또 탐색되고 작품화될 때 비로소 수필문학은 정립될 것이다. 우리의 산문문장은 이미 한 단계 탈피해서 문학성을 추구해 가며 자기세계의 개척과 개성적인 문체로 문학수필을 지향하고 있다. (『수필문학입문』 146~147쪽)

윤오영은 피천득이 작가적 입장의 구체적인 문학론인 「수필」을 통해 한국 수필문학의 정체성을 정립했을 뿐 아니라 수필작가로서도 크게 성공을 거두고 있다고 구체적인 작품분석을 통해 지적했다(윤오영, 30, 34, 53, 150~151쪽). 그는 계속해서 금아의 약점과 장점을 아래와 같이 잘 지적해 내고 있다.

피천득은 소년소녀의 문학같이 곱고 아름다울 뿐이다. 사실 (……) 그것은 차라리 그의 약점이다. 그의 장점은 정서의 솔직한 구체화와 농도 있는 성구(成句)의 사용에 있다. 한 예로 그의 「오월」이란 글 중에 "실록을 바라보면 내가 살아 있다는 사실이 참으로 즐겁다. 내 나이를 세어 무엇하리. 나는 오월 속에 있다." 이 한마디가 족히 남의 신록예찬의 수십 페이지의 서술에 필적할 농도를 지니고 있다. 글을 잘못 쓰더라도 최소한 두 가지만은 지켜야 한다. 첫째, 무엇인가 자기가 생각해 낸 꼭 하고 싶은 말이 하나는 포함되어 있어야 한다. 둘째, 명문은 못쓰더라도 일반 문장에서 과히 벗어나지는 말아야 한다. 내가 원하는 수필은 시로 쓴 철학이 아니면 소설로 쓴 시다. (『수필문학입문』 150~151쪽)

피천득 문학 연구

윤오영은 피천득 수필의 장점으로 "정서의 솔직한 구체화"와 "농도 있는 성구(成句)의 사용"을 지적했다. "시로 쓴 산문(사유)"이고 "이야기(소설)로 쓴 시"(산문시)인 금아의 수필이야말로 윤오영이 원하는 수필이 아니겠는가. 다음에서 다른 몇 사람의 견해를 들어보자.

수필가 차주환은 피천득 수필을 "금강석"같다고 주장하며 다음을 그 근거로 제시한다.

> 그가 "금강석같이 빛나는 대목"이라는 말을 썼지만, 그의 수필을 전체적으로 빛나는 금강석에 비겨보아도 괜찮을 것 같다. 다이아몬드는 캐럿이 어떠니 패세트가 어떠니 하고 그 깎음새를 따지기도 하지만 중요한 것은 그 흠이다. 어느 다이아몬드 치고 흠 없는 것이 없지만 그 흠을 어떻게 처리해서 좋은 깎음새와 함께 찬란함을 줄이지 않고 같이 빛나게 되느냐에 따라 가치가 평가된다고 한다. 피천득 씨의 수필은 무섭게 파고들어 따져볼 경우에는 결코 완전무결하도록 흠이 없지는 않을 것이다. 그러나 그의 수필에서 별로 흠을 느끼지 않게 되는 것은 정수(精粹)를 써내는데 전력하고 내온(內蘊)을 드러내는 데 몰입하기 때문에, 극소 부분이기는 하겠지만, 외부적인 조잡한 이른바 흠을 잊어버리게 하기 때문일 것이라 여겨진다. (차주환, 181쪽)

영문학자인 평론가 김우창은 「금아 선생의 수필」이라는 글에서 금아 선생의 미문(美文)의 비결을 일상적 대화와 이야기를 주고받는 대화적 상상력이라고 보고 있다.

> 선생의 글은 과연 산호나 진주와 같은 미문(美文)이다. 그리고 우리가 알아야 할 것은 이러한 미문이 겉치레의 곱살스러움을 좇는 결과 다듬어지는 것만은 아니라는 점이다. 다 알다시피 다른 사람을 부리고자 하는 언어는 딱딱해지고 추상화되고 일반적이 되고 교훈적이 된다. (……) 금아 선생의 문장이나 태도는 수필의 본래적인 정신에 부합하는 것이라고 볼 수

도 있다. 수필은 평범한 사람의 평범함을 존중하는데 성립하는 장르다. 대개 그것은 일상적인 신변사를 웅변도 아니고 논설도 아닌, 평범하게 주고받는 이야기로서 말하고 이 이야기의 주고받음을 통해서 (……) 이 드러냄의 장소는 외로운 인간의 명상이나 철학적인 사고보다는 이야기를 주고받는 대화의 장이다. (김우창, 163쪽)

또 다른 문학평론가 이태동은 피천득의 수필에서 배어나오는 "언어의 힘"이 언어의 형식(문체)과 내용(주제)이 일치되는 데서 분출된다고 설명한다.

만일 피천득의 탁월한 언어적인 힘이 없었을 것 같으면, 작은 것의 아름다움을 주제로 한 그의 수필이 예술로서 지금처럼 그렇게 호소력을 갖지 못했을 것이다. 그가 그의 작품에 사용한 언어는 (……) 시대를 뛰어 넘을 수 있을 정도로 시정(詩情)적이면서도 결곡하다. 특히 잠언(箴言)에서 볼 수 있을 것과 같은 간결하고 진솔한 문체는 그의 수필을 깨끗하게 만들어 군더더기 없이 진실만을 나타내기 때문에 독자들의 마음 깊이까지 공감의 물결을 일으키기에 충분하다. 이것은 그의 언어가 침묵의 생략을 통해 깨끗함만을 제외하고는 모든 것을 배제함으로써 진실을 발견하려는 그의 목적을 반영해주고 있을 뿐 아니라 그것과 일치된다. (이태동, 「작은 것이 지닌 아름다움의 발견 ─피천득의 수필세계 7」 부분)

금아에게 "수필"이란 장르는 형식적으로 "균형"과 "대조"의 미학이다. 그의 삶과 사상이 응축되어 있는 그의 유명한 「수필」의 한 구절을 보자.

수필은 한가하면서도 나태하지 아니하고, 속박을 벗어나고서도 산만하지 않으며, 찬란하지 않고 우아하며 날카롭지 않으나 산뜻한 문학이다. (「수필」 부분, 『인연』 16쪽)

이 얼마나 놀라울 정도로 완벽한 균형과 대조와 절제인가!

> 수필은 흥미는 주지마는 읽는 사람을 흥분시키지는 아니한다 (……) 수
> 필의 색깔은 황홀 찬란하거나 진하지 아니하며, 검거나 희지 않고 퇴락하
> 여 추하지 않고, 언제나 온아우미하다. 수필의 빛은 비둘기빛이거나 진주
> 빛이다 (……) 수필은 플롯이나 클라이맥스를 필요로 하지 않는다. 가고 싶
> 은 대로 가는 것이 수필의 행로(行路)이다. (「수필」부분, 『인연』 15~16쪽)

금아에게 수필은 하나의 문학형식으로 "정열이나 심오한 지성을 내포
한"(「수필」, 『인연』 15쪽) 문학이 아니고 "산책"이며 "미소", "독백", "방
향"(芳香)이 있는 "산뜻한 문학"이다. 그러나 수필이 단순히 이런 것이라면
무미한 것이 되리라. 수필은 이러한 균형 속에 있으면서도 "한 조각 연꽃
잎을 꼬부라지게" 할 수 있는 "마음의 여유"가 필요한 "눈에 거슬리지 않
은 파격(破格)이다.

수필은 피천득에게 하나의 "운명"이며 "존재 양식"이며 "이데올로기"이
며 "무의식"이다. 그의 생애와 사상 모두가 이러한 (무서운) 균형 위에 놓
여 있다. 겸손(소박), 가난(청빈), 염결(단순)은 금아에게 삶과 사상의 삼위
일체이다. 금아로서는 이런 것이 너무나 당연할 정도로 내면화되고 습관
화되었기에 오늘과 같은 "초조"하고 "번잡"한 생활 속에서도 그런 점을 자
신이 지닌 미덕으로 여기지도 않았다.

그러나 금아의 삶과 사상이 여기에서 끝난다면 그의 수필은 "향취"와
"여운"이 없고 "친밀감"을 주거나 "미소"를 띠게 하지 못할 것이다. 금아의
삶은 은은한 빛이나 "향취"와 "여운"이 있고, 청빈하면서도 여유가 있다.
그는 쇼팽을 듣고, 포도주의 향내를 맡으며, 향 좋은 커피를 사서 마시고,
꿈도 꾸어보고, 여행도 하고, 독서 삼매경에 빠지기도 한다. 그는 이것을
"작은 사치"라 했다. 천편일률적으로 균형을 위한 균형이 아니라 "파격"
으로 균형삼을 너한다. 산산한 호수의 수면 위에 떨어진 조약돌이 일으킨

"파문"으로 우리는 역동적인 아름다운 감동을 느끼는 게 아닐까?

삶이라는 "운명"과 수필이라는 "형식"이 만나는 금아의 글에는 무엇보다 우리를 윽박지르는 억압이 없다. 어떤 이념적 강권도 없다. 어떤 도덕적 꾸짖음이나 윤리적 책임 추궁도 없다. 어떤 인식론적 강요도 없다. 우리를 필요 없이 죄의식이나 열등감에 빠지게도 하지 않는다. 그렇다고 그의 글이 무도덕적이거나 무윤리적인 것은 아니다. 그의 글이 해방적이라고 말할 수는 없을지라도 탈억압적, 또는 비억압적인 것은 분명하다. 우리 독자는 양자택일의 곤혹스런 선택을 강요당하지 않고 편안하게 그의 글을 자주 찾게 된다. 아껴 쓰는 그의 절제된 글에는 섣부른 "비판"이 많지 않다. 그는 "풍자"조차도 아낀다. "아이러니"도 즐기지 않는다. 그는 우리의 삶―자연, 사회, 인간―에 대하여 욕설을 퍼붓거나 빈정거리지 않는다. 삶이 혹시 그를 배반하더라도 그는 결코 두려움에 떨거나 분노로 이를 갈거나 비수를 품지 않는다. 그의 글에 가시가 없는 것은 아니나 홍어뼈(?)와 같이 씹으면 씹을수록 촉감도 좋고 상큼한 맛이 더 난다. 그의 가시는 우리를 찔러 피 흘리게 하지 않는다. 다만 그는 자연과 인간에 대한 무한한 경외와 공경의 마음으로 우리와 함께 공감(sympathy)과 동정(compassion)을 느끼며 "염려"하고 "돌보고" "사랑"할 뿐이다.

또한 그의 글에는 편 가르기도 보이지 않는다. 이념적, 종교적, 지역적, 종족적, 성별적 편 가르기가 없다. 무릇 모든 글에는 필자의 주체적 입장이 들어 있다. 어떤 특정한 입장과 틀은 글을 논리 정연하고 깊이 있고 힘차게 보이도록 한다. 그러나 금아의 글은 어떤 특정한 입장 없이―특정한 입장을 가지지 않고 글을 쓰겠다는 입장 이외에는―쓰였다. 그리하여 그의 글은 단순 소박해 보인다. 때문에 내용이나 형식에서 치열성이 결여된 "부드러운" 또한 "약한" 글로 치부되기도 하고, "작고 예쁘다"고 깔봄을 당하기도 한다. 그러나 그것은 약해서 휠지언정 부러지지 않는 버드나무처럼 약하지만 강하다. 이런 글은 쓰기가 쉽지 않다. 자신과 주변에 대한 깊은 성찰과 관조에서 자연스럽게 흘러넘쳐 나온 글이 독자에게 주는 결과와 감동은 엄청나다. 특수성과 보편성을 함께 지닌 "보편적 특수성"(concrete universal)의 글은 현대 독일에서 최고의 사회이론가인 위르겐 하버마스가 말한 소위 의사소통적 "공영역"(public sphere)을 확보할 수 있지 않겠는가?

금아의 글은 형식 면에서도 억압이 없다. 내용이 난잡하지도 않고 현학적이지도 않으며 직선적 논리를 강요하지도 않는다. 그의 글은 인과(종속)관계에 따른 직선적 논리 구조를 가진 문단보다 환유적 구조를 가지고 대등한 관계가 강조되는 병렬적 구문으로 이루어졌다. 어떤 의미에서 그의 글은 선이 아니라 점으로 이루어졌다. 글의 흐름이나 혼(魂)은 일직선으로 움직이지 않고 마치 점으로 흩뿌려져 있는 듯 보편 내재(immanent)하다. 몇몇 서사적(narrative)인 글들에는 아리스토텔레스가 『시학』에서 "혼" 또는 "중추"(등뼈)라고 강조한 플롯 같은 것이 있기도 하지만 대부분의 경우 그의 글에는 뼈조차 없다. 연체동물과 같다기보다 물렁뼈 조직과 같다고 할까? 어떤 글은 경구적이거나 단상적인 양식을 띠기도 한다. 길이도 다양한 그의 글은 특별히 시간적, 연대기적으로 구성되지 않고 처음, 중간, 끝의 구분이나 배열이 없는 경우도 있다. 그의 글은 독자를 어떤 장르적, 양식적 틀 속에 가두지 않는다. 그의 글은 질서–무질서, 논리–비논리의 이분법으로 논의하기 어렵다. 어떤 의미에서 서양문학으로 훈련받은 금아가 자신의 뿌리인 동양적 글쓰기(노장적 글쓰기?) 양식을 실천하고 있다고 말할 수 있겠다.

그러나 금아의 글에는 이상한 변형(metamorphosis)의 힘이 있다. 사소한 것은 아주 중요하게, 진부한 것은 새롭고 신기하게 변형된다. 거대하고 신비스러운 것은 친근하고 사랑스러운 것으로, 어렵고 무거운 것은 쉽고 가벼운 것으로 만들고 특이한 슬픈/기쁜 "기억들"을 범속하게 만든다. 하지만 그 범속화는 비범속화의 과정을 겪어 그의 글은 워즈워스가 말하듯이 "자연스러운(일상적인) 것을 초자연적인(신비스러운) 것으로 만드는" 과정을 다시 반복하게 된다. 이러한 이중적 탈바꿈으로 우리는 금아를 쉽게 읽으면서도 또 다시 어렵게 느끼는 게 아닐까? 이런 변형의 전략은 러시아 형식주의자들이 지적하듯이 인식론적이다. 일상성 속에 함몰된 우리의 인식 구조를 각성시키고 껍질을 벗겨냄으로써 삶을 항상 새롭게 바라보게 하는 예술의 기능인 것이다.

금아의 수필은 수필이란 장르가 시와 소설의 중간 지대라는 명제를 가능케 해준다. 수필은 삶에 가장 밀착된 장르이다. 지나치게 주술적이고 서정적일 수 있으며, 고도로 응축된 음악적 언어 구조를 가진 시의 영역과 달리 수필의 세계는 주관화된 객관의 세계이다. 또한 합리주의와 과학적인 사고로 이루어진 문학적 형식인 (서양의) 소설은 플롯을 중심으로 지나치게 과학적(인과적)이고 서술적(이야기적)이다. 그러나 금아에게 수필은 프랑스의 과학자이자 상상력 이론가인 가스통 바슐라르(Gaston Bachelard)의 이른바 "몽상적" 중간 지대로서의 문학이다. 수필은 시적 서정성과 소설적 서사성에 함몰되지 않고 이 둘을 합칠 수 있는 장르이고 "상상력"과 "이성"이, 기계학과 신비학이 함께 자리할 수 있는 장르이다(달리 표현하면 전근대와 근대가 포월되어 탈근대로 넘어가는 장르가 될 수도 있다). 앞서 언급했던 루카치에게로 다시 돌아가자.

> [에세이는] 사소한 과학적 정확성의 완전성이나 인상적인 참신성에 저항하여 자체의 단편성으로 조용히 그리고 자랑스럽게 대치시킬 수 있다. 그러나 에세이의 가장 순수한 성취, 가장 힘찬 완수는 일단 위대한 미학이 개입되면 힘을 잃는다. (……) 에세이는 따라서 단지 잠정적이고 우연적이

피천득 문학 연구

다. (……) 이 점에서 에세이는 진정으로 완벽하게 단지 하나의 선구자처럼 보이고 어떤 독립적인 가치가 에세이에 부가되지 않는다. (……) 에세이는 하나의 판단이다. 그러나 에세이의 본질적이며 가치 결정적인 요소에서 중요한 것은 사법 제도에서와 같이 기준을 정하고 판례를 만들어 내는 평결이 아니고 판단과 논구의 과정이다. (루카치, 18쪽)

에세이란 형식은 예술과 철학을 이어준다. 에세이는 삶으로부터 끌어낸 사실들이나 그러한 사실들의 재현을 사용하여 삶에 대한 질문으로서의 세계관을 개념적으로 경험적으로 표현한다. 그러나 에세이는 분명한 개념적인 대답을 주지는 않는다. 따라서 에세이는 하나의 "선구자"에 불과하며 언제나 "잠정적"이고 "우연적"이고 삶에 대한 하나의 "제스처"인 것이다. 이 말은 수필이란 장르를 결코 약화시키지 않으면서 다른 장르와의 차이를 전략화하고 그 가능성을 극대화할 수 있다는 것이다.

체코의 언어학자 로만 야콥슨(Roman Jakobson)의 말을 빌리면, 수필은 "환유"의 세계이다. 이것은 표면 구조-심층 구조의 관계 속에서 표면을 통해 심층을 단순히 환기시키는 은유적 관계가 아니고, 오히려 일상성의 삶의 조각 자체가 심층의 일부를 그대로 보여주는 환유적 관계이다. 금아의 "조약돌과 조가비"와 "산호와 진주"가 환유적 구조를 가지는 것과 같다. 우리는 조약돌과 조가비를 해변에서 우연히 줍는다. 모양이나 색깔이 정해진 게 없다. 금아 수필의 인식소와 관념형은 "우연"과 "불확실성"이다. 금아는 신비스러운 것과 영적인 것에도 아주 관대하다. 그의 "인연"은 어떤 것인가? 그것은 애초부터 필연적인 것이 아니다. 우연에 의해 이루어졌으나 필연적인 숙명처럼 우리의 삶에 영향을 끼친다. 따라서 수필이란 형식은 "인연"이란 운명을 담아내는 최적의 문학형식이 된다. 금아 선생에게 "수필"이란 양식은 어려웠던 여러 상황-조실부모, 상해 유학 생활, 일제하의 생활, 해방, 6·25 전쟁 등—을 견디면서 살아남게 한 하나의 생존 장치였다. 그의 수필은 하마터면 폐허가 될 수도 있었을 삶을 지탱시켜주는 버팀목이었다.

금아의 수필은 비평적 에세이, 문학적 에세이, 신변적 에세이 등과는 구별되는 일종의 "서정적" 에세이다. 금아는 살아 있을 때 한 신문 기자와의 인터뷰에서 문학에 대한 질문을 받고 "서정적인 면으로 다시 돌아오는 것 같다"고 답했다. "문학이 사람의 정서와 품성을 순화시킬 수 있다"고 믿는 금아 문학의 핵심은 서정성이 아닌가 한다. 금아의 산문은 시적 구조와 정서 때문에 시적 산문이라고 말할 수 있다. 그의 산문에는 관념의 서늘함(썰렁함?)보다는 이미지(심상)의 풍만함(풍요로움?)이 있다. 그의 수필을 소리 내어 읽어내려 가면 우리는 마치 종이 위의 글자를 접시 위의 음식처럼 먹고 마시는 것 같다. 흰 종이 위에 가지런히 배열된 조용한 어휘들은 어느새 합성되어 우리의 청각적 상상력을 불러일으킨다. 여기에서 그의 수필은 우리와 하나가 되는 "육화"(肉化, incarnation)를 가져온다. 서정성이 이 모든 것의 토대가 된다. 따라서 금아의 수필은 위대한 "서정"문학의 줄기이다. 그의 서정적 수필은 최고의 경지에 달하여 쉽게 모방하기 어렵다. 모든 모방은 아류일 뿐이다. 금아의 위치가 바로 여기에 있어서 그는 한국 문학사에서 무시하기에는 너무나 위험한 서정적 수필가이며 시적인 에세이스트이다. 이 문제에 대해 다음에서 좀 더 자세히 논의해보자.

2) 시와 수필의 상호 침투적 관계

시와 수필의 장르적 상관관계에 대해서는 수필창작과 이론 분야에서 탁월한 업적을 남기고 있는 윤재천의 최초의 논의로부터 시작해보자. 그는 「수필이 시와 만났을 때」라는 글에서 "시가 운문의 문학인 데 비해, 수필이 산문의 문학이라고 말하는 것은 이제 고전적 관념에 지나지 않는다."(윤재천, 122)고 전제하고 다음과 같이 주장한다.

> 그동안 수필과 시는 작가의 주관적 서정을 모태로 하고 있다는 점에서 다른 장르―소설이나 희곡, 평론과는 구별되어 왔다. 수필도 예전과는 달리 고정된 틀에서 탈피해 운문주의를 내세우는 작가나 작품을 접하는 만큼, 장르의 특성에 따라 2분법적 논리로 접근되고 있어, 모든 분야를 고정적인 관점에서 판단한다는 것은 근대적 사고에 지나지 않는다.
> 그것은 일부 작가들이 새롭게 시도하는 것만은 아니다. 문학의 생성발전과정을 살펴보면, 시와 수필은 근본적으로 한 형식과 관념에서 출발한 문학임을 확인할 수 있다. 그 근거가 되는 것이 조선시대의 사대부에 의해 창작되었던 가사문학이다. (윤재천, 『퓨전수필을 말하다』, 122~123쪽)

윤재천은 그의 글 「시심(詩心)과 수심(隨心)」에서 다음과 같이 언명한다.

> 시심과 수심은 한 뿌리에서 자라 그 상관성에 있어 차별점이 거의 없다. 개념의 차이는 어느 정도 있지만 그 근본에 있어서는 큰 차이가 없다. 모두가 공감을 통한 감흥을 목적으로 하는 언어를 재료로 하고 있기 때문이다. (윤재천, 「시심과 수심」 부분, 『퓨전수필을 말하다』 136쪽)

윤재천은 이어 피천득의 수필 「인연」과 「수필」을 분석하면서 "피천득이 시와 수필의 대립점을 그 예로 설정하지 않았다는 사실만으로도 시와 수필의 접촉은 낯선 것이 아니다"(140)라고 설득력 있게 말한다.

윤재천은 가사문학에서 여러 가지 예를 들면서 "시와 수필은 한 뿌리에서 발전해 온 문학임이 분명해진다."(윤재천, 123~124쪽)고 결론 내린다.[2]

---

2 윤재천은 다른 곳에서도 "시심(詩心), 수심(隨心)과 시심의 의미는 같아. 한 뿌리에서 자

이런 맥락에서 이 글의 주제인 금아 피천득의 수필의 주제적인 접근에 앞서 금아 수필의 장르적 성격에 대해 논의해보기로 하자. 한마디로 금아의 수필은 산문으로 쓰인 시이다. 이에 대해서는 여러 사람들이 논하고 있다. 우선 피천득의 수제자로 수필가이며 영문학자인 이창국은 다음과 같이 말을 꺼낸다.

> 우리나라 문단에서 피천득처럼 시와 수필을 거의 같은 비중으로 쓰면서 두 분야에서 이처럼 성공하고 있는 경우는 없다고 본다. 수필도 쓰고 시도 쓴 문인들이 여럿 있기는 하지만 대부분의 경우 시인으로 또는 수필가로 쉽게 분류된다. (……)
> 우리는 흔히 상식적으로 또는 막연하게 시와 수필을 구별하고 있지만 그 본질적인 차이점을 정의하기는 쉽지 않다. 수필가인 동시에 시인인 피천득의 경우는 어떤 의미에서 좋은 연구대상이다. (이창국, 12쪽)

이렇게 전제한 후 이창국은 피천득 수필의 특징을 다음과 같이 설득력 있게 지적해내고 있다.

> 피천득 수필의 특징 내지 장점 중의 하나는 시가 가지고 있는 특징이나 장점을 모두 갖추고 있다는 것이다. 그의 수필은 우선 간결하다. 잘 읽힌다. 막힘이 없다. 강물처럼 시원스럽게 흘러간다. 리듬감이 있다. 한번 읽으면 잘 잊혀지지 않는다. 기억에 남는다. 아름답다. 참신하고 적절한 비유와 은유가 산재하여 있다. 다시 말해서 그의 수필은 산문이라기보다는 시에 가깝다. 어떤 수필은 차라리 시라고 말하는 것이 더 적절하다. (이창

라 상관성에 차별점이 없고 개념의 차이는 있지만, 그 근본은 감흥을 목적으로 하며 언어를 재료로 사용하기 때문. 이때 공감을 불러일으킬 수 있는 공통점을 가지게 돼"("수필 아포리즘』, 222)라고 적고 있다. 여기서 "감흥"이라는 말은 피천득 문학의 핵심인 "서정"이라는 말과도 같은 맥락에서 이해될 수 있을 것이다.

국, 13쪽)

이창국은 피천득의 시와 수필과의 밀접한 상보관계를 역설하며 피천득 수필의 장르적 특성을 다음과 같이 결론 내리고 있다.

> 수필은 문학 장르 가운데서 가장 시적인 문학장르다. 발상에서부터 시작해서 다루게 되는 그 소재와 방법, 그리고 그것이 만들어내는 분위기와 목적에 이르기까지 수필과 시는 매우 유사하다. (……) 피천득의 경우는 더욱 그렇다. 그의 『금아 시문선』과 『산호와 진주』에 있는 "서문"은 그대로 하나의 시이며, 그의 「수필」이라는 제목의 수필에 나열된 그의 수필 이론은 그대로 하나의 시론이라고 하여도 무방하다. (……) 시는 산문에서 배워야만 하며, 산문은 시의 경지를 넘보아야 한다. 훌륭한 시와 훌륭한 산문을 나누어 놓은 그런 절대적인 경계선은 없다. 우리는 피천득의 수필과 시에서 그 이상적인 만남과 조화를 본다. (이창국, 14, 17쪽)

피천득의 또 다른 제자인 시인이며 영문학자인 이만식도 "아름다움에서 오는 기쁨을 위하여 쓰는 글'이라는 태도를 기반으로 하면서, 시와 수필의 구별이 뚜렷하지 않은 것이 피천득 문학의 특징들 중 하나입니다. (……) 이렇게 대조적인 시와 수필이 피천득의 문학에서는 수렴되고 있습니다."(이만식, 20쪽)라고 주장한다. 이만식은 계속해서 피천득의 시와 수필과의 밀접한 관계에 대해서 다음과 같이 말한다.

> 어떠한 형식에도 구애받지 않고 자기의 느낌 · 기분 · 정서 등을 표현하는 산문양식의 한 장르인 수필처럼 시를 쓴다는 것이 어떻게 가능한 것인지. (……) 피천득의 삶의 모습이 적나라하게 수필처럼 표현되어 있으면서도 시의 형식을 잘 견뎌내고 있습니다. (……) 석경징이 제시하는 피천득 시세계의 특징인 "언어의 절약과 정서의 여유의 공존"이야말로 그의 수필적 세계관의 표현양상입니다. (……) 피천득의 수필같은 시가 그만큼 문학

사적으로 의미가 있어질 것이라고 판단할 수 있을 것입니다. (이만식, 22, 24, 25, 27쪽)

시인 이만식이 피천득 시의 수필적 요소를 지적하며 "수필같은 시"라고 부른 것은 앞서 수필가 이창국이 주장한 "시같은 수필"과 같은 것이다.[3]

권영민은 2010년에 탄생 100주년 문학인 기념문학제에서 행한 기조발 제문인 「비판적 도전과 창조적 실험」에서 시인이며 수필가인 피천득의 문학적 성격에 대해 다음과 같이 언명하였다.

> 그의 시는 일체의 관념과 사상을 배격하고 아름다운 정조와 생활을 노래한 순수서정성으로 특징지어진다. 이러한 서정성은 그의 산문적 글쓰기에서도 그대로 드러난다. 그의 수필은 일상에서의 생활감정을 친근하고 섬세한 문체로 곱고 아름답게 표현하고 있기 때문에 한편의 산문적인 서정시를 읽는 듯한 느낌을 준다. (권영민, 10쪽)

1993년 4월에 피천득은 평론가이며 국문학자인 김재홍과의 대담에서 시와 수필의 자리 또는 관계에 대해 아래와 같이 결론을 내린 바 있다.

> 김재홍: (선생님의) 시와 수필의 차이는 어떻게 생각하시나요?
> 피천득: 내게 있어서는 같은 맥락인데 농도의 진하기라고 할까요? 억지로 구별한다면 시에 있어서는 '농도' 내지 '밀도'가 강한거고, 수필은 약간 그게 느슨하다고 할까. 결국은 그 점 하나지요. 내게 있어서는 같은데 억지로 구분한다면 밀도의 차이만 있다고 할 수 있어요. (김재홍과의 대담, 43쪽)

---

3 박해현은 피천득이 타계한 다음날에 쓴 기사에서 "그의 수필은 사실은 산문으로 구성된 시에 가까웠다."(『조선일보』 2007년 5월 26일자)라고 적었다. 이명재도 같은 맥락에서 "피천득 수필은 그 아호에 값할 만큼 청아한 악기에서 흘러나오는 소리마냥 간결하고 맑다. (……) 간결한 문체는 금아의 성품과 수필과 더불어 시를 쓴다는 특성에 상관된다고 파악된다."(234, 밑줄 필자)고 언명한 바 있다.

결국 금아 피천득의 문학세계 두 축인 시와 수필은 상호침투적이며 상보적인 관계에 있는 둘이면서 하나라고 볼 수 있다. 이 점은 우리가 피천득의 수필을 읽을 때 반드시 고려해야만 할 장르적 특성 중에 하나이다. 자, 이제부터 금아 수필세계의 껍질을 벗이기 위해 예비 작업을 시작해보자.

2. 금아 수필 읽기의 예비 작업

1) '전략적 읽기'의 필요성

금아 수필의 특성은 독자 친화적이라는 점이다. 어떤 의미에서 독창성이 강조되는 개인주의 시대에서 저자(성)가 없다고나 할까? 그의 글은 일원적 해석과 의미 창출을 강요하지 않는다. 그의 글은 우리를 편하게 하고 잠들게 하고 꿈꾸게 하고 우리를 치유한다. 마음이 우울할 때, 사나워질 때, 자지러지도록 외로울 때 그의 글을 집어 들면, 날카로운 지성이나 강력한 해방논리는 없지만 한없는 평안을 준다. 이 얼마나 놀라운 일인가? 그의 글에는 "저자의 권위"(authority)가 죽어 있다. 아니 무의식처럼 잠들어 있는가? 아니 신화처럼 숨겨져 있다. 아니 있는 듯 없는 듯하다. 그의 글 고랑은 따뜻하다. 뜨겁지 않은 "조춘"의 지열이 느껴지고 포근하다. 더욱이 싱싱하다. 씨앗인 독자는 그의 밭고랑에서 땅의 물과 자양분을 빨아들이고 산들바람과 태양의 열과 빛을 받아들인다. 그리하여 광합성 작용이라는 놀라운 (신비스럽고 초자연적인) 과정을 통해 필수적인 영적 탄수화물을 만들게 된다.

금아의 글은 숫돌이 되기도 한다. 우리는 그를 통해 삶에 대한 빛나는 예지의 칼을 갈 수 있다. 금아는 금, 은, 철보다 강한, 흙으로 빚은 질그릇이다. 피천득은 "연적"이며 "붓"이다. 뾰족한 쇠로 된 펜이 아니다. 그의 수필을 읽는다는 것은 연적 위에 이미 갈아놓은 먹물을 묻혀 자유롭게 붓 가는 대로 쓰면서 스스로가 의미를 생산해내는 것이다. 우리는 단순히 의미를 찾을 수도 있고, 또는 금아 자신도 예기치 못한 의미를 창출하거나 좀 더 커다란 의미체계를 생산할 수도 있다. 쉽고 단순하게 보이는 금아의 글에서 엄청나게 다양한 의미의 통로가 발견될 때도 있다. 이것을 프랑스의 철학자, 역사가, 사회분석가인 미셸 푸코(Michel Foucault)는 "담론적 실행"(discursive practices)이라 했던가? 마르크스나 프로이트의 글이 얼마나 많은 담론적 가능성을 부여하는가? 이런 견해는 본질의 과장, 왜곡, 훼손이라고 여겨질 수도 있겠으나, 금아의 글은 선문답 식이나 수많은 의미망을 내포한 복잡한 글은 아니지만 단순성으로 가장되어 있다고 하겠다.

물론 나는 워즈워스의 특징이라고 콜리지(S. T. Coleridge)가 지적한 "자연스러운 것의 초자연화"처럼 "단순한 것의 복잡화"를 시도하려는 것은 아니다. 윌리엄 블레이크(William Blake)의 경우 "순진의 노래"의 세계에서 "경험의 노래"의 세계로 옮아가고 있지만, 금아의 경우는 이 두 세계가 처음부터 통합되어 있다. 그의 글은 초기, 중기, 후기와 같은 시기 구분이 거의 불가능하다. 처음과 중간과 끝이 단순성이라는 커다란 구조 속에 포용되어 있다. 독자는 이러한 단순성 속에서 복잡한 것을 가려내야 한다. 유태계 미국의 문학이론가 해롤드 블룸(Harold Bloom) 식의 창조적인 "오독"(misreading)을 강요하는 건 아니지만 어느 정도의 해체 구성(deconstruction)은 필요할 것이다.

우리는 텍스트 이론-또는 상호 텍스트 이론 또는 하이퍼 텍스트 이론, 한 걸음 더 나아가 담론(discourse)이나 서사(narrative) 이론까지-을 소개하지는 않더라도 단순한 수용적인 또는 순응주의적인 텍스트 읽기를 금아의 텍스트에 적용한다면 별 소득이 없을 것이다. 그것은 작가의 단순화 전략에 휘말리는 상황이 될 뿐이다. 지금까지 알려진 또는 용인된 읽기 방법을 그대로 따르는 것은 수동적이고 소비주의적인 독법일 뿐이다. 금아의 단순 소박성 아니면 단순 소박성의 권위(모순어법?)가 우리를 무장해제 시킬 것이다. 이렇게 되면 모든 의미망은 폐쇄되고 작은 의미의 정액(씨앗들)은 동결되어 버린다.

이런 의미에서 우리는 그의 수필을 "저항적(창조적)"으로 읽어야 한다. 금아에 대한, 금아의 글밭에 대한, 금아의 글쓰기에 대한 모든 선입견, 편견 등에 저항해야 한다. 필자가 사용하는 "다시 읽기"(re-reading)는 바로 이 저항적 읽기의 또 다른 이름이다. 이를 통해 금아의 글 속에 내파되어 편재해 있는 숨겨진—"꼭꼭 숨어라. 머리카락 보인다."—이데올로기(프랑스의 구조주의 마르크시스트 루이 알튀세르(Louis Althusser)적인 의미)—아니 "이미 언제나" 드러나 있는데 그저 우리가 보지 못하는—를 발견하거나 적어도 느낄 수 있다. 금아의 글에 웬 이데올로기? 그렇다면 이데올로기보다 "관념형"(이념, 인식소)이라는 말이 좀 나을까? 그러나 이데올로기란 없다는 말도 하나의 이데올로기이다. 이데올로기가 없는 글이 어디에 있는가? 금아의 글에 이데올로기가 없다는 것은 그의 글에 영혼이 없거나 등뼈가 없다는 말과 같다. 누구에게나 그렇듯이 금아의 글에도 니체 식의 "권력에의 의지"(will to power)는 아니더라도 미셸 푸코 식의 편재된 (미시적) 권력에의 의지는 있을 것이다.

필자의 금아 텍스트 읽기는 일종의 해체적 읽기일 수 있다. 왜냐하면 그의 글의 단순성과 소박성이라는 표면에 머무르기보다 고고학자처럼 심층으로 들어가 텍스트의 무의식을 발굴해낼 것이기 때문이다. 그러려면 그의 텍스트의 표면에 저항하고 위반해야 한다. 해제는 독자를 가로막는 텍스트의 어떤 억압된 부분을 무장 해제시키는 것이다. 그것은 제멋대로 마구 읽겠다는 것이 아니고, 프랑스의 철학자 데리다(Jacques Derrida)의 "텍스트 밖에는 아무것도 없다"는 명제 아래 텍스트 내에 숨겨져 있는 의미를 찾아내려는 텍스트와의 처절한 투쟁이다. 데리다의 말을 들어보자.

> 읽기란 언제나 작가가 명령하는 것과 명령하지 않은 것 사이에 존재하는, 자신이 사용하는 언어 양식에 대한 작가가 감지하지 못하는 어떤 관계에 목적을 두어야 한다. 이 관계는 그림자와 빛, 약점이나 힘에 대한 어떤 정량적인 분배가 아니라 비평적 읽기가 생산해 내야 하는 의미화 구조이다. (······) 읽기란 보이지 않는 것을 보이게 만드는 시도이다. (데리다, 158, 163쪽)

읽기란 작가가 텍스트에 표현하고자 의도하는 것을 재구성해내는 작업만이 아니라 의미를 생산해낸다는 의미에서 비평가는 텍스트의 손님(guest)-기생자-이 아니라 오히려 숙주-주인(host)-가 되는 것이다. 그러므로 모든 읽기는 저항적 읽기이고 위반적 읽기여야 하는지도 모른다. 그렇지 않다면 우리는 언어의 표면적 구조 속에서 배회하며 영원한 언어의 감옥 속에 갇힌 죄수가 될 뿐이다. 물론 이러한 읽기 이론들이 금아의 글의 세계를 여는 만능열쇠가 될 수는 없다.

저항적 읽기에서 나온 "전략적 읽기"(tactical reading)라는 방법은 프랑스의 사회학자 미셸 드 세르토(Michel de Certeau)의 저서 『일상적 삶의 실천』에서 연유된 것이다. 이것은 독자가 어떤 문화, 사회적인 특정한 개인적 전략을 가지고 작품을 읽기 때문에 주류를 이루는 공식적인 독법의 견지에서 볼 때 부분적이고 불완전하며 비정상적인 오독이 될 수 있다. 어떤 의미에서 나는 금아의 글을 전략적으로 "저항적 독서"를 하고 있는 것이다. 금아의 글에서 이전의 관행적 글 읽기로 생각지 못했던 어떤 이데올로기와 권력에의 의지가 꿈틀거림을 느꼈기 때문이다. 텍스트 표면에 노출되어 있는 것보다는 텍스트 이면 즉 무의식 속에 (저자의 의지와 관계없이) 감추어져 있는 어떤 것을 발굴해내고 싶다. 극단적으로 금아의 글은 무엇인가 숨기기 위해 늘어놓은 이야기일 수도 있다고 의심해보았다. 일종의 심층 모델적(deep structure) 읽기를 위해 소위 프랑스의 마르크스주의 이론가들인 발리바르(Balibar)와 마슈레이(Macherey)가 말하는 "징후적 독서"(symptomatic reading)가 필요한 것은 아닐까. 텍스트에 억압되어 눈에 잘 띄지 않는 부분을 찾아내보려는 시도이다. 바로 이것이 텍스트의 진정한 의미, 나아가 작가 피천득 자신도 깨닫지 못하는 의도일 수도 있기 때문이다.

지금까지 진부한 독서이론을 장황하게 들먹인 것 같다. 필자의 논지는 금아의 글이 "기억의 부활"이라는 승화작용을 통해 일종의 "종교적 상상력"을 고취하고 있다는 것이다. 금아는 인간의 고달픈 실존 문제를 어떤 철학자나, 종교가나, 예술가보다도 잘 치유할 힘을 가진 치료자인지도 모른다. 나아가 현대는 "근대" (주의) 이래로 인간 문명이 급속도로 세속화되어 단순한 것, 자연적인 것, 신비스러운 것, 특히 "종교적인 것"이 많은 지식인들에 의해 열등하고 유치하고 비이성적이고 전근대적이고 미신적인 것으로 치부되는 근대성 말기 시대로 접어들고 있다. 금아는 어떤 의미에서 다니엘 벨(Daniel Bell)이 40여 년 전 예언한 "성스러운 것의 회귀"를 이미 몇십 년 전부터 실천하고 있다. 사회학자이며 미래학자인 다니엘 벨은 탈근대 탈산업 시대에 새로운 종교의 출현을 조심스럽게 예견했다. 그의 논리로 보면 금아는 이미 "새로운" 종교의 일단을 실천하고 있다.

금아는 맹목적으로 합리주의를 믿는 이성주의자는 아니다. 그는 초자연적이고 신비롭고 초월적인 것도 껴안지만, 인간은 이성적 동물이라는 명제보다 "이성이 가능한" 동물이라고 생각한다. 그의 "이성"은 자연을 거스르고 정복하는 이성이 아니라 자연에 순응하는 자연친화적 이성이다. 그의 종교에 대한 태도는 "신에 대한 지성적인 사랑(amor intellectualis Dei)"을 가졌던 스피노자(Spinoza)나 아인슈타인(Einstein)의 태도와 같다. 금아가 좋아하던 스피노자도 가장 진실한 종교는 단순한 미덕—겸손, 가난, 정결—을 실천하는 것이라고 하지 않았던가? 스피노자는 대학 교수직 제의를 거부하고 렌즈를 갈아서 생계를 유지하며 단순하고 염결하게 살았다. 이런 의미에서 금아는 근대가 가져다준, 우리 눈이 멀 정도의 강렬한 빛(계몽, enlightenment)—기술의 발전과 풍요—을 거부하고 애초부터 파행적 근대성을 비껴가며 전근대, (후)/탈근대마저 포월(철학자 김진석의 개념)하는 작가라고 말할 수 있다. 금아의 "탈근대"로의 출구는 "근대"와 곧바로 이어지는 것이 아니라 "전근대"로 휘돌아가는 방식이다. 이것이 저항적이든, 전략적이든, 징후적이든, 해체적이든지 간에 금아의 글을 다시 읽고 새로 쓰고 싶다.

2) 『인연』의 구조와 변형의 윤리

한의사는 "치료"하려면 우선 진맥부터 한다. 맥을 잘 짚어야 침을 놓을 자리가 올바르게 결정될 것이다. 맥도 못 잡으면서 어찌 침을 놓을 수 있겠는가? 우선 『인연』의 헌사, 제사, 서문 등을 살펴보고 『인연』의 구조와 변형의 논리를 논의해보자. 우선 "엄마께"로 되어 있는 헌사를 보자. 뒤에서도 다시 논의되겠지만 헌사의 위치에서 두 가지를 주목해본다. 그것은 겉표지와 속표지 사이에 있다. 금아는 이 헌사의 위치가 지닌 의미를 극대화시키고 싶었을까? 아니면 이 헌사를 숨기고 싶었던 것은 아닐까? 아무튼 이 헌사에서 보듯이 "엄마"는 『인연』의 주제이며 제1동인(動因)이다. "엄마"는 금아의 이데아 세계이며 원형(archetype)이다. 모든 것이 여기에서 변형의 논리에 따라 파생된다. 다른 비유를 들면 엄마는 "햇빛"이고 금아는 프리즘이다. 햇빛이 이 프리즘을 통과하여 분사되는 일곱 가지 색깔이 그의 수필세계이다. 엄마는 바람이고 금아는 칠현금(lyre)이다. 바람이 지나가며 빚어지는 음악이 금아의 수필세계이다. 또한 엄마는 "원형"이다. 이 원형의 압축(condensation)과 대치(displacement)라는 과정을 겪고 나온 변형송이 그의 수필세계이다.

다음의 유명한 『인연』의 제사를 보자.

> 깊고 깊은 바다 속에 너의 아빠 누워 있네
> 그의 뼈는 산호 되고 눈은 진주 되었네

금아는 일종의 플라톤주의자이다. "산호"와 "진주"는 금아에게 이데아의 세계이다. 일곱 살 때 돌아가신 금아의 "아빠"는 "엄마" 속에 통합되어 있다. 엄마는 아빠인 동시에 엄마이다. 아빠=엄마=부모라는 등식이 성립된다. 제사의 "너의 아빠"는 금아의 무의식, 기억, 욕망의 바다이다. 그는 산호이고 진주이다. 산호와 진주는 아름다움과 기쁨의 "객관적 상관물"이다.

> 산호와 진주는 나의 소원이었다.
> 그러나 산호와 진주는 바다 속 깊이깊이 거기에 있다. (「서문」 부분, 『인연』 6쪽)

산호와 진주는 금아에게 이데아이지만, 문학을 자신의 이상 국가에서 추방시킨 플라톤과는 달리 금아는 형이상학을 추구하지 않는다. 그는 아리스토텔레스처럼 "시학"을 택했다. 산호와 진주가 그의 무의식(욕망)이기는 해도 그가 프로이트 같은 정신분석학자는 아니다. 헌사는 "엄마께"에서 "서영이에게"로 변형되고 전이되었다. 엄마의 세계는 산호와 진주이다. (엄마가 돌아가셔서 변형된) 서영이의 세계는 조약돌과 조가비이다. 엄마의 세계는 가볼 수 없는 초월의 세계이나 서영이의 세계는 편재의 세계이다. 엄마는 무의식이요, 서영이는 의식이다. 엄마는 부재(absence)요, 서영이는 현존재(presence)이다. 엄마는 이데올로기요, 서영이는 호명(interpellation)이다. 그렇다면 엄마는 이데아의 실재이고 서영이는 현상일까? 엄마는 금아에게 "뮤즈"의 여신이다. 엄마는 오비디우스적 "변형"의 모체이다. 엄마의 변형이 서영이요, 엄마의 전이가 서영이요, 엄마의 환유가 서영이다. 엄마가 (억압의 대상으로서의) 욕망이라면 서영이는 (억압의 잠시 동안의 현현체로서의) 꿈이다. (욕망으로서의 엄마를 억압하고 돌아서면 서영이가 꿈이 되어 나타나는 것일까?) 엄마가 그리움이라면 서영이는 눈물이다. 일단 이러한 이원론으로부터 시작하자. 금아에게 엄마와 서영의 두 세계는 그의 삶과 사상의 양대 축이며 그 역동적인 구조 속에서 탄생되는 몽상의 중간 지대가 금아의 수필세계이다.

지금까지 말한 것을 요약하면 다음과 같다.

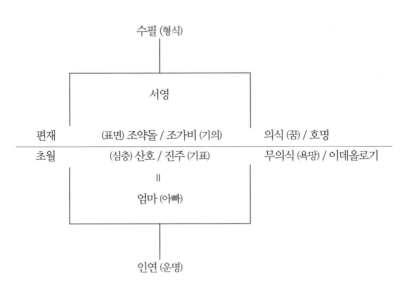

자, 그럼 이제부터 바닷속 깊이 있는 산호와 진주의 속삭임과, 하늘 높이 나는 종달새의 영롱한 노랫소리를 자세히 들어보자. 금아는 "청각적" 상상력이 뛰어나다. 그는 또한 사소하게 보이는 사물들과 인연들을 잘 보는 탁월한 인식론적 시각을 가지고 있다. 금아는 섬세한 후각, 미각, 촉각도 골고루 갖추고 있다. 우리의 감성적인 오관(五官)을 모두 작동시켜 금아의 글 가운데로 나아가자. 아니, 전(前) 오관(五官)인 '예감'과 후(後) 오관(五官)인 '육감'까지 필요할 것이다. 예지로 번뜩이는 그의 영혼과의 교류를 통해—공명을 통해—혼의 울림을 얻으려면 우리는 최소한 오관의 준비운동이 필요하리라. 이제부터 금아 수필의 주제적 논의로 들어가 보자.

"사랑"은 피천득에게 "인연", "기억", "여림", "돌봄"을 통합시켜 주는 하나의 "대원리"이다. 이것을 지금까지 필자가 말한 것과 연결시켜 간략하게 도표로 만들어보자. 희랍 시대부터 가스통 바슐라르에 이르기까지 서양에서는 만물의 근원을 대기, 물, 불, 흙의 4원소로 보았다. 금아 문학의 중심 개념인 인연, 기억, 여림, 돌봄은 바로 금아 세계의 4원소와 같은 것이리라. 다음의 원에서 네 가지는 금아에게는 존재의 바퀴요 실존의 굴렁쇠를 이루는 부분들이다.

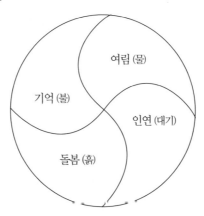

이 원에서 네 가지 원소가 모두 맞닿는 중심점은 이 존재의 바퀴를 굴리어 원을 만드는 컴퍼스의 다리 부분이며 동인(動因)이다. 이것은 다름 아닌 사랑이다. "사랑"은 기독교의 신에 대한 공경감과 이웃에 대한 긍휼로서의 사랑이기도 하지만 불교의 대자대비(Great Mercy)이기도 하다. 유교에서 그것은 인애(仁愛)이다.

향년 98세의 나이로 그가 좋아하던 5월(2007년)에 이 세상을 떠난 금아는 일생동안 흐트러짐 없이 겸손, 청빈, 염결을 삼위일체처럼 지켜왔다. 특히 짧은 마지막 문장은 얼마나 신선한 겸손의 극치인가? 네덜란드의 철학자 스피노자를 좋아한 금아는 진실로 "신에 대한 지성적인 사랑"을 보여준 가장 종교적으로 승화된 "속(俗)된" 사람이었다.

3. 금아 수필의 4원소

이제는 금아의 수필세계에 대한 주제 분석으로 들어가자. 단도직입적으로 말해서 금아 수필의 생태윤리학은 인연, 기억, 여림, 돌봄으로 압축된다. 왜 생태윤리학인가? 삼라만상이 상호 연관되어 있다고 주장하는, 금아가 좋아하는 철학자 스피노자는 "관계"를 중시한다. 이 중에서도 금아 수필의 책 제목과도 같은 "인연"(karma)이 중심 개념이다. 대기와 같은 인연은 인간과 자연, 인간과 인간, 인간과 사회, 인간과 사물과의 관계를 다시 살려내는 모태이다. 인연은 결국 관계에 대한 인식이요 그에 따른 실천이다. 개인주의, 이기주의, 자아주의에 빠져 있는 우리는 "인연"에 대한 인식을 통해 상호 의존적 관계 회복을 필요로 한다. 반면에 "기억"은 상호 침투적 관계 회복을 위한 중요한 방략이다. 또한 기억은 금아의 재창조의 시공간이다. 영원히 늙지 않는 어린 시절을 황금새로 만들어 입력시켜 놓고 언제나 들어가 뛰노는 마음의 뒷마당이다. 금아에게 재창조의 시공간은 "기억" 장치의 환유이다.

그러나 그것은 단순히 입력되어 저장된 정태적 자료가 아니다. 그것은 이미 언제나 유동적이고 억압이 없고 같이 놀고 동참할 수 있는 자유로운 상상계이며 억압 없는 우주 유영 지역이자 금아 상상력의 자궁이다. 따라서 기억은 창조를 위한 풍요로운 신화의 저수지이다. 기억의 불에 의해 오히려 치유되고 정화된 우리는 "여림"의 세계로 나아간다. 물의 이미지를 가진 여림은 부러지거나 망가지지 않고 삶을 사랑할 수 있는 윤리학의 원천이다. "여림"의 물이 우리를 돌보는 흙(대지)에 다다르면 사랑의 육화인 열매를 맺을 수 있다. 돌봄은 변화를 현현시키는 실천윤리의 마지막 완성 단계이다. 따라서 금아의 수필세계에서는 인연, 기억, 여림, 돌봄을 통해 생태윤리학이 수립된다.

1) "인연"의 '흔적'과 '전이' ―"엄마"라는 상상계와 "서영이"라는 실재계

『인연』의 등뼈인 엄마 이야기를 다시 해보자. 제사는 셰익스피어의 극 〈태풍〉 1막 2장에 나오는 〈에어리얼의 노래〉에서 따왔다. 그런데 여기에서 이른바 "말의 실수"(slip of tongue)가 있다. 제사의 출처를 설명하는 데 "에머리엘의 노래"로 되어 있다. 여기서 "머"는 "어"이어야 한다. 물론 이것은 식자공의 오식이거나 출판사 편집부 직원이 잡아내지 못한 것일 수도 있다. 이것은 피천득과 편집부원의 실수일 것이다. 실수일지라도 "무의식적"인 실수로 여겨지는 건 무슨 까닭일까. 프로이트에 의하면 "말의 실수"는 일종의 억압된 욕망으로 무의식의 표출이다. 이것은 혹시 실수를 가장한 금아의 욕망이 표현된 건 아닐까? 일부러 그 잘못을 보고도 금아는 그대로 놔둔 건 아닐까? 아니면 편집부원이 금아의 엄마에 "역전이"(counter-transference)를 일으켜 그대로 놓아둔 것일까?

아무래도 금아 헌사의 엄마가 여기에 재전이 된 것 같다. "에머리엘"을 "어머니"(엄마)로 바꾸어 "에어리얼의 노래"를 "어머니의 노래"로 만들고 싶었을 것이고, 다시 그것은 "어머니를 위한 노래"가 되고 다시 "엄마를 위한 수필"이 되는 변형이 아니겠는가? 에어리얼은 정령이다. 엄마는 지상에 없어도 이미 언제나 어디에나 존재한다. 정령(요정)은 엄마와 서영이가 공유하는 시공간이다. 이것이 바로 "에어리얼"이 무리 없이 "엄마"가 되는 환유적 치환과정이 아니겠는가?

어려서 돌아가신 엄마는 없음(absence)이지만 기억에서 그 흔적(trace)은 남아 있다. 여기서 흔적은 분명 확실히 존재했던 엄마에 대한 회상들이다. 그러나 흔적이 엄마는 아니다. 흔적은 산호와 진주가 되고 다시 조약돌과 조가비로 변형되었다. "엄마"라는 초월적 기표는 수많은 기의를 만들고 다시 그것이 기표(signifier)가 되어 계속 미끄러지면서 차연(différance)-의미의 차이와 연기-을 만들어낸다. 엄마라는 기표는 서영이라는 기의가 되고, 서영이는 다시 기표가 되어 엄마라는 기의가 된다.

따라서 여기에서 가장 중심적 기표는 "엄마"와 "흔적"이다. 『인연』의 모든 글들이 엄마의 흔적이기에 그 흔적부터 살피자. 흔적의 이론가인 자크 데리다를 베개 삼아 피천득을 읽을까? 데리다는 언어와 흔적 사이의 불안정한 관계 속에서 차이의 실마리를 찾는다. 데리다는 글쓰기를 하나의 도구나 개념이 아니라 하나의 경험으로 강조했다. 글쓰기에 대한 이러한 인식은 작가는 원저자의 존재 없이도 존재할 수 있는 흔적을 남긴다는 기이한 사실을 깨닫게 한다. 글쓰기란 그 자체가 이미 분열되지 않고는 존재할 수 없는 흔적이다. 왜냐하면 글쓰기란 언제나 다른 존재, 다른 흔적으로 되돌아가기 때문이다. "원래의 흔적"(original trace)-엄마-은 끊임없이 새롭게 다른 차이를 생산해낸다.

피천득의 엄마는 존재하지 않는 하나의 흔적이므로 그는 끊임없이 불안과 갈망에 빠지면서 그 원래의 흔적을 전이시키고 환치시키고 보충시킨다. 이렇게 보면 흔적으로서의 엄마에 대한 흔적 채우기 또는 흔적 없애기 작업이 그의 수필 창작이다. "엄마"는 곧 "수필"이다. 금아는 엄마의 가장 큰 흔적으로 서영이라는 보충된 환유적 대치물을 만들어 낸다. 그러나 서영이의 등장으로 엄마의 흔적이 완전히 채워지거나 지워지지는 않는다. "서영이"라는 제목이 붙은 『인연』의 제2부 첫 두 편은 매우 감동적 (pathetic)이다. 이것은 살아 있는 서영이가 제목은 차지했지만, 엄마의 흔적이 얼마나 지울 수 없는 것인가를 결정적으로 보여준다.

> 어려서 나는 꿈에 엄마를 찾으러 길을 가고 있었다. 달밤에 산길을 가다가 작은 외딴집을 발견하였다. (……) 거기에 엄마가 자고 있었다. 몸을 흔들어 보니 차디차다. 엄마는 죽은 것이다. (……) 하얀 꽃을 엄마 얼굴에 갖다 놓고 "뼈야 살아라!" 하고, 빨간 꽃을 가슴에 갖다 놓고 "피야 살아라!" 그랬더니 엄마는 자다가 깨듯이 눈을 떴다. 나는 엄마를 얼싸안았다. 엄마는 금시에 학이 되어 날아갔다. (「꿈」 부분, 『인연』 51~52쪽)

금아는 돌아가신 엄마의 흔적을 "학"으로 만들었다. 엄마는 부메랑이다. 금아가 제아무리 힘껏 엄마의 흔적을 내던져 버려도 "언제나 이미" 서영이가 되어 다시 돌아오는 것이다!

금아가 엄마의 흔적을 지워버리지 못하는 이유는 무엇인가? 엄마와 아기 이야기를 가장 아름답게 풀어내는 프랑스의 구조주의 정신분석학자인 자크 라캉(Jacques Lacan)의 "상상계"(imaginary) 이론을 꺼내보자. 상상계는 라캉이 1950년대 "거울 단계"(mirror stage) 이론을 만드는 과정에서 생각해낸 이론이다. 여기서 상상은 상상력을 가리키는 것이 아니고 판타지를 가리키지도 않는다. 그것은 어떤 쾌락을 가져다주는 대상에 대한 이미지들이다. 어린아이의 자아에 대한 인식이 부각되는 것은 언제나 "타자"에 의해 결정된다. 라캉에 따르면 인간의 주체 형성은 소외와 공격성이 중심이되는 상호 주관적인 맥락 안에서만 형성된다. 이 과정은 생후 2년 동안에 이루어진다.

여기에서 필자가 주목하는 부분은 라캉의 거울 단계 초기에 일어나는 "상상계 질서"이다. 이 질서는 소외, 적대감, 공격성이 생겨나면서 개인적 주체가 형성되는 상징계 이전의 단계로 그 단계는 아버지의 법칙과 언어 체계의 억압이 시작하기 전이다. 또한 어린아이가 어머니(객체)와의 완전한 합치를 이루어 "차이"를 통한 자아 형성이 되기 이전이며, 어떤 결핍이나 욕망, 억압(repression)이 없는, 다시 말해 "무의식"이 생기기 이전의 "열락"(jouissance)의 상태를 가리킨다. 금아의 엄마는 고통스러운 욕망의 대상만이 아니다. 금아는 상상계 속 엄마와의 관계 속에 있다. 왜냐하면 엄마의 다른 현현인 "서영이 얼굴에는 아무 불안이 없"(「어느 날」, 『인연』 128쪽)기 때문이다. 아무런 억압이 없는 서영이는 엄마라는 상상계의 객관적 상관물이다. 금아는 아주 짧은 기간에 일어나고 사라지는 상상계의 질서를 영속화시키는 엄청난 능력을 가진 작가이다. 상상계에서의 즐거움의 흔적이 주는 힘이 금아로 하여금 글을 쓰게 하는 충동, 기쁨, 보람이다.

무엇보다 피천득이 엄마의 흔적을 지울 수 없는 것은 운명적인 "인연"(因緣) 때문이다.

인생은 작은 인연들로 아름답다. (「新春」 부분, 『인연』 19쪽)

그러나 엄마와의 인연은 결코 작은 것이 아니다.

> 엄마가 나의 엄마였다는 것은 내가 타고난 영광이었다. (……) 내게 좋
> 은 점이 있다면 엄마한테서 받은 것이요, 내가 많은 결점을 지닌 것은 엄
> 마를 일찍이 잃어버려 그의 사랑 속에서 자라나지 못한 때문이다. (「엄마」
> 부분, 『인연』 111쪽)

금아에게 엄마와의 인연은 단순한 모자 관계를 떠나 "영광"이고 "미덕"
의 원천이다. 금아의 인연의 윤리학은 엄마와의 인연에서 시작된다.

> 우리가 제한된 생리적 수명을 가지고 오래 살고 부유하게 사는 방법은
> 아름다운 인연을 많이 맺으며 나날이 적고 착한 일을 하고, 때로 살아온
> 자기 과거를 다시 사는 데 있는가 한다. (「長壽」 부분, 『인연』 90쪽)

금아는 "과거의 인연"이 자신의 생애의 일부분이기 때문에 결코 소홀히
하지 않는다.

앞서도 언급했지만 금아에게 엄마는 과거를 다시 살려내고 내세와 연계
되는 시공간을 통합시키는 전이의 "공영역"이다.

> 나는 엄마 같은 애인이 갖고 싶었다. 엄마 같은 아내를 얻고 싶었다. 이
> 제 와서는 서영이가 아빠의 엄마 같은 여성이 되기를 바랄 뿐이다. 그리고
> 또 하나 나의 간절한 희망은 엄마의 아들로 다시 태어나는 것이다. (「엄마」
> 부분, 『인연』 112쪽)

이 구절에 나타나는 엄마와의 복잡한 인연의 전이과정은 놀랍다. 엄마
가 애인이 되고 아내가 되고 서영이가 되고 다시 그는 엄마의 아들로 태어
난다. 이 인연의 고리에서 자신은 어느새 엄마가 된다. 금아는 서영이의

엄마가 된다. 그러나 무엇보다도 놀라운 전이는 금아가 어린아이가 되고 서영이가 엄마가 되는 것이다. 금아는 서영이의 엄마이고 동시에 서영이는 금아의 엄마가 된다. 엄마가 투사된 서영이는 상상계 속의 어머니이다. 금아는 모호하고 석연치 않고 마음을 졸이는 생활인 "상징계"에서 벗어나, "아무 불안"이 없는 서영이화된 엄마라는 "상상계"의 품속에 편안히 안기고 싶은 것은 아닐까?(「어느 날」, 『인연』 127~128쪽). 여기에서 전이의 순환 구조가 만들어진다.

금아가 서영이의 엄마가 되는 전이과정에서 금아는 엄마의 흔적이다. 그리고 서영이는 어린 시절의 금아가 된다. 이것으로 끝나지 않는다. 서영이가 금아의 엄마가 되어 엄마의 흔적이 된다. 이 순환 구조에서 가장 중요하게 떠오르는 것은 역시 엄마이다. 서영이가 금아의 삶의 배꼽이라면 엄마는 탯줄이다.

이 밖에 금아에게는 크고 작은 아름다운 인연이 많다. 가령 도산, 춘원, 로버트 프로스트 등과의 기쁜 인연을 통해 그는 인간으로, 작가로 성장하였다. 물론 슬프고 애달픈 인연도 있다.

> 그리워하는데도 한 번 만나고는 못 만나게 되기도 하고, 일생을 못 잊으면서도 아니 만나고 살기도 한다. 아사코와 나는 세 번 만났다. 세 번째는 아니 만났어야 좋았을 것이다. (「인연」 부분, 『인연』 157쪽)

여기에서 아사코와 엄마와 서영이의 관계는 어떻게 되는 것일까? 아사코와의 인연은 엄마와의 인연, 서영이와의 인연과도 연계된 보이지 않는 어떤 끈이 있을 것이다.

2) "기억"의 부활과 변형 — "나이를 잃은 영원한 소년"

19세기 초 낭만주의 시대 영국 시인 존 키츠(John Keats)는 "시는 거의 회상(기억)이다"라고 한 편지에서 밝힌 바 있다. 금아에게도 기억은 창작의 제1동인이다. 금아의 기억의 문화 시학은 어둡고 슬픈 기억들을 새로운 의미로 변형시키고 전이시켰다. 프로이트는 하나의 심리적, 정신적 응어리는 상처받은 영혼에 의해 적대감, 원한, 복수심 등이 되어 무의식으로 가라앉아 있다가 언젠가 모습을 바꾸어 수면 위로 떠오른다고 말했다. "억압된 것은 반드시 되돌아온다"는 프로이트의 명제는 금아에게도 마찬가지로 기억을 통해 적용된다. 그러나 금아에게는 프로이트와는 달리 회상하고 싶지 않은 기억들이 긍정적인 밝은 모습으로 떠오른다. 이러한 차이는 엄청난 것이다. 정신과 의사이며 과학지로 지처히던 프로이트는 주로 19세기 말 서구 백인 중산층 사회의 여성 환자들을 다루고 그것을 체계화하여 정신분석학 이론으로 발전시켰다. 그의 이론은 오늘날 비서구권의 인간 심리 성찰에도 통찰력을 주고 있지만 병적이고 비관적이고 자학적이어서 그의 "거대 이론"을 비서구 지역까지 보편화하기에는 아직도 분명 많은 한계와 제약이 있다.

피천득은 역사적, 사회적으로 어둡고 불행한 시대를 방랑하며 살았고 개인적으로도 슬픈 기억을 축적하며 살아왔지만, "비극적 환희"를 간직하고 있다. 그는 이론화나 체계화도 되어 있지 않다. 그는 단지 예술가였다. 척박하고 고단한 삶을 산호와 진주로 승화시켜 "아름다운" 이미지로 전이시킨 그는 언어의 연금술사이다. 금아의 단순화는 삶과 사회와 역사를 단순화시킨다거나 그저 망각하고 눈감아 버리기 식의 단순화가 아니다. 그것은 여러 단계의 과정을 거치면서 프로이트와 마르크스까지 (아니 예수나 부처까지) 끌어안으면서 함께 뒹굴다가 다시 일어나 부활과 변형이라는 치열한 내면화 과정을 겪은 뒤에 나오는 "객관적 상관물"이다. 금아에게 삶과 사회는 하나의 은유적 변신이라는 단순 초월과 환유적 구조화 과정을 통한 복합 포월[4]이다. 엄청난 변용력을 가진 금아는 아무리 슬픈 "기억"이라도 "기쁨"으로 승화시키고 만다.

금아에게 "기억"은 존재의 핵심이다. 현존 이전의 삶의 원리까지도 부활시킨다. 종달새를 예로 들어보자.

> 종달새는 갇혀 있다 하더라도 (……) 푸른 숲, 파란 하늘, 여름 보리를 기억하고 있다. 그가 꿈을 꿀 때면, 그 배경은 새장이 아니라 언제나 넓은 들판이다. (「종달새」 부분, 『인연』 24쪽)

우리의 삶이 새장에 갇혀 있다 하더라도 푸른 하늘과 들판을 기억해낼 수 있다면 우리는 즐겁지는 않더라도 최소한 삶을 참고 견딜 힘이 생길 것이다.

> 나는 음악을 들을 때, 그림이나 조각을 들여다볼 때, 잃어버린 젊음을 안개 속에 잠깐 만나는 일이 있다. (「봄」 부분, 『인연』 26~27쪽)

금아에게 기억의 "부활"은 "언제나 한결같이 아름"다운 젊음의 부활이

---

4 철학자 김진석은 포월(匍越)에 대해 다음과 같이 설명하고 있다: "기어가기. 그냥 오랫동안, 한평생 가까이 또는 한평생보다 더 오래, 기어가기. 열심히 기어가다 보니, 어느새 넘어가 있음을 깨닫게 되기. 그리고 그 넘어감도 뭐 대단히 멀리 훌쩍 뛰어 넘어간 게 아니라, 거의 보이지 않을 거리를 움직임 또는 거의 제자리에서 그냥 머물고 있는 듯한 데도 어느 아득한 경계를 넘어가 있음을 깨닫기. 기고 있는데 넘어 있음. 앞으로도 길 것인데 그래도 어느새 어떤 중요한 경계는 가로질러 갔고 넘어가 있음. 땅에 바짝 붙어 기면서 앞으로 또는 위로 별로 나아가지 않은 것 같은데도, 그럼에도 불구하고 열심히 기었고 또 기고 있는데, 어느새 넘었고, 넘었었음을 알기. 포월"(김진석, 『초월에서 포월로, 솔출판사, 1994, 212~213쪽).

다! 금아는 어떤 순간이라도 수시로 과거 속으로 가는 비상한 능력을 가지고 있다.

> 읽던 글을 멈추고 자기의 과거를 회상하는 일이 있다. 또 과거를 회상하다가 글에서 읽은 장면을 연상하는 적도 있다. (「그날」 부분, 『인연』 116쪽)

> 꾀꼬리 소리가 들린다. 경쾌한 울음이 연달아 들려온다. 꾀꼬리 소리는 나를 어린 시절로 데려갔다. (「비원」 부분, 『인연』 277쪽)

금아의 기억과 회상의 역동성은 현재 우리 존재의 무게를 지탱시켜 주는 삶의 역동성으로 전환된다. 기억을 창조와 존재의 힘으로 전환시키는 능력은 축복이다. 기억의 상실은 존재 자체의 불안이고 흔들림이다. 기억 상실증에 걸린 사람은 과거를 잃어버린 불행한 사람이다.

> 과거를 역력하게 회상할 수 있는 사람은 참으로 장수를 하는 사람이며, 그 생활이 아름답고 화려하였다면 그는 비록 가난하더라도 유복한 사람이다.
> 예전을 추억하지 못하는 사람은 그의 생애가 찬란하였다 하더라도 감추어둔 보물의 세목(細目)과 장소를 잊어버린 사람과 같다.(……) 우리가 제한된 생리적 수명을 가지고 오래 살고 부유하게 사는 방법은 아름다운 인연을 많이 맺으며 나날이 적고 착한 일을 하고, 때로 살아온 자기 과거를 다시 사는 데 있는가 한다. (「長壽」 부분, 『인연』 90쪽)

과거를 부활시키며 살아간다면 우리는 "나이를 잃은 영원한 소년"(「파리에 부친 편지」, 『인연』 31쪽)이 되고 시공간을 초월하여 우리 인생을 연장시킬 수 있다.

수공 가위와 크레용이 든 가방을 메고 서영이가 아침 일찍이 유치원에 가는 것을 보면, 예전 지금으로부터 30여 년 전 내가 유치원에 다니던 생각이 난다.(……) 선생님은 나를 달래느라고 색종이를 주셨다. 그 빨간빛 푸른빛 초록 연두색깔이 그렇게 화려하게 보이던 일은 그 후로는 없다. (……)

그 아이는 지금 어디서 사는지, 아마 대학에 다니는 따님이 있는 부인이 되었을 것이다. 그러나 내 기억 속에 사는 그는 영원한 다섯 살 난 소녀이다. (「찬란한 시절」 부분, 『인연』 121~122쪽)

이렇게 기억의 생명력은 모든 것을 부패시키지 않고 우리의 과거를 지탱시켜 주고, 삶을 소생시키는 힘과 과거를 다시 살게 하는 능력을 가지고 있다. 금아에게 기억과 회상은 행복에 이르는 길이다.

과거는 언제나 행복이요, 고향은 어디나 낙원이다. (「黃浦灘의 秋夕」 부분, 『인연』 92쪽)

그러나 기억은 단순히 삶을 부활하고 고양시키는 데 그치지 않고 윤리적 상상력을 고양시킨다.

얼음을 깨고 물을 길어다가 나를 위하여 정성을 들이셨다는 외삼촌 할아버지. 겨울에 찬물이 손에 닿을 때가 아니라도 가끔 그를 생각한다. (「외삼촌 할아버지」 부분, 『인연』 151쪽)

이와 같은 "외삼촌 할아버지"나 "유순이" 같은 사람은 금아를 읽는 우리들에게도 살아 있는 도덕 교과서이다. 금아의 "숭고하다기에는 너무나 친근감을 주고 근엄하기에는 너무 인자하"셨던 도산 안창호에 대한 기억은 각별하다.

내가 병이 나서 누웠을 때 선생은 나를 실어다 상해 요양원에 입원시키고, 겨울 아침 일찍이 문병을 오시고는 했다. 그런데 나는 선생님의 장례에도 참례치 못하였다. 일경(日警)의 감시가 무서웠던 것이다. 예수를 모른다고 한 베드로보다도 부끄러운 일이다. (「島山」부분, 『인연』 168쪽)

선생은 상해 망명 시절에 작은 뜰에 꽃을 심으시고 이웃 아이들에게 장난감을 사다 주셨습니다. 저는 그 자연스러운 인간미를 찬양합니다. (「島山선생께」부분, 『인연』 170쪽)

금아가 도산의 인간적인 면을 강조하는 것은 혁명가나 투사가 가장 결하기 쉬운 "여린 마음"을 도산이 가지고 있었기 때문이다. 금아는 젊은이들에게 도산으로부터 "인내와 용기, 진실"을 배울 것을 권한다.

피천득은 "인간미", "인도주의 사상", "애국심"을 불어넣어 준 춘원 이광수와도 아주 깊은 인연을 맺었다. 춘원의 가르침에 대해 금아는 다음과 같이 기억한다.

기쁜 일이 있으면 기뻐할 것이나, 기쁜 일이 있더라도 기뻐할 것이 없고, 슬픈 일이 있더라도 슬퍼할 것이 없느니라. 항상 마음이 광풍제월(光風霽月) 같고 행운유수(行雲流水)와 같을지어다. (「春園」부분, 『인연』 174쪽)

금아는 "1937년 감옥에서 세상을 떠났더라면 얼마나 다행한 일이었을까?" 하며 춘원이 일제 말기 친일한 "크나큰 과오"를 너무나도 안타깝게 생각하였다.

이 구절을 읽으며 40여 년 전의 일이 생각난다. 1971년 금아 선생께서 일찍 정년퇴임하시고 학교를 떠나시기 전 나는 선생의 "영문학사" "19세기 영시" 과목을 수강하는 행운을 누린 거의 마지막 세대이다. 당시에 선생은 윌리엄 워스워스 시를 읽으며 워스워스가 너무 오래 산 나머지 젊어서 쓴 많은 좋은 시들을 나이 들어서 오히려 나쁘게 고쳤다면서 워즈워스가 전성기에 죽었더라면 더 좋았을 것이라고 말씀하셨다. 그때 그는 아마 춘원을 회상하셨을지도 모른다.

금아는 학계나 사회에서 권위를 부리며 겸손할 줄 모르는 사람들을 어린 시절로 환원시켜, 미워하기보다는 "불쌍히" 여기고 조롱이나 풍자를 아낀다.

> 요즘 나는 점잔을 빼는 학계 '권위'나 사회적 '거물'을 보면, 그를 불쌍히 여겨 그의 어렸을 적 모습을 상상하여 보는 버릇이 생겼다. 그러면 그의 허위의 탈은 눈같이 스러지고 생글생글 웃는 장난꾸러기로 다시 환원하는 것이다. (「낙서」 부분, 『인연』 256쪽)

기억과 회상의 법칙은 남을 미워하지 않고 연민의 정을 가지게 한다. 금아는 인간의 허위의 모습을 어린 시절로 환원시켜서까지 받아들인다. 가식이 없는 어린이들은 쉽게 가까워질 수 있다. 이것은 그의 위대한 연민과 사랑의 철학이다. 부처의 "자비", 공자의 "인애", 예수의 "사랑"과도 맥이 닿는 지점이다. 영국 낭만파 시인 셸리(P. B. Shelley)의 감동적인 문학론인 「시의 옹호」에서 시의 도덕적 기능을 설명하는 셸리의 다음 말은 금아 이해에 시금석이 될 수 있다.

> 도덕의 요체는 사랑이다. 즉 자기의 본성에서 빠져나와 자기의 것이 아닌 사상, 행위 혹은 인격 가운데 존재하는 미와 자신을 일체화하는 것이다. 사랑이 크게 선해지기 위해서는 강렬하고 폭넓은 상상력을 작동시키지 않으면 안 된다. 다른 한 사람, 다른 많은 사람의 처지에 자신을 놓지 않으면 안 된다. 동포의 괴로움이나 즐거움도 자기의 것으로 삼아야 한다. 도덕적인 선의 위대한 수단은 상상력이다. 그리고 시는 원인인 상상력에 작용함으로써 결과인 도덕적 선을 조장한다. 시는 언제나 새로운 기쁨으

로 가득 찬 상념을 상상력에 보충하여 상상력의 범주를 확대한다. 이와 같은 상념은 다른 모든 상념을 스스로의 성질로 끌어당겨 동화시키는 힘이 있다. (셸리, 108쪽)

이런 맥락에서 금아는 공감적 "상상력"이 뛰어난 사람이다. 상상력은 궁극적으로 타자에 대한 사랑이다. 사랑은 타자에 대한 돌봄이며 모든 도덕의 근원이다.

나이 들어가는 것을 견디는 힘도 결국은 "회상"이다.

> 여기에 회상이니 추억이니 하는 것을 계산에 넣으면 늙음도 괜찮다.
> (「送年」 부분, 『인연』 316쪽)

기억을 부활시키는 능력은 금아를 "노대가"는 아니라 해도 "졸리 올드맨"(好好翁)이 될 수 있게 해준다. 금아는 "어려서 잃었으나 기억할 수 있는 엄마 아빠가 계시"(「만년」, 『인연』 319쪽)기 때문에 만년에도 "나이를 잃은 영원한 소년"이 될 수 있었다.

3) "여름"의 생태윤리학 ― "작은 것이 아름답다"

피천득은 위대한 인물이나 강하고 딱딱한 사람에게서 매력을 느끼지 못했다. 그는 그저 수수하고 섬세한 19세기 초 낭만주의 에세이스트인 찰스 램(Charles Lamb) 같은 사람을 좋아한다.

> 나는 그저 평범하되 정서가 섬세한 사람을 좋아한다. 동정을 주는 데 인색하지 않고 작은 인연을 소중히 여기는 사람, 곧잘 수줍어하고 겁 많은 사람, 순진한 사람, 아련한 애수와 미소 같은 유머를 지닌 그런 사람에게

매력을 느낀다. (「찰스 램」 부분, 『인연』 191쪽)

"쇼팽을 모르고 세상을 떠났더라면 어쩔 뻔했을까!"(「토요일」, 『인연』 287쪽)라고 말할 정도로 금아가 쇼팽의 음악을 특히 좋아하는 이유도 그 부드러움/여림 때문일 것이다. 예수는 짧은 생애 동안 세 번만 울었다지만 금아는 "어려서 울기를 잘하였"던 (「눈물」, 『인연』 76쪽) "센티멘털리스트" 이다. 눈물을 흘릴 줄 아는 "여린 마음"을 가진 작가이다. 그의 눈물은 "연민의 정"을 가지고 우리 모두의 고통을 나누는 "공감적 상상력"이다. 금아의 글은 모두 "눈물로 쓴 편지"라고 해도 과언이 아니다.

> 사람은 본시 연한 정으로 만들어졌다. 여린 연민의 정은 냉혹한 풍자보다 귀하다.
> 소월도 쇼팽도 센티멘털리스트였다.
> 우리 모두 여린 마음으로 돌아간다면 인생은 좀 더 행복할 수 있을 것이다. (「여린 마음」 부분, 『인연』 291쪽)

금아는 각박한 효율주의 삶과 허무한 공리주의 세계를 촉촉이 적셔 주는 마음의 글밭을 가졌다. 금아는 윤택한 감상주의를 위해 척박한 합리주의를 버렸다. 그러나 그의 감상주의는 요즘 유행하는 퇴폐적이고 무의지적인 나약한 값싼 감상이 아니다. 이것은 신고전주의 시대에 나온 이성과 기계주의에 저항하기 위하여 나온 감(수)성(sentiment/sensibility)에 가깝다. 이러한 감성에서 나온 눈물은 이성중심주의의 근대성에 저항하고 종교적이기까지 하다.

> 눈물은 인정의 발로이며 인간미의 상징이다. 성스러운 물방울이다. 성경에서 아름다운 데를 묻는다면 (……) '누가복음' 7장, 한 탕녀가 예수의

발 위에 흘린 눈물을 자기의 머리카락으로 씻고, 거기에 향유를 바르는 장면이다. (……) 이 '눈물 내리는 마음'이 독재자들에게 있었더라면, 수억의 비극은 일어나지 않았을 것이다. (「눈물」 부분, 『인연』 76~77쪽)

금아는 지능지수(IQ) 못지않게 감정지수(EQ)와 영성지수(SQ)도 중요하게 여겼다. 지아니 바티모(Gianni Vattimo)라는 현대 이탈리아 철학자는 "연한/여린 사상"(weak thought)을 주장했다. 서구에서의 근대정신은 너무 강하다. 그것은 논리와 합리주의로 무장되고 경직되어 있다. 서구 근대인들은 결코 여린 마음과 눈물을 가지지 못했다. 여린 마음은 유치하고 감상적인 어린애의 마음이라고 폄하된다. 눈물 없는 냉혹한 기계주의자들은 진보와 발전이라는 이름 아래 자연을 적대시하며 착취 파괴하였다. 그들은 또한 자신의 가치관을 남에게 강제로 전달하고 맹목적인 식민주의와 제국주의라는 허위 지배 이데올로기로 비서구 타자들을 괴롭혔다. 그들에게 여린 마음이 있었더라면 끔찍한 문명사적 잘못은 저지르지 않았을 것이다.

금아는 "센티멘털 가치" 외에는 아무것도 아닌 그런 물건들을 사랑하며 살았던 친구 윤오영을 다음과 같이 그리고 있다.

그는 정(情)으로 사는 사람이다. 서리같이 찬 그의 이성(理性)이 정에 용해되면서 살아왔다. 세속과의 타협이 아니라 정에 용해되면서 살아왔다. 때로는 격류(激流) 같다가도 대개로 그의 심경은 호수 같다. (……) 감격적이고 때로는 감상적이 되기도 한다. 그러나 그는 자제(自制)할 줄 안다. (「치옹」 부분, 『인연』 203, 207)

여기서 금아가 말하는 치옹의 세계는 이성, 논리, 계산적인 사고가 지배하는 곳이 아니다. 그것은 생명과 생명이 끈끈하게 인연을 맺게 하는 시공간이다.

금아에게는 문학의 본질도 정(情)이다.

> 사상이나 표현 기교에는 시대에 따라 변천이 있으나 문학의 본질은 언제
> 나 정이다. 그 속에는 '예전에도 있었고 앞으로도 있을 자연적인 슬픔 상실
> 고통'을 달래주는 연민의 정이 흐르고 있다. (「순례」 부분, 『인연』 270쪽)

피천득에게 문학의 제일 중요한 기능은 "슬픔, 상실, 고통"과 더불어 살아가는 인간을 긍휼히 여기는 것이다. 그는 "현대 문학은 어둡고 병적인 면을 강조하여 묘사한 것이 너무 많다"(「유머의 기능」, 『인연』 312쪽)고 지적한 뒤, 현대문학이 잔인하게 현장 보고만 하고 "긴장, 초조, 냉혹, 잔인"으로 불행한 현대인을 재현하는 데만 급급하여, 연민의 정을 가지고 대안을 제시하거나 치유적인 위로의 역할을 제대로 하지 못한다고 말한다. 결국 문학의 기능은 단순히 가르치는 도덕도 아니고 단순히 즐거움을 주는 오락도 아니다. 문학은 선택하지 않은 "고통" 속에서 무기력하게 살아가며 미래에 대한 불안 속에 놓인 인간 실존의 본질적인 문제를 다루어야 한다. 문학으로 종교를 대치하자는 것이 아니라, 문학이 도그마적인 교리—때로 너무나 억압적인—와 지나치게 세속적인 제도 속에서 상실된 진정한 의미의 "종교적 상상력"을 회복시키는 데 일조할 수 있다는 말이다. 문학은 최소한 인간중심주의라는 인문적 오류에 빠지지 않으면서 광야를 걸어가는 실존적 인간이 고통을 견디며 살아갈 수 있게 만드는 시공간이어야 한다.

"유머"는 이러한 인간 실존 문제에 대해 세속적으로나마 "다정하고 온화하며 지친 마음에 위안"을 주는 작은 기술이다.

> 유머는 위트와는 달리 날카롭지 않으며 풍자처럼 잔인하지 않다. 비평
> 적이 아니고 동정적이다. (……) 가시가 들어 있지도 않다. (……) 위트는

남을 보고 웃지만 유머는 남과 같이 웃는다. 서로 같이 웃을 때 우리는 친근감을 갖게 된다. (……) 유머는 가엾은 인간의 행동을 눈물 어린 눈으로 바라볼 때 얻어지는 것이다. 그러므로 유머에는 애수(哀愁)가 깃드는 때도 있다. (「유머의 기능」 부분, 『인연』 311쪽)

금아의 지적대로 유머는 우리가 스스로 노력하여 마음껏 이용할 수 있는 "인간에게 주어진 큰 혜택"이며 세속적 은총이 아닐 수 없다.

피천득은 "여림"의 철학을 구현하는 실천 방식으로 "작은 것이 아름답다"라는 강령을 채택한다.

인생은 작은 인연들로 아름답다. (「신춘」 부분, 『인연』 19쪽)

종달새는 조금 먹고도 창공을 솟아오르리니, 모두들 햇빛 속에 고생을 잊어 보자. (「조춘」 부분, 『인연』 22쪽)

나의 생활을 구성하는 모든 작고 아름다운 것들을 사랑한다. 고운 얼굴을 욕망 없이 바라다보며, 남의 공적을 부러움 없이 찬양하는 것을 좋아한다. 여러 사람을 좋아하며 아무도 미워하지 아니하며 몇몇 사람을 끔찍이 사랑하며 살고 싶다. (「나의 사랑하는 생활」 부분, 『인연』 222~223쪽)

나는 작은 놀라움, 작은 웃음, 작은 기쁨을 위하여 글을 읽는다. (「순례」 부분, 『인연』 274쪽)

금아는 사소하고 작은 우리의 일상생활을 연민의 정으로 사랑한다. 그는 "작고 이름지을 수 없는 멋 때문에 각박한 세상도 살아갈 수"(「멋」, 『인연』 226쪽) 있었다. 금아는 거창한 주의나 운동에 가담하지 않았다. 그러나 그는 밑바닥에서 조용히 명예(무혈) 혁명을 시도했던 참을성 있는 세속적 일상사의 혁명가이며 "신역사주의자"이다.

포스트구조주의와 해체구성론 이후 잃어버린 역사를 다시 찾으려는 이론이 바로 '신역사주의'이다. 이 신역사주의(New Historicism)는 옛날처럼 "커다란 역사"만을 찾는 것이 아니라 "작고 사소한 역사"를 찾아내려는 전략을 갖고 있다. 금아는 커다란 이데올로기에 휩싸인 왕조사나 전쟁사가 아닌 작고 사소한 개인적 이야기 속에서 우리의 삶의 흐름을 드러내고자 한다. 이런 맥락에서 금아는 작은 역사를 중시하는 신역사주의자다.

피천득의 이야기는 우리 시대 하나의 작은 사회사이다. 작가는 (자신도 모르는 사이에) 어떤 이론을 배태한다. 문학이론뿐 아니라 문화이론은 실천에 뒤이어 더디게 구성된다. 프로이트 칠순 기념식에서 어네스트 존스(Ernest Jones)가 프로이트를 "무의식의 발견자"라고 칭송하자 프로이트는 무의식은 이미 많은 작가들에 의해 발견되었고 자신은 다만 정리하고 이론화했을 뿐이라고 말하지 않았던가.

> 누구나 큰 것만을 위하여 살 수는 없다. 인생은 오히려 작은 것들이 모여 이루어지는 것이다. (「멋」 부분, 『인연』 226쪽)

금아는 자신의 일생을 평가하는 자리에서 다음과 같이 탄식한다.

> 나는 반세기를 헛되이 보내었다. 그것도 호탕하게 낭비하지도 못하고, 하루하루를, 일주일 일주일을, 한 해 한 해를 젖은 짚단을 태우듯 살았다. 민족과 사회를 위하여 보람 있는 일도 하지 못하고, 불의와 부정에 항거하여 보지도 못했고, 그렇다고 학구에 충실치도 못했다. 가끔 한숨을 쉬면서 뒷골목을 걸어오며 늙었다. (「送年」 부분, 『인연』 315~316쪽)

피천득은 삶과 죽음을 넘나드는 격렬한 독립투사도 아니고 정치적 이상주의, 정치적 종교(이데올로기)도 가지지 않았으며 강한 자아의 밑바닥을 끝까지 탐구하는 악마적 낭만주의자나 모더니스트도 아니다. 그러나 금아는 작고 사소하나 아름다운 것들을 위해 한평생 삶의 불꽃을 태웠다. 그의 불길은 화염은 아니더라도 오래오래 지속되는 불씨이며 천천히 타는 연기 내음은 화염보다 강렬하다. 그는 이러한 작은 삶의 빛나는 비늘 조각들이 결국 우리의 실존을 지탱시켜주는 중요한 것임을 글로 삶으로 실천으로 우리에게 보여주었다. 위와 같이 극단적으로 겸손한 자기조롱은 웅변적으로 자신을 숨기고 감추는 작고 아름다운 생활을 보여준다.

피천득의 "여림"의 생태윤리학은 앞장에서 이미 지적했듯이 여리고 부드러운 것이 굳세고 힘찬 것보다 도(道)에 가깝다는 노자사상에서도 아주 잘 나타난다. 노자는 "물", "여성", "어린아이"를 무(無)와 도(道)의 상징으로 보았다. 노자가 도의 최고 위치에 올려놓은 갓난아이와 어머니는 부드럽고 작고 아름다운 것의 현현체이며 "뼈가 약하고 힘줄은 부드럽지만 고사리 같은 주먹을 단단히 쥐"고, "욕정이 없어도 성기가 일어나고" "왼종일 울어도 목이 쉬지 않음은 조화를 극도로 갖춘 까닭"이라고 말한다(『老子翼』 55장). 노자는 여성(어머니)을 모든 것을 낳고 기르는 도와 비교하며 "낳지만 가지지 않고, 해놓은 보람을 자랑하지 않으며 길러 놓아도 주장하지 않는다. 이를 현묘한 기운(德)이라고 한다"고 말했다(10장). 노자는 결국 도를 갓난아이를 길러주는 어머니로 보았다.

> 도는 넓고 넓어서 다함이 없다. 뭇사람들은 마음껏 즐기기를 마치 큰 잔치를 받는 듯하며 봄철에 높은 데에 올라가서 내려다봄과 같다. 그러나 나는 홀로 고요하여 동할 낌새도 없다. 마치 웃음조차 미처 배우지 못한 갓난아이처럼, 둥둥 떠서 돌아갈 곳이 없는 것처럼. 뭇사람들은 모두 슬기에 넘치는데 나는 홀로 뜻을 잊은 것 같다. 바보 같은 내 마음이여! 흐릿하여

라. 세상 사람들은 밝고 밝은데 나만 홀로 어두운 것 같아라. 세상 사람들은 잘게도 살피는데 나만 홀로 덤덤하여라. 그러나 나는 깊고 고요하긴 바다와 같고, 불고 가는 바람처럼 멈출 데가 없는 것 같다. 뭇사람들은 모두 쓸모가 있지만 나만 홀로 투박스럽기가 촌뜨기 같다. 나만 홀로 남과 다르지만, 어머니처럼 길러주는 도를 섬긴다. (『노자익』 20장, 송욱 번역)

놀랍게도 갓난아이와 어머니를 통해 노자와 금아는 만난다. 두 사람 모두 갓난아이와 여성(어머니)의 부드러움, 약함을 "여림"의 생태윤리학으로 세우고 있다. 성경에도 "갓난아이"가 나온다: "모든 악독과 모든 기만과 외식(外飾)과 시기와 모든 비방하는 말을 버리고 갓난 아기들 같이 순전하고 신령한 젖을 사모하라 이는 그로 말미암아 너희로 구원에 이르도록 자라게 하려 함이라"(베드로 전서 2: 1~2). 그러나 이러한 "여림"이 궁극적으로 마음에서 손과 발로 이어지는 실천이 수반되지 않는다면 무슨 의미가 있겠는가?

4) "돌봄"의 실천윤리학 — 사랑의 육화와 변형

우리가 딱딱하게 굳어 있지 않고 부드럽고 여리다면 이제는 사랑을 실천할 준비가 된 셈이다. 가소성(可塑性)은 사랑을 실천할 수 있는 유연성을 주기 때문이다. 예수도 율법을 지켜도 사랑을 실천하지 않으면 구원받을 수 없다고 우리에게 그 놀라운 산상수훈을 주지 않았던가?

피천득의 "돌봄"의 윤리 실천은 서영이의 엄마 노릇 그리고 서영이에게 하듯 서영이가 놓고 간 인형을 돌보는 데서 시작된다. 아니 "엄마 노릇"(mothering)이다. 엄마 노릇은 『인연』의 중요한 주제 중 하나이다. 『인연』에서 금아는 서영이에게 시종일관 "아빠 노릇"보다 엄마 노릇을 하고 있다. 금아는 자신을 끔찍이 사랑했고 돌아가실 때에도 마지막으로 금아의 이름을 불렀던 엄마가 되어, 어린 시절 엄마의 사랑을 마음껏 받지 못했던 자신이 전이된 서영이를 돌보는 엄마 노릇을 한다. 금아는 미국으로 떠난 서영이의 엄마 노릇을 계속하고자 서양 인형 난영이를 서영이의 동생처럼 보살핀다. 금아의 엄마 노릇을 보자.

> 날마다 낯을 씻겨 주고 일주일에 한두 번씩 목욕을 시키고 머리에 빗질도 하여 줍니다. 여름이면 엷은 옷, 겨울이면 털옷을 갈아입혀 줍니다. 데리고 놀지는 아니하지만 음악은 들려줍니다. 여름이면 일찍 재웁니다. 어쩌다 내가 늦게까지 무엇을 하느라고 난영이를 재우는 것을 잊어버릴 때가 있습니다. 난영이는 앉은 채 뜬눈을 하고 있습니다. 이런 때는 참 미안합니다. 내 곁에서 자는 것을 가끔 들여다봅니다. 숨소리가 들리는 것 같습니다. (……) 자는 것을 바라보면 내 마음도 평화로워집니다. 젊은 엄마들이 부러운 나는 난영이 엄마 노릇을 하며 살고 있습니다. (「서영이와 난영이」 부분, 『인연』 146)

금아는 일찍 돌아가신 "젊은 엄마"의 행복한 대리역을 꿈꾸면서 엄마를 다시 살려내어 부활시킨 뒤 자신의 과거뿐 아니라 엄마의 과거까지도 다시 살고 있다. 여기서 서영이는 물론 사랑을 많이 받지 못한 어린 자신이다. 서영이에게 잘해주는 것은 자신이 어린 시절 부족했던 엄마의 사랑을 채우는 일이기도 하다.[5] 이 대목에서 주목하고 싶은 것은 엄마 노릇을 통

---

5 필자는 15세기 영국소설가 샤롯 브론테의 유명한 소설 『제인 에어』(Jane Eyre, 1847)를 읽고 가르칠 때마다 제인 에어와 피천득 선생의 유년시절이 매우 비슷하다고 느낀다. 두 사람 모두 10세 이전에 어머니와 아버지를 모두 여의고 천애 고아가 되었다는 점에서 그렇다. 특히 『제인 에어』에서 몹시 외로웠던 어린 제인이 인형을 가지고 노는 모습은 피천득이 미국으로 공부하러 간 딸 서영의 동생인 인형 난영이를 가지고 놀고 보살피는 장면과 중첩된다. 그 부분은 다음과 같다: "그러면 나는 인형을 무릎에 올려놓고는 난롯불이 붉어흐릿해질 때까지 주위를 둘러보며 방에는 나 혼자뿐이며 달리 도깨비가 나타난 것이 아

한 금아의 욕망 해소 이외에 엄마 노릇에 대한 가치 부여이다. 흔히 가정이라는 제도에서 어머니 이데올로기는 가부장제의 통제 하에 놓이지만, 아기와의 관계에서 경험하는 어머니 역할은 놀라운 변형과 창조의 기능을 가진다. 출산과 육아를 맡는 어머니 여성은 결코 생물학적 "저주"가 아니고 "축복"이다. 금아는 엄마 노릇에서 "돌봄"의 윤리학을 세운다.

> 엄마 노릇을 해보지 못한 것이 언제나 서운합니다. 그리고 엄마들을 부러워합니다. 특히 젖먹이 아기를 가진 젊고 예쁜 엄마들이 부럽습니다 (……) 나는 젖 먹는 아기를 바라다 볼 때 신의 존재를 부인하고 싶지 않습니다 (……) 이 세상에서 아기의 엄마같이 뽐내기 좋은 지위는 없는 것 같습니다 (……) 그 아기는 엄마가 낳은 것입니다. 그리고 젖을 먹여 기르고 있습니다. 아이는 커 가고 있습니다. 자라고 있습니다. (「서영이와 난영이」 부분, 『인연』, 143~144쪽)

다른 동물의 새끼들과는 달리, 사람의 아기가 성장하여 사람 구실을 하게 만드는 데에는 엄청난 시간과 노력이 필요하다. 여기에서 어린 아기에 대한 엄마의 "돌봄"의 윤리는 인간관계 중에서 가장 중요한 토대가 된다. 이 "돌봄"의 철학은 인연으로 맺어진 모든 인간관계, 인간과 동물, 인간과

니라는 것을 확인하곤 하였다. 그러다가 타다 남은 불이 둔한 감빛으로 되면 이음매나 끈을 살며시 잡아당기고 급히 옷을 벗고는 추위와 어둠을 피해 침대로 기어들었다. 이 침대 속으로 나는 언제나 인형을 가지고 들어갔다. 사람이란 무엇인가를 사랑하지 않고서는 못 배기는 법이다. 달리 애정을 쏟을 만한 그럴듯한 것이 없었던 나는 조그만 허수아비처럼 초라하고 퇴색한 우상을 사랑하고 귀여워하는 가운데서 즐거움을 구하였다. 그 조그만 인형이 살아 있어서 감정을 가지고 있다고 생각하며 얼마나 바보같이 고지식하게 그 것을 사랑했던가를 회상해 보면 내가 생각해도 묘한 느낌이 든다. 인형이 포근하고 따뜻하게 누워 있으면 나는 얼마간 행복스러운 기분이 되는 것이었고 인형 또한 그러리라고 여겼다"(『제인 에어』 1, 유종호 번역, 민음사, 2008, 48쪽).

자연과의 관계에서도 적용되어야 한다는 것이 금아의 사랑의 윤리학일 것이다.

지아비를 먼저 보내고도 지아비를 돌보는 아름다운 모습이 있다. 금아의 어머니도 30대에 세상을 떠났다.

> 엄마는 아빠가 세상을 떠난 후 비단이나 고운 색깔을 몸에 대신 일이 없었다. 분을 바르신 일도 없었다. 사람들이 자기 보고 아름답다고 하면 엄마는 죽은 아빠에게 미안한 생각이 들었을 것이다. (……) 황진이처럼 멋있던 그는 죽은 남편을 위하여 기도와 고행으로 살아가려고 했다. (「엄마」 부분, 『인연』, 111~112쪽)

피천득은 외삼촌 할아버지에 관한 기억도 생생하다. 어린 시절 정성을 다해 자신을 돌보아주셨기 때문이다. 그는 금아에게 호두, 잣, 과실, 월병 등을 사다주시고 연, 팽이, 윷, 글씨 쓰는 분판을 만들어주셨다. 그는 엄마에게 맞아 멍든 종아리를 어루만져주시고, 금아를 때린 동네 아이들을 야단도 치셨으며, 피천득이 커서 큰 인물이 되라고 기도를 드렸다. 그러나 그 자애로운 월병 할아버지는 피천득이 대학도 졸업하기 전, 해방도 보지 못하고 세상을 떠나셨다. 금아는 탄식한다.

> 오래 사셨더라면 내가 도지사가 못 되었더라도. (……) 할아버지를 내 집에 모셨을 것. 얼음을 깨고 물을 길어다가 나를 위하여 정성을 들이셨다는 외삼촌 할아버지, 겨울에 찬물이 손에 닿을 때가 아니라도 가끔 그를 생각한다. (「외삼촌 할아버지」 부분, 『인연』, 150~151쪽)

'유순'이라는 간호사도 피천득의 삶에 영향을 주었다. 1932년 상하이사변 때 일이다. 금아는 요양원에 입원하여 총소리, 대포 소리, 폭탄 떨어지는 소리를 들으며 유순이라는 "깨끗하게 생긴 간호부"의 극진한 간호를 받았다. 그녀는 금아에게 성경도 빌려주고 타고르의 시도 읽어주었다. 잠시 외출을 나갔던 금아는 격렬한 시가전이 벌어지는 와중에도 다시 요양원으로 갔다. 유순이를 찾아 내오기 위해서였다. 그녀의 대답은 간단명료했다: "고맙습니다. 그러나 저는 책임으로나 인정으로나 환자들을 내버리고 갈 수는 없습니다"(「유순이」, 『인연』 164쪽). 귀국 후 금아는 춘원 이광수 소설 『흙』의 여주인공 이름을 "유순"이라고 지어드렸다. "돌봄"의 사랑을 실천한 유순은 이렇게 춘원의 소설 속에서 이름이나마 영원히 살아남게 되어 우리도 "가끔 그를 생각할" 수 있게 되었다. 이 밖에도 도산 선생의 민족과 정의에 대한 돌봄의 예도 있다.

이렇듯 금아가 어려서부터 배우고 자란 "돌봄"의 실천윤리학은 그의 기억에 강렬하게 각인되어 그의 삶과 사상의 등뼈가 되었다. 금아는 사랑과 책임을 추상적이고 어려운 도덕이나 윤리학으로부터 배운 게 아니다. 주변의 작고 아름다운 인연과 기억을 통해 그의 생태윤리학이 수립된 것이다.

4. 정(情)의 문학에서 사랑의 원리로

1) 금아의 정(情)의 문학

금아 피천득은 2005년 문학의 집 서울에서 행한 강연에서 자신의 정(情)을 토대로 한 문학관을 피력하였다.

> 내가 보기에 문학의 가장 중요한 요소는 정(情)이며, 그중에서도 열정 (熱情)이 으뜸이라고 생각한다. 지금 우리는 문학에서 감성이나 서정보다는 이성이나 지성을 우선하는 시대에 살고 있다. 하지만 이러한 풍조는 한 시대가 지나면 곧 바뀌게 마련이다. 문학의 긴 역사를 통하여 서정은 지성

의 무위를 견지해왔다. (「숙명적인 반려자」 부분, 『인연』 357쪽)

금아는 여기에서 정(情)을 "감성"과 "서정"으로 파악하고 있다. 1947년에 나온 금아의 첫 시집의 제목을 『시정시집』이라고 명명한 것도 그의 이러한 문학사상의 결과라고 볼 수 있다.

금아는 언제나 문학의 본질은 정이라고 선언했다. 그 훨씬 이전에도 수필 「순례」에서 "사상의 표현기교에는 시대에 따라 변천이 있으나 문학의 본질은 언제나 정"이라고 그는 말했다. 문학 속에는 '예전에도 있었고 앞으로도 있을 자연적인 슬픔, 상실, 고통'을 달래주는 연민의 정이 흐르고 있다"(『인연』 270쪽)고 언명한 바 있다.

금아는 정의 문학을 통해 만들어지는 여린 마음이 이웃과 공감하고 서로 사랑하는 행복과 축복의 통로라고 여겼다.

> 사람은 본시 연한 정(情)으로 만들어졌다. 여린 연민의 정은 냉혹한 풍자보다 귀하다. 소월도 쇼팽도 센티멘탈리스트였다. 우리 모두 여린 마음으로 돌아간다면 인생이 좀 더 행복할 수 있을 것이다. (「여린 마음」 부분, 『인연』 291쪽)

금아는 인자한 마음으로 사랑을 베푸는 대표적인 예로 도산 안창호 선생을 들고 있다. 1930년대 초 상해 유학 중 금아가 병원에 입원해 있을 때 문병 온 일을 정겹게 회상하고 있다.

> 그 '도산 안창호'는 숭고하다기에는 너무나 친근감을 주고 근엄하기에는 너무 인자하였다. 그의 인격은 위엄으로 나를 억압하지 아니하고 정성으로 나를 품안에 안아버렸다. (……) 그의 사랑을 받은 사람은 수백을 헤아릴 현대 한 사람 한 사람이 다 같이 자기만을 대하여 주시는 것 같이 느꼈다. 그리고 그는 어린아이들을 끔찍이 사랑하였다. (……) 내가 병이 나

서 누워있을 때 선생은 나를 실어다 상해 요양원에 입원시키고, 겨울 아침 일찍이 문병을 오시곤 했다. (「도산」 부분, 『인연』 166~168쪽)

이러한 행복하고 평화로운 인간관계는 사람들 사이의 대가를 요구하지 않는 정(情)에 의해서만 가능한 일일 것이다. 금아는 "선생은 상해 망명시절에 작은 뜰에 꽃을 심으시고 이웃아이들에게 장난감을 사다 주셨습니다. 저는 그 자연스러운 인간미를 찬양합니다."(「도산선생께」, 『인연』 170쪽)라고 적고 있다.

금아는 일생 동안 문학적 스승으로 모셨던 춘원의 "선량함"에 대하여 다음과 같이 적고 있다.

춘원은 마음이 착한 사람이다. 그는 남을 미워하지 못하는 사람이다. 남을 모략중상은 물론 하지 못하고 남을 나쁘게 말하는 일이 없었다. 언제나 남의 좋은 점을 먼저 보며, 그는 남을 칭찬하는 기쁨을 즐기었다. (「춘원」 부분, 『인연』 171~172쪽)

어려서 3년간 춘원 댁에 유숙했고 그 후에도 수시로 춘원 댁을 드나들었던 금아는 누구보다도 춘원의 성품을 잘 알고 있었을 것이다. 금아는 춘원이 말년에 과오를 범했으나 "그의 인간미, 그의 문학적 업적만을 찬양하기로 하자(『인연』 174쪽)고 말하면서 춘원의 "인간미"를 높이 칭송했다.

금아는 다른 작가들을 평가할 때도 정(情)을 최고의 기준으로 삼았다. 금아는 아마도 춘원 다음으로 가깝게 지냈고 여러 가지 면에서 도와준 주요섭(1902~1972)에 대해서 다음과 같이 정리하고 있다.

형이 상해 학생 시절에 쓴 「개밥」, 「인력거꾼」 같은 작품은 당신의 인도주의적 사상에 입각한 작품이라고 봅니다. 형은 정에 치우치는 작가입니다.

수필 「미운 간호부」에서 보는 바와 같이 형은 몰인정을 가장 미워합니다.[6]

(……)

　형은 나에게 있어 테니슨의 '아더 헬름'과 같은 존재, 그대가 좋아하는 시구를 여기에 적습니다.

　어떠한 운명이 오든지
　내가 가장 슬플 때 나는 느끼나니
　사랑을 하고 사랑을 잃는 것은
　사랑을 아니한 것보다도 낫습니다. (「여심」 부분, 『인연』 200~201쪽, 밑줄 필자)

　금아는 상해 시절에는 8년 연상인 주요섭을 항상 "선생님"이라고 불렀다. 그러나 1972년 주요섭이 돌아간 후 추도문에서 그를 정다운 호칭인 "형"이라고 불렀다.

　금아는 고등학교 시절부터 문우(文友)로서 가깝게 지내며 『첫걸음』이라는 동인지까지 낸 바 있는 2년 연상의 수필가 치옹 윤오영(1908~1973)에 대하여 수필 「치옹」에서 다음과 같이 쓰고 있다.

　한칸 방이라도 겨울에 춥지만 않으면 되고 방안에 있는 '센티멘탈가치' 외에는 아무것도 아닌 그런 물건들을 사랑하여 살아왔다. 그는 단칸방 안

6　주요섭은 그의 수필 「미운 간호부」(1932)에서 다음과 같이 썼다: "이 숭고한 감정에 동정할 줄 모르는 간호부가 나는 미웠다. 그렇게까지도 간호부는 기계화되었던가? 나는 문명한 기계보다도 야만한 인생을 더 사랑한다. 과학상으로 볼 때 죽은 애를 혼자 두는 것이 조금도 틀릴 것이 없다. 그러나 어머니로서 볼 때에는 (……) 더 써서 무엇하랴! 「어머니」를 이해하지 못하고 동정할 줄 모르는 간호부! 그의 그 과학적 냉정이 나는 몹시도 미웠다. 과학 문명이 앞으로 더욱 발달되어 인류 전체가 모두 '냉정한 과학자'가 되어 버리는 날이 이른다면…. 나는 그것을 상상만 해도 소름이 끼친다. 정(情)! 그것은 인류의 최고의 과학을 초월하는 생의 향기이다" (주요섭, 『미완성』, 이태동 편, 벽호, 1992, 326~327쪽).

에 한 우주를 갖고 있다. 그는 불운을 원망하던 일이 없고 인정미에 감사하며 늘 행복에 겨워서라고 한다.

그는 정(情)다운 사람이다. 서리같이 찬 그의 이성이 정에 용해되면서 살아왔다. 때로는 격류 같다가도 대개는 그의 심경은 호수같다. (「치옹」 부분, 『인연』 203쪽)

금아의 문학 평가기준은 언제나 정, 인정미, 인간미, 센티멘탈, 연민의 정, 여린 마음, 사랑이다. 외국 작가들에 대한 평가도 역시 동일하다. 일생 동안 금아가 가장 좋아해, 수필 번역 등 많은 작업을 한 윌리엄 셰익스피어에 대한 금아의 평가를 들어보자.

셰익스피어는 때로는 속되고, 조야하고, 수다스럽고 상스럽기까지 하다. 그러한 그 바탕은 <u>사랑</u>이다. 그의 글 속에는 자연의 아름다움, 풍부한 <u>인정미</u>, 영롱관 이미지, 그리고 유머와 아이러니가 넘쳐흐르고 있다. 그를 읽고도 비인간적인 사람은 적을 것이다. (「셰익스피어」 부분, 『인연』 176쪽, 밑줄 필자)

한때 누가 금아를 "한국의 찰스 램"이라고 비교했는데 금아가 반농담조로 "찰스 램이 영국의 피천득"이라고 말을 바꾸었다는 일화가 있다. 18세기 영국 낭만주의 수필가 찰스 램은 금아가 좋아하는 수필가이다. 정(情)은 램에게서 사랑으로 드러난다.

그는 역경에서도 인생을 아름답게 보려 하였다. (……)
그는 오래된 책, 그리고 옛날 작가를 사랑하였다. 그림을 사랑하고 도자기를 사랑하였다. (……)
자기 아이는 없으면서 모든 아이들은 사랑하였다.
어떤 굴뚝 청소부들을 사랑하였다. 그들이 웃을 때면 램도 같이 웃었다.
(「찰스 램」 부분, 『인연』 191, 193쪽)

램은 어린이뿐만 아니라 사람들과 책, 도자기, 굴뚝 청소부들과도 공감할 수 있는 넉넉한 인정미를 가진 사랑할 줄 아는 사람이었다.

금아는 20세기 대표적인 미국 시인 로버트 프로스트를 좋아했다. 금아는 1955년 하버드대 교환교수로 1년간 미국을 방문했을 때 프로스트를 직접 만나 교분을 쌓았다. 금아의 문학과 프로스트의 문학세계는 유사한 부분이 많다. 금아는 프로스트에 대해 2편의 수필을 남겼다.

> 시는 기쁨으로 시작하여 예지로 끝난다."고 당신은 말했습니다. 그 예지는 냉철하고 현명한 예지가 아니라, 인생의 슬픈 음악을 들어온 인정 있고 이해성 있는 예지인 것입니다. 당신은 애인과 같이 인생을 사랑했습니다. (「로버트 프로스트 I」 부분, 『인연』 186쪽)

기쁨, 예지, 인정(미), 사랑의 고리로 이어진 프로스트의 시 세계를 금아는 언제나 흠모했다. 금아는 "그는 자연의 시인인 동시에 그 자연 속에서 사는 인간의 시인이다. 인생의 슬픈 일을 많이 본 눈으로 그는 애정을 가지고 세상을 대한다."(「로버트 프로스트 I」, 『인연』 188)고 지적하면서 자연 속에 사는 프로스트에게서 인정이 애정으로 변하는 모습을 보았다.

금아는 프로스트의 시 「자작나무」를 한 구절 인용하였다.

> 이 세상은 사랑하기에 좋은 곳입니다.
> 더 좋은 세상이 있을 것 같지 않습니다. (『인연』 190)

금아는 수필 「유머의 기능」에서 "유머는 위트와는 달리 날카롭지 않으며 풍자처럼 잔인하지 않다. 비평적이 아니고 동정적이다. 붓꽃을 튀기지도 않고 가시가 들어 있지도 않다. 유머는 따스한 웃음을 웃게 한다. (……) 유머는 다정하고 온화하며 지친 마음에 위안을 준다. (……) 유머는 인간에게 주어진 큰 혜택의 하나다"(『인연』 300쪽, 밑줄 필자)라고 말하고 있다. 다른 수필에서 금아는 "진정한 멋은 시적 윤리성"(「멋」, 『인연』 215쪽)이라고 규정하며 조선 중기에 나라를 구한 역관(譯官) 홍순언(洪淳彦)에 대해 "천금을 주고도 중국 소저(小姐)의 정조를 범하지 아니한 통사(通史) 홍순언은 우리나라의 멋있는 사나이였다"(216쪽)고 적고 있다. 금아는 "정"(情)이 많은 사람을 "멋있는" 사람으로 보고 있다.

금아는 문학이나 작가의 평가기준의 토대를 이루는 정(情)을 자신의 시와 수필과 관련시켜 다음과 같이 말하고 있다.

> 내가 시와 수필에서 가장 중요하게 생각하는 것은 순수한 동심과 맑고 고매한 서정성, 그리고 위대한 정신세계입니다. 특히 서정성은 세월이 아무리 흘러도 변하지 않는 것입니다. 나는 시와 수필의 본령을 그런 서정성을 창조하는 데 있다고 생각합니다. 그래서 나는 수필을 시처럼 쓰고 싶었습니다. 많은 서정성과 고매한 정신세계를 내 글 속에 담고 싶었습니다. (『내가 사랑하는 시』 서문, 10~11쪽)

여기에서 금아는 정(情)을 좀 더 구체적으로 "순수한 동심", "맑고 고매한 서정성", "위대한 정신세계"로까지 확장시키고 있다.[7]

---

7 하길남은 정(情)을 토대로 한 피천득 수필을 수필 「서영이와 난영이」와 「비원」을 논하면서 다음과 같이 규정 짓는다: "피천득의 수필을 한마디로 '천진성(天眞性)의 미학, 그 정(情)의 미학이라고 할 수 있을 것이다. (……) 금아의 수필은 유리그릇 위에 피리소리가 굴러가듯 잡티 하나 없이 맑고 투명하다. 그리고 지나치게 순수하고 고운 심성에 어리는 아름다운 꿈의 난간을 거닐 듯 아련하고 환상적이다. (……) 이러한 마음을 우리는 천심(天心)이라고 불러왔다. 하늘의 마음이 이와 같은 것임을 우리는 알고 있다. (……) 이처럼 피천득 수필가는 사람뿐 아니라 세상의 모든 생명들에게 이러한 정성을 보내고 있는 것이다. (……) 하나님은 이런 사람들을 위해서 천당이란 곳을 만들어 놓았던 것이다. 세상에 빛을 주는 사람은 위대한 정치지도자나 이른바 사회지도자들이 아니다. 피천득과 같은 천심을 지닌 성자인 것이다."(하길남, 「한국 서정수필의 현주소─현황과 전망」, 『수필학』, 한국수필학회, 2012, 278~280쪽, 밑줄 필자)

춘원과 금아는 모두 그들의 삶과 문학을 파토스(pathos)에서 출발하였다. 춘원과 금아는 아리스토텔레스가 『수사학』에서 말한 3가지 힘인 에토스(ethos;인격, 친위), 파토스(감성), 로고스(logos;논리, 이성) 중 파토스에 속한다. 조실부모에 따른 상실감과 불안감에서 오는 고아의식 그리고 나라를 잃고 일본 식민제국주의 강점기의 억압과 착취에서 오는 비애감과 울분은 그들 문학의 뿌리가 되었다. 그들은 개인적 슬픔과 민족적 비극 속에서 쉽사리 에토스와 로고스에 기대어 살아갈 수 없었다. 그리움, 서러움, 외로움, 아픔 등은 춘원과 금아를 파토스의 세계로 내몰았다. 한 역사학자의 설명을 들어보자.

> 파토스, 고대 그리스 당시부터, 에토스의 파탄과 연관된 불길한 단어, 어둠과 고통의 심연. 로고스에 비할 때, 언제나 가볍고 일시적이며 유치한 표면이었다. 타락과 파멸로의 경박한 충동이었다. (……) 삶의 끝난 우리는 무엇을 원할까? 로고스? 거대하나 차갑고 무표정한 그것? 단 차라리 굴곡의 부침(浮沈)의 파토스이다. 내 곁의 살아있는 하나의 감성이다. (……) 파토스, 파토스의 힘. 우리를 움직여 살게 하는 것은, 정녕 회색의 일상을 녹색으로 지탱케하는 것은, 빙한(氷寒)의 로고스가 아니다. 오히려 "끝까지 가봐요, 우리"의 짙고도 강렬한 파토스이다. (김현식, 8쪽)

파토스는 춘원과 금아를 정(情)으로 이끌어 후일에 정은 다시 에토스적인 사랑의 원리로 이끌었다.

2) 세계시민주의 시대의 사랑의 문화윤리학으로

금아의 정(情)의 문학이 좁은 의미의 정의 세계에만 머무르는 것은 아니다. 금아 문학의 목표는 정을 통해서 새로운 세계를 창조하는 것이다. 금

아에게 위대한 시인은 고매한 서정성만을 천착하는 사람이 아니라 사회성
도 가지는 사람이다.

> 진정한 시인은, 가진 것이 많은 사람의 편, 권력을 가진 사람의 편에 되
> 는 것이 아닙니다. 진정으로 위대한 시인은 가난하고 그늘진 자의 편에 서
> 야 하고 그런 삶을 마다하지 않아야 합니다. (『내가 사랑하는 시』 12쪽)

따라서 금아에게 시의 서정성과 사회성은 대립되는 것이 아니라 상보적
인 관계에 있다(『내가 사랑하는 시』 10쪽). 그러나 금아의 문학은 사회성보
다는 서정성에 더 기운다는 것은 사실에서 볼 때 금아 자신은 자신의 문학
속에서 서정성과 사회성이 균형 있게 들어 있다는 뜻보다는 이 두 가지가
모두 우리 사회에 필요한 문학이라는 것을 강조하고 있다고 하겠다. 가장
서정적이고 단순한 것이 사회적이고 복잡한 것에 대한 또 다른 문학적 반
영이 아니겠는가?[8]

금아는 1975년에 발표한 「콩코드의 찬가」라는 수필에서 15세기 미국의

---

8 금아는 2007년 봄 타계하기 전 자신에 대한 현대시인 집중연구 특집을 준비한 『시와 시
학』(2007년 가을호)을 위해 써준 시 「그들」에서 인간의 문명과 역사 뒤에서 희생된 그들
(민중들)의 "피"와 "신음소리"에 대한 관심과 사랑을 보여주고 있다.

만리장성
피라미드
그들의 피가 흐르고 있다.

그리스의 영광
로마의 장엄
그들의 신음소리가 들린다. (「그들」 전문)

정진홍은 금아가 "전쟁과 분단의 한 가운데서도 일상의 <u>사랑과 평화</u>를 씨줄·날줄로 자아
나간 사람이란 생각이 든다"(『중앙일보』 2010년 5월 29일자 밑줄 필자)고 적은 바 있다.

대표적인 시인 랠프 월도 에머슨의 시 「전쟁기념비 건립식에」를 번역 소개한다. 콩고드는 미국 동부 보스턴 근처에 있는 미국 독립전쟁의 발상지이다. 금아는 에머슨의 이 시가 "숭고한 애국충정의 표현"이지만 "여기에는 적에 대한 적개심도 조금도 없고 오히려 동정이 깃들어 있다"(「콩코드의 찬가」, 『인연』 303쪽~304쪽)고 적고 있다. 금아는 계속해서 다음과 같이 말한다.

> 감격하게 하는 것은 그 기념비 가까이 놓여 있는 영국 병사들을 위한 조그마한 비석이다. 여기에는 미국국민의 아량과 인정미가 흐르고 있다. 작은 그 비석에는 다음과 같은 말이 쓰여 있다.
>
> **영국병사의 무덤**
>
> 그들은 3,000마일을 와 여기서 죽었다.
> 과거를 독좌 위에 보존하기 위하여
> 대서양 건너 아니 들리는
> 그들의 영국 어머니의 통곡 소리 (「콩코드의 찬가」 부분, 『인연』 304쪽)

금아는 수필집 『인연』의 마지막 작품인 「만년」에서 거의 종교적 경지에 다다른 듯한 소망을 내놓고 있다.

> 하늘에 별을 쳐다볼 때 내세가 있었으면 해보기도 한다. 신기한 것, 아름다운 것을 볼 때 살아있다는 사실을 다행으로 생각해 본다. 그리고 훗날 내 글을 읽는 사람이 있어 "사랑을 하고 갔구나."하고 한숨을 지어 주기를 바라기도 한다. 나는 참 염치없는 사람이다. (「만년」 부분, 『인연』 306쪽, 밑줄 필자)

금아는 죽어서도 자신의 삶의 남들—타자로서 이름 지워진 자연이나 사람들—을 "사랑"하며 살다가 세상을 떠난 사람으로 기억되기를 갈구하고 있다. 내세에 그러한 소망을 가진 사람은 현세에서 얼마나 이웃을 사랑하려고 노력했을까 생각해본다. 내세를 믿으면 우리는 현세에서 남들을 함부로 욕하거나 미워하거나 싸울 수가 없을 것이다.

궁극적으로 춘원과 금아에게 정(情)의 문학과 사랑의 원리는 고통 속의 개인의 구원이나 피압박 민족의 해방에만 이르는 길이 아니라 인류보편에게 확산되어야 할 박애주의(philanthropism)로까지 발전된다. 그것은 분명 세계시민주의(cosmopolitianism) 시대의 문화윤리학이다. 춘원과 금아는 개인과 민족에서 출발하였지만 그것들에만 매어 있었던 사람들은 아니었다. 그들은 개인과 민족을 타고 넘어서고 있다. 이것이 우리가 또한 주목할 부분이라고 여겨진다. 개인, 민족, 세계는 서로 밀접하게 연결되어 있고 침투되어 있다. 세계의 모든 것이 상호 의존적이라는 인식은 생태학적 깨달음이다. 춘원과 금아에게 개인과 민족을 넘어서는 돌파구가 없었다면 그들은 당시의 고단한 역사와 현실의 질곡 속에서 지탱할 수 없었을지도 모른다. 이런 의미에서 우리는 이제부터 이러한 넓고 열린 조망에서 춘원과 금아의 삶과 문학을 재조명해야 한다.[9]

---

9 세계시민주의 시대에 금아 피천득 문학의 가능성에 대한 짧은 논의로는 졸저 『산호와 진주—금아 피천득 문학 연구』(푸른사상사, 2012) 287~296쪽 참조. 이명재는 금아 수필에 관한 논의에서 금아 문학의 세계성에 대해 다음과 같이 논한 바 있다:"금아 수필의 나머지 특성 하나는 그 자신의 동서양에 걸친 폭넓은 문화체험과 지적인 활용이다. (……) 그의 행동반경은 실제 생활에서 공간적으로 동서양에 두루 걸쳐 있다. 서울에서 태어나 몇 차례의 해외유학을 거쳤고 영문학과 중국문학을 겸하여 지적인 활동영역이 넓다. 즉, 서울—상해—동경—보스턴으로 이어진 행동반경과 한국문학—중국문학—일본문학—영미문학에 걸친 지적 공간은 그의 글쓰기에 직간접적으로 표출되어 있다"(이명재, 『한국문학의 다원적 비평』, 작가와 비평, 240쪽).

■■■참고문헌

1차 자료

피천득, 『수필』(범우에세이선 17), 범우사, 1976.

_____, 「윤오영 그 인간과 문학」, 『수필문학』 제5권 7호(1976년 7월호).

──── , 『금아문선─피천득 수필집』, 일조각, 1980.

_____, 「숙명적인 반려자」, 『내 문학의 뿌리』, 문학의 집 서울 편, 도서출판 답게, 2005.

_____, 『인연』(금아 피천득 문학전집 1), 샘터, 2008.

_____, 『수필』, 범우사, 2009.

2차 자료

권영민 외, 『실험과 도전, 식민지의 심연』(탄생 100주년 문학인 기념 문학제 논문집), 민음사, 2010.

김상배, 「피천득의 수필세계」, 『국문학논집』 13집, 단국대, 1989.

김요섭 외, 『산호와 진주와 금아─피천득을 말한다』, 샘터, 2003.

김우창, 「작은 것들의 세계─피천득 론」, 『궁핍한 시대의 시인─현대문학과 사회에 관한 에세이』, 민음사, 1977.

_____, 「피천득 선생의 수필세계」, "피천득 선생 탄생 100주년 기념세미나 자료집", 국제펜클럽 한국본부, 2010. 6. 4.

김재순, 「아름다운 인연, 잊을 수 없는 인연」, 『대화─90대, 80대, 70대, 60대 4인의 메시지』(대담), 피천득, 김재순, 법정, 최인호 지음, 샘터, 2004.

김재홍(대담), 「청빈과 무욕의 서정」(다시 읽는 대담), 『시와 시학』, 1993년 여름호.

김정빈, 『인생은 작은 인연들로 아름답다』, 샘터, 2003.

손광성, 「금아 피천득 선생의 생애와 문학」(대담), 『에세이 문학』 제88호(2004년 겨울호).

_____, 「피천득 선생의 생애」, "피천득 선생 탄생 100주년 기념 세미나 자료집", 국제펜클럽 한국본부, 2010. 6. 4.

심명호, 「총론─금아 피천득의 생애와 문학」, 『문학과 현실』 15호(2010년 겨울호).

오증자, 「적당히 가난한 삶의 사랑」. 『산호와 진주와 금아』 샘터, 2003.

윤오영, 『수필문학입문』. 태학사, 2001.

_____, 정민 편, 『곶감과 수필』, 태학사, 2002.

_____, 「친우 피천득의 수필」, 김우창 외, 『산호와 진주와 금아─피천득을 말한다』. 샘터, 2003.

윤재천, 『퓨전수필을 말하다』, 도서출판 소소리, 2011.

이만식, 「순수하게 그리고 우아하게 강력한: 피천득의 시 세계」, 『문학과 현실』 제15호(2010년 겨울호).

이명재, 「피천득 수필의 기법적 특징」, 『한국문학의 다원적 비평』, 작가와 비평, 2011.

이창국, 「피천득: 수필가인가? 시인인가?」, 『문학과 현실』 제15호(2010년 겨울호).

이태동, 「작은 것이 지닌 아름다움의 발견─피천득의 수필세계」, 『실험과 도전, 식민지의 심연』(2010년 탄생 100주년 문학인 기념문학제 자료집), 2010년 4월 1일. 프레스센터 국제회의장.(한국작가회의, 대산문화재단 주최).

임정옥, 「피천득의 수필 연구」, 고려대학교 석사논문, 2010.

정 민, 「피천득과 윤오영, 한국 수필의 새 기축(機軸)」, "금아 피천득 추모 5주기 기념 학술대회 자료집", 중앙대, 2012. 5. 19.

정정호, 「피천득의 1930년대 초 등단기의 작품 활동 개관」, 『문학과 현실』 제21호(2012년 여름호).

정진권, 「떠남과 보냄의 미학─피천득 선생의 수필에 대하여」, 김우창 외, 『산호와 진주와 금아』, 샘터, 2003.

정진홍, 「피천득이 그리운 까닭」, 『중앙일보』 2010년 5월 29일자.

차주환, 「피천득의 수필세계」, 김우창 외, 『산호와 진주와 금아』, 샘터, 2003.

최영숙, 「피천득 수필문학 연구」, 『사림어문연구』 14호, 2001.

최인호, 「밤하늘의 별, 모래밭의 진주 같은……─피천득 선생 수필집 『인연』을 읽고」, 김우창 외, 『산호와 진주와 금아』 샘터, 2003.

하길남, 「한국 서정 수필의 현 주소─현황과 전망」 『수필학』, 한국수필학회, 2012.

Bachelard, Bachelard. *The Poetics of Reverie: Childhood, Language and the Cosmos.* Trans.

Daniel Russell. Boston: Beacon Press, 1969.

Derrida, J. *Of Grammatology*. Trans. Gayatri Spivak. Baltimore: Johns Hopkins UP, 1976.

Lacan, Jacques. *Écrits: A Selection*. Trans. Alan Sheridan. London: Tavistock, 1977.

Lukacs, G. *Soul and Form. Trans. Anna Bostock*. Cambridge: The MIT Press, 1974.

Montaigne, Michel. *The Complete Essays of Montaigne*. Trans. Donald M. France. Stanford: Stanford UP, 1965. Princeton: Prince UP, 1978.

제11장

피천득과 윤오영, 한국수필의 새 기축(機軸)

정 민*

■■■

　피천득 선생의 수필세계를 한학 전공의 필자가 말하려니 붓끝이 외람되다. 어찌 맵게 사양하지 못했나 하는 후회가 늦다. 뜻하지 않게 두 분의 글을 새로 꺼내 읽으며 입가에 나도 몰래 미소가 지어지는 청복을 누린 것은 분외의 일이다. 피천득, 윤오영 두 분은 어린 시절부터의 벗으로 한국 수필의 새 기축을 함께 열었다. 영문학과 한학으로 학문 배경이 달랐던 두 분이 수필의 한 마당에서 어찌 함께 만나 동서양 고전의 향기를 현대수필에 버무려 온축해내었을까? 피천득은 영국 찰스 램의 『엘리아 수필집』을 응시했다. 윤오영은 송나라 소동파, 명말청초 장대(張岱)와 연암 박지원의 산문을 사숙했다. 다른 뿌리에서 나온 두 분의 수필세계는 다르면서 아주 같고, 같지만 전혀 다르다.

　이 글을 딱딱한 논문으로 쓸 생각이 없다. 내 말은 아끼고, 두 분의 말씀

＊　한양대 교수. 저서 『비슷한 것은 가짜다』, 『고전 문장론과 연암 박지원』, 『오직 독서뿐』 외.

과 옛글을 견줘 맛이 다른 조각보 하나를 만들어볼 궁리를 했다. 두 분이 서로에 대해 논한 것과 수필에 대한 생각을 정리하고, 피천득 수필의 묘처를 예시로 들어보겠다. 또 피천득과 윤오영을 한문 고전소품과 엮어 읽기 방식으로 살펴 동양 고전과 현대수필의 회동과 회통의 장면을 음미해보려 한다. 그간의 논의와 조금 다른 지점을 포착할 수 있다면 이 글의 소임을 잘 마친 것이다. 질정을 청한다.

1.

두 분은 중학 시절부터의 단짝 친구다. 윤오영은 친구 피천득의 회갑을 축하하며 「수금아회갑서」(壽琴兒回甲序)를 썼다. 피천득은 윤오영의 수필을 기려 「치옹」(癡翁)을 지었다. 금아와 치옹은 두 분의 호다. 윤오영이 본 피천득은 이렇다.

> 금아의 글은 안개 한 겹 가림 없는 금아 그대로의 진솔한 자기다. 그러므로 그를 말할 때 그의 글을 말하게 된다. 문학은 사람에 따라 호사도 될 수 있고, 명예도 될 수 있고, 출세의 도구도 될 수 있지만, 사람에 있어서는 인생의 외로움을 달래는 또 하나의 외로움인 동시에 사랑이다. 금아의 글은 후자에 속한다. 도도하게 구비쳐 흐르는 호탕한 물은 아니지만, 산곡간에 옥수 같이 흐르는 맑은 물이다. 탁류가 도도하고 홍수가 밀리는 이때, 그의 글이 더욱 빛난다. 그의 글이 곱다 하여, 화문석같이 수월한 무늬가 아니요, 한산 세모시같이 곱게 다듬은 글이다. 그의 글이 평온하다 하여 안일한 데서 온 글이 아니다. 옥을 쭙는 시내물은 그 밑바닥에 거친 돌부리와 아픈 자갈이 깔려 있다. "수필은 청자 연적이요, 난이요 학이요, 청초한 여인"이라고 했다. 그것은 바로 자기의 수필을 말함이다. "손때 묻고 오래 쓰던 가구를 사랑하되, 화려해서가 아니라 정든 탓이라"고 했다. 그는 정(情)의 인(人)이다. 그는 "녹슬은 약저울이 걸려 있는 가난한 약방"을 자

기 집 서재에서 그리워하고 있다. 그는 청빈의 인이다. 그는 "자다가 깨서 보려고 장미 일곱 송이를 샀다." 그는 관조의 인이다. 그는 도산 장례에 참례하지 못한 것을 "예수를 모른다고 한 베드로보다 부끄럽다"고 했다. 그는 진솔의 인이다. 그는 진실과 유리된 붓을 희롱하지 않는 사람이다. 그는 "새댁이 김장 삼십 번만 담그면 할머니가 되는 세월"을 탄식했다. 자기가 보고 느낀 세월이다. (「수금아회갑서」 부분)

윤오영이 피천득의 회갑을 축하하기 위해 1970년 5월 27일에 쓴 글이다. 몇 해 뒤 피천득은 위 글에 답례하듯 「치옹」을 썼다.

그의 수필의 소재는 다양하다. 그는 무슨 제목을 주어도 글다운 글을 단 시간에 써낼 수 있다. 이런 것을 작가의 역량이라고 하나 보다. 평범한 생활에서 얻는 신기한 발견, 특히 독서에서 오는 풍부하고 심각한 체험이 그에게 많은 이야기 거리를 제공한다. 그리고 이 소득은 그가 타고난 예민한 정서, 예리한 관찰력, 놀랄 만한 상상력, 그리고 그 기억력의 산물이다.

옥같이 고루 다듬어진 수필들이 참으로 많고 많다. 「염소」 「비원의 가을」 「찰밥」 「달밤」 「소녀」 「소창」 「봄」 「방망이 깎던 노인」 「산」 「생활의 정」 「아적 독서론」 등은 그중에서도 걸작들이다.

금강석 같이 빛나는 대목들이 헤아릴 수 없을 만큼 많다.

「염소」라는 수필에,

"……그리고 주인이 저를 흥정하고 있는 동안은 주인 옆에 온순하게 충실히 기다리고 서 있듯, 그리고 길가에 버려 있는 무청 시래기 옆에 세워 두면 다투어 푸른 잎을 뜯어먹듯, 그리고 다시 끌고 가면 먹던 것을 놓고 총총히 따라가듯."

또 문득 유원(悠遠)한 영겁을 느끼게 하는 「비원의 가을」의 절구.

'위대한 사람은 시간을 창조해 나가고 범상한 사람은 시간에 실려간다. 그러나 한가한 사람이란 시간과 마주 서 있어본 사람이다.'

또 '조약돌 같은 인생. 다시 조약돌을 손에 쥐고 만져본다. 부드럽고 매끄럽다. 옥도 아닌 것을 구슬도 아닌 것을, 그러나 옥이면 별것이요 구슬이면 별것이냐. 곱고 깨끗한 것이 부드럽게 내 손에 쥐어지면 그것이 곧 옥이요 구슬이지.'

그의 수필에서 우리는 전통문화에 대한 지식을 배우고 읽어 내려가는 동안에 향수를 느낀다. 그 글에는 작은 사물에 대한 깊이 있는 음미가 있고 종종 현실을 암시하는 경구도 있다. 감각적이고 때로는 감상적이 되기도 한다. 그러나 그는 자제할 줄을 안다. (「치옹」 부분)

주거니 받거니 한 두 분의 글을 읽자면 나는 지훈의 「완화삼」에 「나그네」로 화답하던 목월의 마음을 알 것 같다.

두 분은 수필을 두고도 나란히 글을 썼다. 윤오영의 수필론을 먼저 읽는다. 나는 선생의 『수필문학입문』 중 「수필의 성격」이란 글 중에 있는 다음 대목이 너무 좋아서, 여러 해 전 태학산문선에 윤오영의 수필집을 올리면서 이 부분을 따로 떼어내어 독립적 글로 소개한 후, 책 제목을 내 멋대로 『곶감과 수필』로 달기까지 했다.

소설을 밤[栗]에, 시를 복숭아[桃]에 비유한다면 수필은 곶감[乾柿]에 비유될 것이다. 밤나무에는 못 먹는 쭉정이가 열리는 수가 있다. 그러나 밤나무라 하지, 쭉정나무라 하지는 않는다. 그리고 보면 쭉정이도 밤이다. 복숭아에는 못 먹는 뙈기 복숭아가 열리는 수가 있다. 그러나 역시 복숭아나무라 하고 뙈기나무라고는 하지 않는다. 즉 뙈기 복숭아도 또한 복숭아다. 그러나 감나무와 고욤나무는 똑같아 보이지만 감나무에는 감이 열리고 고욤나무에는 고욤이 열린다. 고욤과 감은 별개다. 소설이나 시는 잘못되어도 그 형태로 보아 소설이요 시지 다른 문학의 형태일 수가 없다. 그러나 문학수필과 잡문은 근본적으로 같지 않다. 수필이 잘 되면 문학이요, 잘 못되면 잡문이란 말은 그 성격을 구별 못한 데서 온 말이다. 아무리 글이 유창하고, 재미있고, 미려해도 문학적 정서에서 출발하지 아니한 것은 잡문이다. 이 말이 거슬리게 들린다면, 문장 혹은 일반수필이라고 해도 좋다. 어떻든 문학작품은 아니다.

밤은 복잡한 가시로 송이를 이루고 있다. 그 속에 껍질이 있고, 또 보늬가 있고 나서 알맹이가 있다. 소설은 복잡한 이야기와 다양한 변화 속에 테마[主題]가 들어 있다. 복숭아는 살이다. 이 살 자체가 천년반도(千年蟠

桃)의 신화를 연상케 하는 아름다운 형태를 이루고 있다. 시는 시어 자체가 하나의 이미지로 조성되어 있다. 그러면 곶감은 어떠한가. 감나무에는 아름다운 열매가 무럭무럭 자라고 있다. 그 푸른 열매가. 그러나 그 푸른 열매는 풋감이 아니다. 늦은 가을 풍상을 겪어 모든 나무에 낙엽이 질 때, 푸른 하늘 찬서리 바람에 비로소 붉게 익은 감을 본다. 감은 아름답다. 이것이 문장이다. 문장은 원래 문채란 뜻이니 청적색이 문(文)이요, 적백색이 장(章)이다. 그 글의 찬란하고 화려함을 말함이다. 그러나 감이 곧 곶감은 아니다. 그 고운 껍질을 벗겨야 한다. 문장기(文章氣)를 벗겨야 참 글이 된다는 원중랑(袁中郎)의 말이 옳다. 그 껍질을 벗겨서 시득시득하게 말려야 한다. 여러 번 손질을 해야 한다. 그러면 속에 있던 당분이 겉으로 나타나 하얀 시설(柿雪)이 앉는다. 만일 덜 익었거나 상했으면 시설은 앉지 않는다. 시설이 잘 앉은 다음에 혹은 납작하게 혹은 네모지게 혹은 타원형으로 매만져 놓는다. 이것을, 곶감을 접는다고 한다. 감은 오래 가지 못한다. 곶감이라야 오래 간다. 수필은 이렇게 해서 만든 곶감이다. 곶감의 시설은 수필의 생명과도 같은 수필 특유의 것이다. 곶감을 접는다는 것은 수필에 있어서 스타일이 될 것이다. 즉 그 수필, 그 수필마다의 형태가 될 것이다. 그러면 곶감의 시설은 무엇인가. 이른바 정서적 신비적 이미지가 아닐까. 이 이미지를 나타내는 신비가 수필을 둘러싸고 있는 놀과 같은 무드다. 수필의 묘는 문제를 제기하되 소설적 테마가 아니요, 감정을 나타내되 시적 이미지가 아니요, 놀과도 같이 아련한 무드에 싸인 신비로운 정서에 있는 것이다. (「수필의 성격」 부분)

　수필에 대한 정의가 이토록 명쾌하고 상쾌하다. 피천득은 또 「수필」이란 아름다운 글을 남겼다.

　수필은 청자 연적이다. 수필은 난이요, 학이요, 청초하고 몸맵시 날렵한 여인이다. 수필은 그 여인이 걸어가는 숲속으로 난 평탄하고 고요한 길이다. 수필은 가로수 늘어진 페이브먼트가 될 수도 있다. 그러나, 그 길은 깨끗하고 사람이 적게 다니는 주택가에 있다.
　수필은 청춘의 글은 아니요, 서른여섯 살 중년 고개를 넘어선 사람의 글이며, 정열이나 심오한 지성을 내포한 문학이 아니요, 그저 수필가가 쓴 단순한 글이다.

수필은 흥미를 주지마는 읽는 사람을 흥분시키지는 아니한다. 수필은 마음의 산책이다. 그 속에는 인생의 향취와 여운이 숨어 있는 것이다.

수필의 색깔은 황홀 찬란하거나 진하지 아니하며, 검거나 희지 않고 퇴락하여 추하지 않고, 언제나 온아우미(溫雅優美)하다. 수필의 빛은 비둘기 빛이거나 진주빛이다. 수필이 비단이라면 번쩍거리지 않는 바탕에 약간의 무늬가 있는 것이다. 이 무늬는 읽는 사람의 얼굴에 미소를 띄게 한다.

수필은 한가하면서도 나태하지 아니하고, 속박을 벗어나고서도 산만하지 않으며, 찬란하지 않고 우아하며 날카롭지 않으나 산뜻한 문학이다.

수필의 재료는 생활 경험, 자연 관찰, 또는 사회 현상에 대한 새로운 발견, 무엇이나 다 좋을 것이다. 그 제재가 무엇이든간에 쓰는 이의 독특한 개성과 그때의 무드에 따라 '누에의 입에서 나오는 액이 고치를 만들 듯이' 수필은 써지는 것이다. 수필은 플롯이나 클라이맥스를 필요로 하지 않는다. 가고 싶은 대로 가는 것이 수필의 행로이다. 그러나, 차를 마시는 거와 같은 이 문학은 그 방향(芳香)을 갖지 아니할 때에는 수돗물같이 무미한 것이 되어버리는 것이다.

수필은 독백이다. 소설가나 극작가는 때로 여러 가지 성격을 가져보아야 된다. 셰익스피어는 햄릿도 되고 폴로니아스 노릇도 한다. 그러나 수필가 램은 언제나 찰스 램이면 되는 것이다. 수필은 그 쓰는 사람을 가장 솔직히 나타내는 문학 형식이다. 그러므로 수필은 독자에게 친밀감을 주며, 친구에게서 받은 편지와도 같은 것이다.

덕수궁 박물관에 청자 연적이 하나 있었다. 내가 본 그 연적은 연꽃 모양을 한 것으로, 똑같이 생긴 꽃잎들이 정연히 달려 있었는데, 다만 그중에 꽃잎 하나만이 약간 옆으로 꼬부라졌었다. 이 균형 속에 있는 눈에 거슬리지 않은 파격이 수필인가 한다. 한 조각 연꽃잎을 꼬부라지게 하기에는 마음의 여유를 필요로 한다.

이 마음의 여유가 없어 수필을 못 쓰는 것은 슬픈 일이다. 때로는 억지로 마음의 여유를 가지려 하다가는 그런 여유를 갖는 것이 죄스러운 것 같기도 하여 나의 마지막 십분지 일까지도 숫제 초조와 번잡에 다 주어버리는 것이다. (「수필」 전문)

두 분의 글은 서로 기미(氣味)와 기맥이 통한다. 두 사람은 같은 말을 다르게 했다. 피천득은 수필이 개성과 무드로 누에가 실을 뽑듯 자연스레 쓰지만 향기를 지닌 차와 같은 것이라고 했다. 윤오영은 문장기를 버리고 껍질을 깎아 시득시득 말릴 때 곶감의 표면에 하얗게 내려앉은 분꽃 같은 시설(柿雪)이 수필이라고 했다. 그 역시 신비로운 놀과 같은 무드를 강조했다. 두 사람 모두 소설이나 극작과 시를 수필에 비겨 설명한다. 이 두 글을 나란히 읽어보면 서로를 무척 의식했던 것을 알겠다.

상동구이(尙同求異)라고나 할까? 두 사람이 걸어간 길은 같되 같지가 않다. 피천득은 '중키보다 좀 작고 눈이 맑고 말을 더듬은' 찰스 램을 사랑하여, 오래된 책과 옛날 작가를 사랑하고, 그림과 도자기를 사랑하고, 작은 사치를 사랑하며, 여자를 존중히 여겼던 램과 같은 취향을 살았다. 1년의 하버드 체류 동안 보스턴미술관의 한국 도자실을 매주 서성거렸고, 덕수궁의 청자 연적에 오래 눈길이 머물렀다. 일찍 돌아가신 어머니와 딸 서영을 연인처럼 그리며 사랑했고, 인형 난영이를 매일 머리 빗겨주고 목욕시켜 주었다. 또 '잠이 깨면 바라다보려고 장미 일곱 송이를 사는' 호사와(「장미」), 잉그리드 버그만이 필립 모리스를 핀다는 기사를 읽고 담배 피지 않던 그가 모리스 한 갑을 피우는 작은 사치를 마다하지 않았다(「반사적 광영」). 찰스 램이 자기 학교, 자기 회사, 극장, 배우들, 거지들, 뒷골목 술집, 책사, 이런 것들의 작은 얘기를 끝없는 로맨스로 엮어 『엘리아 수필』을 펴냈던 것처럼, 그는 일상의 자잘한 감동을 경이의 눈길에 담아 『금아문선』을 펴냈다. 그는 찰스 램이 램[양]이라는 자기 이름에 대해 "나의 행동이 너를 부끄럽게 하지 않기를, 나의 고운 이름이여"라고 쓴 것을 보고(「찰스 램」), "아무려나 50년 나와 함께하여, 헐어진 책등같이 된 이름, 금박으로 빛낸 적도 없었다. 그런대로 아껴 과히 더럽히지나 않았으면 한다"(「피가지변」)고 자기 이름에 바치는 헌사를 썼다.

윤오영은 자못 남성 취향이다. 그는 끝없는 해천(海天)이 늠실늠실 울걱이며 호호탕탕하게 밀어닥치는 조수를 보고 '수천 수백만의 흰 물결이 거침없이 진격해 오는 그 승승장구의 호탕한 행진'에 감격적인 충동을 느낀다(「밀물」). 그의 글도 때로 그렇다. 그는 옛 문장을 사모한 나머지 꿈속에 사마천의 집을 찾아가서 '돼지새끼처럼 사금치로 불알을 째는' 광경에 크게 울고, 책장 갈피에서 영웅 호걸들의 이름이 나비같이 날아 우수수 낙엽이 되고 분분히 떨어지다 사라지는 환상 앞에서 땅을 치고 엉엉 울다 제 소리에 잠을 깨는 사람이다(「기몽」(記夢)).

둘이 늘 같은 생각, 같은 말을 하면서도 글의 풍격은 판이하게 달랐다. 같은 것은 마음이요, 다른 것은 문체이니, 옛 사람이 말한 심동모이(心同貌異)이지, 겉만 비슷하고, 속은 다른 모동심이(貌同心異)가 아니었다.

2.

수필은 문체다. 문체 위로 흐르는 무드에서 성패가 결정된다. 윤오영은 「문장과 표현」에서 간결·평이·정밀·솔직을 표현의 네 기준으로 들었다. 문단의장(文短意長), 문간의심(文簡意深), 글은 짧고 뜻이 길어야 함축과 여운이 깃든다. 의현사명(義玄詞明), 속뜻이 깊되 말이 분명해야 전달력이 높아진다. 서사와 묘사에서는 지리산만(支離散漫)을 버리고 선명치밀(鮮明緻密)에 힘쓰라고 했다. 그 내용은 가슴에서 우러난 거짓 없는 진정솔직(眞情率直)이라야 한다. 간결하되 기복농담(起伏濃淡)의 변화가 필요하고, 평이하되 평범에 흘러서는 안 되며, 정밀해도 체삽(滯澁)은 안 되고, 솔직을 졸렬과 맞바꾸어서는 안 된다고 적었다. 가장 중시한 것은 무드로, 이것은 전편의 조화에서 이룩된다. 고기비늘처럼 한 비늘 한 비늘이 가지런히 모여

한 편의 무드가 된다고 보았다.

이제 이러한 요소가 피천득 수필에 어찌 녹아들어 있는지 몇 가지로 나눠 살펴본다. 돌올(突兀)한 서두, 진솔의 정미(情味), 간소(簡素)한 유머, 절제된 마무리, 이 네 가지를 꼽겠다.

첫째 돌올한 서두다. 돌올은 느닷없다는 뜻이다. 윤오영은 수필의 서두를 이렇게 말했다. "안개같이 시작해서 안개같이 사라지는 글은 가장 높은 글이요, 기발한 서두로 시작해서 거침없이 나가는 글은 재치있는 글이요, 간명하게 쓰되 정서의 함축이 있으면 좋은 글이다."(「서두의 득실」)

피천득 수필은 첫 문장이 주는 돌올한 매력으로 사람을 잡아끈다. 몇 예를 든다. "산호와 진주는 나의 소원이었다."(『인연』「서문」) 느닷없다. "1월은 기온으로 보면 확실히 겨울의 한 고비다."(「신춘」) 뚱딴지 같다. "오월은 금방 찬물로 세수를 한 스물한 살 청신한 얼굴이다."(「오월」) 마음이 환해진다. "간절한 소원이 꿈에 이루어지기도 한다."(「꿈」) 무슨 말을 하려고? "마당으로 뛰어내려와 안고 들어갈 텐데 웬일인지 엄마의 얼굴은 보이지 않았다."(「엄마」) 가슴이 철렁 내려앉는다. "지난 사월 춘천에 가려고 하다가 못 가고 말았다."(「인연」) 애틋하다. "말이 채 끝나기도 전에 전화는 끊겼다."(「유순이」) 누가? 왜? "세상을 떠나기 전날 그는 우리집에 전화를 걸고 '피 선생이 왜 늦어지나요' 하더라고. 이것이 지금도 마음을 아프게 한다."(「어느 학자의 초상」) 끝까지 읽어봐도 누군지 알 수 없다. "웃는 얼굴들. 참고 견디고 작은 안정을 유지하려고 애를 쓰고들 산다."(「여린 마음」) 툭툭 던지듯 썼다. "등 넝쿨 트레리스 밑에 있는 세사밭, 손을 세사 속에 넣으면 물기가 있어 차가웠다."(「우정」) 글 속으로 바로 끌고 들어간다.

거두절미(去頭截尾)의 미학이다. 수필의 서두는 예고편이 아니다. 쓸데없는 인용을 잔뜩 늘어놓거나, 이제부터 제가 쓸 말을 장황하게 떠벌리는 서두에 익숙한 독자에게 그의 첫 문장은 늘 청신(淸新)한 느낌을 준다. 다짜고짜 글 속으로 몰입하게 만든다. 글 쓰는 이가 힘을 빼야 가능한데, 이것은 쉽지가 않다.

둘째, 진솔(眞率)의 정미(情味)다. 윤오영은 말한다. "문장도 침착하고 담담한 속에서 정을 살릴 수 있는 것이니 지나치게 화려하거나 들떠서는 못쓴다. 기상조작(奇想粗作), 즉 생각은 기이한데 글은 조잡하다는 말은 아무리 좋은 생각도 조작이 되면 문정을 낳지 못한다는 말이요, 무문농필(舞文弄筆)이란 말은 글재주만 흥청거려도 글이 못 된다는 뜻이다. 문정(文情)이란 반드시 애절한 감상이나 고운 서정을 말하는 것이 아니요, 담담한 문장에서 오는 품위를 말하는 것이다. 마음이 담담하게 가라앉아야 그윽한 정이 고이고, 그윽한 정이 있어야 문장이 방향(芳香)을 머금을 수 있다."(「문정」)

피천득의 수필은 돌올한 서두가 이내 진솔의 정미로 이어지면서 아련한 문정을 깃들인다. 읽는 이의 마음을 정화시킨다. 몇 단락을 읽는다. "강원도 어느 산골에서였다. 키가 크고 늘씬한 젊은 여인이 물동이를 이고 바른 손으로 물동이 전면에서 흐르는 물을 휘뿌리면서 걸어오고 있었다. 그때 또 하나의 젊은 여인이 저편 지름길로부터 나오더니 또아리를 머리에 얹으며 물동이를 받아 이려 하였다. 물동이를 인 먼저 여인은 마중 나온 여인의 머리에 놓인 또아리를 얼른 집어던지고 다시 손으로 동이에 흐르는 물을 쓸며 뒤도 아니 돌아보고 지름길로 걸어 들어갔다. 마중 나왔던 여자는 웃으면서 또아리를 집어 들고 뒤를 따랐다. 이 두 여인은 동서가 아니면 아마 시누 올케였을 것이다. 그들은 비너스와 사이키보다 멋이 있었다."(「멋」) 무심히 스친 장면이 잊을 수 없는 영상이 된다. "예전 북경에는 이른 새벽이면 고궁 담 밖에 조롱을 들고 섰는 노인들이 있었다. 궁 안에서 우는 새소리를 들려주느라고 서 있는 것이다. 울지 않던 새도 같은 종류의 새소리를 들으면 제 울음을 운다는 것이다."(「종달새」) 기르는 새가 울지 않아 안타까운 그 마음을 읽었다. "미국 보스턴 가까이 있는 케임브리지라는 도시에 롱펠로의 「촌 대장장이」라는 시로 유명해진 큰 밤나무가 하나 서 있었다. 이 나무가 도시 계획에 걸려 물의를 일으킨 일이 있었다. 신문 사설에까지 대립된 논쟁이 벌어졌으나, 마침내 그 밤나무는 희생이 되고 말았다. 소학교 학생들은 1센트씩 돈을 모아 그 밤나무로 안락의자를 하나 만들어 롱펠로에게 선사하였다. 시인은 가고 의자만이 지금도 그가 살고 있던 집에 놓여 있다. 나는 잠깐 그 의자에 앉아보았다. 그리고 누가 보지나 않았나 하고 둘러보았다."(「반사적 광영」) 나도 그 의자에 앉아보고 싶다. "나는 어려서 무서움을 잘 탔다. 그래서 늘 머리맡에다 안데르센의 동화에 나오는 주석으로 만든 용감한 병정들을 늘어놓고야 잠이 들었다. 아침에 눈을 떠 보면 나의 근위병들은 다 제자리에서 꼼짝도 아니하고 서 있는 것이다."(「장난감」) 마음이 얼마나 든든했을까? "어느 날 오후, 그레이스라는 타이피스트가 중요한 서류에 '미스' 투성이를 해놓았다. 애인을 떠나보내고 눈에 눈물이 어려서 그랬다는 것이다 (……) 제2차 세계 대전 때 일본에는 '가솔린 한 방울 피 한 방울'이라는 기막힌 표어가 있었다. 석유회사 타이피스트, 그레이스의 그 눈물에는 천만 드럼의 정유(精油)보다 소중한 데가 있다."(「눈물」) 따스하다.

윤오영은 다시 말한다. "조화(造花)는 아무리 아름다워도 나비는 앉지 않고 벌은 오지 않는다. '문은 정야(情也)'란 말이 있거니와, 정이 없으면 진정한 독자는 오지 않는다. 비록 대단하지 아니한 소화(笑話) 일속(一束)이라도 글을 아끼고 소중히 여기는 사람은 문장에 피를 새기지는 못할지언정 스스로 문장의 코미디언이 되기를 허락하지 않는다."(「문정」) 딱 그를 두고

피천득 문학 연구

한 말이다.

셋째는 간소(簡素)한 유머다. 왁자한 웃음이 아니라 완이이소(莞爾而笑)의 빙그레 미소다. 본인이 너스레를 떨며 먼저 웃으면 귀할 것이 하나도 없다. 저는 진중하게 말하는데 읽는 이의 마음이 새털 같이 가벼워져야 유머다. 웃기려 해서 웃기는 것이 아니라, 천성 생긴 대로 말하는데서 오는 자연스런 이끌림이 있어야 한다.

"백금 반지는 일제 말년 백금 헌납 강조 주간에 아니 내어놓으면 큰 벌을 받을까 봐 진고개 어떤 상점에 팔아버렸다. 팔러 가게 될 때까지는 고민이 있었다. 그래서 '진주 반지를 끼면 눈물이 많다'는 말을 누구에게서 들은 것같이 생각하여 보았다. 결혼반지가 중하지 약혼반지는 그리 대단한 것이 아니라고 중얼거리기도 하였다. 백금 값이 폭등하였으므로 지금 파는 것이 경제적으로는 이익이라고 집사람을 달래기도 하였다. 그리고 그 판 돈으로는 '야미' 쌀을 사 먹자고 꾀었다."(「금반지」) 그 풍경이 눈에 선하다. "우리집에는 쏘니라는 이름을 가진 강아지가 있었는데, 제 집을 끔찍이나 사랑하였다. 레이션 상자 속에 내 헌 자켓을 깐 것이 그의 집인데, 쏘니는 주둥이로 그 카펫을 정돈하느라고 매일 장시간을 보내었다. 그리고 그 뻬죽한 턱주가리를 마분지 담벽에다 올려놓고 우리들 사는 것을 구경하고, 때로는 명상에 잠기기도 하였다. 그리고 저의 집 앞은 남이 얼씬도 못하게 하였다. 마치 궁성을 지키는 파수병같이 나는 이 개 못지않게 집을 위하였다."(「이사」) 개와 함께 사는 풍경이다. "옛날 왕의 이야기가 나왔으니 말이지, 어떤 영국 사람이 자기 선조가 영국왕 헨리 6세의 지팡이에 맞아 머리가 깨진 것을 자랑삼아 써놓은 글을 읽은 적이 있다. 바이런이 영국 사교계의 우상이었던 때, 사람들은 바이런같이 옷을 입고 바이런같이 머리를 깎고 바이런 같은 웃음을 웃고 걸음걸이도 바이런같이 걸었다. 그런데 바이런은 약간 절름발이였다."(「반사적 광영」) 내게도 자기 조상이 만든 컨닝 페이퍼를 값 나가는 고서로 알고 찾아온 사람이 있었다. "나는 술과 인생을 한껏 마셔보지도 못하고 그 빛이나 바라다보고 기껏 남이 취하는 것을 구경하느라고 살아왔다. 나는 여자를 호사 한번 시켜보지 못하였다. 길 가는 여자의 황홀한 화장과 찬란한 옷을 구경할 뿐이다. 애써 벌어서 잠시나마 나의 눈을 즐겁게 해주는 그들의 남자들에게 감사한다."(「술」) 수단이 높다. "비원은 창덕궁의 일부로 임금들의 후원이었다. 그러나 실은 후세에 올 나를 위하여 설계되었던 것인가 한다. 광해군은 눈이 혼탁하여 푸른 나무들이 잘 보이지 않았을 것이요, 새소리도 귀담아듣지도 못하였을 것이다. 숙종같이 어진 임금은 늘 마음이 편치 않아 그 향기로운 풀냄새를 인식하지 못하였을거다."(「비원」) 뻔뻔하기까지 하다.

그런가 하면 "여자가 석연치 않을 때는 그녀를 미워하게 된다. 학문이 석연치 않을 때는 나를 미워하게 된다."(「아인슈타인」)나, "말은 은이요, 침묵은 금이다'라는 격언이 있다. 그러나 침묵은 말의 준비 기간이요, 쉬는 기간이요, 바보들이 체면을 유지하는 기간이다."(「이야기」)와 같은 촌철살인(寸鐵殺人)의 언어도 있다. 또, "지금 여성들은 대개는 첫 번 만날 때 있는 말을 다 털어놓는다. 남의 말을 정성껏 듣는 것도 말을 잘하는 방법인데, 남이 말할 새 없이 자기 말만 하여서 얼마 되지 아니하는 바닥이 더 빨리 드러나는 것이다. 그리고 다음 만날 때는 예전에 한 이야기를 되풀이하기 시작한다."(「이야기」)나, "내가 말을 너무 많이 하고 빨리 하여 위엄이 없다고 일러주는 친구가 있다. 그래 나는 명성이 높은 어떤 분이 회석에서 말은 한 마디도 하지 않고 눈만 끔벅끔벅하던 것을 기억하고 그 흉내를 내보려 하였다. 그랬더니 이것은 더 큰 고통이었다. 가슴이 터질 것같이 답답하여 나는 그 노릇은 다시 안하기로 하였다."(「낙서」), 그리고 "요즘 나는 점잖을 빼는 학계 '권위'나 사회적 '거물'을 보면, 그를 불쌍히 여겨 그의 어렸을 적 모습을 상상하여 보는 버릇이 생겼다. 그러면 그의 허위의 탈은 눈같이 스러지고 생글생글 웃는 장난꾸러기로 다시 환원하는 것이다."(「낙서」)와 같은 글을 읽을 때 미상불 고소를 금치 못한다. 그는 도산 안창호 선생을 처음 찾아뵙고, "선생이 잠깐 방에서 나가신 틈을 타서 선생의 모자를 써보고 나는 대단히 기뻐했다."(「반사적 광영」)고 적었다. 또 "베이스볼 팀의 외야수와 같이 무대 뒤에 서 있는 콘트라베이스를 나는 좋아한다."(「플루트 플레이어」)고 썼다. 양복 호주머니에 돈이 없을 때면 제분 회사 사장을 부러워했고(「용돈」), "한때는 옛날 서생들의 기숙사였던 성균관 동재(東齋)에 방을 빌어 살림살이를 한 일도 있다. 그리로 이사 간 첫날밤에는 꿈에 유생들이 몰려와서 나가라고 야단을 치지나 않을까 하고 퍽 걱정을 하였다."(「이사」)는 소심성 앞에서 작은 한숨을 내쉬지 않을 도리가 없다. 야단스럽지 않은 간소한 유머는 피천득 수필의 영롱한 보석이다.

넷째, 절제된 마무리를 꼽는다. 글 끝에 여운이 있다. 손가락이 현(絃)을 떠났건만 맥놀이는 이어진다. 종은 공이를 맞은 뒤부터 소리가 시작된다. 관조(觀照)의 여백 없이 여운은 없다. 산단운련(山斷雲連)이요, 사단의속(辭斷意續)이라야 한다. 산은 끊어져도 구름이 이어준다. 말은 끝났지만 뜻이 미처 끝나지 않았다. 이런 글이라야 좋은 글이다.

피천득 수필의 한 묘미는 아기자기하게 벌여놓고 깔밋하게 마무리하는 결말의 솜씨에 있다. 다음이 그 예다. "양복 바지를 걷어올리고 젖은 조가비를 밟는 맛은, 정녕 갓 나온 푸성귀를 씹는 감각일 것이다."(「워터 스키」) 순식간에 광휘를 거두어 들였다. "그 집 울타리에는 이름 모를 찬란한 꽃이 피어 있었다. 나는 언젠가 엄마한테서 들은 이야기를 생각하고 얼른 그 꽃을 꺾어 가지고 방으로 들어왔다. 하얀 꽃을 엄마 얼굴에 갖다 놓고

'뼈야 살아라!' 하고, 빨간 꽃을 가슴에 갖다 놓고 '피야 살아라!' 그랬더니 엄마는 자다가 깨듯이 눈을 떴다. 나는 엄마를 얼싸안았다. 엄마는 금시에 학이 되어 날아갔다."(「꿈」) 울지 않았다. "무서운 동화를 읽은 어린아이 같이 나는 자다 깨어 불안을 느낄 때가 있다."(「호이트 콜렉션」) 미술관에 진열된 사무라이 칼을 두고 한 이야기다. "그런데 우황, 웅담, 사향, 영사, 야명사 같은 책자들이 필요할 때면 나는 그 시골 약국을 생각하게 된다."(「시골 한약국」) 약 얘기를 하다가 책 얘기로 마쳤다. "엄마가 의식이 있어 내가 꼬집는 줄이나 아셨더라면 '나도 마지막 불효라도 할 수 있었을 것' 하고 생각해 본다."(「그날」) 불효조차 못하는 슬픔을 담담하게 담았다. "아빠가 부탁이 있는데 잘 들어주어. 밥은 천천히 먹고, 길은 천천히 걷고, 말은 천천히 하고. 네 책상 위에 '천천히'라고 써 붙여라. 눈 잠깐만 감아봐요. 아빠가 안아 줄게. 자 눈 떠!"(「서영이에게」) 간지럽다. "그는 자기 집 문 앞에 나와서 나를 기다리고 있었다. 그는 우리들의 우정에 대한 몇 마디 말과 서명을 한 시집을 나에게 주고 나를 잊지 않을 것이라고 하였다. 그리고 헤어질 때 나를 껴안고 오래 놓지 않았다."(「로버트 프로스트 II」) 프로스트에 대한 애잔한 기억이다. "너희 집에서는 여섯 살 난 영이가 『백설공주』 이야기를 읽고 있을 것이다. 할아버지는, '고거, 에미 어려서와 꼭 같구나' 그러시리라."(「시집가는 친구의 딸에게」) 상큼하다. "하늘에 별을 쳐다볼 때 내세가 있었으면 해보기도 한다. 신기한 것, 아름다운 것을 볼 때 살아 있다는 사실을 다행으로 생각해본다. 그리고 훗날 내 글을 읽는 사람이 있어 '사랑을 하고 갔구나' 하고 한숨지어 주기를 바라기도 한다. 나는 참 염치없는 사람이다."(「만년」) 나도 염치 없이 두 분 선생의 글만 짜깁기해서 한 챕터를 이렇게 마친다.

3.

두 분의 수필을 읽다가 동양 고전 소품산문의 정신이 너무도 생생히 체현된 것에 문득 놀란다. 윤오영은 한학에 바탕을 두었고, 본인 스스로도 소동파와 장대, 박지원에게 배웠노라고 수없이 말했다. 피천득의 수필에도 그가 사랑했던 찰스 램의 향취보다 오히려 명청소품의 기분이 더 강하게 느껴진다. 그가 상해에서 유학하며 중국적 분위기에 젖었던 체험이 있어서일까? 그것은 잘 알 수가 없다.

한두 편의 글을 옛글과 견줘 읽어본다. 먼저 윤오영의 「달밤」 전문.

> 내가 잠시 낙향해서 있었을 때 일.
> 어느 날 밤이었었다. 달이 몹시 밝았다. 서울서 이사 온 윗마을 김군을 찾아갔다. 대문은 깊이 잠겨 있고 주위는 고요했다. 나는 밖에서 혼자 머뭇거리다가 대문을 흔들지 않고 그대로 돌아섰다.
> 맞은편 집 사랑 툇마루엔 웬 노인이 한 분 책상다리를 하고 앉아서 달을 보고 있었다. 나는 걸음을 그리로 옮겼다. 그는 내가 가까이 가도 별 관심을 보이지 아니했다.
> "좀 쉬어가겠습니다." 하며 걸터앉았다. 그는 이웃 사람이 아닌 것을 알자 "아랫 마을서 오셨소?" 하고 물었다.
> "네. 달이 하도 밝기에……"
> "음! 참 밝소." 허연 수염을 쓰다듬었다. 두 사람은 각각 말이 없었다. 푸른 하늘은 먼 마을에 덮여 있고, 뜰은 달빛에 젖어 있었다.
> 노인이 방으로 들어가더니 안으로 통한 문소리가 나고 얼마 후에 다시 문소리가 들리더니, 노인은 방에서 상을 들고 나왔다. 소반에는 무청김치 한 그릇, 막걸리 두 사발이 놓여 있었다.
> "마침 잘 됐소. 농주 두 사발이 남았더니……" 하고 권하며, 스스로 한 사발을 쭉 들이켰다. 나는 그런 큰 사발의 술을 먹어 본 적이 일찍이 없었지만 그 노인이 마시는 바람에 따라 마셔 버렸다. 이윽고
> "살펴 가우." 하는 노인의 인사를 들으며 내려왔다. 얼마쯤 내려오다 돌아보니, 노인은 그대로 앉아 있었다.

함께 읽을 글은 송나라 소동파의 「승천사의 밤 나들이」(記承天寺夜遊)란 글이다.

> 원풍 6년 10월 12일 밤이었다. 옷을 벗고 자려는데 달빛이 창문으로 들어왔다. 기뻐서 일어났다. 생각해보니 함께 즐길 사람이 없었다. 마침내 승천사로 가서 장회민을 찾았다. 회민 또한 아직 잠자리에 들지 않고 있었다. 서로 함께 뜰 가운데를 거닐었다. 뜰 아래는 마치 빈 허공에 물이 잠겼는데, 물 속에 물풀이 엇갈려 있는 것만 같았다. 대나무와 잣나무의 그림자였다. 어느 날 밤이고 달이 없었으랴. 어덴들 대나무와 잣나무가 없겠는가? 다만 우리 두 사람처럼 한가한 사람이 적었을 뿐이리라. (소동파, 「승천사의 밤 나들이」 부분)

그 밤 달빛에 이끌려 두 사람은 각자 벗을 찾아간다. 한 사람은 말없이 달빛을 보다 이웃 노인의 막걸리 한 사발을 받아 마셨고, 한 사람은 벗과 마당에 어린 대나무 잣나무 그림자를 말없이 보았다. 말없이 바라보던 두 사람으로 인해 그 달빛 그 그림자가 일생에 하나뿐이요 한 번뿐인 것이 되었다. 두 글 사이에 어떤 간격이 있는가? 길이는 소동파의 것이 딱 절반이다.

피천득의 「외삼촌 할아버지」를 읽는다.

> 나에게는 외삼촌 할아버지가 있었다. 그분은 우리 어머니의 외삼촌인데, 나는 그를 외삼촌 할아버지라고 불렀다. 또 월병(月餠) 할아버지라고도 불렀다. 할아버지가 우리집에 오실 때마다 호두, 잣, 이름 모를 향기로운 과실, 이런 것들로 속을 넣은 중국 월병을 사다 주셨기 때문이었다.
>
> 내가 일곱 살 때 할아버지는 남의 집 서사(書士) 노릇 하시던 것을 그만두고 우리집에 와 계시게 되었다. 아버님 아니 계신 우리집 바깥일을 돌보아주시고, 내게 한문을 가르쳐 주시고, 가을이면 우리집 추수를 보러 시골에 갔다 오셨다.
>
> 우리집에 계실 때 마나님 한 분이 가끔 버선을 해가지고 할아버지를 찾아오셨다. 그 마나님은 할아버지가 젊었을 때 좋아하시던 여인네라고 어

피천득 문학 연구

머니가 누구 보고 그러시는 말을 들은 적이 있다.

할아버지는 나에게 연, 팽이, 윷, 글씨 쓰는 분판 이런 것들을 만들어주셨다. 어머니가 용돈을 드리면 쓰지 않고 두었다가 내 장난감을 사주셨다. 내가 엄마한테 종아리를 맞아서 파랗게 멍이 간 것을 만져보시면서 쩍쩍 입맛을 다시던 것이 생각난다. 동네 아이가 나를 때리든지 하면 그 아이 집을 찾아가서 야단을 치시었다. 그때 할아버지 다리가 벌벌 떨리던 것을 기억한다.

할아버지는 장래에 내가 평안남도 도지사가 되기를 바라셨다. 도지사가 일제 때 우리 한국 사람이 할 수 있는 최고 벼슬이기도 했지만 그가 평양 사람이므로 감사에 대한 원한이나 콤플렉스가 있었는지도 모른다.

그는 나를 위하여 기도를 드렸다. 꼭 도지사가 되게 하여 달라고 원하셨다. 내가 도지사가 되면 월급을 삼백 원이나 타게 될 것이라고 하셨다. 나는 좋아서 내가 그렇게 월급을 타게 되면 매달 백 원씩 꼭꼭 할아버지께 드리겠다고 증서까지 썼다.

할아버지는 대단히 기뻐하시면서 그 증서를 잘 접어서 지갑 속에다 넣어두셨다.

우리 어머니마저 세상을 떠나시고 내가 다른 집에 가 있게 되자, 할아버지는 돈 구십 원을 가지고 예전 우리집 토지가 있던 예산 광시라는 곳으로 가셨다. 오십 원짜리 오막살이를 장만하고 옛날에 좋아했다는 마나님을 데려다가 몇 마지기 남의 논을 부치며 살림을 하시게 되었다.

가실 때 내 사진과 내 갓났을 때 입던 두렁치마와 내가 장래에 크게 된다고 적혀 있는 사주를 싸고 싸서 옷보퉁이 속에 넣어가지고 가셨다.

할아버지는 내가 도지사가 되기를 기다리면서 사시다가, 내가 대학을 졸업하는 것도 보지 못하시고, 우리나라가 해방이 되는 것도 모르시고 세상을 떠나셨다.

오래 사셨더라면 내가 도지사가 못 되었더라도 계약서에 써드린 금액을 액수로는 몇 배라도 드릴 수 있었을 것을. 그보다도 할아버지를 내 집에 모셨을 것을.

얼음을 깨고 물을 길어다가 나를 위하여 정성을 들이셨다는 외삼촌 할아버지. 겨울에 찬물이 손에 닿을 때가 아니라도 가끔 그를 생각한다. (「외삼촌 할아버지」 전문)

함께 읽을 글은 명나라 귀유광(歸有光, 1506~1572)의 「항척헌지」(項脊軒志)다.

항척헌은 예전 우리 집 남쪽에 있는 문간방이었다. 사방이 열자밖에 되지 않는 작은 방이라 간신히 한 사람이 거처할 수 있을 정도였다. 또한 백년이나 된 낡은 가옥이라 늘 먼지가 날리고 빗물이 샜다. 그때마다 책상을 옮기려고 주위를 둘러보지만, 정말 둘 만한 곳이 없었다. 게다가 북향이라 햇빛이 들어올 수 없어, 정오가 지나면 일찌감치 어두워져 버렸다.

나는 먼저 지붕을 조금 손보아 먼지가 나지 않고 비가 새지 않도록 했다. 앞에 네 개의 창을 내고, 마당 주위로 담을 둘러 남쪽으로 해를 마주하게 하였더니 햇빛이 반사하면서 방이 비로소 환해졌다. (……)

집에 노파 한 분이 계시는데, 아주 오래 전부터 여기에서 살았다. 노파는 돌아가신 할머니의 하녀로 2대째 유모를 하셨는데, 돌아가신 어머님이 특별하게 아끼시는 분이었다. 서재의 서편은 안방과 이어져 있었다. 전에 어머님이 한번 여기로 건너오신 적도 있었다. 노파는 매번 나에게 그 이야기를 들려주었다. "어머님은 이곳 여기에 서 계셨습니다." 그리고 이어 말하길 "도련님 누이가 제 품에서 앙앙 울고 있었습니다. 어머님께서는 문을 두드리시며 '아가야 추우니? 배가 고프니?'라고 물으셨고, 저는 문 밖을 향해 대답을 했습니다."라고 했다. 노파가 말을 마치기도 전에 나는 눈물을 흘렸고 노파도 함께 울었다.

학교 갈 나이가 되면서부터 나는 항척헌에서 공부를 했다. 하루는 할머님께서 내게로 건너오시더니 말씀하셨다. "우리 손자, 한참 동안 그림자도 보지 못했구나. 어떻게 하루 종일 말 한 마디 없이 여기에만 있는지 꼭 계집아이 같구나!" 그리고는 나가실 때 손으로 문을 닫으시며 혼자 중얼거리셨다. "우리 집안이 책을 읽은 지 오래도록 빛을 보지 못했는데, 우리 손자라면 성공을 기대할 만하겠지?" 잠시 후 할머니는 상아홀을 들고 오셔서 말씀하셨다. "이것은 우리 할아버지 태상공께서 선덕(宣德) 년간에 가지고 등청하시던 것이다. 훗날 분명 네가 이것을 사용하게 될 것이다." 유물을 바라보니 이 모든 일들이 바로 어제인 것만 같아 장탄식을 금할 수 없었다. (……)

이 글을 쓴 지 5년 후에 아내가 시집을 왔다. 아내는 가끔 이 방으로 건

너와 나에게 옛날 고사를 묻거나 책상에 기대어 글씨를 배우곤 했다. 한번은 아내가 친정을 다녀와서는 여동생들이 "언니네 집에 문간방이 있다고 들었는데 문간방이 뭐예요?" 하고 물었던 얘기들을 들려주기도 했다. 그 뒤 6년이 지나 아내가 죽고 나서 집이 부서졌지만 고치지 않았다. 그 후 다시 2년이 지나 내가 오랫동안 병으로 누워 할 일이 없을 때, 사람들에게 남쪽 문간방의 지붕을 다시 수리하게 하면서 구조가 전과는 조금 달라졌다. 그러나 이후 내가 밖에 있는 일이 잦아지면서 그곳에 자주 거처하지는 못했다.

마당에는 비파나무 한 그루가 있는데, 내 아내가 죽던 해에 손수 심은 것이다. 이제는 벌써 무성하게 자라 우산처럼 우뚝 서 있다. (귀유광, 「항척헌지」 부분)

월병 할아버지와 유모 노파는 모두 한 집안의 흥망성쇠를 지켜본 이들이다. '나'가 그 기억의 중심에 앉아있고, 좋고 기쁜 유년의 편린들을 뒤로하고, 어머니와 아내의 죽음이 깔리면서 슬픔의 정조를 띤다. 한 사람은 도지사는 못 되었어도 장래에 크게 될 사람이었고, 한 사람은 상아홀을 들고서 등청할 사람이었다. 찬물에 손을 넣을 때마다 그는 외삼촌 할아버지를 가끔씩 떠올리고, 다른 한 사람은 마당의 비파나무를 보면서 그것을 심은 죽은 아내를 생각한다. 이럴 때 16세기 명나라와 20세기 한국의 수필 사이에는 아무런 틈이 없다.

다시 읽을 글은 윤오영의 「깍두기설」이다.

깍두기는 이조 정종(正宗) 때 영명위(永明尉) 홍현주(洪顯周)의 부인이 창안해 낸 음식이라고 한다. 궁중에 경사가 있어서 종친의 회식이 있었는데, 각궁에서 솜씨를 다투어 일품요리를 한 그릇씩 만들어 올리기로 했다. 이때 영명위 부인이 만들어 올린 것이 누구도 처음 구경하는 이 소박한 음식이다. 먹어 보니 얼근하고 싱싱한 맛이 일품이다. 그래서 위에서 "그 희한한 음식, 이름이 무엇이냐?"고 하문하시자, "이름이 없습니다. 평소에 우연히 무를 깍둑 깍둑 썰어서 버무려 봤더니, 맛이 그럴 듯 하기에 이번

에 정성껏 만들어 맛보시도록 올리는 것입니다." "그러면 깍둑이구나." 하
고 크게 찬양을 받고, 그 후 오첩 반상의 한 자리를 차지해서 상에 오르게
된 것이 그 유래라고 한다. 그 부인이야말로 참으로 우리 음식을 만들 줄
아는 솜씨 있는 부인이었다고 생각한다.

아마 다른 부인들은 산진해미(山珍海味) 희귀하고 값진 재료를 구하기
에 애쓰고 주방 주위에 흔히 볼 수 있는 무·파·마늘은 거들떠 보지도 아
니했을 것이다. 갖은 양념 갖은 고명을 쓰기에 애쓰고, 소금·고추가루는
무시했을지도 모른다. 그러나 재료는 가까운 데 있고 허름한 데 있었다.
옛날 음식 본을 뜨고 혹은 중국사관(中國使館)이나 왜관(倭舘) 음식을 곁
들여 규격을 맞추고 법도 있는 음식을 만들기에 애썼으나 하나도 새로운
것은 없었을 것이다. 더욱이 궁중에 올릴 음식을 그런 막되게 썬은 규범에
없는 음식을 만들려 들지는 아니했을 것이다. 무를 썰면 곱게 채를 치거나
나박김치본으로 납짝 납짝 예쁘게 썰거나 장아찌본으로 갈쭉갈쭉하게 썰
지, 그렇게 꺽둑 꺽둑 썰 수는 없다. 기름·깨소금·후추가루식으로 고추가루
도 적당히 치는 것이지 그렇게 싯뻘겋게 막 버무리는 것을 보면 질색을 했을
것이다. 그 점에 있어서 깍두기는 무법이요 창의적인 대담한 파격이다.

그러나 한국 음식에 익숙한 솜씨가 아니면 이 대담한 새 음식은 탄생될
수 없다. 실상은 모든 솜씨가 융합돼 있는 것이다. 이른바 무법 중의 유법
이다. 무를 꺽둑 꺽둑 막 써는 것은 곰국 건지 썰던 솜씨요, 무를 날로 먹
도록 한 것은 생채 먹던 솜씨요, 고추가루를 벌겋게 버무린 것은 어리굴젓
담그던 솜씨요, 발효시켜서 익혀 먹도록 한 것은 김치 담그던 솜씨가 아니
겠는가? 다 재래에 있어온 법이다. 요는 이것이 따로 나지 않고 완전동화
되어 충분히 익어야 하고 싱싱하고 얼근한 맛이 구미를 돋구도록 염담(鹽
膽)을 잘 맞추어야 한다. 음식의 염담이란 맛의 생명이다. 그리고 이것이
한국인의 구미에 상하 귀천 없이 기호에 맞은 것이다. 그러면 되는 것이
다. 격식이 문제 아니요 유래가 문제 아니다. 이름이야 무엇이라 해도 좋
다. 신선로(神仙爐)니 탕평채(蕩平菜)니 두견화다(杜鵑花茶)니 가증스럽게
귀한 이름이 필요 없다. 깍두기면 그만이다. 이 깍두기가 반상(정식) 오첩
에 올라 어육과 어깨를 나란히 하되 오히려 중앙에 놓이게 된 것이요, 위
로는 궁중 사대부가로부터 일반 빈사(貧士) 서민에 이르기까지 애호를 받
고 있는 것이다. (「깍두기설」 부분)

박지원의 「소단적치인」(騷壇赤幟引)의 첫 단락이다.

> 글을 잘 짓는 사람은 병법을 아는 것일까? 글자는 비유컨대 병사이고, 제목이란 것은 적국이며, 장고(掌故)는 싸움터의 진지이다. 글자를 묶어 구절이 되고, 구절을 모아 문장을 이루는 것은 대오행진과 같다. 운으로 소리를 돕고 사(詞)로 빛나게 하는 것은 피리나 나팔, 깃발과 같다. 조응이라는 것은 봉화이고, 비유는 유격의 기병이다. 억양반복하는 것은 끝까지 싸워 남김없이 죽이는 것이고, 제목을 깨뜨린 후 묶어주는 것은 먼저 올라가 적을 사로잡는 것이다. 함축을 귀하게 여기는 것은 반백의 늙은이를 사로잡지 않는 것이요, 여운이 있는 것은 군대를 떨쳐 개선하는 것이다. (박지원, 「소단적치인」 부분)

한 사람은 깍두기로, 다른 한 사람은 병법에 견줘 글쓰기의 원리를 풀이했다. 생각이 같고 오간 마음이 한 가지다.

피천득과 윤오영!

두 분이 있어 한국 수필이 새 기운을 얻고 새 가축을 열었다. 두 분이 어린 시절부터의 벗인 것은 뜻밖에 놀랍다.

세상이 아무리 변해도 사람의 생로병사의 사이클은 같다. 세상은 변해도 사람의 정서는 안 변한다. 무수한 시간의 흐름도 좋은 글 앞에서는 멈춰 선다. 피천득 선생께서 살다 가신 햇수에 견주면 선생이 남긴 80여 편의 수필은 오히려 과작(寡作)에 가깝다. 선생은 '아름다움에서 오는 기쁨을 위하여 글을 써왔다'고 고백했다. 당신은 바다 속 깊은 곳의 산호와 진주를 꿈꾸었으나, 얻은 것은 양복 바지 말아 올리고 젖은 모래 위를 거닐며 주운 조가비와 조약돌에 지나지 않는다고 썼다. 우리는 당신의 그 조가비 조약돌을 산호와 진주로 안다.

제12장

피천득: 수필가인가? 시인인가?

이창국

∎∎∎

한국에서 문인 피천득의 위치는 여러모로 독특하다. 우선 그는 작가이기 이전에 대학교수요 영문학자이다. 그가 남긴 작품의 분량은 아주 적다. 97세라는 그의 긴 생애(1910~2007)를 통하여 그는 수필집 한 권과 시집 한 권을 남겼을 뿐이다. 그는 국내의 어떤 문인 단체에 가입하여 활동하거나 관계를 맺지도 않았다. 단체를 만들지도 않았다. 그는 항상 독립적이었고 혼자였다. 그러나 그는 한국에서 다량의 작품을 쓴 국내의 어떤 직업적인 작가 못지않게, 아니 그 이상으로, 문인으로서 명성을 얻었고 또 누렸다. 흔치 않은 일이다.

수필가로서 그의 지위는 단연 독보적이다. 그는 한국에서 누구나가 인정하는 가장 유명한 수필가이다. 그의 이름은 수필이라는 문학장르와는 동일시될 정도다. 수필하면 피천득이요, 피천득하면 수필이라고 말하여도 과언이 아니다. 그가 한국수필에 끼친 영향은 실로 지대하다고 말할 수 있다. 그는 수필을 아주 매력 있는 문학장르로 만들었다. 그의 수필을 읽은 사람은 누구나 수필을 좋아하게 되었고, 자기도 수필은 쓸 수 있다는 용기와 자신감을 갖도록 만들었다. 그가 "수필"이라는 제목의 수필에서 내린 수필문학에 대한 정의는 그것의 옳고 그름을 떠나서 지금까지 은연중 한국에서 수필을 쓰는 사람들의 금과옥조가 되어버렸다. 사람들은 자기도 모르게 피천득처럼, 피천득이 말한 대로, 피천득을 모방하여 수필을 쓰게 되었고, 또 수필가가 되었다. 한국에서 수필은 거의가 피천득 수필의 모방 내지 아류라고 해도 크게 지나친 말은 아니다.

그런데 여기다 피천득은 시도 썼다. 시도 썼을 뿐만 아니라 그의 시가 분량에 있어서는 그의 수필처럼 소량이지만 그 수준에 있어서 결코 수필에 뒤지지 않는다. 뒤지지 않을 뿐만 아니라 오히려 능가하고 있다는 것이 필자 개인의 생각이다. 이미 위에서 언급한 바와 같이 우리나라에 피천득 아류의 수필과 수필가들은 많이 있지만 피천득처럼, 피천득 류의, 피천득 수준의 시를 쓰는 사람은 찾아보기 힘들다. 시인 피천득이야말로 한국 시단에 또 하나의 독보적인 존재다.

우리나라 문단에서 피천득처럼 시와 수필을 거의 같은 비중으로 쓰면서 두 분야에서 이처럼 성공하고 있는 경우는 없다고 본다. 수필도 쓰고 시도 쓴 문인들이 여럿 있기는 하지만 대부분의 경우 시인으로 또는 수필가로 쉽게 분류된다. 다른 사람의 경우 하나가 주업이라면 다른 것은 부업이다. 그러나 피천득은 시인이라고 할 것인지 수필가라고 해야 할지 쉽게 분류가 되지 않을 정도로 그 비중이 같다.

피천득이 수필가인가, 시인인가 하는 질문은 질문을 위한 질문일 수 있다. 수필가라고 해도 되고, 시인이라고 해도 된다. 수필가인 동시에 시인이라고 하면 그만이다. 문제가 될 성질이나 제기할 가치가 있는 질문이 아닐 수도 있다. 지금까지 이런 질문이 누구에 의하여서도 제기된 적이 없다는 사실만 보아도 알 수 있다. 그러나 필자가 구태여 이 질문을 제기하는 이유는 피천득의 문학세계를 보다 정확하게 이해하기 위함이다.

우리는 흔히 상식적으로 또는 막연하게 시와 수필을 구별하고 있지만 그 본질적인 차이점을 정의하기는 쉽지 않다. 수필가인 동시에 시인인 피천득의 경우는 이런 의미에서 좋은 연구 대상이다. 이 자리에서 필자는 피천득의 경우를 가지고 수필가와 시인, 시와 수필, 나아가 산문과 시의 본질적인 차이점과 공통점을 규명하고 고찰해보는 하나의 기회로 삼고자 한다.

일반적으로 말해서 시인 피천득은 수필가 피천득으로서 누리는 그런 명성은 누리지 못하고 있다. 우리나라 시단에서도 피천득은 시인으로보다는 애써 수필가로 밀어내어(분류하여) 대접하고 있는 실정이다. 그에게 수필가로서의 제일의 자리는 기꺼이 인정하면서도 시인으로서의 피천득은 수필을 쓰면서 곁가지로(심심풀이 정도로) 하는 사람으로 대우하는 듯하다. 본인도 생전 이런 현상을 받아들이면서도 항상 섭섭하게 생각하였다. 과연 그는 수필가인가, 시인인가? 어느 쪽에 무게를 두어야 하는가?

피천득 수필의 특징 내지 장점 중의 하나는 시가 가지고 있는 특징이나 장점을 모두 갖추고 있다는 것이다. 그의 수필은 우선 간결하다. 잘 읽힌다. 막힘이 없다. 강물처럼 시원스럽게 흘러간다. 리듬감이 있다. 한번 읽

피천득 문학 연구

으면 잘 잊혀지지 않는다. 기억에 남는다. 아름답다. 참신하고 적절한 비유와 은유가 산재하여 있다. 다시 말해서 그의 수필은 산문이라기보다는 시에 가깝다. 어떤 수필은 차라리 시라고 말하는 것이 더 적절하다.

알고 보면 피천득은 수필가이기 전에 시인이다. 그것은 그의 첫 작품집이 수필집이 아니고 시집이라는 사실만 보아도 알 수 있다. 그는 20세가 되던 1930년 『신동아』에 「서정소곡」을 발표함으로서 문필가의 생활을 시작하였으며, 그의 첫 시집 『서정시집』은 그가 37세가 되던 1947년에 나왔다. 그의 시와 수필이 동시에 수록된 『금아시문선』이 나온 것은 그가 50세가 되던 1960년으로 13년 후이며, 이 책은 1969년에는 『산호와 진주』라는 이름으로 다시 출판되었다. 그의 시와 수필이 분리된, 그러니까, 그의 최초의 독립된 수필집 『금아문선』이 나온 것은 이보다 훨씬 후인 1980년, 그가 70세가 되던 해였다. 이처럼 한국 제일의 수필가 피천득의 수필집이 나온 것은 엄격한 의미에서 그의 시집이 나온 후 33년이 지난 뒤였다. 그는 시로 그의 문필생활을 시작하였으며, 수필은 오히려 그 후의 일이었음을 말하여준다.

어떤 문인이 시를 쓰면서(쓰다가) 수필에 손을 댄다는 것은 어쩌면 아주 자연스런 일이다. 그 역도 성립한다. 시와 수필은(수필과 시는) 어떤 다른 문학장르보다 밀접하고 친근하다고 말할 수 있다. 수필은 문학장르 가운데서 가장 시적인 문학장르이다. 발상에서부터 시작해서 다루게 되는 그 소재와 방법, 그리고 그것이 만들어내는 분위기와 목적에 이르기까지 수필과 시는 매우 유사하다. 우리나라에서 시인이 수필을 쓰는 경우, 수필가가 시를 쓰는 경우가 흔히 있음도 이런 이유에서이다. 피천득의 경우는 더욱 그렇다. 그의 『금아시문선』과 『산호와 진주』에 있는 "서문"은 그대로 하나의 시며, 그의 "수필"이라는 제목의 수필에 나열된 그의 수필이론은 그대로 하나의 시론이라고 하여도 무방하다.

그러나 수필과 시를 동시에 잘 쓰기는 결코 쉽지 않다. 나는 소위 유명하다는 우리나라의 시인들이 쓴 수필(산문)을 읽고 실망하는 경우가 자주 있다. 그리고는 수필(산문)을 쓰기가 시 쓰기보다는 훨씬 어려운 일이라는 사실을 새삼 확인한다. 시는 그것의 형식이나 관습상 사람들을 속일 수 있다. 산문은 그렇지 못하다. 산문은 지극히 정직한 글이다.

산문은 그 글을 쓴 사람이 어떤 사람인가를 밝혀주는 좋은 척도가 될 수 있다. 시인이 쓴 어설픈 산문(수필)은 그 시인이 본시 글재주가 없는 사람이라는 사실 이외에, 그 사람의 기본적인 작문 능력까지 보여준다. 우선 드러내는 것이 그 시인의 비논리적인 사고방식이다. 하나의 문단(패러그래프)을 제대로 완성하지 못할 뿐만 아니라, 글의 시작과 끝이 아무런 연결이 없는 글을 써놓은 경우가 바로 이것이다. 이런 문장들은 시에서는 통한다. 왜냐하면 시를 읽으면서 문장 하나 하나를 떼어내어 자세히 읽고 앞뒤의 문장들과 연결 지어 생각하는 독자는 지극히 드물기 때문이다. 우리는 언제부터인지 시를 읽는 데 있어서는 매우 관대하다. 대충 대충 읽고 넘어간다. 뜻이 통하지 않아도 따지지 않는다.

넓게는 산문(좁게는 수필)을 쓰기가 시보다 어려운 점은 무엇보다도 산문이 시보다 그 내용에 있어서 보다 사실적(事實的, factual)이어야 하고 그 뜻의 전달에 있어서 분명하고 논리적이어야 한다는 데 있다. 글이 분명하

피천득 문학 연구

기 위하여서는 여러 가지가 요구되지만 가장 기본적이고 기초적인 조건은 무엇보다 글에 어떤 분명하게 전달하여야만 하는 메시지, 다시 말해서 내용이(이야깃거리가) 있어야만 한다는 것이다. 처음부터 분명히 진술하여야만 될 대상이나 목표가 확실하게 필자의 머릿속에 들어 있지 않거나 결정되어 있지 않은 상태에서 쓴 글은 그 글의 요지와 핵심이 드러나지 않을 것이며, 궁극적으로 무슨 말을 하려는 것인지 필자의 의도가 불분명해진다. 그 뜻이 분명하지 않은 글은 엄격한 의미에서 산문은 아니다.

시는 산문에 선행한다. 인간은 태어날 때부터 시적 언어표현과 자연스럽게 연결되어 있는 존재이며, 시는 우리 인간이 언어생활을 함에 있어서 부수되는 지극히 자연발생적인 현상이라고 결론지을 수 있다. 시의 핵심이라 할 수 있는 은유나 비유는 인간의 언어가 발달한 오늘날에 와서는 오히려 부자연하거나 생소한 것이 되어버렸지만 사물을 표현할 추상적인 어휘 자체가 채 생겨나기 전에는 오히려 더 자연스럽고 친근한 것이었다. 인간의 언어는 시간을 위로 거슬러 올라가면 올라갈수록 시적이 된다. 사람들은 태어날 때부터 시인이다. 문학의 시작이 산문이 아니고 시라는 사실만 보아도 알 수 있다.

시는 언어의 발생과 발달의 역사에서 보면 어쩌면 자연발생적이라고 말할 수 있음에 반하여, 산문은 좀 더 인위적인 것이며, 그것의 발달이나 완성은 자연발생적이라기보다는 어쩌면 개인의 노력이나 시대적인 요구에 의하여 발전해온 것이라고 말할 수 있다. 위대한 시인이 시간의 흐름에 따라 순서적으로 탄생하지는 않는다. 셰익스피어를 능가하는 시인이 영문학에서뿐만 아니라 전 세계를 통하여 현재까지 없다는 사실이 이를 단적으로 말해주고 있다. 그러나 좋은 산문은 시대적으로 늘어놓고 볼 때 시간이 현재에 가까워지면 가까워질수록 더 좋은 산문이 나왔다는 사실을 우리는 알 수 있다. 시간이 과거로 흘러가면 흘러갈수록 산문은 시와 비슷해지고, 시간이 현재로 이동함과 동시에 산문은 시에서 독립하여 독자성을 갖게 되는 것이다. 산문은 시에서 멀어진 글이고, 가능하면 시적인 요소를 의도적으로 배제하는 글이라고 말할 수 있다.

좋은 산문을 쓸 줄 모르는 사람이 과연 훌륭한 시를 쓸 수 있는가를 혼자 생각해본다. 내가 알고 있는 서양의 대시인들은 대부분 그들의 시에 못지 않게 훌륭한 산문을 남겼다. 밀턴이 그랬고 워즈워스가 그랬다. 매슈 아놀드가 그랬고 토마스 하디, 엘리엇이 그랬다. 산문의 시대가 도래하기 이전에 살았던 시인들을 제외하고는 모든 대부분의 훌륭한 시인들은 훌륭한 시 못지않은 훌륭한 산문을 남겼다. 피천득의 수필이 좋다는 사실은 잘 알려져 있다. 그러나 그가 쓴 시 또한 수필에 못지않게 훌륭하다는 사실을 부정할 사람은 아마도 없을 것이다. 진정으로 시를 잘 쓰는 사람이 좋은 산문을 못 쓸 리 없다. 같은 이치로 시원치 않은 산문밖에 못 쓰는 사람의 시가 진정으로 훌륭한 시가 될 수 있을 것인가는 생각해볼 문제이다.

시와 산문의 평행선은 궁극적으로 서로 만나는 것이다. 시와 산문은 상호 배격하는 성질의 것이 아니라 서로 보완하는 관계에 있다. 시에 산문의 요소가 전혀 없다면 그 시는 무엇인가 부족한 시이며, 반대로 시의 요소가 전적으로 배제된 산문은 무미건조할 수밖에 없다. 우리는 훌륭한 산문을 읽으면서 시를 읽는다는 착각을 할 때가 있으며, 반대로 시를 읽으면서 그 속에 제시된 사실과 논리에 꼼짝 못할 정도로 설득 당하는 산문적 경험을 한다. 시는 가능한 한 산문의 정확성과 논리성, 그리고 메시지(이야기)를 그 속에 담을 때 위력을 발휘하며, 산문은 그 속에 신선한 비유와 언어상의 절제와 함축에 의한 경제성, 그리고 파도와 같이 밀려오고 밀려가는 음악적 요소가 가미될 때 그 매력이 절정에 이르는 것이다. 시는 산문에서 배워야만 하며, 산문은 시의 경지를 넘보아야만 한다. 훌륭한 시와 훌륭한 산문을 나누어놓는 그런 절대적인 경계선은 없다. 우리는 피천득의 수필과 시에서 그 이상적인 만남과 조화를 본다.

제3부
피천득의 번역문학

제1장

날던 새들 떼 지어 제 집으로 돌아온다
금아 선생 번역시집에 부쳐

김우창

■■■

시의 호소력이 산문으로 설명할 수 있는 의미에 한정될 수 없는 것임은 일반적으로 인정되어 있는 일이다. 시는 의미를 전달하기 전에 전달한다. 시는 언어의 예술이다. 그러나 시의 언어는 설명으로 쉽게 포착할 수 없는 언어의 여러 숨은 힘을 빌어 쓴다. 의미를 넘어서서 언어의 미묘한 음악과 희미한 연상과 심상이 중요하다. 그러면서도 이러한 것들은 특정한 언어와 그 언어와 함께 있는 문화에 밀착되어 존재한다. 그리하여 하나의 언어에서 다른 언어로 시를 옮기는 것은 불가능하다고 한다.

그러나 다른 한편으로 시가 의미 전달을 넘어서 존재한다면, 그것은 역시 의미 전달을 그 기능으로 하는 언어—즉 특정한 언어를 넘어서 존재한다는 말이 된다고 할 수도 있다. 시의 숨은 힘들인 음악과 심상과 연상은 특정한 말에 밀착해 있으면서 궁극적으로는 그것마저도 넘어가는 무엇인가를 가리키는 작용을 하는 것이다.

시가 특정한 언어와 불가분의 것이라고 하너라도, '시석인 것'은 그것을 넘어서 존재하는 것으로 생각할 수 있다. 심지어 그것은 구체적인 시를 넘어서 존재하는 것인지도 모른다. 우리가 어떤 일을 두고 '시적'이라고 할때, 시를 많이 읽었든 아니 읽었든 사람들은 그것이 무엇을 뜻하는 것인가를 안다. 또는 우리는 어떤 구체적인 시를 읽기 전에 '시적인 것'에 대한 기대를 가지고 시를 대하고, 그 시가 이 기대에 미치지 못함을 경험한다. 어쩌면 우리의 구체적인 시의 경험은 필연적으로 '시적인 것'에 대한 기대에못 미치는 것이다. 우리는 시를 읽기 전에도 그것을 넘어서 시를 알고 있는 것이다. 그것은 마음속에 있고 또는 어쩌면 마음 그 자체의 한 면이라고 할 수도 있다. 시의 음악과 심상과 연상이 지칭하는 것은 이 마음의 시또는 시의 마음이다.

다시 말하여, 시는 표현 이전에 마음으로 존재한다. 문심 또는 시심이라는 말이 있지만, 시의 언어적 표현은 이 마음의 나타남에 불과하다고 하겠는데, 시는 뜻을 말하는 것이라는 것도 이러한 것을 가리키는 것으로 말할수 있다. 시는 시심의 표현이다. 그러나 그 마음은 스스로 따로 존재하기보다는 사물에 감응하여 존재한다. 시는 마음의 어떤 특정한 존재방식이고 동시에 사물의 특정한 존재방식이다.

이렇게 볼 때 시는 하나의 언어에서 또 하나의 언어로 옮기기가 쉬운 것이라고 위에서 말한 것과는 다른 주장을 펼 수도 있다. 다만, 그것은 시심에 의하여 매개되어야 한다. 옮기는 일은 한 언어에서 다른 언어에로 가는 것이 아니라, 하나의 언어에 있어서의 표현을 시심으로 환원하고 이 시심으로부터 다른 언어로 다시 창조하는 일이다. 모든 시가 그러한 것은 아니겠고 나의 짧은 지식으로 예들을 널리 생각할 수는 없지만, 어떤 시들은한 언어로부터 다른 언어로 옮겨져서 옮겨간 언어 속에 그대로 자리해버리는 경우가 없지 아니할 성싶다. 영국의 시에 있어서는 페르시아의 시인

오마르 카야암의 시가 번역되어 거의 영시의 일부가 된 것과 같은 경우는 한 두드러진 예이다. 물론 유태 성경에 들어 있는 시 또는 성경 전체가 더욱 좋은 예라고 할 수 있을는지는 모르겠다. 조선조의 두보 번역 같은 것도 조선 시의 일부를 이룰 수 있었을 듯싶지만, 그것이 우리 시의 전개에 적극적으로 수용되었던 것은 아니었던 것 같다.

그러나 지금에라도 참으로 좋은 번역은 그대로 우리 시의 일부가 되고 아니면 적어도 그것을 살찌게 할 밑거름이 될 수 있는 것이 아닌가 한다. 이번의 금아 선생의 시 번역과 같은 것이 거기에 하나의 중요한 공헌이 될 것이다. 이 번역 시집은 그 번역의 대상을 동서고금에서 고른 것이지만, 번역된 시들은 번역으로 남아 있기보다는 우리 말의 시가 됨을 목표로 한다.

아마 번역의 대상이 유독 그러한 것으로 골라진 것이겠지만, 여기의 시에서 우리가 느끼게 되는 것은 특정 언어를 넘어서는 보편적 시심의 존재이다. 그리하여 그것은 원시에도 존재하며 또 우리말로 옮겨진 후에도 재창조된 언어 속에 존재한다.

보편적 시심이 있다고 한다면, 그것은 어떤 것일까.

> 한 해 동안의 모든 향기와 꽃은
> 한마리 벌의 주머니 속에 있고
> 한 광산의 모든 황홀과 재산은
> 한 보석의 가슴속에 있고
> 한 진주 속에는 바다의 그늘과 광채가 들어 있다.
> 「최상의 아름다움」 부분)

이러한 구절에서 우리는 향기와 감미와 광채와 그늘이 시적인 상상력에 특별한 호소력을 가지고 있음을 알 수 있다. 그러면서도 이러한 것들은 특별히 압축된 형식으로 나타남으로서 시적인 아름다움을 가진 것이 된다. 그러한 의미에서 광산의 황홀과 재산을 압축하여 단단하고 빛나는 것으로 지니게 되는 보석은 대표적인 시적 이미지이다. 이것은 시의 형태적 특징에도 그대로 나타난다. 시는 대체로 산문에 비하여 짧다. 그것은 압축된 언어이다. 이것은 서정시를 두고 하는 말이지만, 장시에 있어서도 시는, 그것이 시로 남아 있는 한은, 마디마디가 압축된 언어일 수밖에 없다.

압축이 빛나는 것과 중첩되는 것은 특별한 의미를 갖는다. 압축하는 방법은 농도를 높이는 일일 수도 있고 투명하게 하여 작은 것 가운데 많은 것을 비치게 하는 일일 수도 있다. 보석은 높은 압력 속에서 이루어지는 것이면서 빛을 반사하고 빛의 밝기는 넓은 세계를 끌어들인다. 그러나 시에서 더 많이 보는 것은 서로를 비치는 반사의 방법일 것이다. 맑은 것들—특히 맑은 물의 이미지가 중요한 것은 그러한 연유에서일 것이다. 하여튼 시의 마음은 강렬한 것을 추구하며 동시에 투명한 것에 끌린다. 이것들은 합치기도 하고 또는 서로 별개의 것으로 또는 서로 모순되는 것으로 쪼개어 나타나기도 한다. 그러나 아무래도 더 근본적인 것은, 위에 인용한 구절에서의 압축의 중요성에도 불구하고, 투명한 것일 가능성이 크다. 시는 아무리 강력한 것들을 표현한다고 하더라고 결국은 언어의 직조물을 바라보는 관조의 눈을 전제로 하기 때문이다.

그런 의미에서 생각에 사특한 것이 없는 것이 시의 마음이란 말은 옳은 말이다.

> 나는 샘물을 치러 가련다
> 나무 잎들만 건져내면 된다
> 그리고 물이 맑아지는 것을 들여다보련다.
>
> (「목장」 부분)

이러한 간단한 동작의 묘사에서 핵심이 되는 것은 샘물이고, 이 샘물-맑아지는 샘물의 투명성에서 독자는 맑아지는 마음과 세상을 느낀다. 그것이 이러한 묘사의 신선함의 비밀이다. 별의 이미지는 종종 압축을 말하는 것인지 어떤 조용한 투명성을 말하는 것인지 분명치 않다. 「그 애는 인적 없는 곳에 살았다」에서 인적 없는 곳의 소녀가 "이끼 낀 돌 옆/반쯤 숨은 바이올렛같이/하늘에 홀로 비치는/고운 별"에 비유될 때, 별은 압축의 심상이기보다는 빛남과 맑음의 심상이다.

시의 압축되고 투명한 마음의 변조는 물론 다양하다. 셰익스피어의 소네트 22번을 종결하는 이미지는 임금의 영화도 부럽지 않은 노고지리의 비상이다. '첫', '새벽', '하늘'은 모두 다 신선한 것들이다. 이 가운데 종다리의 솟구침은 다른 것이 끼어들 수 없는 일체적인 움직임을 말한다. 이러한 이미지들에서 우리가 느끼는 것은 생명의 싱싱한 발현이다.

그러나 압축은 보다 밀도가 약한 상태에로의 변조일 수도 있다. 시는 이미지들의 병존으로 우리의 마음을 이끌어간다. 이 병존은 이미지들의 단순한 병존일 수도 있지만, 대체로는 일정한 구도를 이루게 마련이다. 시가 하는 일은 공간의 창조이다. 이러나 저러나 시나 미술에서 풍경은 가장 중요한 예술적 지각의 결과이다. 「그 애는 인적 없는 곳에 살았다」는 하나의 풍경 속에 있는 소녀의 초상이다. 같은 시인의 「외로운 추수꾼」은 더욱 적극적으로 풍경의 느낌을 준다.

> 보아라 혼자 넓은 들에서 일하는
> 저 하일랜드 처녀를,
> 혼자 낫질하고 혼자 묶고
> 처량한 노래 혼자서 부르는 저 처녀를
>
> (「외로운 추수꾼」 부분)

이 시의 처녀는 가을의 들에 있다. 그런데 그녀의 노래는 또 다른 풍경, 또 다른 공간을 연다.

> 아라비아 사막
> 어느 그늘에서 쉬고 있는 나그네
> 나이팅게일 소리 저리도 반가우리,
> 멀리 헤브리디즈 바다
> 적막을 깨뜨리는
> 봄철 뻐꾸기 소리
> 이리도 마음 설레리
>
> （「외로운 추수꾼」 부분）

하일랜드 처녀가 환기하는 고장은 아라비아나 헤브리디즈 같은 황량한 곳이다. 하일랜드의 넓은 들도 그러하다. 그러면서도 그녀의 노래는 황량한 곳을 환기하며 그것에 기쁨의 또는 슬픔의 또는 인간적 존재의 초점을 제공한다. 드러나는 것은 단순한 공간이 아니다. 그것은 삶의 한 방식으로서의 공간이다. 처녀의 생생한 삶은 황량한 공간을 하나의 의미 속에 거두어들인다. 이것은 바로 노래가 하는 일이기도 하다. 삶의 근본이 시의 근본과 다른 것이 아니라고 할 때 그것은 당연한 일이다. 거두어들여지는 것이 모두 아름다운 것은 아니다. 이미 본 바와 같이 환기된 고장들은 황량한 곳이다. 그런데다가 노래―아름다우면서도 슬픈 노래는 "오래된 아득한 불행/그리고 옛날의 전쟁들"을 오늘의 일상적인 것들과 함께―이 일상적인 것은 자연적인 상실과 아픔을 포함한다―거두어들인다. 그러나 처녀의 생생한 삶과 노래에 거두어들여짐으로써, 황량한 공간과 전쟁과 아픔, 오늘의 삶과 옛날의 추억은 아름다움으로 승화된다.

시의 거두어들임은 이렇게 행과 불행, 나쁜 것과 좋은 것을 다 같이 포함한다. 그리하여 아름다움은 밝음과 함께 어둠을 지녀서 더욱 아름답다. 낭만적 상상력에서 가장 아름다운 여자는 어둠과 밝음을 동시에 지닌다.

> 그녀가 걷는 아름다움은
> 구름 없는 나라, 별 많은 밤과도 같아라
> 어둠과 밝음의 가장 좋은 것들이
> 그녀의 모습과 그녀의 눈매에 깃들어 있도다.
>
> (「그녀가 걷는 아름다움은」 부분)

「그녀가 걷는 아름다움」은 시인보다도 칠십 년 후에 온 또 다른 시인도 시인의 꿈이 "밤과 낮과 황혼의/푸르고 어슴푸레하고 때로 어두운/…채단"에 비슷함을 말한다.

이러한 채단은 문자 그대로 세상이 명암으로 이루어졌으며, 그러기에 아름다운 것임을 말하고 있지만, 여기의 명암이란 물론 세상의 것이면서도 동시에 또는 그보다는 사람의 삶의 그것이다. 그것은 「외로운 추수꾼」에서 이미 본 대로이다. 또는 다음의 시 구절, "창백한 슬픔마저 섞여 짜여서/더욱 아름다워진 사랑의 빛깔"은 더 단적으로 슬픔이 삶의 아름다움의 일부가 되어 있음을 말한다. 셰익스피어의 소네트 73번은 인생의 무상함을 말하지만, 동시에 무상한 것을 사랑함을 말한다. 우리 시인 윤동주도 스러져 가는 것들에 대한 사랑을 말한 바 있지만, 스러져 가는 것은 스러져 가기 때문에 더욱 사랑스럽다고 할 수 있다. 「그 애는 인적 없는 곳에 살았다」에서 시인이, "그러나 그 애는 무덤 속에 묻히고/아, 세상이 내게는 어찌나 달라졌는지!" 하고 한탄할 때, 삶의 덧없음은 특히 예리한 것으로 느껴진다. 세상은 그대로 있건만, 그것은 나에게는 전혀 다른 세상−또는 세상이 아주 없어진 것이나 다름없이 된 것이다. 우리의 세상은 나에게만 있기도 하고 없기도 하다. 덧없음은 우리의 처절한 고독의 다른 형태이다. 그러나 시는 이 무상, 이 고독을 하나의 공간 속에 수용한다.

명암병존의 논리는 삶과 죽음에도 적용할 수 있다. 「소네트 66」에서, 시인이 "이 세상 떠나고 싶다/그대를 두고 가지 않는다면"이라고 말할 때, 사랑은 타락한 세계에 대한 절망—죽음을 희구하게 할 만큼이나 큰 절망을 극복하게 하지만, 동시에 세상의 그러함이 사랑을 더욱 귀한 것이 되게 하기도 한다. 비슷한 심정은 삼백 년 후의 시인에 의하여서도 표현된다.

> 그렇다면 나의 영혼은 죽음의 꿈을 버리옵고
> 삶의 낮은 경지를 다시 찾겠나이다.
> (「포르투칼 말에서 번역한 소네트 23」 부분)

"무덤의 습기" 속에 있는 죽음은 삶만 못하고, 다시 그 죽음을 극복하지 못하는 삶은 죽음만 못하지만, 못한 것들 가운데의 선택이기 때문에 사랑의 선택과 결단은 그 절실함을 더하게 된다.

인생이 죽음을 포함하고 또, 「소네트 66」이 열거하고 있듯이, 부패와 불의와 허위 그리고 악으로 가득한 것이라고 하더라도, 그러한 가운데 우리가 사랑을 긍정하고 또 청렴과 정의, 진실 그리고 선을 확인하는 것은 긍정과 확인을 위한 강한 의지가 있기 때문이다. 시심은 의지를 말한다.

> 변화에 변심 않고
> 사랑만은 견디느니
>
> 폭풍이 몰아쳐도
> 사랑만은 견디느니
>
> (「소네트 116」 부분)

변함없는 사랑이란 사실을 말한 것이라기보다는—그러기에 사랑의 감정

피천득 문학 연구

이 만들어내는 거짓이라기보다는, 일종의 도덕적 의지의 선언이다. 이러한 의지는 정치적 또는 사회적 불의에 대한 대항에서 가장 뚜렷한 것이 된다. "감옥에서 가장 밝아지는 빛, 자유!/너 있는 곳이 심장"이라고 말하며, 시인은 자유를 존재하게 하는 것은 오로지 사람의 마음이며, 또 그것이 자유로운 세상을 가능하게 한다는 것을 우리에게 전하고자 한다.

사람의 마음은 압축된 사물들에 대응하는 강고한 의지를 통하여서만 작용하는 것은 아니다. 그것은 오히려 섬세한 또는 보이지 않는 매개를 통하여 많은 것을 너그럽게 존재하게 하는 부드러운 매체이다. 마음은 우리로 하여금 물에 젖은 졸음 낀 수련의 섬세함에 감응하게 하고 거기에 드리우는 산 그림자를 아픔으로 감지하게 한다(「수련」). 마음의 섬세함이 사물의 섬세한 기미를 위한 인식의 수단이 되는 것이다. 또 아름다움과 행복을 감지하는 마음은 전쟁에 나아가는 병사에게, "일찍이 사랑할 꽃을 주고 거닐 길을 주고" 한 조국을 하나의 정서적 공간으로 성립하게 한다. 있는 대로의 것을 있는 대로 있게 하는 마음은 블레이크의 시편들에서 도덕적 의미를 띤다. 너그러운 마음은 아이들로 하여금 시간이 지나서까지 놀게 하며, 언덕에 둘러싸인 풀밭을 메아리가 울리는 기쁨의 공간이게 한다(「유모의 노래」). 유순함과 온화함은 어린 양과 이런 아이를 행복한 시냇가와 들에 있게 하고, 궁극적으로 이 모든 것을 포용하는 신과 양과 아이를 하나가 되게 한다(「양」).

전원의 이상은 여러 나라에서 두루 발견되지만, 이 이상은 특히 동양시의 마음 깊이 있는 것이었다. 「돌아가리라」[歸去來辭]는 세속적 부귀 추구의 번거로움과 질박한 전원의 삶의 행복을 노래한 가장 유명한 시의 하나이다. 도연명은 이 시의 서문에서 자신의 성정이 자연 솔직하여 그를 굽혀서까지 부지런을 떨 수 없는 종류의 것이라고 말하고 있다. 그러한 담박한 성정이 편안할 수 있는 것은 고향의 전원이다. 그것에서 정신은 육체의 노예로서 눌려 지내지 아니하여도 된다. 머슴아이와 어린 자식과 소나무와 국화와 술, 남으로 나 있는 창이 있는 작은 공간, 문을 닫고 사는 은거의 생활—이러한 것이 행복의 참된 요소이다. 귀거래자(歸去來者)의 한가한 행복의 심정은 그의 자연요소에 가장 잘 나타나 있다.

> 구름은 무심하게 산을 넘어가고
> 새는 지쳐 둥지로 돌아온다
> 고요히 해는 지고
> 외로이 서 있는 소나무를 어루만지며
> 나의 마음은 평온으로 돌아오다.
>
> 「돌아가리라」[歸去來辭] 부분)

전원의 삶, 자연에로의 복귀는 "마음 내키는 대로 사"는 것이면서 동시에 자연의 기율에 순응하고 "하늘의 명"을 달게 즐기는 일이다. 자연의 삶이 사람에게 들려주는 것은 정신적으로는 자연의 투여 안에 있는 인간의 생존이다. 그것은 위에 인용한 자연 묘사에 또는 다른 자연에 대한 언급에 두루 들어 있다. 그런데 이것은 단순한 공간적 넓이를 뜻하는 것은 아니다. 현실에 있어서 고향으로 돌아가는 것은 좁은 땅에 한정하여 사는 것을 뜻한다. 「전원으로 돌아와서」[歸園田居]에 보면 "네모난 택지는 십여 묘/초옥에는 여덟, 아홉 개의 방"이 있을 뿐이다. 방의 넓이는 무릎을 들여놓을 정도에 불과하다.

그러나 집 안에 잡스러운 것이 없으니, "빈 방에는 넉넉한 한가로움"이 있다. 전원에서 산다는 것은 반드시 먼 곳만을 뜻하는 것도 아니다. 「음주」에서 시인의 집은 사람이 많이 사는 곳에 있으나 세상의 번사로부터는 멀리 있다. 세상의 명리에 관계없이 "마음이 떨어져 있으면 땅도 자연히 멀"

기 때문이다. 또는 더 나아가서 전원으로 돌아간다는 것은 자신의 고향으로 간다는 것이지만, 이 돌아감은 무엇인가. 그것은 결국을 예비하는 것이다. "날던 새들 떼지어 제 집으로 돌아"오듯이, 근원적으로 회귀하는 데에 그 "진정한 의미"가 있는 것이다.

오늘날 우리가 도연명처럼 전원으로 돌아갈 수 있는가. 사실로서 그것은 가능한 것일 수도 있고 그러지 아니한 것일 수도 있다. 그러나 근원적 회귀의 의미에서 그것은 언제나 희망해볼 수는 있다. 전원이 아니더라도 시가 말하는 것은 근원적인 회귀이다. 그것은 본래의 시의 마음으로 돌아가는 것을 말한다. 그러면서 동시에 그것이 열어주는 삶의 공간―자연과 삶, 나와 네가 조촐한 조화 속에 있는, 그리고 자연과 인생에는 어둠과 괴로움 그리고 허무와 죽음 또한 없지 아니하기에, 이러한 것들이 하나의 가슴 아픈 그러나 아름다운 화해 속에 있는, 삶의 공간으로 돌아가는 것을 말한다.

금아 선생이 우리말의 시로 옮기신 세계의 여러 명편들이 우리에게 다시 생각케 하는 것은 이러한 시심에의 복귀, 마음의 고향에로의 복귀의 중요성이다.

제2장

피천득과 번역

이창국

■■■

  우리 문단에서 시인이자 수필가로서 독보적인 자리를 차지하고 있는 피
천득은 번역에 있어서도 그분 특유의 독보적인 업적과 자취를 남겼다. 혹
자는 그분이 번역도 하였느냐고 반문할지도 모른다. 그 이유는 그가 남긴
번역의 양이 그리 많지 않은 반면, 수필가로서 시인으로서의 명성이 워낙
높기 때문이다. 그의 번역은 수필과 시의 명성에 파묻혀 지금까지 거기에
알맞은 평가를 받지 못하였다고 말할 수 있다.

  피천득이 스스로 자신의 이력에 내세운 번역은 『셰익스피어 소네트 詩
集』과 『내가 사랑하는 詩』 두 권뿐이다. 이외에 산문번역으로 찰스 램
(Charles Lamb)과 메리 램(Mary Lamb) 남매 공저인 *Tales from Shakespeare*를
번역한 『셰익스피어 이야기들』이 있고, 나다니엘 호손의 단편소설 "The
Great Stone Face"를 번역한 「큰 바위 얼굴」(중학교 국어 교과서에 실려 있
음) 등 산문 번역도 있으나 이것들은 현재 그의 이력에서 낙루되어 있다.

여하간 이 모두를 합쳐보아도 분량으로 말하자면 우리나라에서 번역에 종사하여 이름을 얻은 다른 분들의 업적에 비하면 턱없이 빈약하다고 말할 수 있다.

피천득은 시도 쓰고 수필도 써 높은 명성을 얻었지만 직업은 영어를 전공한 영문학 교수였다. 그가 읽고 가르친 영문학 작품들 가운데서 마음에 드는 것을 골라 우리말로 번역하였다는 것은 지극히 자연스럽고 바람직한 일이다. 그는 그이답게 번역의 대상으로 그가 정말로 사랑하고 좋아하는 작품만을 골랐다. 셰익스피어였다. 그가 셰익스피어의 작품에 보여준 찬사와 경탄은 참으로 대단하다. 그는 "셰익스피어"란 제목으로 한 편의 수필을 썼을 정도이며, 그의 『내가 사랑하는 시』 서문에서 "다른 그 어떤 이유도 아닌, 오직 셰익스피어를 제대로 이해하기 위해서라도 영어는 익혀둘 만한 언어다"라는 어느 서양 비평가의 구절을 인용하기도 하였다. 그는 그이답게 그 수많은 영문학 작품들 가운데서 작지만 하나하나가 보석처럼 빛나는 셰익스피어의 소네트 번역에 손을 대었다.

외국어를 남보다 많이 습득하여 해당 외국어에 어느 정도 정통하게 된 사람에게 있어서 번역은 하나의 도전이요, 유혹이다. 동시에 해당 외국어를 모르는 사람들에게는 문화적 문학적 봉사활동이기도 하다. 그러나 실제로 번역을 하게 된 사람의 입장에서는 시간과 정력이 무진장으로 소요되는 중노동이라 해도 과언이 아니다. 원작에 따르는 명예도 결과적으로 보면 그리 큰 것이 되지 못한다.

지금은 사정이 많이 달라졌지만 한때 우리나라에서 번역은 대학교수의 전속 부업일 때가 있었다. 피천득도 이 시기에 속한다. 그도 그럴 것이 해당 외국어를 우리말로 번역할 만한 실력을 갖춘 사람이 주로 그들이었고, 이 번역의 일은 고된 작업이긴 하면서도 번역자에게 나름대로의 명예와 용돈도 가져다주는 유일한 부업이었다. 출판사에서도 대학교수에게 이 일을 의뢰하기가 일쑤였고, 대학교수들도 이 일을 스스로 찾아 나서기도 했다. 번역의 대상이 되는 작품은 출판사의 입장에서 보면 잘 팔릴 가능성이 있는 잘 알려진, 유명한 작가의 소설이 대부분이었다. 유명한 문학상을 받았다거나, 소위 베스트셀러 소설이 대상이었다.

이런 이상과 현실이 상충하는 번역이라는 분야에 있어서도 피천득은 여러모로 우리의 귀감이 되고 있다. 그는 번역에 있어서도 유행에 흔들리지 않았고 헛된 욕심이나 명예를 추구하지도 않았다. 그는 꼭 자기에게 알맞은 대상을 골라 자기방식대로 번역도 하였다. 그로 하여금 번역을 하도록 만드는 원동력은 작품에 대한 각별한 사랑과 그것을 우리말로 옮겨보는 즐거움이었다. 그에게 있어서 번역은 시나 수필을 쓰는 일과 결국은 같은 일이다. 다시 말해서 좋은 글, 아름다운 글을 쓰는 일이다. 그는 번역의 어려움과 한계도 누구보다 명확하게 알고 있었다. 그는 『내가 사랑하는 시』 서문에서 다음과 같이 말하였다:

> 내가 왜 외국의 시를 번역했는지 궁금해 할 독자들이 있을 것 같아서 말하는데 그 이유는 단순합니다. 내가 좋아하는 외국의 시를 보다 많은 우리나라의 독자들과 함께 나누고 싶었기 때문입니다. 내가 시를 번역하면서 가장 염두에 두었던 것은 시인이 시에 담아둔 본래의 의미를 훼손하지 않으면서, 마치 우리나라 시를 읽는 것처럼 자연스러운 느낌이 드는 번역을 하자는 것이었습니다. 사실 다른 나라 말로 쓰인 시를 완전하게 옮긴다는 것은 불가능한 일입니다. 시에는 그 나라 언어만이 가지고 있는 고유의 감

성과 정서가 담겨 때문입니다. 외국어에 능통하여 외국의 시를 원문 그대로 감상할 수 있다면 가장 좋겠지만 현실적으로 그럴 수 있는 독자는 얼마 되지 않습니다. 그래서 내가 쉽고 재미있게 번역을 해보자는 생각을 하게 됐습니다. (『내가 사랑하는 시』서문 부분)

우리는 흔히 "번역은 예술이다," 또 "번역은 제2의 창작이다,"라는 말을 자주 하고 듣는다. 번역의 이상(理想)을 제시한 말이기도 하고, 번역의 어려움을 지적한 말이기도 하다. 또 번역은 아무나 달려들어 할 수 있는 일이 아니라는 뜻도 포함되어 있다. 아무리 해당 외국어를 오래 열심히 공부하여 어학적인 능력을 갖추었다 하더라도 문학적 소양이나 문학적 표현능력을 갖추지 못하였을 때는 불가능하다는 말이기도 하다. 옳은 말이다. 그러나 실제에 있어서는 너무나 이상적인 말로써 현실은 여기에 미치지 못한다.

그러나 피천득은 예외다. 그는 시인이요 수필가다. 여기에 영어라는 언어를 전공한 영문학 교수다. 어찌 보면 그분이야말로 영문학 작품을 우리말로 번역을 할 사람 가운데 가장 이상형이다. 그가 영문학 작품들 가운데서 셰익스피어, 그것도 시, 그 가운데서도 형식과 기교가 가장 정교하게 구성된 소네트를, 그것도 154편 전부를 한 편도 빼놓지 않고 번역하였다는 사실은 생전에 힘든 일, 무모한 일, 무리한 일을 하는 사람이 아니라는 사람임을 잘 알고 있는 필자로서는 참으로 믿기 어려운 일이다. 그는 이 어려운 일을 소리 없이 해냈고 (얼마나 시간이 걸렸는지는 알 수 없는 일이지만), 이 업적에 대하여 자랑한다거나 자화자찬 한마디 없었다는 사실- 모두가 우리 후학들로서는 본받고도 남을 일이다.

피천득은 이 셰익스피어 소네트를 번역함에 있어서 "번역은 예술이다," "번역은 제2의 창작이다"라는 번역문학의 이상을 말없이 실현하였다. 우선 그는 소네트 한 편 한 편의 뜻(내용)을 해석하고 전달함에 있어서 정확하고 동시에 자연스럽다. 번역된 시를 읽어보면 곧 알 수 있다. 영어를 전공한 사람들도 (원어민을 포함하여) 셰익스피어의 소네트를 읽기 시작하면 곧바로 어려움에 봉착한다. 어학적으로 너무나 복잡하고 난해한 구문과 난해한 비유, 당대의 사람들만 알고 있음직한 에피소드나 토픽─한마디로 어려운 부분이 너무 많다. 억지로 해석은 해보지만 애매하기는 마찬가지다. 어느 것 하나 자명한 것이 없다. 그런데 피천득은 자신만만하게 154편 전부를 번역한 것이다. 그것도 아주 명쾌하게.

우리는 흔히 번역문이 애매할 때 원문으로 돌아가 해답을 얻는다. 피천득의 경우는 반대다. 피천득의 소네트 번역에는 애매한 부분이 없다. 원문이 애매할 때는 피천득의 번역문과 대조해보면 뜻이 자명해진다. 그 번역이 너무나 분명하고, 자연스럽고, 아름답기 때문이다. 때로는 원시보다 번역이 더 좋다는 느낌이 들 정도다. 필자의 말이 의심이 가면 당장 그가 번역한 소네트 가운데서 하나를 골라 원문과 대조하여 읽어보면 된다. 멀리갈 필요도 없이 그가 번역한 소네트 1번을 보자.

> From fairest creatures we desire increase,
> That thereby beauty's rose might never die,
> But as the riper should by time decease,
> His tender heir might bear his memory;
> But thou, contracted to thine own bright eyes,
> Feed'st thy light's flame with self—substantial fuel,
> Making a famine where abundance lies,

Thyself thy foe, to thy sweet self too cruel.

Thou that art now the world's fresh ornament

And only herald to the gaudy spring,

Within thine own bud buriest thy content

And, tender churl, mak'st waste in niggarding.

　　Pity the world, or else this glutton be,

　　To eat the world's due, by the grave and thee.

이 소네트의 피천득 번역은 이렇다:

가장 아름다운 사람에게서 번식을 바람은

미(美)의 장미를 죽이지 않게 하려 함이라.

세월이 가면 장년(壯年)은 죽나니,

고운 자손이 그의 모습을 계승할지라.

그러나 그대는 자신의 찬란한 눈과 약혼하여,

자신을 연료로 태워 그 불꽃을 불붙게 하고 있도다.

풍요가 있는 곳에 기근(饑饉)을 만들고,

적(敵)인 양 자신에게 너무도 가혹하여라.

이 세상의 싱싱한 장식품이요,

찬란한 봄의 유일한 전령(傳令)인 그대는,

가진 전부를 자신의 꽃봉오리 속에 묻어버리고,

아낀다는 그것이 낭비를 함이로다. 아, 마음 고운 인색한이여.

　　세상을 동정하라, 안하려거든 걸귀가 되어,

　　모든 것을 무덤과 함께 먹어버려라.

　위에 제시한 한 편의 소네트 번역에서 알 수 있듯이 피천득은 그 내용의 전달에 있어서만이 아니고 그 형식의 유지에도 각별한 배려를 하고 있다. 소네트의 시각적 효과와 음악적 효과를 최대한 살리고 있다. 영어 원문의 14행을 번역시에서도 똑같이 14행으로 유지하고 있음은 물론, 각 행의 리듬과 길이도 최대한 살리고 있다. 이런 의도와 노력, 그리고 정성이 한두 편 번역에 경주된 것이 아니고 154편 모두에 하나같이 적용되고 있다는 사실은 아무리 생각해 보아도 범인이 할 일이 아니다. 스스로 선택한 고난의 길이다. 어찌 보면 이 번역을 함에 있어서 피천득은 단순히 셰익스피어가 쓴 소네트를 충실하게 우리말로 옮기는 것으로 만족하는 것이 아니라, 그는 우리말을 가지고 번역을 통하여 셰익스피어에게 어떤 도전을 하고 있는 것이 아닌가 하는 착각이 들 정도다.

착각이 아니다. 실제로 피천득은 셰익스피어에 도전하였다. 그는 셰익스피어가 쓴 소네트 154편 모두를 번역함에 그친 것이 아니라, 여기에서 한걸음 더 나가 (시범적으로 이들 가운데서 6편을 골라) 이 14행의 정형시를 우리나라 엇시조의 형식을 따 4행으로 축소 번역 하는 전대미문의 곡예를 시도하였다. 도대체 어떤 동기와 목적에서, 어떤 자신감과 무슨 배짱으로 감히 셰익스피어의 소네트를 자기 비위에 맞게 축소 단축하였단 말인가? 번역자로서는 원문을 충실하게 번역하는 것만도 벅찬 일인데 어찌 감히 피천득은 셰익스피어의 원작을 가지고 이런 장난(?)을 하였단 말인가? 동서고금에 없는 일이다. 누구도 감히 상상도 못할 일이다.

해답은 간단하다. 피천득은 셰익스피어의 소네트를 번역하는 과정에서 이 소네트 형식에서 허점을 발견하였고 불만도 느낀 것이다. 어쩌면 자기라면 더 잘 쓸 수도 있다는 자신감을 (우월감을) 느꼈을는지도 모를 일이다. 솔직히 말해서 대부분의 소네트는 14행이라는 고정된 틀에다 시인의 생각을 짜맞추다 보니 때로는 불필요한 말, 불필요한 수사학적 언사가 많고 반복된다는 것도 사실이다. 다시 말해서 너무 수다스럽다. 한 마디로 충분한 것을 두 마디 세 마디로 단어만 바꾸어 반복하는 경향이 있음을 그는 간파한 것이다. 그는 4행(quatrain) 3개와 2행(sestet) 1개로 구성된 셰익스피어 소네트를 재구성하여 4행을 각각 1행으로, 2행을 1행으로 축소하여 14행의 소네트를 4행으로 번역하는 시도를 하였다. 예를 들어 그는 소네트 29번을 다음과 같이 번역하였다.

> 운명과 세인의 눈에 천시되어,
> 나는 혼자 버림받은 신세를 슬퍼하고,
> 소용없는 울음으로 귀머거리 하늘을 괴롭히고,
> 내 몸을 돌아보고 나의 형편을 저주하도다.
> 희망 많기는 이 사람,
> 용모가 수려하기는 저 사람, 친구가 많기는 그 사람 같기를
> 이 사람의 재주를, 저 사람의 권세를 부러워하며,
> 내가 가진 것에는 만족을 못 느낄 때,
> 그러나 이런 생각으로 나를 거의 경멸하다가도
> 문득 그대를 생각하면, 나는
> 첫새벽 적막한 대지로부터 날아올라
> 천국의 문전에서 노래 부르는 종달새,
>   그대의 사랑을 생각하면 곧 부귀에 넘쳐,
>   내 운명, 제왕과도 바꾸려 아니 하노라.

그는 이 번역을 다음과 같이 4행으로 단축해버렸다.

> 내 처지 부끄러워 헛된 한숨 지어보고,
> 남의 복 시기하여 혼자 슬퍼하다가도,
> 문득 너를 생각하면 노고지리 되는고야,
> 첫새벽 하늘을 솟는 새 임금인들 부러우리.

만약 셰익스피어가 살아 있어 이처럼 한국에 피천득이란 사람이 자기의 소네트를 가지고 이런 시도를 한 것을 보았다면 과연 그가 어떤 반응을 보일 것인지가 궁금하다. 결코 불쾌해 한다거나 무시해버릴 수 만은 없을 것이다. 오히려 물필요한 수다스러움이 없어진 간결함에 놀라거나 경탄할

것이다. 한 수 배웠다고 고마워할 것이다. 아니면 한방 먹었다고 허탈해할 것이다.

피천득은 이런 대단하고도 엄청난 일을 혼자서, 재미로, 틈틈이, 묵묵히 시작하여 소리 없이 이 큰 일을 끝내 세상에 남기고는 표표히 떠났다. 그리고 세상에 떠벌이지도 않았다. 『산호와 진주』에는 그의 시와 수필만이 아니고 그의 번역도 포함되어야만 한다.

제3장

번역문학가 피천득

창작과 번역의 대화

정정호

■■■

참으로 좋은 번역은 그대로 우리 시의 일부가 되고 아니면 적어도 그것
을 살찌게 할 밑거름이 될 수 있는 것이 아닌가 한다. (……) 금아 선생의
시 번역과 같은 것이 거기에 하나의 중요한 공헌이 될 것이다. 이 번역시
집은 그 번역의 대상을 동서 고금에서 고른 것이지만, 번역된 시들은 번역
으로 남아 있기보다는 우리말 시가 됨을 목표로 한다. (……) 금아 선생이
우리말로 옮기신 세계의 여러 명편들이 우리에게 다시 생각케 하는 것은
이러한 詩心에의 복귀, 마음의 고향에로의 복귀의 중요성이다. (김우창,
「날던 새들 떼 지어 제집으로 돌아온다」 부분, 피천득, 『내가 사랑하는 시』
124, 137쪽)

1. 들어가는 말 ―왜 번역하는가?

번역(translation)은 인류문화사에서 가장 오래되고 중요한 어휘 중 하나
이다. 번역은 아주 좁은 의미에서는 한 언어를 다른 언어로 옮기는 작업이
지만, 이는 사물과 대상 사이에서의 인간의 인식작용 자체를 받아들이고

해석하고 수용한다는 점에서 광의의 의미를 가질 수 있다. 그렇기 때문에 외국의 이론이나 사상의 섭렵과 수입도 번역이라는 소통과정을 거칠 수밖에 없을 뿐만 아니라 일상적 독서과정도 모두 넓은 의미의 번역 작업이다. 요즈음 전 지구적인 문화의 이동 및 그것의 수용과 변용과정도 크게 번역과정의 하나로 볼 수 있다. 특별히 우리가 사는 시대는 "번역문화의 시대"(김영무, 136쪽)로고 불리지만 어느 시대, 어느 문명권이고 간에 자아와 타자의 교환관계가 지속되었다면 이미 언제나 "번역의 시대"라고 부를 수 있으리라. 그러나 번역에 관한 논의를 좀 더 좁혀보자. 미국의 문학이론가 힐리스 밀러(J. Hillis Miller)에 따르면 영어 단어 "translation"은 어원상으로 "한 장소에서 다른 장소로 옮긴", "언어와 언어, 국가와 국가, 문화권과 문화권 사이의 경계선을 넘어 이송된" 의미로 "어떤 언어로 쓰인 표현을 선택하여 다른 장소로 운반한 다음 정착시키는 것과 같은 작업"이다(김영무, 252~253쪽). 번역은 결국 여기와 저기, 우리들과 그들, 그때와 지금의 끊임없는 대화적 상상력의 결과물이다. 외국어와 모국어의 틈새에서-"출발언어"와 "도착언어"라는 두 언어의 치열한 싸움의 접합지역에서-문학번역자는 시인과 작가의 창조의 고통과 희열을 함께 맛본다.

올해 2014년은 피천득 선생 탄생 104주년이 되는 해이고, 서거한 지 7년째 되는 해이다. 이 시점에서 우리는 다시 한 번 금아 문학 전체에 대한 새로운 정립이 필요하다. 그동안 우리는 금아를 수필가로만 알고 있었고 일부에서 시인 피천득에 대한 논의가 있었으나, 문학번역가로서의 피천득에 관한 논의는 거의 없었다 해도 과언이 아니다. 피천득 선생은 국정 국어 교과서에 수필이 실리게 된 덕에 수필가로만 알려져 거의 국민 수필가로서 인정받고 있다. 그러나 이러한 논의의 방향은 수정되어야 한다. 피천득은 1930년대 초반에 이미 서정시를『동광』,『신동아』,『신가정』에 발표하며 시인으로 첫발을 내디딘 서정시인이다. 실상 피천득 문학의 토대는 시이므로 향후 금아 피천득 문학 연구는 수필과 더불어 시 쪽에 더욱 관심을 가져야 할 것이다.

그러나 피천득 문학에서 시의 중요성을 부각시킨다고 해도 여전히 남는 문제가 있다. 바로 그의 외국시와 산문 번역 작업이다. 워낙 과작인 그의 작품세계에서 양으로 보나 질로 보아 그의 번역 작업은 결코 무시할 수 없는 분야이다. 피천득 전집 4권 중에 번역시집은 그중 반인 두 권에 이를 뿐 아니라 산문으로 된 번역본 『셰익스피어 이야기들』(1957)과 단편소설 번역집인 『어린 벗에게』(2003)가 있다. 더욱이 금아에게 외국시 번역은 그가 시인으로 성장하는 과정과도 밀접한 관계가 있다. 금아는 자신을 한 번도 전문 번역가라고 내세운 적은 없지만, 그는 실로 모국어에 대한 토착적 감수성과 탁월한 외국어(영어) 실력의 측면에서 이미 준비된 번역가이다. 번역은 무엇보다도 "사랑의 수고"이다. 번역가의 길은 많은 시간과 정력을 필요로 하여 고단한 순례자의 그것과 같다. 금아는 거의 30년간 영문학 교수로 지내며 자신이 좋아하는 영미시는 물론, 극히 일부지만 중국시, 일본시 그리고 인도시와 영미산문 및 단편소설들을 번역하였다. 이 장에서는 지금까지 별로 본격적으로 논의된 바 없는 번역문학가로서의 금아의 작업과 업적이 시론적(試論的)으로나마 논의될 것이다.

2. 피천득 번역의 원칙과 범위

피천득의 번역시 책 제목의 일부인 "내가 사랑하는"에서 볼 수 있듯이, 금아는 번역시 선정에 문학사적으로 중요성이 크다던가 대표적인 장시(長詩)를 선택하지 않았다. 금아는 "평소에 내가 좋아해서 즐겨 애송하는 시편들"(『내가 사랑하는 시』 8쪽)을 중심으로 철저하게 자신의 기질과 기호에 따라 주로 짧은 서정시들을 택했고, 나아가 자신의 문학세계를 충실하게 발전시키며 지켰다. 다시 말해 금아는 번역되어야 하는 외국 시와 자신이 번역할 수 있는 외국 시가 아니라, 자신이 좋아하며 암송하는 수준의 시들만을 번역하여 자신의 창작세계와 일치시킨 것이다. 산문의 경우도 난삽한 이론이나 장편이 아닌 서정적이고 짧은 산문과 단편소설을 번역하였다.

피천득은 기본적으로 번역은 불가능하다고 전제하였는데, 그 이유를 "다른 나라 말로 쓰인 시를 완전하게 옮긴다는 것은 불가능한 일입니다. 시에는 그 나라 언어만이 가지고 있는 고유의 감정과 정서가 담겨 있기 때문"(『내가 사랑하는 시』 9쪽)이라고 밝혔다. 금아 선생은 자신이 시를 번역하여 "번역시"집을 내는 이유에 대해서 "내가 좋아하는 외국의 시를 보다 많은 우리나라의 독자들과 함께 나누고 싶"고 "외국어에 능통해서 외국의 시를 원문 그대로 감상할 수 있다면 가장 좋겠지만 현실적으로 그럴 수 있는 독자는 얼마 되지 않"기 때문이라고 말한다(『내가 사랑하는 시』 8~9쪽). 금아가 외국시를 "번역하면서 가장 염두에 두었던" 점은 다음 3가지이다.

> 첫째, 시인이 시에 담아둔 본래의 의미를 훼손하지 않으면서
> 둘째, 마치 우리나라 시를 읽는 것처럼 자연스러운 느낌이 드는 번역을 하자
> 셋째, 쉽고 재미있게 번역을 해보자. (『내가 사랑하는 시』 8~9쪽)

피천득의 번역 작업을 논의할 때 필자에게 항상 먼저 떠오르는 사람은 "영국 번역가의 황금시대"였던 17세기 후반 영국 신고전주의 시대의 대문호 존 드라이든(John Dryden, 1634~1700)이다. 엄청난 양의 시와 극 그리고 문학비평을 썼던 드라이든은 계관시인 등의 모든 공직에서 물러난 뒤

여생을 번역 작업에만 몰두하여 영국 문학번역사에서 번역이론과 실제에 탁월한 업적을 남겼다. 드라이든은 후에 사무엘 존슨(Samuel Johnson, 1709~1784)으로부터 "영국비평의 아버지"이며 "영국산문의 법칙들"과 "번역의 올바른 법칙들"을 수립한 문인으로 칭송을 받았다. 영문학자이며 시인이었던 피천득을 영국 신고전주의 시대의 문인인 드라이든과 동등하게 비교하는 것은 불가능하겠지만, 필자는 문학 번역의 법칙이나 전략을 보면 상당히 유사한 면을 볼 수 있다고 굳게 믿기에 금아 번역론과 드라이든을 연계시키려 한다. 현재까지 엄청나게 많은 번역이론들이 등장했어도, 결국 번역 문제에 대한 가장 기본적인 논의의 틀은 이미 17세기 말에 드라이든이 정리해놓았다고 볼 수 있다. 우선 드라이든이 편집한 책 『여러 사람들이 번역한 오비디우스의 서한집』(1680)의 서문을 살펴보자. 이 서문에서 드라이든은 번역의 영원한 주제인 번역방식 세 가지에 대해 다음과 같이 논의한다.

> 첫째로, 직역하는 것(metaphrase)은 작가가 한 언어에서 다른 언어로 한 마디 한 마디, 그리고 한 줄 한 줄 바꾸는 것이다. (……) 둘째는 의역 (paraphrase)으로, 작가의 관점을 유지하는 번역으로써 의미는 상실되지 않았지만 그 의미에 따라 그 단어로 정확하게 번역되지는 않았다. 부연하는 것은 인정이 되지만 의미를 변화시키는 것은 허용되지 않는다. (……) 셋째로, 자유번역(imitation)이 있다. 그 이름은 단어와 의미를 다양화하기 위해서뿐만 아니라… 그것 모두를 버리기 위해서 자유를 가정하는 것이다. 그가 바라던 것처럼 원본으로부터 일반적인 힌트를 얻은 것을 바탕으로 차이를 두기 위한 것이다. (Kinsley, p. 184)

첫 번째 "직역"방법은 출발언어와 도착언어 사이의 구조적인 차이가 단어들의 정확한 번역을 허용하지 않기 때문에 실행 불가능하다. 드라이든의 설명을 더 들어보자.

요약하여 말하자면, 단어를 그대로 옮기는 번역은 한 번에 많은 어려움을 가져다주기 때문에 번역자는 그 어려움들로부터 쉽게 벗어날 수 없다. 번역자는 동시에 그가 번역하는 작가의 사상과 어휘들을 고려해서 다른 언어로 대응되는 부분을 찾아내야 한다. 그리고 이것 외에도 번역자는 운율과 각운의 제약에 놓이게 된다. 이것은 마치 족쇄를 단 다리로 밧줄 위에서 춤추는 것과 아주 흡사하다. (……) 춤추는 사람은 조심해서 추락은 면할 수 있을지 몰라도, 그에게서 동작의 우아함은 기대할 수 없기 때문이다. (앞 책, p. 185)

드라이든의 세 번째 방법 "자유번역"은 원본의 의미와 단어가 정확하지 않다. 드라이든이 이 당시 독특한 의미로 사용했던 "모방"은 완전히 새로운 작품이 되기 위한 자유이다. 완전히 새로운 작품이 되기 위해 가장 자유로워지는 것이다. 드라이든은 자유번역의 문제점을 다음과 같이 말한다.

나는 한 작가를 모방한다는 것은 같은 (……) 그 선배 시인의 말을 번역하거나 원문의 의미를 지키지 않고, 그 시인을 하나의 견본으로 놓아두고 만일 그가 우리 시대에 우리나라에 살았다면 이렇게 썼을 것이라고 추정하고 자유롭게 쓰는 것이다. (……) 공평하게 말한다면 한 작가를 모방하는 것은 한 번역자가 자기 자신을 보여주는 가장 유리한 방식이지만 죽은 작가들의 기억이나 명성에 가할 수 있는 최대의 잘못이다. (……) 누가 그러한 방만한 자유번역을 옹호하겠는가? (앞 책, p. 186)

드라이든은 우리가 흔히 알고 있는 "있는 그대로 베낀다"는 의미의 "모방" 개념을 완전히 무시해버리고 "원본"의 의미와 정신을 완전히 왜곡하고 번역자가 제멋대로 하는 창조적 번역을 받아들일 수 없었다.

드라이든은 이 세 가지 유형 중에서 가장 균형 잡힌 방법으로 두 번째 방법인 "의역"을 선택하였다. 그것은 번역가에게 실행할 수 있는 어떤 기준을 제공한다. 의역 법칙은 언어적인 성실함과 활기차나 부정확한 자유사이에 균형을 만들기 위해 고안되었다. 시를 번역하기 위해서 번역가는 시인이 되어야 하고, 그 자신의 언어와 원작의 언어에 대해 전문가가 되어야 한다고 드라이든은 주장하였다.

> 나는 번역자가 족쇄를 차고서도 자유를 향해 어느 정도 뻗을 수 있다고 생각한다. 그러나 나는 원저자의 사상까지 새롭게 만드는 것은 도를 넘어서는 것이라 생각한다. 원저자의 정신은 전환될 수 있으나 상실되어서는 안 되기 때문이다. (……) 따라서 표현에는 자유가 허용될 수 있다. 원작의 어휘들과 행들이 엄격하게 규제될 필요는 없으나, 일반적으로 원저자의 의미만큼은 신성할 뿐만 아니라 침해되어서는 안 되는 것이다. (앞 책, p. 187)

드라이든은 자유번역주의와 축어적 직역주의를 피해야 할 양극단이라며 반대하였다. 그의 목표는 직역과 자유번역의 중간지대이며 하나의 타협이다.

드라이든은 이론가이자 실제 번역가로서 스스로를 더욱 더 자유롭게, 그리고 더욱 더 활기차게 보여주었다. 그는 법칙을 따르려고 노력하였고 직역과 자유번역의 중간적인 입장을 고수하였지만, 사실상 크게 성공하지는 못했다. 그는 점차적으로 번역에서 번역자 중심의 "표현론적"인 양상과 독자 중심적인 "독자반응적" 양상을 인정하게 되었다. 이러한 그의 노력은 찬사받을 만하다. 드라이든은 번역가로서의 욕망과 권리, 그리고 독자의 즐거움과 시적 특질의 존재를 원문에서 통합하여 번역이론의 미래 역사를 위한 확고한 기초를 마련하였다. 그는 시적 법칙과 번역의 법칙을 지키고자 했고, 또한 직역과 자유번역의 사이에서 균형을 잡으려고 노력했으나 실제 번역 작업에서 균형을 지키는 것은 거의 불가능했다. 그는 고전 원작과 영어 번역 사이에서, 17세기 말 영국 시인으로서의 자유로운 창조적 욕망과 더불어 고전 원작의 내용 및 정신을 함께 살려야 한다는 책무 사이에서 언제나 불안하게 균형을 유지하며 항해하였다. 그러나 바로 이런 점이 드라이든의 실제 번역가로써 그리고 번역이론가로서의 특징이자 장점일 것이다.

피천득의 시 번역 첫째 원칙인 "시인이 시에 담아 둔 본래의 의미를 훼손하지 않으면서"라는 말은 시의 본래의 뜻을 그대로 살리려는 "직역"과 거의 같은 것이며, 둘째 원칙인 "마치 우리나라 시를 읽는 것처럼 자연스러운 느낌이 드는"이라는 말은 "우리나라 언어인 한국어 질서와 어감이 맞는 느낌을 준다"는 뜻이어서 "자유번역"과 부합한다. 여기까지 보면 드라이든이 노력한 것 같이 피천득도 직역과 자유역 사이에서 균형과 조화를 잡으려고 노력하였다. 그러나 실제로 번역 작업에서 이러한 균형을 맞추기란 매우 어려운 일이며 아마도 거의 불가능한 일일지도 모른다. 작품의 성격상 또는 번역자의 기질 때문에 잘못하면 한쪽으로 기울어지게 마련이다. 드라이든이 자신의 번역이론에 어긋나게 실제 번역 현장에서 균형과 조화를 유지시키지 못했듯이 금아 선생도 좀 더 자유로움을 택했다. 금아는 공식적으로 번역의 셋째 원칙에서 그것을 표명하고 있다. "쉽고 재미있게 번역을 해보자"는 말 속에 역자인 금아 자신이 표현하고 싶은 자유와 소망, 그리고 시를 한국 독자들이 예상하는 반응을 염두에 두고 그들이 용이하게 즐길 수 있도록 배려하겠다는 뜻이다. 이 문제에 대해 심도 있게 논의한 바 있는 저명한 평론가이며 영문학자인 유종호는 오장환의 에세닌 번역과 에즈라 파운드의 중국의 이백 시 번역을 논하는 자리에서 "분방한 자유역"(유종호, 108쪽)을 이상적 문학 번역의 형태라고 주장하였다. 유종호는 한문을 못 읽었던 파운드의 중국 시 번역을 논하면서 "원시 제목에 대해서 생략, 변조, 축소, 보충을 마음대로 가하고 있다. 그러한 의미에서 대담한 자유역이지만 전체적으로는 원시의 정서와 대의에는 아주 충실하다"(유종호, 113쪽)고 언명하였다. "쉽고 재미있게"라는 금아의 시 번역 전략은 여기에서 유종호가 말하고 있는 "분방한 자유역"에 해당된다고 볼 수 있다.[1]

금아는 자신의 전공분야인 영미시뿐 아니라 일본, 중국, 인도시도 번역하였다. 그 이유는 "높은 차원의 시는 동서를 막론하고 엇비슷합니다. 모두가 순수한 동심과 고결한 정신, 그리고 맑은 서정을 가지고 있"(『내가 사랑하는 시』, 12~13쪽)기 때문이다. 여기에서 금아는 언어와 문화가 서로 다른 경우의 시라도 인간성을 토대로 한 문학의 보편성을 믿고, 나아가 일반문학 또는 세계문학으로서의 가능성도 인지하고 있는 듯 보인다. 자신의 번역시집의 최종목표를 금아 선생은 다음과 같이 선언한다.

> 이 책 속의 시인들은 아이들의 영혼으로 삶과 사물을 바라본 이들입니다. 그들의 시를 통해서 나는 독자들이 순수한 동심만이 세상에 희망의 빛을 선사할 수 있다는 믿음을 가질 수 있었으면 좋겠습니다. (『내가 사랑하는 시』 13쪽)

금아의 시 번역 작업의 의미를 논하기 위해 우선적으로 번역시 자체에 대한 자세한 분석과 검토가 있어야 한다. 그 다음에는 다른 번역시들이나 번역자들의 "비교"가 필요하다. 모든 논구의 과정에서 비교란 각 주체들의 정체성을 정립하는 데 필수적이다. 모든 것은 스스로 존재하지만, 때로는

---

1 우리나라의 근대 초기인 개화기에 해외시 번역 소개 작업을 본격적으로 시작해 우리나라 근대시 형성에 다대한 영향을 끼친 안서 김억(1893~?)도 "창작으로써의 번역"을 강조하여 의역이나 자유역의 방식을 택하였다(김욱동, 211쪽). 이렇게 볼 때 드라이든, 김억, 금아 모두 자신들이 창작하는 시인으로서 직역이나 축자역은 물론 거부하였고 직역과 의역 또는 자유역 간의 불안한 균형을 이상으로 삼았어도, 결국 창작과 관련되어 의역이나 자유역으로 기울어진 것을 공통적인 현상으로 보여준다.

다른 주변 존재들과의 관계 속에서 어떤 차이를 통해 변별성을 가질 수 있기 때문이다. 방법으로서의 비교는 문학 연구와 비평에서도 기본적인 선행 작업이 될 수밖에 없다.

예를 들어 18세기 영국의 위대한 비평가였던 사무엘 존슨은 윌리엄 셰익스피어(William Shakespeare, 1564~1616)의 위대성의 비밀을 풀기 위해 "비교"의 방법을 썼다. 그에 따르면 어떤 강이나 산이 길거나 높은 것은 그 자체의 길이나 높이보다 다른 강이나 산과의 비교에서 결정될 수 있다. 여러 사람들에 의해 다양하고도 반복적으로 수행되는 번역 작업도 상호 비교를 통해 우선적으로 번역의 특징을 가려낼 수 있을 것이다.

따라서 피천득의 문학 번역가로서의 작업을 정리하고 점검하기 위해서는 금아 번역 자체에 대한 자세한 검토와 동시에 다른 역자들에 의해 수행된 번역시들을 비교하는 것이 불가피해진다. 이것은 일종의 비교번역 비평(Comparative translation criticism)이 될 것이다. 그러나 여기서 비교는 우열판정을 위한 것이라기보다는 각 번역의 변별성과 특징을 찾아내는 것을 의미한다. 그 다음 단계인 우열판정의 문제는 논자에 따라 또는 필요에 따라 그 기준이 엄청난 편차를 보일 수 있다.

3. 시 번역 작업의 구체적 사례

피천득은 셰익스피어의 소네트 154편 전부를 미국 하버드대학교 교환교수를 다녀온 후인 1950년대 후반에 주로 번역하여 『셰익스피어 소네트 시집』이란 단행본으로 1976년에 처음 출간하였다. 번역시집 뒤에 붙어 있는 피천득의 3가지 평설 「셰익스피어」, 「소네트에 대하여」, 「소네트 시집」은 유익하고 재미있다. 그리고 번역 시집 『내가 사랑하는 시』에 들어 있는 시들은 주로 영미시편들로 윌리엄 블레이크, 알프레드 테니슨 등 14명 시인들의 비교적 짧은 시들이다. 그 외에 중국 시인으로는 도연명과 두보의 시, 일본 시인으로는 요사노 아키코, 와카야마 보쿠스이, 이시카와 타쿠보쿠, 인도 시인으로는 R. 타고르의 시 두 편이 번역되어 시집 속에 포함되어 있다.

우리는 이 두 권의 번역시집에서 시 번역가로서의 피천득의 특징들을 모두 파악할 수 있다. 앞서 제시한 피천득의 번역방법에 비추어 볼 때 피천득의 번역시는 운율이나 흐름은 물론 그 내용에 있어서 한국 시를 읽는 것처럼 쉽고 자연스럽다. 14행시인 셰익스피어 소네트의 경우 완벽하게 한국어로 14행을 맞추어 번역되었다. 그러나 소네트의 일부는 우리 시 형식에 맞게 4행시로 3·4조와 4·4조에 맞추어 새롭게 축약번역(번안)이 시도되기도 하였다. 우리는 피천득의 번역시들의 내용과 형식, 기법을 좀 더 연구하여 한국에서 외국 시 번역의 새로운 모형을 찾아볼 수 있을 것이다.

1) 셰익스피어 소네트 번역

영문학자 피천득은 모든 작가 중에서 셰익스피어를 세계 최고의 시인으로 꼽았다. 금아는 그의 수필 「셰익스피어」에서 다음과 같이 그를 높이 평가하고 있다.

우리가 흔히 듣는 "인도(印度)를 내놓을지언정 셰익스피어는 안 내놓겠다"고 한 칼라일의 말은 인도가 독립할 것을 예상하고 한 말은 아니요, 셰익스피어의 문학적 가치가 영국이 인도에서 향유하던 막대한 정치적, 경제적 가치보다도 더 큰 것이라는 것을 말하였던 것이다.

셰익스피어를 가리켜 '천심민혼(千心萬魂)'이라고 부르기도 하고, 한 그

루의 나무가 아니요 '삼림(森林)'이라고 지적한 사람도 있다.

우리는 그를 통하여 수많은 인간상을 알게 되며 숭고한 영혼에 부딪치는 것이다. 그를 감상할 때 사람은 신과 짐승의 중간적 존재가 아니요, 신 자체라는 것을 느끼게 된다. (「셰익스피어」 부분, 『인연』, 175~176쪽)

금아 선생은 모두 시로 쓰인 셰익스피어 극들도 좋아했지만, 무엇보다 14행의 정형시인 소네트를 무척 좋아하였다. 금아는 자신이 좋아하는 시들은 암송하고 가르치며 번역하였다.

소네트는 유럽에서 13세기에 이태리나 프랑스에서 시작되어 영국에서는 16세기에 유행하기 시작하였다. 엘리자베스 조(朝) 시대 문인들은 대부분 소네트 시인을 겸하였다. 대표적인 정형시인 영국 소네트는 1행이 10개의 음절로 되어 있고, 그 한 행에 강세가 약강으로 된 운각(foot)이 5개로 이루어진다. 이런 형식의 시를 아이앰빅 펜타미터(iambic pentameter, 약강 5운각)라 부른다. 각운(end rhyme)은 두 행씩 짝 지어져 있다. 14행 중 4행씩 한 스탠자가 되어 3개의 스탠자에 마지막 두 행이 결론의 장(후장)이 되며 대개 이것은 마치 글의 순서인 기승전결(起承轉結) 형식과 흡사하다. 금아는 소네트를 "가벼운 장난이나 재담"이라고 볼 수 있고 "단일하고 간결한 시상 (詩想)을 담는 형식"이어서 "소네트들의 연결"(sequence of sonnets)을 쓸 수 있다고 하였다. "작은 것은 아름답다"고 믿는 금아는 언제나 감정이 응축되고 고도로 절제되어 있는 짧은 서정시를 좋아했다. 또 소네트를 "영국 민족에게 생리적으로 부합되는 무슨 자연성이" 있다는 전제하에 자신의 기질과 기준에 따라 셰익스피어 소네트를 좋아하여 전편을 번역하였다.

금아는 셰익스피어 소네트를 해설하는 「소네트에 대하여」라는 글에서 흥미롭게도 영국 소네트를 우리나라의 대표적인 정형시인 "시조"와 비교하고 있다. 우선 두 정형시 사이의 유사점을 보자.

첫째 둘 다 유일한 정규적 시형으로 수백 년간 끊임없이 사용되었다는 점, 둘째 많은 사람들이 써왔다는 점이 같고 (……) 셋째 소네트에 있어서 나 시조에 있어서나 전대절(前大節)과 후소절(後小節)이 (……) 확실히 구분되어 있다. (……) 소네트의 마지막 두 줄은 시조의 종장(終章)에서와 같이 순조로운 흐름을 깨뜨리며 비약의 미(美)와 멋을 보여주는 것이다. 넷째 내용에 있어 소네트와 시조 모두 다 애정을 취급한 것이 많다. (「소네트에 대하여」 부분, 『셰익스피어 소네트 시집』 174~175쪽)

소네트와 시조의 서로 다른 점을 피천득을 통해 살펴보자.

평시조 한 편만을 소네트와 고려할 때 시형의 폭이 좁다고 할 것이요, 따라서 시조에서는 시상의 변두리만 울려 여운을 남기고, 소네트에 있어 서는 적은 스페이스 안에서도 설명과 수다가 많다.
영시에 있어서도 자연의 미는 가장 중요한 미의 하나를 차지하고 있지 마는, 시조에 있어서와 같이 순수한 자연의 미를 예찬한 것이 드물다. 시조는 폐정(閉靜)과 무상(無常)을 읊는 것이 극히 많으며, 한(恨) 많고 소극적이나 소네트의 시상은 낙관적이며 종교적인 색채를 가진 것이 많다. (「소네트에 대하여」 부분, 『셰익스피어 소네트 시집』 175~176쪽)

금아는 오늘날과 같이 복잡다단한 문명생활 속에서 소네트와 시조 모두 주류적인 역할을 할 수 없다는 것을 인정하나 영국과 한국의 생활에서 각 국민의 "생리와 조화"되는 점이 있다고 지적하고 있다 (『셰익스피어 소네트 시집』 176쪽).

피천득은 소네트 번역의 말미에 「소네트 시집」이라는 해설문을 제시하였다. 셰익스피어 소네트 시집에 실린 시는 모두 154편이다. 그는 "이 「소네트 시집」 각 편은 큰 우열의 차를 가지고 있다. 어떤 것들은 다만 기교 연습에 지나지 않고, 좋은 것들은 애정의 환희와 고뇌를 우아하고 재치 있게 표현하였으며, 그 속에서는 진실성과 심오한 철학이 있다. (……) 대부분의 시편들이 우아명쾌(優雅明快)하다."(「소네트 시집」, 『셰익스피어 소네트 시집』 181~182쪽)고 지적하였다. 금아 선생은 154편의 소네트 중에서 "영문학사상 가장 위대한 걸작품으로, 제12, 15, 18, 25, 29, 30, 33, 34, 48, 49, 55, 60, 66, 71, 73, 97, 98, 99, 104, 107, 115, 116, 130, 146(번)"을 꼽았고, 자신이 번역한 이 소네트 시집을 "같은 빛깔이면서도 여러 종류의 구슬이 섞여 있는 한 목걸이로 볼 수도 있고, 독립된 구슬들이 들어 있는 한 상자라고 할 수도 있"(「소네트 시집」, 『셰익스피어 소네트 시집』 181쪽)다고 평가했다. 피천득은 세계 최고의 문학가인 윌리엄 셰익스피어의 소네트 전편을 번역하는 데 오랜 기간의 노력과 정성을 들였다. 이 번역으로 금아 선생은 영문학자와 한국 시인으로서 중요한 기여를 하였으며, 문학 번역가로 피천득의 업적을 평가하는 시금석을 제공하였다.

우선 윌리엄 셰익스피어의 소네트 번역부터 살펴보자. 금아는 소네트 29번[2]을 다음과 같이 번역하였다.

---

2 여기에 소네트 29번 영어 원문을 제시한다.

> When in disgrace with fortune and men's eyes,
> I all alone beweep my outcast state,
> And trouble deaf heav'n with my bottles cries,
> And look upon myself and curse my fate,
>
> Wishing me like so one more rich in hope,
> Featured like him, like him friends possessed,
> Desiring this man's art, and that man's scope,
> With what I most enjoy contented least;
>
> Yet in there thoughts myself almost despising,
> Haply I think on thee, and then my state,
> Like to the lark at break of day arising

운명과 세인의 눈에 천시되어,
혼자 나는 버림 받은 신세를 슬퍼하고,
소용없는 울음으로 귀머거리 하늘을 괴롭히고,
내 몸을 돌아보고 나의 형편을 저주하도다.
희망 많기는 저 사람,
용모가 수려하기는 저 사람, 친구 많기는 그 사람 같기를,
이 사람의 재주를, 저 사람의 권세를 부러워하며,
내가 가진 것에는 만족을 못 느낄 때,
그러나 이런 생각으로 나를 거의 경멸하다가도
문득 그대를 생각하면, 나는
첫새벽 적막한 대지로부터 날아올라
천국의 문전에서 노래 부르는 종달새,

그대의 사랑을 생각하면 곧 부귀에 넘쳐,
내 팔자 제왕과도 바꾸려 아니 하노라.
                              (피천득, 「소네트 29」 전문)

이 소네트 29번을 셰익스피어 전공학자 김재남(1922~2003)은 다음과 같이 번역하였다.

행운의 여신과 세인의 눈에 얕보인 나는
자신의 버림받은 처지를 혼자서 한탄하며
무익한 울부짖음을 가지고 반응 없는 하늘을 괴롭혀 주고,
자신을 돌아다보고 자신의 운명(運命)을 저주하고 있소.

그리고 나는 좀 더 유망한 사람이 되기를 원하여

From sullen earth, sings hymns at heaven's gate:

For thy sweet love rememb'red such wealth brings,
That then I scorn to change my state with kings.

용모나 친구 관계에 있어 그 사람을 닮아 보고 싶어하고,
  학식은 이 사람 같이 되 보고 싶어하고, 역량에 있어서는 저 사람 같이
되 보고 싶어하고 있소
  그러나 나는 가장 원하는 것에 있어 가장 욕구 불만이오.

  이렇게 생각하면 나는 나 자신을 경멸할 지경이지만,
  다행히도 그대에게 생각이 미치면 나의 심경은
  새벽녘 껌껌한 지상으로부터 날아오르는 종달새 같이
  하늘의 입구에서 찬미가를 부르게 되오.

  그대의 총애를 돌이켜 생각하면 굉장한 재보가 찾아와주니 말이요
  이래서 나는 나의 처지를 왕하고도 바꾸기를 원치 않는 것이오.
                    (김재남, 「소네트 29」 전문)

  김재남의 셰익스피어 전집 한글 번역은 세계에서 일곱 번째 그리고 한
국 최초로 1964년(총 5권)에 이루어졌다. 그 후 1971년 개정판(전 8권)이
나왔고 1995년에 3차 개정판(총 1권)이 나왔다. 그러나 역자 서문 어디에
도 김재남 자신의 번역방법에 관한 구체적 논의가 없어 아쉽다. 다만 1964
년판에 추천사를 쓴 저명한 문학비평가이며 영문학자였던 최재서 선생은
셰익스피어 전집 번역 자격을, 첫째 셰익스피어의 "작품들을 계통적으로
연구한 전문학자"라야 하고, 둘째 "난해한 혹은 영묘한 셰익스피어의 표현
을 우리말로 옮기는 문학적 재능"이 필요하다고 전제하고 있다. 최재서는
김재남이 이 두 가지 조건을 구비한 "유려한 번역"자로 추천하고 있다(최
재서, 11쪽). 1995년 판 추천사를 쓴 셰익스피어 학자 여석기 선생도 이 3
번째 개정판에서 김재남 선생의 번역이 "우리말 표현을 더욱 의미 있게 세
련되게 하는 작업이 수반"(여석기, 6쪽)되었다고 적고 있다. 이렇게 볼 때
국내의 원로 셰익스피어 학자들이 김재남의 번역을 높이 평가하고 있음을
알 수 있다.

여기에서 시인 피천득과 전문학자 김재남의 번역을 비교해보면 그 차이가 뚜렷하다. 필자가 이 두 번역을 비교하는 것은 번역의 우열을 가리기 위한 것이 결코 아니다. 다만 시인과 전문학자의 번역에 어떤 특징적인 차이가 있는가를 살펴보기 위함이다. 피천득의 번역은 한국어 흐름과 독자들을 위해 좀 더 자연스러운 의역인 반면, 김재남의 번역은 전문학자답게 정확한 번역을 위한 직역에 가깝다. 자신의 번역방법으로 셰익스피어 소네트를 번역하여 일반 독자들을 위해 훌륭한 한국 시로 새로이 재창조하고자 한 피천득의 노력이 역력하다. 반면 김재남은 시적 특성을 살리기보다 다른 학자들이나 영문학과 학생들을 위한 정확한 번역시로 만들고자 한 것 같다. 이러한 비교는 소네트 거의 전편에 해당된다고 볼 수 있다. 따라서 여기서는 더 이상의 예시는 하지 않겠다.

특히 피천득은 14행시라는 영국형 소네트의 형식을 완전히 무너뜨리고 다음과 같이 실험적으로 전혀 새로운 3·4조나 4·4조로 짧은 서정적 정형시로 번안하여 재창작하기도 했다.

> 내 처지 부끄러워
> 헛된 한숨 지어보고
>
> 남의 복 시기하여
> 혼자 슬퍼 하다가도
>
> 문득 너를 생각하면
> 노고지리 되는 고야
>
> 첫 새벽 하늘을 솟는 새
> 임금인들 부러우리
>
> (「소네트 29」 전문)

피천득이 외국시 번역 작업에서 위와 같은 과감한 실험을 한 것은, 영국의 대표적인 셰익스피어의 정형시를 한국의 일반 독자들이 쉽고 재미있게 즐길 수 있도록 철저하게 토착 양식의 한국 시로 변형시키기 위함이었을 것이다. 영국 시형인 소네트의 14행시는 사라졌지만 그 영혼은 한국어로 남아 그대로 전달되는 것은 아닐까? 앞서 언급한 유종호는 이런 종류의 번역을 "분방한 자유역"이며 한 걸음 더 나아가 "홀로서기 번역"(유종호, 113쪽)이라 부르면서 다음과 같이 언급하고 있다.

> 번역은 자체로서도 훌륭한 시로 읽히는 홀로서기 번역을 지향하고 있다. 우수한 시인들이기 때문에 가능한 노력이지만 이를 통해 정평있는 번역시의 고전이 나오기를 기대한다. 그것은 우리 시의 성장을 위해서 좋고 무엇보다도 문학적 감수성의 적정한 형성을 위해서 필수적이다. …… 일급의 시인작가들이 번역을 통해서 자기세련과 모국어 문학에 기여하고 있다는 것은 기억해 둘만 하다. …… 이러한 시들이 대체로 분방한 자유역이면서 우리말의 묘미를 활용하여 음율적이라는 점을 지적하였다. 쉽게 말해서 우리말로 충분히 동화되어 있어 투박한 번역이란 느낌이 들지 않는 것이다. …… 우리말로 잘 읽히는 번역시가 우선 좋은 번역이다. (유종호, 116~117쪽)

물론 외국시를 우리말에만 자연스럽게 완전히 순치시킨 번역이 최후 목표는 아닐 것이다. 가능하면 외국시의 이국적이며 타자적인 요소들이 함께 배어나오면 좋겠지만, 잘못하여 생경한 축자적 직역을 그것과 동일시하는 것은 큰 문제가 될 수 있다. 금아의 외국시 번역작업의 목표는 이국적 정취가 아니라 문학의 회생이다. 번역을 통한 외국시와의 관계 맺기는 결국 외국시를 하나의 새로운 시로 정착시키고 한국 시와 시인에게 또 다른 토양을 제공하여 외국시와 한국시, 외국시인과 한국시인(번역자) 사이의 새로운 역동적인 확장으로 나아가는 길이 아니겠는가.

2) 영미시 번역

소네트 이외에 영미시 번역에서의 피천득의 작업을 살펴봄에 있어서 소네트의 경우처럼, 영미시 번역의 거의 일인자로 알려진 영문학자 이재호(1935~2009)의 번역을 같은 선상에 놓아 피천득의 번역과 비교해보기로 한다. 그 과정에서 두 사람의 번역의 변별성이 드러나고 차이도 확연히 드러날 수 있을 것이다(물론 이번에도 두 사람의 번역의 우열을 가리고자 하는 것이 아니다). 우리는 이런 차이를 통해 피천득 번역의 특징을 더 잘 이해할 수 있을 것이다.

우선 19세기 초 영국 낭만주의의 대표적 시인 바이런 경(Lord Byron)의 짧은 시 "She Walks in Beauty"의 번역을 살펴보자.[3] 이 시를 피천득은 아래와

---

3 영어 원문은 다음과 같다.

> She walks in beauty, like the night
>   Of cloudless climes and starry skies,
> And all that's best of dark and bright
>   Meet in her aspect and her eyes:
> Thus mellow'd to that tender light
>   Which heaven to gaudy day denies.
>
> One shade the more, one ray the less,
>   Had half impair'd the nameless grace
> Which waves in every raven tress,
>   Or softly lightens o'er her face,
> Where thoughts serenely sweet express
>   How pure, how dear their dwelling place.
>
> And on that cheek and o'er that brow

같이 번역하였다.

그녀가 걷는 아름다움은

그녀가 걷는 아름다움은
구름 없는 나라, 별 많은 밤과도 같아라
어둠과 밝음의 가장 좋은 것들이
그녀의 모습과 그녀의 눈매에 깃들어 있도다
번쩍이는 대낮에는 볼 수 없는
연하고 고운 빛으로

한 점의 그늘이 더해도 한 점의 빛이 덜해도
형용할 수 없는 우아함을 반쯤이나 상하게 하리
물결치는 까만 머릿단
고운 생각에 밝아지는 그 얼굴
고운 생각은 그들이 깃든 집이
얼마나 순수하고 얼마나 귀한가를 말하여준다

뺨, 이마, 그리도 보드랍고
그리도 온화하면서도 많은 것을 알려주느니
사람의 마음을 끄는 미소, 연한 얼굴빛은
착하게 살아온 나날을 말하여 주느니
모든 것과 화목하는 마음씨
순수한 사랑을 가진 심장
(피천득, 「그녀가 걷는 아름다움은」 전문)

So soft, so calm, yet eloquent,
The smiles that win, the tints that glow,
But tell of days in goodness spent,
A mind at peace with all below,
A heart whose love is innocent.

이재호의 번역은 다음과 같다.

그녀는 아름답게 걷는다

구름 한 점 없는 별이 총총한 밤하늘처럼
그녀는 아름답게 걷는다,
어둠과 광명의 精華는 모두
그녀의 얼굴과 눈 속에서 만나서 :
하늘이 속되이 빛나는 낮에게 거절하는
그런 부드러운 빛으로 무르익는다.

그늘이 한 점 더 많거나, 빛이 하나 모자랐더라면,
온 새까만 머리카락마다 물결치는
혹은 부드러이 그녀의 얼굴을 밝혀 주는
저 이루 말할 수 없는 우아함을 반이나 해쳤으리라,
그녀의 얼굴에서 맑고 감미로운 思想은 表現해 준다
그 思想의 보금자리가 얼마나 순결하며, 사랑스런가를,

매우 상냥하고 침착하나 웅변적인
그리고 저 뺨과 저 이마 위에서
사람의 마음을 사로잡는 微笑, 훤히 피어나는 얼굴빛은
말해 준다, 선량하게 지냈던 時節,
地上의 모든 것과 화평한 마음,
순진한 사랑의 심장을
(이재호, 「그녀는 아름답게 걷는다」 전문)

위의 두 번역을 비교하기 전에 이재호의 영시 번역론을 논의해보자. 이
재호의 널리 알려진 영미 번역시집 『장미와 나이팅게일』은 1967년 초판이
나왔고 그 이듬해에 개정판이 나왔다. 「서문」에서 이재호는 "원시의 리듬,
어문, 의미 등에 (……) 한국어가 허락하는 한 가장 충실히 따르"고자 했

고, "원시를 가장 근사치(近似値)"로 전달하고자 함이라고 언명하며 "의역 (義譯)을 하게 되면 원시의 향기가 많이 사라진다"고 보았다. 이재호는 계속해서 "영시를 공부하기엔 의역보다 직역(直譯)이 큰 도움이 된다"(이재호, 5쪽)고 말하고 있다. 이 교수의 영시 번역 전략은 철저하게 직역주의였고, 이를 통해 "이 시집이 한국인의 감수성과 언어 감각에 새롭고 고요한 혁명을 일으키기를 기대"하였다(이재호, 6쪽). 이재호는 의역을 통해 원시가 지나치게 순화되는 것보다 직역을 통해 한국 독자들에게 원시의 생경함을 주는 것을 중시한 것처럼 보인다.

피천득의 번역은 번역투의 때가 거의 벗겨진 한 편의 자연스러운 한국 시여서 번역시라고 눈치 채지 못할 정도이다. 반면에 이재호의 번역은 자신의 시 번역 소신인 원문 충실의 직역을 중시하다 보니 번역된 시가 자연스럽지 못하고 금세 번역투의 어색함이 드러난다. 물론 이런 차이는 번역의 우열의 문제가 아니라 두 사람의 번역에 대한 목적의 차이일 것이다. 또한 이는 한국의 서정시인으로서의 피천득과 영문학자이면서 동시에 영시 교수인 이재호의 번역의 방향과 전략의 차이일 것이다. 피천득의 대상은 한국의 일반 보통 독자들이고, 이재호의 대상은 일반 독자들뿐만 아니라 나아가 영시를 배우거나 공부하는 사람들이다.

피천득이 1937년 상하이 대학교 영문학과를 졸업할 때 학부논문의 주제는 Y. B. 예이츠였다. 20세기 시인 윌리엄 버틀러 예이츠의 유명한 시 "The Lake of Innisfree"에 대한 두 사람의 번역을 살펴보자.[4]

---

4 영어 원문을 제시한다.

I will arise and go now, and go to Innisfree,
And a small cabin build there, of clay and wattles made;

피천득은 위 시를 다음과 같이 번역하였다.

이니스프리의 섬

나 지금 일어나 가려네. 가려네, 이니스프리로
거기 싸리와 진흙으로 오막살이를 짓고
아홉 이랑 콩밭과 꿀벌통 하나
그리고 벌들이 윙윙거리는 속에서 나 혼자 살려네

그리고 거기서 평화를 누리려네. 평화는 천천히 물방울같이 떨어지리니
어스름 새벽부터 귀뚜라미 우는 밤까지 떨어지리니
한밤중은 훤하고 낮은 보랏빛
그리고 저녁때는 홍방울새들의 날개 소리

나 일어나 지금 가려네, 밤이고 낮이고
호수의 물이 기슭을 핥는 낮은 소리를 나는 듣나니
길에 서 있을 때 나 회색빛 포도(鋪道) 위에서
내 가슴 깊이 그 소리를 듣나니

(피천득, 「이니스프리의 섬」 전문)

Nine bean rows will I have there, a hive for the honey bee,
And live alone in the bee-loud glade.

And I shall have some peace there, for peace comes dropping slow,
Dropping from the veils of the morning to where the cricket sings;
There midnight's all a-glimmer, and noon a purple glow,
And evening full of the linnet's wings.

I will arise and go now, for always night and day
I hear lake water lapping with low sounds by the shore;
While I stand on the roadway, or on the pavements gray,
I hear it in the deep heart's core.

이재호의 번역은 아래와 같다.

이니스프리 호도(湖島)

나는 이제 일어나 가야지, 이니스프리로 가야지,
나뭇가지 엮어 진흙 발라 거기 작은 오막집 하나 짓고;
아홉 콩 이랑, 꿀벌집도 하나 가지리.
    그리고 벌이 붕붕대는 숲속에서 홀로 살으리.

그럼 나는 좀 평화를 느낄 수 있으리니, 평화는 천천히
아침의 베일로부터 귀뚜라미 우는 곳으로 방울져 내려온다;
거긴 한밤엔 온 데 은은히 빛나고, 정오는 자주빛으로 불타오르고,
저녁엔 가득한 홍방울새의 나래소리.
나는 이제 일어나 가야지, 왜냐하면 항상 낮이나 밤이나
湖水물이 나지막이 철썩대는 소리 내게 들려오기에;
내가 車道 위 혹은 회색 포도 위에 서 있을 동안에도
    나는 그 소릴 듣는다 가슴속 깊이.
                    (이재호, 「이니스프리 호도」 전문)

이 시의 첫 연의 2~3행을 다시 자세히 비교해 보자.

거기 싸리와 진흙으로 오막살이를 짓고
아홉 이랑 콩밭과 꿀벌통 하나   (피천득)

나뭇가지 엮어 진흙 발라 거기 작은 오막집 하나 짓고;
아홉 콩 이랑, 꿀벌집도 하나 가지리.   (이재호)

이 두 번역을 비교해보면 두 역자의 특징이 드러난다. 피천득의 번역은
시상과 운율이 좀 더 시적으로 흘러가고, 이재호의 번역은 약간은 산문적
이다.

피천득 문학 연구

3) 동양시 번역

다음으로 중국시 중 진나라 때 시인이었던 도연명(365~427)의 시 한 수를 살펴보자. 피천득은 도연명의 시 중 유명한 「귀거래사」, 「전원으로 돌아와서」, 「음주」 3편을 번역하였다. 이 중에서 「전원으로 돌아와서」를 살펴보자.[5]

> 젊어서부터 속세에 맞는 바 없고
> 성품은 본래 산을 사랑하였다
> 도시에 잘못 떨어져
> 삼십 년이 가버렸다
> 조롱 속의 새는 옛 보금자리 그립고
> 연못의 고기는 고향의 냇물 못 잊느니
> 내 황량한 남쪽 들판을 갈고
> 나의 소박성을 지키려 전원으로 돌아왔다
> 네모난 택지(宅地)는 십여 묘
> 초옥에는 여덟, 아홉 개의 방이 있다
> 어스름 어슴푸레 촌락이 멀고
> 가물가물 올라오는 마을의 연기
> 개는 깊은 구덩이에서 짖어대고
> 닭은 뽕나무 위에서 운다
> 집 안에는 지저분한 것이 없고

---

5 원문은 다음과 같다

> 1. 少無適俗韻 性本愛邱山   2. 誤落塵網中 一去十三年
> 3. 羈鳥戀舊林 池魚思故淵   4. 開荒南野際 守拙歸園田
> 5. 方宅十餘畝 草屋八九間   6. 榆柳蔭後簷 桃李羅堂前
> 7. 曖曖遠人村 依依墟里煙   8. 狗吠深巷中 雞鳴桑樹巔
> 9. 戶庭無塵雜 虛室有餘閒   10. 久在樊籠裏 復歸返自然

빈 방에는 넉넉한 한가로움이 있을 뿐
긴긴 세월 조롱 속에서 살다가
나 이제 자연으로 다시 돌아왔도다
                    (피천득, 「전원으로 돌아와서」 전문)

권위 있는 중국 문학자 김학주의 번역은 다음과 같다.

전원으로 돌아와(歸園田居)

젊어서부터 속세에 어울리는 취향(趣向) 없고,
성격은 본시부터 산과 언덕 좋아했네
먼지 그물 같은 관계(官界)에 잘못 떨어져,
어언 30년의 세월 허송했네.
매인 새는 옛날 놀던 숲을 그리워하고,
웅덩이 물고기는 옛날의 넓은 연못 생각하는 법.
남녘 들 가에 거친 땅을 새로 일구고,
졸박(拙樸)함을 지키려고 전원으로 돌아왔네.
10여 묘(畝) 넓이의 택지(宅地)에
8, 9간(間)의 초가 지으니,
느릅나무, 버드나무 그늘, 뒤 추녀를 덮고,
복숭아나무, 오얏나무, 대청 앞에 늘어섰네.
아득히 멀리 사람들 사는 마을 보이고,
아스라이 동리 위엔 연기 서리었네.
깊숙한 골목에서 개짖는 소리 들리고,
뽕나무 꼭대기에서 닭 우는 소리 들리네.
집 안에 먼지나 쓰레기 없으니
텅 빈 방안에 여유있는 한가함만이 있네.
오랫동안 새장 속에 갇혀 있다가
다시 자연 속으로 되돌아온 것일세.
                    (김학주, 「전원으로 돌아와」 전문)

피천득의 번역과 김학주의 번역도 앞서 여러 번 지적했듯이 역시 시인과 학자 간의 번역 차이가 드러난다. 특히 첫 4행을 비교해보면 각각 번역의 특징이 잘 나타난다. 피천득의 번역은 거의 시적이고, 김학주의 번역은 번역 투(산문적)가 엿보인다. 특이한 점은 피천득의 번역에는 11~12행이 누락되어 있다는 것이다. 이것은 실수라기보다 의도적인 생략이 아닌가 싶다. 지나친 의역을 시도하는 역자의 오만일 수도 있지만, 금아는 이 두 시행을 군더더기로 보았을 것이다. 중국 시에서 한국 독자에게 불필요하다고 생각되는 부분을 과감하게 삭제하여 더욱 시적 효과를 높이는 것을, 우리는 미국 시인 에즈라 파운드(Ezra Pound)가 중국 시를 번역할 때도 익히 보았다.[6] 이것은 거의 창작번역에 가깝다고 볼 수 있다.

피천득은 어려서부터 당시 한때 한반도에 열풍[7]처럼 풍미했던 타고르의 시를 번역이거나 원문(벵갈어에서 영어로 번역한 것)으로 읽었음에 틀림없다.[8]

1913년 아시아 최초로 노벨문학상을 받은 인도의 시성 라빈드라나트 타고르(Rabindranath Tagore, 1816~1941)의 시집 『기탄잘리』(Gitanjali,

---

6 에즈라 파운드의 중국 시 번역에 관한 논의는 이창배의 「파운드의 한시 번역시비」 참조.

7 고(故) 김병철 교수의 『한국근대번역문학사연구』(을유문화사, 1988) 참조.

8 이 번역시의 영어 원문은 다음과 같다. 타고르는 원래 자신의 토착어인 벵갈어로 시를 썼으나 자신이 직접 영어로 번역하였다.

> This is my prayer to thee, my lord — strike, strike at the root of penury in my heart.
> Give me the strength lightly to bear my joys and sorrows.
> Give me the strength to make my love fruitful in service.
> Give me the strength never to disown the poor or bend my knees before insolent might.
> Give me the strength to raise my mind high above daily trifles.
> And give me the strength to surrender my strength to thy will with love. (52)

1913)[9]에서 선택한 두 편의 시 중 짧은 36번의 번역을 살펴보자. 타고르는 1920년대에 영국의 식민지였던 인도와 같이, 일본의 식민지 경험을 하고 있던 당시 조선에 대해 각별한 관심을 가졌고 조선을 "고요한 아침의 나라"라고 부르며 1920년 『동아일보』 창간을 위해 「동방의 등불」이라는 시를 기고했다. 윌리엄 버틀러 예이츠가 그 유명한 「서문」을 써준 『기탄잘리』는 당시 조선 문단에서 번역으로 많이 읽혔고, 타고르 열풍이라고 부를 정도로 대단한 인기를 누리고 있었다. 타고르에 대한 피천득의 관심도 이와 무관하지 않을 것이다. 금아는 다음과 같이 번역하였다.

이것이 주님이시여, 저의 가슴속에 자리잡은 빈곤에서 드리는 기도입니다.
기쁨과 슬픔을 수월하게 견딜 수 있는 그 힘을 저에게 주시옵소서
저의 사랑이 베풂 속에서 열매 맺도록 힘을 주시옵소서
결코 불쌍한 사람들을 저버리지 않고 거만한 권력 앞에 무릎 꿇지 아니할 힘을 주시옵소서
저의 마음이 나날의 사소한 일들을 초월할 힘을 주시옵소서
저의 힘이 사랑으로 당신 뜻에 굴복할 그 힘을 저에게 주시옵소서
(피천득, 「기탄잘리 36」 전문)

그리고 영문학을 전공한 시인 박희진은 그 시를 아래와 같이 번역하였다.

주여, 이것이 님에게 드리는 내 기도입니다 ─ 이 마음속 궁색의 뿌리를

---

9 피천득은 1932년 상하이에 유학하고 있을 때 병으로 한때 요양원에 묵었다. 그때 황해도 출신 간호사인 유순이가 "타고르의 「기탄잘리」를 나에게 읽어준 때도 있었다"(「유순이」, 『인연』, 155)고 적었고 "내가 좋아하는 타고르의 「기탄잘리」의 한 대목이 있습니다. '저의 기쁨과 슬픔을 수월하게 견딜 수 있는 그 힘을 저에게 주시옵소서'"(「기도」, 『인연』 284)라고 썼다.

치고 또 치십시오.

　내 기쁨과 슬픔을 조용히 참고 견딜 힘을 주십시오.

　내 사랑이 님을 섬김에 풍성하게 열매 맺도록 힘을 주십시오.

　가난한 사람을 업신여기거나 오만한 권력 앞에 무릎을 꿇는 일은 결코
없도록 힘을 주십시오.

　이 마음을 나날의 하찮은 일들 위에 높이 초연케 할 힘을 주십시오.

　그리고 내 힘이 애정을 품고 님의 뜻에 복종하도록 힘을 주십시오.

(박희진, 「기탄잘리 36」 전문)

　피천득의 번역과 박희진의 번역의 비교는 첫 행부터 두드러진다. 박희
진의 행은 직역에 가깝지만 피천득의 행은 매우 자연스럽다. 마지막 행도
마찬가지이다. 피천득은 시적이고 박희진은 산문적이다.

4. 산문 번역

1) 『셰익스피어 이야기들』

　19세기 영국의 수필가인 찰스 램은 『엘리아 수필』(*Essays of Elia*, 1820~
1823)로 유명하다. 램은 1808년 그의 누나 메리 램과 함께 『셰익스피어 이
야기들』(*Tales from Shakespeare*)을 써서 전 세계 베스트셀러가 되었고, 그 이듬
해 『영국 극시인들의 예문』을 발간해 16세기 엘리자베스 조 극들에 대한 관
심을 고조시켰다. 금아에게 어떤 대담자가 "한국의 찰스 램"이라는 말이 있
다 했더니 금아가 "찰스 램이 영국의 피천득"이라고 농담했다는 이야기에
관해 물었다. 피천득은 그런 말을 한 기억은 없지만 한국의 국민 수필가로
"자긍심"을 가지고 있다고 대답했다(송광성, 46쪽). 피천득은 그의 수필 「찰
스 램」에서 자신을 같은 수필가인 램에게 투사시키고 있다.

그는 오래된 책, 그리고 옛날 작가를 사랑하였다. 그림을 사랑하고 도자기를 사랑하였다. 작은 사치를 사랑하였다. 그는 여자를 존중히 여겼다. 그의 수필 「현대에 있어서의 여성에 대한 예의」에 나타난 찬양은 영문학에서도 매우 드문 예라 하겠다.

그는 자기 아이는 없으면서 모든 아이들을 사랑하였다. 어린 굴뚝 청소부들도 사랑하였다. 그들이 웃을 때면 램도 같이 웃었다. 그는 일생을 런던에서 살았고, 그 도시가 주는 모든 문화적 혜택을 탐구하였다. 런던은 그의 대학이었다. 그러나 그는 런던의 상업면을 싫어하였다. 정치에도 전혀 관심이 없었다. 자기 학교, 자기 회사, 극장, 배우들, 거지들, 뒷골목 술집, 책사(册肆), 이런 것들의 작은 얘기를 끝없는 로맨스로 엮은 것이 그의 「엘리아의 수필」들이다. (「찰스 램」 부분, 『인연』 193)

피천득은 8·15 해방 후 서울대학교 예과 교수가 되었다.[10] 어떻게 찰스 램의 『셰익스피어 이야기들』을 교재로 택했는가에 대해 한 대담에서 다음과 같이 말했다.

예과에 이제 선생으로 갔는데 뭘 가르쳐야 할지 정해지지 않았어. 도서관에 들어가보니까 램의 『셰익스피어 이야기』가 있더라고. 아무튼 내 눈에 띈 게 그거야. (……) 그래서 『셰익스피어 이야기』를 학생들에게 가르쳤어. 그런데 예과에서 그걸 쓴다니까 서울의 학교에서 죄다 그걸 쓰더군. (……) 그런데 그걸 가르친 게 나로서는 이로운 점도 조금 있었어. 내용이 어려운 것도 아니었고. (석경징과의 대담, 327)

피천득은 그 후 문교부지정 번역도서로 1953년 이 책을 번역하여 출간

---

10 피천득은 1945년에서 1년간의 서울대학교 예과 교수 시절에 대해 한 대담에서 다음과 같이 회고한 바 있다: "내 일생에 제일 행복한 시절이 이 예과 일년이었어. 그때도 월급은 많지 않고 그랬지만, 가르치러 들어갔을 때 학생들이 옷은 아주 남루하게 입었지만 눈빛을 보든지 뭘하는 것을 보든지 아주 똑똑했어"(석경징과의 대담, 326).

피천득 문학 연구

하였다. 먼저 그의 「역자 서문」을 읽어보자.

쉑스피어의 이야기들은 영국 최대 극시인 쉑스피어, Shakespeare (1564~1616)가 쓴 37편 극 중에서 20편을 추려 영국 유명한 수필가 찰스 램, Charles Lamb(1775~1834)과 그의 누님, 메리, Mary(1764~1847)가 이야기체로 풀어서 옮긴 것들이다. 원전(原典)의 맛을 과히 손상시키지 아니하고 산문으로 옮기는데 있어 이렇게 잘 된 것은 없다. 1808년 이 책이 출판된 후 영국 가정마다 이 책이 없는 집이 별로 없고 소년 소녀들이 애독하여 옴은 물론 일반 어른들도 원전은 못 읽어도 이 책은 읽어 왔다. 그리고 이 이야기들은 장래 원전을 읽는데도 도움이 된다. 이 번역의 원본은 런던 Ward, Lock & Co판(版)이다.

피천득은 이 책 원서 목차의 차례를 바꾸었다. 원서에는 『폭풍우』(*The Tempest*)가 맨 잎에 들어가 있는데 번역본에는 『햄릿』(*Hamlet*)을 맨 앞에 실었다. 어떤 원칙으로 목차의 순서를 바꾸었는지 알 길은 없으나 자신이 좋아하는 순서가 아닐까 하는 생각이 든다. 여기에 『햄릿』에서 금아 번역의 일부를 원문과 함께 제시한다.

자기 생명이 몇 분 못 남았다는 것을 각오한 햄릿이 자기가 들고 있는 칼날 끝을 자세히 살펴보니 그 끝에 독약이 좀 남아 있으므로 맹호같이 숙부에게 뛰어들어 그 가슴에다 칼을 쿡 박아 버리었다. 이리하여 햄릿은 아버지의 혼령에게 약속하고 맹세하였던 복수를 완수하게 된 것이다. 햄릿은 자기 몸이 죽어가는 것을 감각하면서, 이 때까지 자초지종(自初至終)을 목격한 친구 호레이쇼에게 그는 죽지 말고 (호레이쇼가 왕자와 동행하기 위해서 자결하려 하므로) 남아 있어서 햄릿의 사적을 널리 선포하도록 해 달라는 부탁을 남기고 마침내 절명하고 말았다. (『햄릿』 부분, 22)

번역이 매끄럽고 자연스럽다. 앞서 지적한 대로 한국 독자들을 위해 쉽고 자연스러운 한국말로 번역한다는 금아의 번역 원칙이 잘 지켜지고 있다.

『폭풍우』 부분을 보면 1969년에 나온 『산호와 진주—금아시문선』(일조각)에 피천득이 책 전체의 제사(題詞)로 쓴 구절(1막 2장)이 보인다. 이 책의 제사에서 이 셰익스피어 극의 제목을 『태풍』으로 바꾸었다. 여기 번역본을 소개한다.

"아 젊은이 어서 나하고 저리로 갑시다. 미란다 양에서 당신의 그 잘생긴 모습을 보여 들여야 된다는 명령을 받고 내가 모시려 온 것입니다. 자 나를 따라 오세요" 하고 나서 그는 노래를 부르기 시작하였다.

다섯 길도 더 깊은 바다 밑에 그대의 아버지 누어 계신다;
그의 뼈는 산호로 변했고:
본래 그의 눈들은 진주가 되었네:
그의 몸은 하나도 슬어 없어지지 않고,
단지 바다 속에서 변화를 입어서
그 어떤 값지고도 이상스런 물건들이 되어 버렸네.
바다 선녀들은 그대 아버지를 위한 조종(弔鐘)을 울리니:
들으라! 나는 지금 종소리를 듣는다, ─ 땡, 땡, 종소리.[11]

1969년 제사로 사용한 구절은 1953년의 산문식 번역보다 훨씬 시적으로

---

11 이 부분에 대한 원문은 아래와 같다.

Full fathom five thy father lies:
  Of his bones are coral made:
Those are pearls that were his eyes:
  Nothing of him that doth fade,
But doth suffer a sea—change
Into something rich and strange.
Sea—nymphs hourly ring his knell:
Hark! now I hear them, Ding—dong, bell. (6)

피천득 문학 연구

압축되었다.

> 깊고 깊은 바다 속에 너의 아빠 누워 있네
> 그의 뼈는 산호 되고 눈은 진주 되었네 (에어리얼의 노래)

몇 개 작품 이름 번역도 살펴보자. *Much Ado About Nothing* 은 『공연한 소동』으로, *The Comedy of Errors*는 『쌍둥이의 희극』으로, *Measure for Measure*는 『푼수대로 받는 보응』으로 번역되었다. 여기에 참고로 피천득이 목차에서 매긴 순서대로 셰익스피어 극 20개의 제목을 모두 소개한다. 괄호 속의 숫자는 출간된 연도이며 필자가 장르별 명칭을 붙였다.

1. 『햄렡』(*Hamlet*, 1601, 위대한 비극)
2. 『폭풍우』(*The Tempest*, 1611, 후기 로만스)
3. 『여름밤의 꿈』(*A Midsummer's Dream*, 1595, 최고 희극)
4. 『겨울이 말하는 이야기』(*The Winter's Tale*, 1610, 후기 로만스)
5. 『공연한 소동』(*Much Ado About Nothing*, 1598, 최고 희극)
6. 『마음에 드시는대로』(*As You Like It*, 1599, 최고 희극)
7. 『베로나의 두 신사』(*The Two Gentlemen of Verona*, 1592, 초기 희극)
8. 『베니스의 상인』(*The Merchant of Venice*, 1596, 최고 희극)
9. 『리어 왕』(*King Lear*, 1605, 위대한 비극)
10. 『씸벨린』(*Cymbeline*, 1609, 후기 로만스)
11. 『맥베스』(*Macbeth*, 1606, 위대한 비극)
12. 『결과가 좋은 일은 만사가 다 좋다』(*All's well that ends well*, 1602, 문제극)
13. 『말괄량이 길드리기』(*The Taming of the Shrew*, 1593, 초기 희극)
14. 『쌍둥이의 희극』(*The Comedy of Errors*, 1593, 초기 희극)
15. 『푼수대로 받는 보응』(*Measure for Measure*, 1604, 문제극)
16. 『열두 째 밤 혹은 당신의 마음대로』(*Twelfth Night; or What You Will*, 1601, 최고 희극)
17. 『아테네에 사는 티몬』(*Timon of Athens*, 1607, 비극적 에필로그)

18. 『로미오와 쥬리엣』(*Romeo and Juliet*, 1595, 습작기 비극)

19. 『타이어 왕자 페리클스』(*Pericles, Prince of Tyre*, 1607, 후기 로만스)

20. 『오셀로』(*Othello*, 1604, 위대한 비극)

셰익스피어가 쓴 35편의 극 중에서 선택된 위의 20편을 살펴보면 찰스 램과 메리 램의 낭만주의적 경향이 다분히 반영되어 있다. 셰익스피어 극의 중요한 장르인 역사극(Histories)이 한 편도 포함되지 않은 것을 보면 알 수 있다. 셰익스피어 극의 출판연대와 장르적 명칭은 해롤드 블룸(Harold Bloom) 교수의 『셰익스피어―인간성의 발명』(*Shakespeare: The Invention of the Human*, 1998)의 분류법에 의거했다.

피천득의 셰익스피어 순례는 그의 소네트 154편 전편 번역과 더불어 마감된다. 피천득의 영원한 문학적 우상인 셰익스피어론을 소개하며 이 부분을 끝내고자 한다. 피천득이 셰익스피어 문학의 핵심을 제시하고 있어 좀 길지만 인용한다.

> 그는 나를 몰라도 나는 언제나 그의 이야기를 들을 수 있다. 이런 점에서 그는 세대를 초월한 영원한 존재이다. 그의 이야기를 듣는 데는 노력이 요구된다. 그러나 큰 돈이 드는 것도 아니요, 부자연한 웃음을 웃어야 하는 것도 아니다. (……) 셰익스피어는 때로는 속되고, 조야하고, 수다스럽고 상스럽기까지 하다. 그러나 그 바탕은 사랑이다. 그의 글 속에는 자연의 아름다움, 풍부한 인정미, 영롱한 이미지, 그리고 유머와 아이러니가 넘쳐흐르고 있다. 그를 읽고도 비인간적인 사람은 적을 것이다. 〈한여름밤의 꿈〉〈마음에 드시는 대로〉〈템페스트〉 같은 극을 좋아하는 사람은 마음이 나빠도 한도가 있는 것이다.
>
> 민주 국가의 지도자가 되려는 사람들은 모름지기 셰익스피어를 읽어야 할 것이다. 콜리지는 그를 가리켜 '아마도 인간성이 창조한 가장 위대한 천재'라고 예찬하였다. 그 말이 틀렸다면 '아마도'라는 말을 붙인 데 있을 것이다. (「셰익스피어」 부분, 『인연』 175~177쪽)

피천득 문학 연구

작가로서 피천득의 셰익스피어 찬양은 결코 헛된 과장이 아닐 것이다. 16세기 후반부터 17세기 초에 이르기까지 르네상스와 종교개혁에서 근대 계몽주의로 넘어가는 길목의 문명의 전환기와 현대 초기영어형성의 과도기에서, 윌리엄 셰익스피어는 실로 언어의 마술사이며, 나아가 시공간을 초월하는 인간성의 보편성을 가장 다양하고 구체적으로 창조한 위대한 시인, 극작가, 발명가, 사상가이기 때문이다. 앞으로 셰익스피어가 금아에게 끼친 영향을 비교문학적으로 논구해보는 일도 금아문학을 더 잘 이해하기 위해서 바람직한 일일 것이다.

2) 단편소설 번역 ― 마크 트웨인, 나다니엘 호손 외

피천득은 94세 되던 해 단편소설 번역집 『어린 벗에게』(2003)를 펴냈다. 피천득은 금아의 산문시 「어린 벗에게」를 서문 격으로 앞세우고 단편소설들과 소설에서 일부를 발췌 번역하여 모두 6편을 모았다. 그 내용은 아래와 같다.

1. 마크 트웨인, 「하얗게 칠해진 담장」(『톰 소여의 모험』에서 일부 발췌, 『소학생』 66호(1948년)에 실림)
2. 윌리엄 사로얀, 「아름다운 흰말의 여름」(『소학생』 68호 1949년에 실림)
3. 나다니엘 호손, 「석류씨」(『어린이』 12권에 실림)
4. 작자 미상, 「거리를 맘대로」(『소학생』 6호 (1946년)에 실림)
5. 알퐁스 도데, 「마지막 수업」(『소학생』 67호 (1948년)에 실림)
6. 나다니엘 호손, 「큰 바위 얼굴」(미발표)

피천득은 이 번역집 앞에 붙어 있는 「책을 내면서」에서 그 취지를 다음과 같이 적고 있다.

이 책에 실린 글들은 우리에게 친숙한 외국 작품들입니다. 나는 이 아름다운 이야기들을 어린 벗들에게 들려주고 싶어 아주 오래 전에 이 작품들을 우리말로 옮겼습니다. (『어린 벗에게』 서문 부분, 5쪽)

이 단편소설 번역집의 제목인 『어린 벗에게』는 그의 산문시 「어린 벗에게」에서 그대로 가져온 것이다. 그는 여기에 수록된 아름다운 단편소설(또는 장편의 일부)을 따로 묶은 이유를 어린이나 어른이나 "아이들의 순수함을 닮고 싶다는 소망을 가지고 아이처럼 살려고 노력"(「책을 내면서」)하게 만들기 위함이었다고 밝혔다.

피천득은 아마도 일제강점기의 어두운 역사와 척박한 삶의 현장에서 어린아이들이 겪는 고통을 마음속에 그리며 모든 역경을 뚫고 다시 솟아오르는 모습을 상상했던 것 같다. 그 산문시의 일부를 읽어보자.

그러나 어린 벗이여, 이 거칠고 쓸쓸한 사막에는 다만 혼자서 자라는 이름 모를 나무 하나가 있습니다. 깔깔한 모래 위에서 쌀쌀한 바람을 맞으며 자라는 어린 나무 하나가 있습니다.

어린 벗이여, 기름진 흙에서 자라나는 나무는 따스한 햇볕을 받아 꽃이 핍니다. 그리고 고이고이 내리는 단비를 맞아 잎이 큽니다. 그러나 이 깔깔한 모래 위에서 자라는 나무는, 쌀쌀한 바람을 맞으며 자라는 나무는, 봄이 와도 꽃 필 줄을 모르고 여름이 와도 잎새를 못 갖고 가을에는 단풍이 없이 언제나 죽은 듯이 서 있습니다.

그러나 벗이여, 이 나무는 죽은 것은 아닙니다. 살아있는 것입니다. 자라고 있는 것입니다. 가을도 지나고 어떤 춥고 어두운 밤, 사막에는 모진 바람이 일어, 이 어린 나무를 때리며 꺾으며 모래를 몰아다 뿌리며 몹시나 포악을 칠 때가 옵니다.

나의 어린 벗이여, 그 나무가 죽으리라고 생각하십니까. 아닙니다. 그때 이상하게도 그 나무에는 가지마다, 부러진 가지에도 눈이 부시도록 찬란한 꽃이 송이송이 피어납니다. (「어린 벗에게」 부분, 『어린 벗에게』 7~8쪽)

이 산문시는 어쩌면 어려서 부모님을 모두 잃고 홀로 남은 금아 피천득의 애달프고 힘든 삶의 여정을 그린 게 아니었을까 생각해본다.

이제는 피천득의 단편소설 번역 중 나다니엘 호손의 「큰 바위 얼굴」을 직접 음미해보자. 번역한 지 거의 반세기가 지났음에도 불구하고 아직도 글이 자연스럽고 살아 있는 듯하다.

> 그는 눈물 어린 눈으로 그 존엄한 사람을 우러러 보았다. 그리고 그 온화한 다정하고 사려 깊은 얼굴에 백발이 흩어져 있는 모습이야말로 예언자와 성자다운 모습이라고 혼자서 생각하였다.
> 저쪽 멀리, 그러나 뚜렷이 넘어가는 태양의 황금빛 속에 높이, 큰 바위 얼굴이 보였다.
> 그 주의를 둘러싼 흰구름은 어니스트의 이마를 덮고 있는 백발과도 같았다. 그 광대하고 자비로운 모습은 온 세상을 포용하는 듯하였다.
> 이 순간, 어니스트의 얼굴은 그가 말하려던 생각에 일치되어, 자비심이 섞인 장엄한 표정을 지었다.
> 그 시인은 참을 수 없는 충동으로 팔을 높이 들고 외쳤다.
> "보시오! 보시오! 어니스트야말로 큰 바위 얼굴과 똑같습니다."
> 모든 사람들은 어니스트를 쳐다보았다. 그리고 그 안목 있는 시인의 말이 사실인 것을 알았다.
> 예언은 실현되었다. 그러나 할 말을 다 마친 어니스트는 시인의 팔을 잡고 천천히 집으로 돌아가면서, 아직도 자기보다 더 현명하고 착한 사람이 큰 바위 얼굴 같은 용모를 가지고 쉬 나타나기를 마음속으로 바라는 것이었다.[12] (「큰 바위 얼굴」 부분, 『어린 벗에게』 159~160쪽)

---

12 이 부분의 원문은 다음과 같다: "His eyes glistening with tears, he gazed reverentially at the venerable man, and said within himself that never was there as aspect so worthy of a prophet and a sage as that mild, sweet, thoughtful countenance, with the glory of white hair diffused about it. At a distance, but distinctly to be seen, high up in the golden light

피천득은 중학교 국어 교과서에도 실렸던 이 단편소설에 대해 "비록 소박하고 평범한 사람일지라도 착한 행위와 신성한 사랑을 행하며, 끊임없는 자기 탐구를 행하여, 마침내는 말과 사상과 생활이 일치되는 것이 진실로 위대한 것"(『어린 벗에게』 120쪽)이라고 적고 있다. 피천득은 이 단편소설의 주인공에게서 피천득 자신이 평소에 최고의 경지라고 생각하던 말과 생각과 삶의 일치를 찾아낸 것이다.

다음으로 피천득이 "이 작품은 아빠 없이 엄마와 함께 어렵게 살아가는 한 아이가 주위 아이들의 놀림과 학대에 맞서 당당하게 자라나는 과정을 그린 이야기"(『어린 벗에게』 92쪽)라고 소개한 작자미상의 「거리를 맘대로」를 살펴보자.

　　나는 행길을 천천히 걸어갔습니다. 꼭 쥔 그 작대기를 뒤에다 감추고, 그 아이들 앞으로 가까이 갔습니다. 나는 무서워서 숨도 쉬지 못하였습니다. "저 놈이 또 저기 나왔구나!" 그들이 가까이 왔습니다. 나는 무서운 김에 그 작대기로 막 후려쳤습니다. 한 아이 또 한 아이, 머리를 작대기로 여지없이 후려갈겼습니다. 내 눈에는 눈물이 나고 이는 악물어지고 무서움은 내 힘을 솟을 대로 솟게 하였습니다. 나는 때리고 후려갈기느라고 돈

---

of the setting sun, appeared the Great Stone Face, with hoary mists around it, like the white hairs around the brow of Ernest. Its look of grand beneficence seemed to embrace the world. At that moment, in sympathy with a thought which he was about to utter, the face of Ernest assumed a grandeur of expression, so imbued with benevolence, that the poet, by an irresistible impulse, threw his arms aloft and shouted, "Behold! Behold! Ernest is himself the likeness of the Great Stone Face!" Then all the people looked, and saw that what the deep-sighted poet said was true. The prophecy was fulfilled. But Ernest, having finished what he had to say, took the poet's arm, and walked slowly homeward, still hoping that some wiser and better man than himself would by and by appear, bearing a resemblance to the Great Stone Face"(1184).

과 종잇장을 땅에 떨어뜨렸습니다. 아이들은 아이구 소리를 지르고 머리를 붙들고서 나를 놀란 눈으로 흘끔흘끔 보면서 사면으로 흩어져버렸습니다. 나는 숨이 차 헐떡거리면서 서 있었습니다. 그 아이들을 보고 어서 와서 덤벼 보라고 욕을 하였습니다. 나는 달아나는 그 놈들을 쫓아갔습니다. 그 아이들의 부모들이 나와서 나를 혼내려고 하였습니다. 내 일생 처음으로 나는 어른들에게 소리를 질렀습니다. 나에게 성가시게 하면 그들마저 두들겨 줄 테다라고 야단을 하였습니다. 나는 마침내 사오라고 적어 준 종이 조각과 돈을 집어 가지고 식료품 가게로 갔습니다. 내가 돌아오는 길에 나는 언제나 대항할 수 있게 그 작대기를 견주고 왔습니다. 그러나 길에는 한 아이도 보이지 않았습니다. 그날 밤부터 나는 그 거리를 맘대로 걸어 다닐 수가 있게 되었습니다. (「거리를 맘대로」 부분, 『어린 벗에게』 100~103쪽)

여기에서 우리는 끼니도 제대로 해결하지 못하고 엄마와 가난하게 살고 있는 한 소년이 힘없이 주위 아이들의 갈취와 폭행을 지속적으로 당하다가 엄마의 격려에 못살게 구는 아이들을 오히려 혼내주고 당당히 독립해 가는 소년의 모습을 선명히 볼 수 있다. 이 번역집에 실려 있는 대부분의 이야기들이 어려움을 견뎌내고 꿋꿋하게 성장하거나 나중에 훌륭한 사람이 되는 모습들이 그려져 있다. 이런 이유 때문에 피천득은 1940년대 어린이 잡지에 번역해서 발표한 것을 한참 후인 2000년대에 들어 다시 그 이야기들을 모아서 펴낸 것이다. 이 이야기들은 아직도 어린이와 어른들이 함께 읽을 수 있는 우리 시대를 위한 고전이 되었다.

5. 나가며 —번역과 창작의 상보관계

지금까지 피상적으로나마 금아 피천득의 번역시 몇 편과 산문번역 작업을 통해 그의 번역문학가적 면모를 살펴보았다. 그의 번역은 영문학자나 교수로서보다 모국어인 한국어의 혼과 흐름을 표현할 수 있는 탁월한 능력을 가진 토착적 한국 시인으로서의 번역이다. 그는 『내가 사랑하는 시』의 「서문」에서 밝힌 바 있듯 자신의 번역 방법과 목적에 충실하였다고 볼 수 있다. 금아는 자신이 영시를 가르치거나 시 창작하는 과정과 번역 작업을 분리시키지 않았다. 금아 선생이 필자가 대학시절에 수강한 영미 시 강의에서도 학생들에게 강조한 것은 낭독(읽기), 암송, 그리고 번역이었다. 나아가 금아는 번역 작업을 자신의 문학과 깊게 연계시켰을 뿐만 아니라, 번역을 부차적인 보조 작업으로 보지 않고 "문학행위"[13] 자체로 보았다.

한국 현대문학사에서 개화기 때부터 시작된 다양한 서양의 번역시는 외국문학으로만 그대로 남는 것이 아니다. 아니 남을 수 없다. 번역물은 우리에게 들어와서 섞이고 합쳐져서 새로운 창조물로 거듭 태어나는 것이다. 피천득의 번역시는 한국 독자들이 "우리나라 시를 읽는 것처럼 자연스러운 느낌"이 들게 하고 "쉽게 재미있게 번역"되어 한국문학에 새로운 토양을 마련하였다. 다시 말해 다른 역자들의 것과 비교하자면 그의 번역시는 번역투를 거의 벗어나 한국어답게 자연스럽고 서정적이다. 또한 글자만 외국어에서 한글로 바뀌었지 원작시의 영혼(분위기와 의미)이 그대로 살아 있다고 볼 수 있다. 한 걸음 더 나가서 유종호가 말하는 "홀로서기 번역"이다(유종호, 113쪽). 이것이 번역문학가로서 피천득의 가치이며 업적이다.

---

13 영문학자이며 후에 시인이 되어 다수의 한국 시를 영어로 번역한 바 있는 고(故) 김영무 교수는 이에 대해 다음과 같이 말한다: "번역은 모국어의 영역을 끊임없이 넓혀주는 작업이며, 번역은 모국어가 새로운 낱말을 창조하는 일을 거들어 주고, 모국어의 문법적, 의미론적 구조에 영향을 주어서 모국어가 언어적으로나 개념적으로 더욱 풍성한 것이 되도록 도와준다. (……) 문학이 언어의 특수화된 기능이듯이, 번역도 문학의 특수화된 기능이다. 여기서 결정적으로 작용하는 것이 번역자의 창의력이다"(김영무, 140, 145쪽).

피천득의 번역 작업의 배후에는 금아가 15세 무렵부터 읽고 심취했던 "일본 시인의 시들 그리고 일본어로 번역된 영국과 유럽의 시들"이 있고 그 후에는 애송했던 "김소월, 이육사, 정지용 등"이 있었다(『내가 사랑하는 시』 9쪽). 그는 황진이가 남긴 시 몇 편을 세계 문학사상 최고로 평가하고 있다. 그의 이러한 면모를 볼 때 피천득의 번역 작업은 한국 고전시 전통뿐 아니라 한국 현대시 전통과도 맞닿아 있다고 볼 수 있다.

앞으로 번역문학가로서 피천득에 대한 접근은 그의 문학세계 전체와의 관계 속에서 이루어져야 하며, 특히 그의 번역시들과 자신의 창작시편들과의 형식과 주제의 양면에서 비교문학의 방법으로 연계시켜야 할 것이다. 다시 말해 그의 번역시와 창작시는 밀접한 관계를 가지고 있다. 금아는 자신의 외국시 번역 작업을 자신의 시 창작 훈련 및 연습과 연계시켰다. 그러나 김소월(金素月, 1902~1934)의 경우처럼 시 창작 작업을 하나의 "부산물"로 간주하지 않았고, 번역 작업과 번역시 자체의 독립적인 가치를 인정하였다.[14] 더욱이 그의 번역시에 대한 논의에 있어서 좀 더 많은 번역시들을 포괄적으로 동시에 구체적으로 논의하기 위해서는 원시와의 상호 관련성 등 비교문학의 여러 방법들을 개입시킬 수 있을 것이다. 금아의 번역시를 하나의 새로운 한국 시로 접근하기 위해서 비교비평적 방법과 번역이론 적용 등 우리에게 남은 과제가 아직도 적지 않다.

그러나 피천득의 외국 시 번역 작업이 한국 토착화에만 중점을 둔 것은 물론 아니다. 금아는 번역시 선집 『내가 사랑하는 시』의 서문에서 각 국민

---

14 김소월의 번역작업과 시 창작 사이의 영향 관계에 대해서 김욱동 참조(김욱동, 236쪽 이하). 이재호의 『장미와 무궁화』도 참조(86쪽 이하). 이와 관련하여 에즈라 파운드는 영역시집인 『중국』(*Cathay*)을 펴냈다. 파운드는 "해석적 번역"(interpretive translation)을 논하면서 번역 작업을 창작하는 시인으로써 성장하기 위한 방식으로 이해했다(200쪽).

문학의 타자성을 포월하여 이미 양(洋)의 동서를 넘나드는 문학의 보편성 문제를 제기한 바 있다. 지방적인 것(the local)과 세계적인 것(the global)이 통섭하는 "세방화"(世方化, glocalization) 시대를 가로질러 타고 넘어가는 새로운 세계시민주의(cosmopolitanism)적 현상을 금아는 직시하고 있었다. 모국어인 한국어는 물론 중국어(고전 한문 포함), 일본어 그리고 세계어인 영어에도 탁월한 능력을 보인 금아 선생은 외국어 소양과 번역을 통해 그의 보편문학으로써의 세계문학을 꿈꾸었다고 볼 수 있다. 번역은 이미 언제나 인류문명사에서 가장 중요한 문명 이동과 문화 교류의 토대가 된 소통의 방법이었다. 이러한 번역이라는 이름의 소통이 없었다면 인간세계는 결코 지금처럼 전지구화(세계화)를 이룩해내지 못했을 것이다. 이런 시각에서 우리는 금아 선생의 외국어 시와 산문 번역 작업을 한국 번역문학사의 맥락에서 본격적으로 재조명해야 할 것이다.

부록

피천득 연보

연도	생애
1910	종로구 청진동에서 신상(紳商)이던 아버지 피원근과 서화(書畵)와 음악(音樂)에 능하던 어머니 김수성 사이에서 외아들로 태어남(5월 29일).
1916 (7세)	부친 피원근 타계. 유치원 입학(동네 서당에서 한문공부도 병행하여 2년 동안 통감절요(通鑑節要) 3권까지 배움).
1919 (10세)	평안남도 강서에서 요양하시던 모친 김수성 타계. 제일고보 부속 소학교 입학.
1923 (14세)	제일고보 부속소학교 4학년 때 검정고시에 합격. 2년 월반하여 서울 제일고보(경기고)에 입학. 당시 동아일보 편집국장 춘원 이광수가 영재 고아인 피천득의 소문을 듣고 찾아와 자신의 집에서 3년간 유숙시키며 가르침(피천득은 그 비용으로 한 달에 쌀 두 가마니씩 제공). 상하이 후장 출신 작가 현진건, 주요한, 주요섭, 이해랑 만남.
1924 (15세)	당시 양정고 1학년이었던 친구 윤오영과 시작한 등사판 잡지 『첫걸음』에서 제목 미상의 시(詩) 발표.
1926 (17세)	이광수의 권유로 중국 상하이로 유학함. 토머스 한즈베리 공립학교(Thomas Hansbary Public School)에서 1929년까지 수학함.
1929 (20세)	상하이 후장대학교(University of Shanghai) 전신 예과 입학.
1930	도산 안창호 선생에게 사사. 『동아일보』(1930년 4월 7일자)에 최초의 시 「차즘(찾음)」 발표(당시 편집국장 춘원 이광수 추천).
1931 (22세)	후장대학교 상과에 입학했다가 영문학과로 전과함. 『동광(東光)』(9월호, 주간: 주요한)에 소곡 3편 「편지」 「무제」 「기다림」 발표. 대학수업 중단하고 여러 차례 귀국하여 춘원 이광수 집에 유숙함.
1932 (23세)	『신동아(新東亞)』 5월호에 장편(掌篇)소설 『은전 한 닢』이 실림. 같은 해 『신동아』 9월호에 최초의 수필 『장미 세 송이』 실림.
1933 (24세)	『신가정』 1월호(창간호)에 「브라우닝 부인의 생애와 예술」 발표. 『신가정』 5월호에 첫 동시 「엄마의 아기」 발표. 『신동아』 10월호에 금아의 첫 시조 9수 실림.

연도	생애
1934 (25세)	금강산 장안사에서 상월(霜月)스님에게 『유마경』과 『법화경』을 1년간 배움. 춘원 이광수가 금아(琴兒)라고 아호를 지어 줌.
1935	『신가정』 4월호와 6월호에 동시 3편 발표.
1937	상하이 후장대학교 영문학과 졸업(졸업논문 : W. B. 예이츠의 시). 서울 중앙 상업학교 교원.
1938	경성 TEXAS 석유회사 입사. 이 무렵 성북동 교육자 길영희 선생 댁에 하숙.
1939(30세)	시인 주요한 부인의 중매로 임진호 씨와 결혼. 장남 세영 태어남.
1941	경성대학 이공학부 도서관 사서로 일함(해방 때까지).
1943	차남 수영 태어남.
1945(35세)	인천중학교(6년제) 영어교사. 서울대학교 예과 영어과 교수.
1947	첫 시집 『서정시집』(상호출판사, 주간: 주요섭) 간행. 딸 서영 태어남.
1951	서울대학교 사범대학 교수 부임.
1952	영어교과서 *Our English Readers*(동국문화사) 발간.
1953	휴전 환도 후 성균관 동재에 거주. 이후 이문동(경희대 근처)에 거주.
1954(44세)	미국 국무성 초청으로 하버드대 연구 교수. 시인 로버트 프로스트(Robert Frost) 만남. (그의 시 「가지 않은 길」 번역(교과서에 실림)).
1956	영어교과서 *Evergreen Readers*(동국문화사) 발간.
1957	『셰익스피어 이야기』(찰스 램 외 저) 한국 번역판 간행.
1959	『금아 시문선』(경문사) 출간.
1961	영어교과서 *Mastering English* 1. 2. 3(동아출판사) 간행.
1963(53세)	서울대학교 대학원 영어영문학과 주임 교수(1968년까지).
1966	영어교과서 *New Companion to English*(총 6권, 삼화출판사) 간행

연도	생애
1968(58세)	영문작품집 『플루트 연주자(A Flute Player)』 출간.
1969(59세)	『산호와 진주―금아 시문선』(일조각) 출간. 미국의 여러 대학교에서 한국 문학, 문화 순회 강의. 영국 BBC 초청으로 영국 방문.
1970	회갑기념 논문집 봉정식. 국제 PEN클럽 한국 대회 참석. 논문 「유머의 기능」 발표.
1973	문예월간지 『수필문학』에 「인연」 발표
1974	서울대학교 조기퇴직. 미국 여행.
1975	서울대학교 명예교수
1976	수필집 『수필』(범우사), 번역시집 『셰익스피어 소네트 시집』(정음문고) 출간.
1977(68세)	『산호와 진주』로 한국 수필문학진흥회로부터 제1회 현대 수필문학 대상 수상.
1978	『인연』으로 제1회 독서대상 수상
1979	새싹문화상 수상
1980	『금아문선』, 『금아시선』(일조각) 출간.
1985	수필집 『인연』 출판문화협회 청소년 도서 선정.
1986	『인연』 '사랑의 책 보내기' 도서 선정.
1987	『금아 시선』(범우사) 출간.
1990	『인연』 한국 출판금고(출판진흥재단) 권장도서 선정.
1991	대한민국 문화예술상 은관문화훈장. 『피천득 시집』(범우사) 출간.
1993	시집 『생명』(동학사) 출간.
1994	최초 번역시집 『삶의 노래―내가 사랑한 시; 내가 사랑한 시인』(동학사) 출간.
1995	인촌(김성수)상 수상(시 부문). 문학의 해 조직위원회 지문위인.

연도	생애
1996	수필집 『인연』, 번역시집 셰익스피어 『소네트시집』(샘터) 출간.
1997	88세 미수(米壽)기념 『금아 피천득 문학전집』(전5권, 샘터) 출간.
1999	제9회 자랑스러운 서울대인상 수상.
2001	영문판 시, 수필집(시 48수, 수필 51편) 『종달새(A Skylark)』(샘터) 출간.
2002	『어린 벗에게』(번역 단편소설집, 여백) 출간.
2003	『산호와 진주와 금아』(샘터) 출간.
2005(96세)	5월에 상하이 방문(70년 만에 차남 피수영과 방문).
2006	『인연』 러시아어판(모스크바대학 한국학 센터) 출간. 『피천득 수필집』 일어판(아루쿠 출판사) 출간.
2007(98세)	금아(琴兒) 피천득(皮千得) 타계(5월25일). 경기도 남양주 모란공원(예술인 묘역)에 안장.
2008	제1주기 추모행사(모란공원) 서울 롯데월드 3층 민속박물관 앞 금아피천득기념관 개관
2010	금아 피천득 탄생 100주년 기념행사 (국제 PEN클럽 한국본부 주최, 한국작가회의 주최 이상(김해경)·피천득 탄생 100주년 문학인 기념문학제. 제19차 국제 비교문학회 서울 세계대회 세션). 부인 임진호 여사 별세(4월), 남양주 모란공원에 합장.
2012	제5주기 추모 학술대회 〈피천득과 한국문학〉 개최(서울 중앙대)

찾아보기

피천득 문학 연구

■■■ 엮은이 약력

정정호 鄭正浩

    1949년 서울에서 태어나 서울대학교 영어교육과 및 대학원 영어영문학과 박사과정 수료, 미국 위스컨신(밀워키)대학교에서 영문학 박사학위를 받았다.
    중앙대학교 문과대학장 및 중앙도서관장을 역임하였으며, 국제PEN클럽 한국본부 전무이사, 제19차 국제비교문학회 서울세계대회 조직위원장이었다. 한국 영어영문학회장, 한국 비평이론학회장으로 있었다.
    현재 중앙대학교 인문대 영어영문학과 교수이며 스토리텔링연구소장을 맡고 있다.

    저서 및 역서로 『탈근대인식론과 생태학적 상상력』『현대 영미 비평론』『현대문학이론』(공역) 『이론의 문화정치학과 비판적 페다고지』『산호와 진주―금아 피천득의 문학세계』『인생은 작은 인연들로 아름답다―영원한 5월의 소년 피천득 추모문집』(편) 등이 있다.

피천득 문학 연구

인쇄 · 2014년 5월 6일 | 발행 · 2014년 5월 16일

엮은이 · 정정호
펴낸이 · 한봉숙
펴낸곳 · 푸른사상
주간 · 맹문재

등록 · 1999년 7월 8일 제2-2876호
주소 · 서울시 중구 충무로 29(초동) 아시아미디어타워 502호
대표전화 · 02) 2268-8706(7) | 팩시밀리 · 02) 2268-8708
이메일 · prun21c@hanmail.net / prunsasang@naver.com
홈페이지 · http://www.prun21c.com

ISBN 979-11-308-0222-0 93810
값 29,000원